FISCHER

MELANIE LEVENSOHN

Zwischen uns ein ganzes Leben

ROMAN

❈ | FISCHER

Originalausgabe

Erschienen bei FISCHER Taschenbuch
Frankfurt am Main, September 2018

© 2018 S. Fischer Verlag GmbH, Hedderichstr. 114,
D-60596 Frankfurt am Main

Satz: Fotosatz Amann, Memmingen
Druck und Bindung: CPI books GmbH, Leck
Printed in Germany
ISBN 978-3-596-70271-8

עֹשֶׂה שָׁלוֹם בִּמְרוֹמָיו הוּא ַיַעֲשֶׂה שָׁלוֹם
עָלֵינוּ וְעַל כָּל יִשְׂרָאֵל
וְאִמְרוּ אָמֵן

Er, der Frieden schafft in seinen Höhen,
er schaffe Frieden unter uns und
über ganz Israel. Amen

for Pascal
my love, my life, and my home

1

Montreal 1982

»Blut …«, raunte der alte Mann und atmete schwer durch den Mund. »Blut …«

Die Stimme zerschnitt die Stille wie eine Schere ein Blatt Papier. Das erste Wort in zwei Tagen. Jacobina, die sich auf dem schmalen Sessel neben dem Bett zusammengekauert hatte, schrak hoch und starrte ihn an. Seine Augen waren halb geöffnet, von seinen Lippen lösten sich kleine Hautfetzen.

Stundenlang hatte sie in dem überheizten Zimmer gesessen und ihn beim Schlafen beobachtet. Wie er dagelegen hatte. Reglos, die Mundwinkel heruntergezogen, das leichte Auf und Ab seiner Brust das einzige Lebenszeichen.

Die Stille wurde nur unterbrochen vom dumpfen Glockenschlag eines Kirchturms, der regelmäßig daran erinnerte, dass wieder etwas Zeit vergangen war. Meistens schaute Jacobina dann kurz auf ihre Armbanduhr, um sich zu vergewissern, welche Viertelstunde gerade geläutet hatte. War es schon halb vier? Oder erst halb drei?

Vier Mal am Tag der Besuch einer Schwester. Morgens kam die ruhige Blonde zum Temperatur- und Blutdruckmessen. Sie hantierte schnell und sicher mit den Instrumenten, legte dem Patienten sanft die Manschette um den Arm. Jacobina hörte das Pumpen des Gummiballs und kurze Zeit später das Zischen der abgelassenen Luft. Die Blonde machte sich eine Notiz und verschwand. Nachmittags erschien die Rothaarige mit den quietschenden Gummisohlen. »Sie sollten jetzt nach Hause gehen«, sagte sie jedes Mal in breitem Quebecer Französisch, wenn sie den Tropf wechselte oder den Urinbeutel leerte. »Er ist sehr erschöpft.« Jacobina schüttelte immer nur den Kopf. Das derbe *Québécois* der Rothaarigen dröhnte ihr in den Ohren.

Gegangen war sie irgendwann dann doch jeden Abend, um in einer kleinen Pension zu übernachten. Keine besonders gepflegte Unterkunft, dafür billig und gleich neben dem Krankenhaus gelegen. Braune Vorhänge, durchgelegene Matratze. Den Kirchturm hörte Jacobina auch dort jede Viertelstunde. Ihr Kopf summte. Bilder des Vaters schwirrten vor ihren Augen. An Schlaf war bisher kaum zu denken gewesen.

»Blut«, wiederholte der Alte, jetzt etwas lauter, mit einem zischenden t. Dann versagte seine Stimme. Er presste die Lippen zusammen und versuchte zu schlucken, was ihn sichtbar große Anstrengung kostete.

Jacobina starrte ihn wie gebannt an. Würde er sich freuen, sie zu sehen?

»Vater?«, fragte sie leise. »Kannst du mich hören?« Ein hohles Gefühl breitete sich in ihrem Magen aus – eine Mischung aus Erleichterung und Unsicherheit. Sollte sie sich auf sein Bett setzen, seine Hand nehmen und sein Erwachen beschleunigen? Nein, dachte sie. Es war besser, ihm etwas Zeit zu geben. Er musste sich besinnen.

Ihr Vater zog seinen Arm unter der Decke hervor und wischte sich über die Augen. Seine Bewegungen waren stockend. Er schien Jacobina nicht wahrzunehmen. Er richtete seinen Blick auf die Wand gegenüber seines Bettes und betrachtete konzentriert das etwas zu niedrig platzierte Bild, das wohl dort aufgehängt worden war, um dem Krankenzimmer ein wenig Farbe zu verleihen. Der Eiffelturm war im Halbdunkel noch deutlich zu erkennen. Eine dieser Billigreproduktionen eines impressionistischen Malers, hatte Jacobina vermutet, als sie das Zimmer zum ersten Mal betreten hatte. Aber keines der typischen Monet-Motive, die immer auf Kalenderblättern abgedruckt waren. Jacobina hatte das Bild vorher noch nie gesehen. In ihren langen Wartestunden hatte sie es selbst ausgiebig betrachtet. Nicht, weil es ihr besonders gefiel – ganz im Gegenteil –, sondern weil es das Einzige in diesem Zimmer war, das sie nicht ständig an den Tod denken ließ. An den Tod und die Erwartungen, die sie erfüllen müsste, wenn er eintraf – *falls* er eintraf.

Würde sie weinen können? Würde sie die Trauer empfinden können, die man beim Tod des Vaters zu empfinden hatte? Und wie würde sie sich anfühlen? Wie die Leere, die sie durchflutete, wenn sie ihren Job machte? Lähmende Büroroutine, ohne Erfolge, ohne Niederlagen. Oder wie die Einsamkeit, wenn sie alleine im Restaurant saß und der Kellner das zweite Gedeck ihr gegenüber abräumte? Dieses erdrückende Gefühl kannte sie. Sie hatte in all den Jahren gelernt, es zu ertragen.

Aber womöglich würde sie gar nichts empfinden. Denn der Tod konnte nichts mehr ändern. Sie hatte ihren Vater bereits vor mehr als zwei Jahrzehnten verloren. Damals, als sie kaum einundzwanzig gewesen und fortgegangen war. Er hatte ihr nie verziehen.

Der Tod ihrer Mutter, der war schlimm gewesen. Jacobina hatte Jahre gebraucht, nach Mutters Gesprächigkeit ihr endgültiges Schweigen zu akzeptieren. Sie fehlte überall. Ihre kurzen, fast täglichen Anrufe, die immer ungelegen kamen. Belangloses Gerede.

»Jackie-Schatz, geht's dir gut?«

»Mama, ich bin im Büro. Ich kann jetzt nicht lange sprechen.«

»Ich will ja nur wissen, ob alles in Ordnung ist.«

Mutters unerwünschte Pakete mit Bitterschokolade und Bagels aus der Bäckerei *Saint-Viateur*. Ihre Briefe mit den krakeligen Buchstaben, die Jacobina schon von weitem erkannte. Dass der Winter zu lang war, schrieb die Mutter, dass es schlecht um ihre Gesundheit stand. Jacobina hatte fast nie geantwortet. Zu Pessach schickte die Mutter jedes Jahr mehr Matzenbrot, als Jacobina jemals hätte essen können. In New York gab es zwar mehr koschere Geschäfte als in Montreal, aber davon wollte die Mutter nichts wissen. Damals hatte die Fürsorglichkeit gestört. Jetzt, Jahre später, vermisste Jacobina sie noch immer. Sehnte sich nach den vielen Anrufen. Hätte sie sich doch mehr gekümmert, dachte sie oft, es wäre das Mindeste gewesen. Sie hatte zu spät verstanden, dass die Mutter ihre einzige Heimat gewesen war.

Aber der Vater. Das war etwas anderes.

Jacobinas Blick kehrte zurück zum Krankenbett. Seine Kälte würde sie nicht vermissen. Dennoch war sie jetzt gekommen, um von ihm Abschied zu nehmen. Er hatte genug durchgemacht in seinem Leben. Er sollte nicht auch noch alleine sterben. Pflichtbewusstsein des einzigen Kindes.

Plötzlich hustete er so heftig, dass sein Kopf dabei in kurzen Stößen nach vorne ruckte. Dann machte er erneut den Versuch zu sprechen. »Blut«, keuchte er, hielt kurz inne und fuhr dann angestrengt fort: »… ist dicker … als Wasser.« Stöhnend schloss er die Augen, als hätte ihn das Aussprechen dieses Satzes seine letzte Kraft gekostet.

Jacobina zuckte leicht zusammen. Wie oft hatte er das früher gepredigt. Das war immer seine Erklärung für alles gewesen: für Krieg und Frieden, für Treue und Verrat.

Hatte er mit ihr gesprochen? Oder war er im Delirium? »Akuter Schwächeanfall«, hatte der Arzt gesagt, als er sie angerufen und umgehend hergebeten hatte. Das konnte vieles bedeuten. »Es geht dem Ende zu«, hatte er hinzugefügt. Keine weiteren Fragen.

Seit sie in Montreal eingetroffen war, hatte Jacobina nicht viel mehr herausfinden können. Der Arzt war beschäftigt, hatte sich nur wenige Minuten Zeit für sie genommen. Gut, dass sie da sei. Ein kurzer Händedruck. Ihr Vater sei geschwächt, man müsse abwarten.

Vater hatte nie mit ihr über seinen Gesundheitszustand gesprochen. Sicher, seine Mobilität hatte in den vergangenen Jahren rapide abgenommen, und er litt schon lange unter Schlaflosigkeit. Normale Alterserscheinungen. »Altsein ist beschissen«, hatte er oft gesagt. »Nichts macht mehr Spaß. Alle Knochen tun einem weh.« Aber wie es genau um ihn stand, ob er mit zu hohem Blutdruck oder Diabetes zu kämpfen hatte, ob irgendwo ein Krebs in seinem Körper wucherte oder warum er die kleinen, blauen Tabletten schluckte, davon hatte Jacobina keine Ahnung. Und es hatte sie auch nie interessiert.

Eine Putzfrau hatte vor über einer Stunde den Boden gewischt, aber der strenge Geruch des Desinfektionsmittels hing noch im Raum. Jacobina schaute aus dem Fenster, das man nicht öffnen konnte. Die Fensterscheiben waren doppelt verglast. Straßengeräusche drangen nur gedämpft herein. Das Leben da draußen war weit weg. Unwirklich.

Obwohl es erst vier Uhr nachmittags war, waren die Straßen bereits beleuchtet. Es hatte wieder angefangen zu schneien. In schrägen Linien strebten die Flocken der Erde zu. Diese verdammten kanadischen Winter. Wie hatte Jacobina sie immer gehasst. Die endlose Dunkelheit, die rotgefrorenen Hände. Sie hatte fast alles hier gehasst. Warum hatte das bloß niemand verstehen wollen?

Jacobina tastete mit den Fingern nach dem Schalter, um die Nachttischlampe anzuknipsen. Doch dann besann sie sich anders und zog die Hand wieder zurück. Ihr Vater liebte die Dämmerung, erinnerte sie sich mit einem Anflug von Milde. Dieses Zwielicht, das den Abend ankündigte und allmählich alles zur Ruhe kommen ließ. Zu Hause hatte er oft im Halbdunkel gesessen. Nur die kleine Wandlampe, die die Krankenschwester am späten Vormittag angeschaltet hatte, ließ Jacobina brennen. Licas rechte Wange leuchtete matt in ihrem Schein.

Er räusperte sich und öffnete erneut die Augen. Jacobina nahm das Glas vom Tisch, füllte es mit Wasser aus der Karaffe, die die Blonde morgens gebracht hatte, und hielt es ihm schweigend hin. Doch er reagierte nicht darauf und starrte wieder wie gebannt auf die Umrisse des Eiffelturms. Sein Gesicht wirkte jetzt noch eingefallener als bei Tageslicht. Breite, schwarze Falten zerklüfteten seine Stirn, und die wenigen verbliebenen Haare klebten strähnig am Kopf. Mein Gott, wie alt er aussah! Er *war* alt. Zweiundachtzig. Obwohl sie ihn zwei ganze Tage lang fast ständig betrachtet hatte, erschien Jacobina die hagere Gestalt mit den grauen Wangen wie ein Fremder. Nichts erinnerte an den munteren, etwas rundlichen Papa Lica, der sie als kleines Mädchen fest in seine Arme genommen und durch die Luft gewirbelt hatte. Der seine kratzende Wange gegen ihre gepresst und ihr etwas Lustiges ins Ohr geflüstert hatte. Seine Stimme, sein Lachen, der Duft seines Rasierwassers – alles an ihm hatte Geborgenheit verströmt. Damals. Sie war acht gewesen und die Welt noch in Ordnung.

»Wilder Lica« hatten ihn alle genannt. Ja, wild und laut war er gewesen. Hatte viel vom Leben gefordert, nichts und niemanden respektiert. Außer die heiligen Regeln des Sabbats, wenn er mit

Ehrfurcht die Kerzen angezündet, sich großzügig Wein einge-
schenkt und seine Familie gesegnet hatte. Jacobina dachte gerne
an die Freitagabende ihrer Kindheit zurück. Das Haus war aufgeräumt, Geld- und sonstige Sorgen auf später verschoben, der
Duft von Challah, dem geflochtenen Weißbrot, das die Mutter
aus dem Ofen holte und mit Salz bestreute, zog durch die Räume.
Als die Mutter noch lebte und Lica noch nicht der verschrobene
Zyniker war, zu dem er nach ihrem Tod geworden war. Wie lange
das her war!

Die anderen, weniger schönen Erinnerungen hatte Jacobina vergeblich zu verdrängen versucht. Die vielen Auseinandersetzungen. Die Vorwürfe. Das Schweigen. Das Schweigen würde ihr
bleiben. Der Tod änderte eben nichts.

»Paris«, sagte Lica plötzlich und unterbrach die Stille genauso
unverhofft wie vor einigen Minuten. Seine Stimme klang rau,
aber fest. Er musste sich nicht mehr räuspern. »Judith … Kind.«
Er atmete tief und schwieg wieder.

Von wem sprach er? Phantasierte er? »Vater, ich bin's. Jacobina.«

»Paris«, wiederholte er leise, fast melancholisch, ohne den
Blick vom Eiffelturm abzuwenden.

»Vater. Wie fühlst du dich?«

Er antwortete nicht.

Jacobina beugte sich vor und berührte seine Hand. Warum erwiderte er ihren Blick nicht? Er musste sie doch sehen!

Ein wehmütiger Ausdruck lag auf seinem Gesicht. Dann
drehte er langsam seinen Kopf zu Jacobina und schaute sie an.
Durch sie hindurch. War ganz woanders. »Wie konnte ich dir das
nur antun, Judith?« Er fuhr sich mit dem Handrücken über den
Mund.

Jacobina starrte ihn an. »Wovon sprichst du?«

In diesem Moment wurde die Tür geöffnet. Das Deckenlicht ging an und tauchte den Raum in grelles Neonlicht. Jacobina blinzelte.

Die Rothaarige mit ihren quietschenden Gummisohlen kam herein, stellte sich ans Fußende des Bettes. »Bonsoir, Monsieur Grunberg. Ausgeschlafen?«, fragte sie mit lauter Stimme und zwinkerte ihm zu. Dann wandte sie sich an Jacobina. »Seit wann ist Ihr Vater wach?«

Bevor Jacobina antworten konnte, fiel er ihr ins Wort. »Wasser.«

»Vielleicht fünf Minuten«, murmelte Jacobina und erhob sich. Sie wollte ihm das gefüllte Glas an den Mund führen, doch Lica ergriff es mit zitternder Hand und schob ihren Arm beiseite.

Typisch, dachte Jacobina.

Er hielt das Glas mit beiden Händen umklammert und trank mit kleinen, gierigen Schlucken.

Die Rothaarige ging um das Bett herum, drehte geschäftig an den Einstellungen des Tropfes und zog die Vorhänge zu. Lica ließ den Kopf zurück ins Kissen sinken, lockerte seinen Griff. Das halbvolle Glas rollte über die Decke und fiel klirrend zu Boden.

»Passen Sie doch auf, Madame«, sagte die Schwester scharf. Ohne sich um die Scherben zu kümmern, ergriff sie Licas schlaffen Arm und fühlte seinen Puls.

Jacobina bückte sich und sammelte die Glasstücke auf. Ihre Beine schmerzten vom langen unbeweglichen Sitzen.

»Vierundvierzig«, sagte die Rothaarige. »Niedrig.« Sie legte Licas Arm auf die Bettdecke zurück und schrieb die Zahl auf. »Sehen Sie zu, dass er etwas isst«, ordnete sie an. Sie drückte den

Rufknopf für das Schwesternzimmer und rief:»Abendessen auf die Vierundfünfzig.« Dann verließ sie den Raum.

Jacobina atmete auf, zog ein paar Papiertücher aus der Pappschachtel, die auf Licas Nachttisch stand, und wischte damit die letzten Splitter vom Boden auf. Keinen Ärger machen, hatte sie sich vorgenommen, keine bissigen Bemerkungen. Es lohnte nicht, die Schwester zurechtzuweisen.

Ein junger Pfleger brachte ein Tablett mit Essen und einer Kanne Tee herein und stellte es auf Licas Nachttisch. Er lächelte schüchtern und wünschte Jacobina eine gute Nacht. Sie warf einen Blick auf den Teller: ein Stück Brot, das mit einer quadratischen Scheibe Käse belegt war, daneben ein paar eingetrocknete Gurkenstücke.

»Drecksfraß«, schnaubte Lica, als sie wieder alleine waren.

Jacobina schmunzelte. Doch immer noch der Alte. Vielleicht waren die Befürchtungen des Arztes zu voreilig gewesen. Sie schob sich eine Haarsträhne aus dem Gesicht, schaltete die Deckenbeleuchtung aus und rückte ihren Sessel näher ans Bett.

»Möchtest du Tee?«

»Ich muss mit dir reden«, sagte er, ohne sie anzuschauen. Seine Stimme war leise, klang aber nun sehr bestimmt.

Jacobina horchte auf. Er wusste also sehr wohl, dass sie hier saß. Typisch, dachte sie wieder.

»Das Leben ist kompliziert, Jackie«, raunte er, »Wir haben nur noch uns.«

Wenn er diese Einsicht vor zehn Jahren gehabt hätte, wäre ihr manches erspart geblieben. Wut stieg in ihr auf. Jetzt, wo es ihm schlecht ging, wollte er mit ein paar dahergeredeten Sätzen alles wiedergutmachen. *Wir haben nur noch uns*, echote es in ihrem Kopf. So einfach war das nicht. Und es war zu spät. Viel zu spät. Jacobina atmete tief durch und ließ ihren Blick im Zimmer umherwandern. Keine bissigen Bemerkungen, ermahnte sie sich. Sie durfte nicht die Beherrschung verlieren.

»Wie soll ich es sagen?«, fuhr Lica fort und strich mit zitternder Hand über den Wasserfleck auf der Bettdecke. »Ich … ich habe manches falsch gemacht.«

Manches! Jacobina wollte bitter auflachen. *Alles!* Aber sie riss sich zusammen und schwieg. Dachte an den furchtbaren Streit bei ihrem letzten Besuch. Als sie sich geschworen hatte, ihn niemals wiederzusehen. Sie hatten immer gestritten, wenn sie sich sahen. Heftig und böse. Das hieß, er fing an, ihr Vorhaltungen zu machen, sobald sie den Begrüßungskaffee und die oberflächliche Plauderei der ersten Stunde hinter sich gebracht hatten. Über ihr Leben. Dass sie nicht zu Ende studiert hatte. Dass sie sich mit einem Job als Tippse zufriedengab, wie er zu sagen pflegte, obwohl sie doch Grips im Hirn hatte. Dass sie Kanada für die USA eingetauscht hatte.

»Den Louis, den hättest du nehmen sollen«, sagte er spätestens beim Abendessen am Küchentisch. Aufgewärmter Eintopf aus der Dose. Das Einzige, was er essen mochte. »Der hat's zu was gebracht. Dann hättest du jetzt ein gutes Leben.«

Louis, ihr Jugendschwarm. Sie hatte ihn nie wirklich geliebt und trauerte ihm und dem langweiligen Leben, das sie mit ihm geführt hätte, nicht nach. »Ich *habe* ein gutes Leben.« Ein schwacher Versuch.

»In deinem Schuhkarton?« Eine seiner boshaften Anspielungen auf ihre winzige Wohnung in Manhattan. »Dass ich nicht lache.«

Es war sinnlos. Was wusste er schon von ihr und ihrem Leben? Über ihre Sehnsüchte, ihre Ängste? Die Einsamkeit ihrer Beziehungen? Die nicht gehaltenen Versprechen der Traumstadt New York? Die Schwerelosigkeit, die sie fühlte, wenn sie von ihrer

Wohnung im 57. Stock nach unten schaute? Nichts. Der Tod ihrer Mutter hatte sie zu Fremden gemacht.

Wann war er so geworden? Jacobina konnte sich nicht erinnern, wann sie das letzte Mal ein friedliches Gespräch miteinander geführt hatten. In den ersten Jahren, nachdem ihre Mutter verstorben war, irgendwann da hatte es angefangen. Er redete weniger, ging selten ans Telefon, zog sich immer mehr zurück. Grüßte die Nachbarn nicht mehr, saß tagelang vor dem Fernseher. Jacobina hörte nicht auf, sich Sorgen um ihren Vater zu machen, fuhr, als sie schon längst ausgezogen war, für verlängerte Wochenenden zu ihm. Qualvolle Tage. Die Fensterläden hielt er tagsüber geschlossen. Sein Essen rührte er kaum noch an. Trug immer dieselbe graue Cordhose. Rasierte sich nicht mehr. Das Haus roch muffig, der Garten verwahrloste. Und wenn er mit ihr sprach, machte er ihr Vorwürfe. Dieser Tonfall! Diese Dunkelheit! Jacobina begann, ihr Elternhaus zu hassen.

Aber da war dieses lästige Pflichtgefühl, das an ihr nagte und von dem sie sich nicht befreien konnte. So hatte sie sich überwunden und war mit dem Greyhoundbus immer wieder Hunderte von Meilen über die Grenze nach Montreal gefahren, um nach ihrem vereinsamten Vater zu sehen. Sie blieb eine Nacht, höchstens zwei. Länger ertrugen sie sich nicht.

»Er kann nicht alleine leben«, hatte Iris gesagt, die einst beste Freundin ihrer Mutter. Sie hatte manchmal nach Lica geschaut und Jacobina dann telefonisch Bericht erstattet. »Versuch, ihn zu verstehen.« Aber das hatte Jacobina nicht gekonnt und nicht gewollt.

Das letzte Mal war er besonders hart gewesen. So hart, dass sie sich nach ihrem Besuch über ein Jahr nicht bei ihm gemeldet hatte. »Irgendwann kriegst du deine Rechnung«, hatte er ihr damals nachgeschrien, als sie wütend und hastig sein Haus verlassen hatte.»Dann sitzt du krank und alt in deiner Wohnung und bereust dein Leben.« Das war jetzt auch schon wieder ein paar Jahre her. Seitdem hatte sie ihn nicht mehr gesehen, nur selten angerufen. Warum diese Wut? Warum auf sie?, fragte sie sich oft. Sie hatte ihm doch nichts getan. Gewiss, sie hatte ihn enttäuscht. Hatte keinen Ehemann nach Hause gebracht, ihm keinen Enkel in die Arme gelegt. Aber so waren Kinder nun einmal. Sie gingen ihre eigenen Wege.

Kam jetzt, in diesem Krankenzimmer, eine Entschuldigung für alles? Würde sie die annehmen können? Nach all der Ablehnung? Nein. Es war zu spät. Jacobina schlug die Beine übereinander und wippte mit dem rechten Fuß.

Lica starrte wieder auf den Eiffelturm.»Paris …«, sagte er, »dort fing alles an.«

Jacobina schaute überrascht auf und wollte nachhaken. Doch dann beschloss sie, zu schweigen und zu warten. Er würde es schon sagen.

»Claire«, flüsterte Lica, »Die schöne Claire Goldemberg … Ich habe sie geliebt.« Er seufzte und wischte sich über die Augen. »Dann das Baby. Eine Frühgeburt.«

Was redete er da für ein Zeug?

Lica lächelte.»So ein Winzling.«

»Von wem sprichst du?«

»Die Hebamme dachte, sie würde es nicht schaffen.« Er hielt inne und schluckte.»Aber Judith … sie lebte.« Dann wandte er sich an Jacobina und sah ihr zum ersten Mal in die Augen.»Deine Halbschwester.«

Jacobina lehnte sich zurück und holte Luft. Er phantasierte. Die Medikamente. Sie sollte besser die Rothaarige rufen.

Lica runzelte die Stirn. Sein Blick wanderte zurück zum Eiffelturm. »Claire und ich trennten uns«, sagte er heiser. »Ich versprach, Judith zu schreiben. Sie zu besuchen. Geld zu schicken. Später lernte ich deine Mutter kennen.«

Jacobina stockte der Atem. Trotz der Wärme im Zimmer waren ihre Fingerspitzen plötzlich eiskalt.

»Dann kam Hitler, später der Krieg.« Lica schwieg und seufzte. »Die dummen Rumänen machten mit den Nazis mit. Wollten uns ausrotten. Erst holten sie Onkel Philipp,« er machte eine kurze Pause, »dann mich.« Eine Weile sagte er nichts. Als kostete es ihn besondere Überwindung, den letzten Teil seines Geständnisses auszusprechen. »Ich habe … den Kontakt zu Judith verloren. Hab sie nie wieder gesehen.«

Jacobinas Magen schnürte sich zusammen, ihre Beine wurden schwer. Ihr Blick folgte den schwarzen Spuren, die die Rollen der Betten auf dem Fußboden hinterlassen hatten. In der Ecke neben dem Fenster hatten sich kleine Staubballen gebildet. War nicht gerade erst gewischt worden? Oder hatte sie sich das nur eingebildet, so wie die Überzeugung, ihren Vater zu kennen? Die Kirchturmuhr schlug. Der Gong hämmerte in Jacobinas Kopf. Da lag dieser Mann vor ihr, alt und totenbleich, und dachte in seinen letzten Stunden an ein Mädchen, das er jahrzehntelang verschwiegen hatte. Das Leben war eine einzige Lüge.

»Warum hast du mir das nie erzählt?«, flüsterte Jacobina. Über ihrer Oberlippe hatten sich winzige Schweißperlen gebildet. Mit dem Zeigefinger wischte sie sie fort.

»Die Locken«, murmelte er, »Goldbraune Locken … wie Claire.«

Eine Halbschwester. All die Jahre hatte er mit und sie ohne diese Wahrheit gelebt. Gleich zweimal hatte er sich der väterlichen Verantwortung entzogen. Weder die eine Tochter gewissenhaft gesucht noch der anderen etwas von der Halbschwester erzählt. Was war er nur für ein Feigling! Jacobina wollte es ihm sagen. Jetzt. Es herausschreien. Den Schmerz herausschreien. Aber sie schluckte nur. Ihre Zunge schien unbeweglich.

»Ach, der Krieg … «, hatte Lica immer mit einer abwinkenden Handbewegung gemurmelt, wenn sie ihn als Kind nach seinem Leben fragte. »Er hat uns zerstört.« Von der Deportation hatte sie gewusst. Er habe Glück gehabt, hatte er oft gesagt, dass er nicht in einem der Vernichtungslager in Polen gelandet, sondern in Rumänien geblieben war. Doch darüber reden wollte er nie, brach immer schnell ab. Sie kannte keine Einzelheiten. Wusste nur, dass er irgendwann entkommen war und dann mit Mutter und ihr sofort das Land und Europa verlassen hatte. Sie hatte ihn nie zum Reden gedrängt, mochte die finsteren Gesichter der Eltern nicht, wenn sie das Wort *Krieg* aussprachen, gedehnt und voller Abscheu. Der Krieg hatte keine Bedeutung für Jacobina. Europa war weit weg. Es war lange her. Sie war damals ein Baby gewesen und konnte sich an nichts erinnern. In ihrem Pass war Bukarest als Geburtsort vermerkt. Mehr musste sie nicht wissen.

»Bald ist es mit mir vorbei«, raunte Lica. »Ich mag nicht mehr.«

»Du hättest es mir sagen müssen«, versuchte Jacobina es erneut.

Lica wandte sich ihr zu. Seine Augen waren wässrig und hatten jegliche Farbe verloren. »Ich konnte nicht«, sagte er. »Ich habe mich zu sehr geschämt, Jackie.«

Jacobina biss sich auf die Lippen. Seine Ehrlichkeit kam überraschend.

»Das letzte Mal habe ich Judith in Paris gesehen«, fuhr er fort. »Sie war dreizehn. Oder vielleicht schon vierzehn … Lange vor dem Krieg. Es war Frühling.« Er schaute wieder das Bild an.

Jacobina folgte seinem Blick und bemerkte zum ersten Mal, dass es leicht schief hing. Lica machte ein paar ungeschickte Bewegungen mit seinen Armen, versuchte, das Kopfkissen unter seinem Rücken herauszuziehen. Er gab es bald auf, schaute zu ihr herüber. Sie erhob sich, dankbar für die stumme Bitte um Hilfe, dankbar, etwas tun zu können, das kein Reden erforderte. Sie half ihm, sich aufrecht hinzusetzen, zog das Kissen hervor, strich es glatt und steckte es hinter seinen Kopf. Als sie seine knochigen Schultern berührte, erschrak sie. Es war kaum mehr etwas übrig von diesem Menschen.

»Wir saßen auf dem *Champ de Mars*. Bestaunten den Eiffelturm. Er war so wie auf diesem Bild. Fast rosa im Morgenlicht. Und stolz wie sein Volk.«

Jacobina zog die Augenbrauen hoch.

Die Tür ging auf, und der junge Pfleger, der zuvor das Abendessen gebracht hatte, kam zurück, um das Tablett abzuholen. Das Käsebrot lag weiß und unberührt auf dem Teller.

»Haben Sie vielleicht eine Suppe oder eine heiße Brühe?«, fragte Jacobina. Nicht aus Sorge, dass der Vater nichts gegessen hatte, sondern um etwas zu sagen. Irgendetwas, das nichts mit dem soeben Gehörten zu tun hatte. Etwas Normales, Alltägliches.

Der Pfleger, das Gesicht voller Sommersprossen, sah sie durch kleine, runde Brillengläser an und schüttelte den Kopf. *Jean* stand auf dem Namensschild, das an seinen Kittel geheftet war. »Tut mir leid, Madame. Für Spezialwünsche müssen Sie einen Zettel ausfüllen und morgens bei der Schwester abgeben.«

Jacobina nickte abwesend. Sie schaute zu, wie der Mann das Tablett nahm. Wie groß seine Hände waren.

»Möchten Sie eine Schlaftablette, Monsieur?«

»Er ist gerade aufgewacht«, zischte Jacobina, bevor Lica antworten konnte. »Sie können ihm doch jetzt keine Schlaftablette anbieten!«

»Oh, entschuldigen Sie«, sagte der Mann hastig und trat einen

Schritt zurück. Das Geschirr rutschte klappernd auf dem Tablett herum. »Die Pille ist für die Fünfundfünfzig.« Er lächelte müde. »Langer Tag heute.«

Jacobina antwortete nicht.

»Lang ist das Leben«, sagte Lica, »viel zu lang.« Er schaute den Pfleger grimmig an.

»Jetzt gehen Sie schon«, fuhr Jacobina ihn an. Dann fügte sie »Jean« hinzu, in der Hoffnung, er würde schneller reagieren, wenn er seinen Namen hörte.

Eilig verließ der Pfleger den Raum und schloss geräuschvoll die Tür.

»Mach das Licht aus, Jackie«, sagte Lica. »Es blendet.«

Jacobina knipste die Wandlampe aus und setzte sich wieder auf den Sessel. Dann lockerte sie die Schnürsenkel ihrer Stiefel und streckte die Beine von sich. In der Dunkelheit konnte sie das Bett nur schemenhaft erkennen. Sie sah den schwarzen Umriss von Licas Kopf. Er atmete keuchend.

Wo anfangen? Jacobina lauschte den Schritten auf dem Gang. Leise Stimmen. Ein kurzes Lachen.

»Jackie …«, begann Lica nach einer Weile, »deine Mutter – sie war mein Leben … Nach ihrem Tod war alles zu Ende.«

Jacobinas Augen füllten sich mit Tränen. Was war mit *ihr*? Hatte sie keinen Platz in seinem Herzen?

»Die Erinnerungen holten mich ein«, fuhr er fort, »an früher … Judiths Locken … Rumänien … Das Lager. Wie die Ratten haben wir gehaust, saßen in unserer eigenen Scheiße … Hatten Läuse. Typhus. Mussten Dreck fressen. Tag und Nacht sah ich diese Bilder. Es war unerträglich … Ich konnte einfach nicht darüber reden.«

Jacobina ballte die Hände zu Fäusten. »Du hattest *mich*«, brachte sie schließlich hervor.

Und dann sagte Lica etwas vollkommen Unerwartetes. »Ich hatte Angst vor dir, Jackie. Du warst so eigenständig. Hast nie auf mich gehört. Dich vor nichts gefürchtet. Hast dein Studium aufgegeben und bist nach New York gegangen.« Er machte eine kurze Pause. Jacobina hörte, wie er sich mit der Hand über das Gesicht rieb. »Warst so wie ich früher. Das Herz auf dem rechten Fleck. Ich kam mir so klein und alt vor, wenn du da warst. Was hätte ich dir vom Krieg vorjammern sollen?«

Ihre Kehle war wie zugeschnürt.

»Ich habe mich gehasst … Und es an dir ausgelassen.« Seine Stimme klang gepresst. »Ich konnte nicht anders … Ich konnte noch nie gut über Gefühle reden … Schon gar nicht mit dir.« Er wälzte sich stöhnend im Bett herum. Die Sprungfedern der Matratze quietschten, ein Kissen fiel zu Boden. »Deine Mutter organisierte unsere Flucht aus Rumänien … Sie war so stark.« Jacobina glaubte, ein kleines Lächeln in seiner Stimme zu hören. »Sie machte mein Leben wieder rund.« Er drehte sich hin und her. Jacobina griff im Dunkeln nach dem Kissen und legte es zurück aufs Bett, dorthin, wo sie seinen Arm vermutete.

»Jahrelang konnte ich weitermachen. So tun, als ob alles gut wäre.« Er röchelte schwach. »Aber nichts war gut. Hab uns allen was vorgemacht.«

Jacobina liefen die Tränen über die Wangen. Sie hatte Angst, ihr Vater könnte sie weinen hören, und wischte sich verschämt über das Gesicht.

»Nach ihrem Tod kam alles wieder hoch«, wisperte er. »Es gibt kein Vergessen … Und kein Entkommen.« Er hustete laut, dabei verschluckte er sich und rang würgend nach Atem. Allmählich wurde er wieder ruhiger.

Jacobina konnte sich nicht mehr zurückhalten. Die aufgestauten Gefühle waren zu stark und brachen aus ihr heraus. Ihr Oberkörper bebte. Sie beugte sich nach vorn, presste die Hand auf ihren Mund und versuchte vergeblich, das Schluchzen zu unterdrücken.

»Verzeih mir, Jackie«, flüsterte Lica in die Dunkelheit. *Verzeih mir.* Die Worte, auf die sie so lange gewartet hatte. Jacobina schluchzte laut auf.

»Komm her, mein Kind.«

Sie richtete sich auf, tastete nach Licas Hand und umklammerte sie. Seine Finger waren steif und kalt. Wie die eines Toten. Eine ganze Weile weinte sie hemmungslos, das Gesicht in der Bettdecke vergraben. All die Jahre. Die verlorene Zeit.

»Du musst Judith finden«, sagte Lica. Seine Stimme klang beschwörend. »Versprich es mir!«

Jacobina hielt inne und versuchte, sich zu beruhigen. Die Tränen wollten nicht aufhören zu fließen. Endlich drangen nur noch vereinzelte Schluchzer aus ihrer Kehle hervor. Sie entzog dem Vater die Hand und zerrte ein Taschentuch aus ihrer Hosentasche, um sich die Nase zu putzen. Um verlaufenes Make-up musste sie sich nicht sorgen, sie war nicht geschminkt.

»Ich möchte, dass du …« Seine Stimme versagte. Er schluckte und atmete laut durch den Mund. »… dass du das vollendest, was ich mein Leben lang vor mir hergeschoben habe.«

Jacobina zog laut die Nase hoch und schob das nasse Taschentuch wieder in ihre Jeans.

»Bitte«, röchelte Lica. Seine Hand suchte die Decke nach der ihren ab.

Sie streckte ihren Arm aus. Lica griff ihre Finger und drückte sie. Das innigste Zeichen von Zuneigung eines gebrochenen Mannes. Eines Mannes, der jahrelang seinen Schmerz mit Scham und Selbstbeherrschung unterdrückt hatte. Dessen Wunden zu tief waren, um jemals zu heilen.

Er tat Jacobina leid. Plötzlich empfand sie so etwas wie Zärtlichkeit für ihren Vater. Ein ungewohntes Gefühl. Sie wollte ihm über den Kopf streichen, doch sie traute sich nicht.

»Bitte«, sagte er mit kratziger Stimme und rang nach Luft.

»Ich verspreche es«, hauchte Jacobina. Was hätte sie auch sonst sagen sollen?

Lica schluckte hart. Mit einem Mal verstummten die geschäftigen Schritte auf dem Gang. Jacobina horchte in die Stille.

»Kannst du den Vorhang auf machen?«, bat Lica. »Ich möchte noch einmal den Schnee sehen.«

Sie stand auf, zog die Vorhänge auseinander und setzte sich wieder an seine Seite.

Er wandte den Kopf zum Fenster. Jacobina sah, wie die Flocken im Licht der Straßenbeleuchtung auseinanderstoben. Sie war für diesen Winter nicht richtig angezogen. In der Hektik des Aufbruchs hatte sie ihre Handschuhe zu Hause vergessen und nach der falschen Jacke gegriffen. Sie war froh, dass es nur ein paar Schritte bis zur Pension waren.

»Ich werde jetzt noch ein wenig schlafen«, sagte er, und in seiner Stimme schwang etwas von der Entschiedenheit mit, die Jacobina noch aus der Zeit kannte, als sie ein Kind gewesen war. »Du solltest das auch tun.«

»Ich bleibe hier, bis du eingeschlafen bist.«

»Nein, geh nur. Ich schaue den Flocken zu. Das beruhigt.«

Mit großer Mühe drehte er sich auf die Seite, um besser aus dem Fenster sehen zu können. Jacobina stand auf und sah unschlüssig auf die starre Silhouette seines Rückens. Aber er sagte nichts mehr.

Er wollte alleine sein, dachte sie und nahm ihre Jacke. »Gut. Dann gehe ich. Ich komme morgen früh wieder«, Jacobina schlang sich ihr Tuch um den Hals, »und bringe dir etwas zum

Frühstücken mit.« Der Gedanke an Baguette und heißen Kaffee tat gut.

Sie trat leise zur Tür, zog sie geräuschlos hinter sich zu und ging den Gang hinunter in Richtung Fahrstuhl. Ihre Schritte hallten zwischen den engen Wänden wider. Als sie am Schwesternzimmer vorbeikam, blieb sie stehen und schaute durch die halb geöffnete Tür. Eine junge Frau, die langen Haare zu einem Zopf geflochten, saß am Schreibtisch und verteilte Tabletten auf Plastikdöschen. Neben ihr standen ein großer Becher mit Kaffee und eine offene Keksdose. Jacobina merkte plötzlich, dass sie hungrig war. Sie klopfte kurz an die Tür und nickte der Schwester zu.»Ich gehe jetzt. Sie wissen, wo Sie mich erreichen können?«

»Um welchen Patienten handelt es sich?«, fragte die Schwester leicht irritiert und nahm einen Schluck Kaffee. *I love Canada* stand in großen Buchstaben auf ihrer Tasse. Jacobina hatte die Frau vorher noch nie gesehen.

»Vierundfünfzig. Grunberg.«

Ohne die Tasse abzusetzen, schaute die Schwester auf die Pinnwand über dem Schreibtisch. »Sie sind in der *Auberge*. Geht klar«, murmelte sie und nahm einen weiteren Schluck.

»Bitte rufen Sie mich sofort an, wenn etwas sein sollte«, sagte Jacobina, beruhigt, dass die Schwestern offenbar gut organisiert waren. »Ich komme dann gleich.«

Die Schwester nickte und wandte sich wieder den Tabletten zu.

Vielleicht sollte sie doch noch nicht gehen, überlegte Jacobina plötzlich, drehte sich um und lief wieder zurück. Die Rothaarige trat aus einem der Zimmer. Als sie Jacobina sah, murmelte sie etwas und deutete mit dem Finger auf ihre Armbanduhr.

War ihr doch egal, ob die Besuchszeit jetzt zu Ende war, dachte Jacobina und ging mit erhobenem Kinn an ihr vorbei. Vor Licas Tür hielt sie inne und sah sich nach beiden Seiten um. Sie hatte das Gefühl, beobachtet zu werden. Aber die Rothaarige war bereits verschwunden.

Jacobina legte die Hand auf die Klinke. Er wollte schlafen, hatte er gesagt. Morgen war noch genug Zeit zum Reden. Sie würde ihm frisches Baguette und Kaffee bringen, den Kaffee mit viel Milch, so, wie er ihn früher am liebsten getrunken hatte. Sie würden zum ersten Mal seit Mutters Tod ohne Streit miteinander frühstücken. Sie würde ihn nach Judith fragen, ihm vielleicht auch von sich erzählen. Ein neuer Anfang. So kurz vor dem Ende. Sie ließ die Klinke los, drehte sich um und ging zum Fahrstuhl.

Jacobina knipste das Licht an. Im Hotelzimmer war es eisig, jemand musste die Heizung ausgestellt haben. Und das im tiefsten Winter! Die Kälte machte den Raum noch unbehaglicher, als er ohnehin schon war. Eine Wasserleitung rauschte. Das Zimmermädchen hatte die braune Tagesdecke auf dem Bett ausgebreitet und zwei Kissen mit aufgestickten Blumen am Kopfende platziert. Jacobinas Schlafanzug lag sorgsam zusammengefaltet auf dem Nachttisch.

Sie ging zum Temperaturregler und drehte das Rädchen hoch. Dann schob sie den Vorhang zur Seite, schaltete das Licht wieder aus und setzte sich ans Fenster. Die Jacke behielt sie an. Ihr Magen knurrte, aber ihr war nicht danach, wieder hinauszugehen und irgendwo alleine zu essen. Nicht heute.

Sie kramte in ihrer Handtasche und zog eine angebrochene Tafel Schokolade hervor. Eilig riss sie das Papier ab und biss hinein. Die zuckrige Masse zog ihr den Magen zusammen, aber das Hungergefühl ließ nach.

Jacobina schaute den tanzenden Flocken zu, so, wie Lica es auch gerade tat. Falls er noch nicht eingeschlafen war. Die Straße war menschenleer. Ab und zu wirbelte eine Windböe den Schnee in großen Bögen durch die Luft. In diesem Moment fühlte sie sich ihrem Vater ganz nahe.

Auf der anderen Seite des Gangs wurde eine Tür aufgeschlossen. Jacobina ließ sich tiefer in den Sessel sinken und lauschte dem Brummen der Heizung.

Lica hatte nie Schneemänner mit ihr gebaut, erinnerte sie sich. Er hatte ihr keine Märchen vorgelesen und auch nicht ihre Schulaufgaben kontrolliert. Für diese Dinge war ihre Mutter zuständig gewesen. Licas Einfluss und Wirken hatte auf anderer Ebene stattgefunden. Er hatte ihr aus der Tora vorgelesen, ihr vom Auszug der Juden aus Ägypten erzählt und war mit ihr in die Synagoge gegangen. Mit den Regeln seiner Religion hatte er es nicht allzu genau genommen, er aß für sein Leben gerne Krustentiere, und koscherer Wein war für ihn nichts als gekochte Plörre. Aber er hatte großen Wert darauf gelegt, seiner Tochter, fernab der rumänischen Heimat, ein Zugehörigkeitsgefühl zu vermitteln, das mit der geografischen Aufteilung des Erdballs nichts zu tun hatte. Als Kind hatte ihr das nichts bedeutet, sie kannte es nicht anders. Später war es zum Grundpfeiler ihres Lebens geworden.

Im Zimmer wurde es wärmer. Jacobina schälte sich aus ihrer Jacke und schloss die Augen. Bilder kamen zurück. Wieder sah sie den bleichen Vater vor sich. Unrasiert auf einem Küchenstuhl, die Hände vor den Augen. Vor ihm ein Becher mit kaltem Tee. »Lass die Rollläden runter«, hörte sie ihn missmutig befehlen, »das Licht macht mich ganz krank.«

Jahre früher. Im Frühling. Wie er sie lachend auf den kleinen Sitz hob, den er auf die Mittelstange seines Herrenrads geschraubt hatte. Sie, stolz zwischen ihm und dem Lenkrad thronend, in der einen Hand noch das Frühstücksbrot. »Seid vorsichtig!«, rief die Mutter ihnen nach, als er sie zur Schule gefahren hatte.

Es klopfte. Jacobina schrak auf und musste sich kurz besinnen, wo sie war. Wie lange hatte sie hier gesessen? Es klopfte erneut, diesmal etwas lauter. »Madame? Sind Sie da?«

Jacobina stand auf, stolperte im Dunkeln über ihre Handtasche und tastete sich zur Wand. Wo war bloß der verdammte Lichtschalter? »Komme schon«, rief sie.

Doch die Frau draußen hatte sie nicht gehört und klopfte zum dritten Mal. »Es ist dringend.« Ihre Stimme klang aufgeregt. »Sind Sie da?«

Jacobina öffnete.

Die Dame vom Empfang stand vor ihr, völlig außer Atem. Wahrscheinlich war sie die Stufen hochgerannt. »Bitte kommen Sie«, keuchte sie. »Ein Anruf.«

In ihrem Zimmer gab es kein Telefon, auf das das Gespräch hätte weitergeleitet werden können. Das Krankenhaus, fuhr es Jacobina durch den Kopf. Ohne die Tür hinter sich zu schließen, rannte sie die Treppe hinab, nahm zwei Stufen auf einmal. Unter ihren Füßen der verblichene Teppich mit dem orientalischen Muster. Er wollte sie sprechen. Er hatte doch nicht schlafen können.

Doch in dem Augenblick, als sie nach dem Hörer griff und ihn ans Ohr hielt, wusste sie, dass man ihr etwas ganz anderes mitteilen würde. Es war so weit. Der Moment, auf den sie sich tagelang, jahrelang vorbereitet hatte – jetzt war er gekommen. Der Moment, von dem sie geglaubt hatte, er würde nichts mehr ändern.

»Madame Grunberg?«

»Ja«, hauchte Jacobina in die Muschel.

»Schwester Louise hier.« Sie machte eine Pause. »Ihr Vater ist verstorben.«

Jacobina sagte nichts.

»Es muss passiert sein, kurz nachdem Sie gegangen sind«, erklärte die Schwester. »Es tut mir leid.«

Wir haben nur noch uns. Alles war vergeben. Der jahrelange Streit. Die unausgesprochenen Gefühle. Das späte Geständnis. Das alles wurde nun von einem viel tieferen, einem endgültigen Schmerz übertroffen.

Erst später, in ihrem Zimmer, konnte Jacobina weinen.

2

Washington D. C., 2006

Klick-klack, klick-klack. Sie erkannte seinen hastigen, beinahe stolpernden Gang schon von weitem, würde ihn unter Tausenden von Schritten heraushören. Dieses schnelle, wütende Aufschlagen seiner Ledersohlen auf dem Linoleumparkett. Béatrice wusste, was das bedeutete. Gleich würde er, ohne vorher anzuklopfen, in ihr Büro stürmen, die Augen zusammengekniffen, das speckige Gesicht leicht gerötet. Und dann würde er ihre sorgfältig recherchierte Pressemitteilung auf den Tisch knallen und seine redigierte Version präsentieren. Ihre Überschrift würde er zerhäckselt, die Einleitung irgendwo auf der zweiten Seite vergraben haben und ganze Paragraphen würden komplett verschwunden sein. Sie hatte ihre Lektionen gelernt. Die erste war: Ihr Chef wusste es immer besser als alle anderen.

Béatrice hatte ihren Gedanken noch nicht zu Ende gedacht, da riss er schon die Tür auf. Mit einem ergebenen Seufzer lehnte sie sich in ihren Stuhl zurück und drehte sich zu ihm. Michael baute seinen gedrungenen Körper vor ihr auf. Sein flaches Gesicht mit den hervorquellenden Augen und den kurzgeschorenen, schwarzen Haaren löste jedes Mal ein unangenehmes Gefühl in ihr aus.

In seiner Hand hielt er ein Blatt Papier. Ihren Text.

Béatrice' Augenlider zuckten, ihr Atem ging schneller. Wenn er vor ihr stand, war es fast unmöglich, ihren Groll gegen ihn zu verbergen.

Kalter Tabakgeruch strömte ihr entgegen. Wie er es bloß schaffte, jede Stunde sein Büro im achten Stock zu verlassen, um unten neben dem Eingangsportal eine Zigarette zu rauchen? Manchmal sah sie ihn da draußen stehen, wenn sie von ihrer Mittagspause zurückkam. Dann ging sie immer zügig an ihm vorbei und grüßte nur mit einem Kopfnicken.

Michael sah sie mit finsterer Miene an und ließ das Papier auf ihren Schreibtisch fallen. »Muss ich dir etwa erklären, wie man eine Pressemitteilung schreibt?«, schnaubte er.

»Wieso?«, fragte sie zurück, während sie seinem anklagenden Blick nicht eine Sekunde auswich. »Ich habe sie genauso geschrieben, wie wir es besprochen haben, und die Fakten doppelt geprüft.« Sie griff nach dem Blatt und schaute auf ihre Worte. Nicht wiederzuerkennen. Unzählige handgeschriebene Kommentare waren zwischen die Zeilen bis an die Ränder gekritzelt, Sätze durch- oder unterstrichen, und eine Armee roter Pfeile ordnete eine neue, bessere – Michaels – Satzfolge an.

»Verdammt nochmal! Jeder drittklassige Praktikant schreibt besser als du.« Er griff nach seiner Krawatte und rückte sie zurecht. »Ich will Zahlen, Béatrice. Er-folgs-zah-len. Wie oft muss ich das noch sagen?« Bei dem Wort *Erfolg* funkelten seine Augen böse.

»Jetzt mal langsam, Michael. Die Experten waren sich bezüglich der Zahlen nicht ganz einig«, entgegnete sie und starrte weiter auf den Text. »Das Projekt ist ja noch nicht …«

»Wie, du hast keine Zahlen?«, unterbrach Michael sie. Zwei tiefe Falten bildeten sich zwischen seinen Augenbrauen. »Es gibt immer Zahlen, wenn man welche braucht. Setz dich mit Martine zusammen, lies die Projektauswertung genau durch, ruf im Ministerium an. Denk dir was aus. Muss ich denn hier alles alleine machen?« Michael ging mit kleinen, schnellen Schritten vor ihrem Schreibtisch auf und ab.»Wir haben hundert Millionen Dollar in den Erziehungssektor in Haiti gepumpt. Die Leute wollen wissen, wo ihre Steuergelder geblieben sind.« Seine Stimme wurde immer lauter.»So was schreibt sich von selbst.«

Er griff in seine Hosentasche und zog eine Rolle Pfefferminzbonbons heraus.»Haupttitel: Soundso viele Kinder gehen in Haiti zur Schule. Untertitel: Weltbankprojekt hat mit hundert Millionen den Schulbau unterstützt. Oder so ähnlich.« Er riss das Papier so weit von der Rolle, bis ein paar Bonbons in seine Hand fielen.»Dazu ein gutes Foto mit ein paar hübschen Schulkindern für die Website. PR-Einmaleins. Dafür wirst du bezahlt.« Michael rollte die weißen Dragees zwischen seinen Fingern und warf sie sich in den Mund.»Und diese gestelzten Zitate vom Präsidenten – völliger Bullshit. Die müssen raus. So würde er nie reden.« Krachend zermahlte er die Bonbons zwischen seinen Zähnen und richtete den Blick auf Béatrice' Busen.

War etwa ein Knopf an ihrer Bluse aufgesprungen? Schnell verschränkte sie die Arme vor der Brust.

»Und bevor ich's vergesse«, fügte er kauend hinzu.»Ich sehe nirgendwo unsere Key-Wörter: Nachhaltigkeit. Wachstum. Wohlstand. Chancengleichheit. Dafür arbeiten wir. Dafür steht die Bank. Also schreib das gefälligst auch da rein.«

Lektion Nummer zwei: Was auch immer sie tat, sie konnte es ihm nie recht machen.

Béatrice ließ die Standpauke mit zusammengebissenen Zähnen über sich ergehen. Sie kannte seine verbalen Amokläufe nur zu gut. Die Chemie zwischen Michael und ihr hatte noch nie gestimmt. Sicher, er hatte sie eingestellt, also musste sie ihn damals beim Vorstellungsgespräch überzeugt haben. Aber dann, nach nicht mal einem Jahr, hatte sie den fatalen Fehler begangen, ihn vor dem gesamten Team zu korrigieren. Bei seiner Behauptung, die Kreditzusagen der Bank an Afrika seien mittlerweile höher als die an Lateinamerika, hatte sie sich einfach nicht zurückhalten können und aus dem Jahresbericht zitiert, wo genau das Gegenteil drin gestanden hatte. Seitdem verging kaum ein Tag, an dem er ihr diese Bloßstellung nicht heimzuzahlen versuchte.

»Das, was du hier oben hingeschrieben hast, kann ich leider nicht lesen.« Sie hob ihren Blick, wollte Michael in die Augen schauen. Aber er hatte sich so dicht neben sie gestellt, dass sie stattdessen nur seine Krawatte sah. Es war die hässliche braune mit den schwarzen Streifen.

Michael strich sich über seinen Bauch und schnaufte herablassend. »So, du kannst es nicht lesen. Das ist alles, was dir zu diesem Shit einfällt, den du da fabriziert hast?«

»Ich fabriziere keinen Shit«, entgegnete sie trocken.

Ruhe bewahren, ermahnte sie sich. Wie oft hatte sie das mit ihrem Therapeuten durchgesprochen! »Lassen Sie sich von dem Fettwanst nicht ärgern. Stellen Sie sich ihn in Unterhose vor, wenn er mit Ihnen spricht«, hatte er vorgeschlagen. »Oder denken Sie an irgendetwas Schönes. Das funktioniert immer.«

Tat es aber nicht. Sobald ihr texanischer Chef im Raum stand, lösten sich alle ihre Vorsätze und Strategien in Luft auf, und sie hatte größte Mühe, ihre Abneigung gegen ihn in diplomatische Distanz umzuwandeln.

»So kann der Text auf keinen Fall bleiben.« Michael trat neben den Schreibtisch und ging zur Tür. Im Türrahmen wandte er sich noch einmal um. »In spätestens zwei Stunden ist die neue Version auf meinem Tisch. Die muss morgen früh raus. Streng dich an, Béa, sonst müssen wir uns bald mal ernsthaft über deine

Zukunft hier unterhalten.« Mit einem lauten Knall warf er die Tür ins Schloss.

Béatrice war sich sicher, dass draußen auf dem Gang der Rest des Teams alles mitangehört hatte. Die Kollegen würden später kein Wort darüber verlieren. Kurze Blicke, wissendes Schweigen. Mehr nicht. Sie wagten selten, Michael hinter seinem Rücken zu kritisieren, denn irgendwie fand er es immer heraus. Und dann rächte er sich. Nicht sofort. Nicht geradeheraus. Sondern auf seine Art. Überging bestimmte Mitarbeiter, wenn Gehaltserhöhungen oder Beförderungen anstanden, genehmigte Anträge auf freie Tage und Ferien nicht mehr, bewilligte keine Businessclass für Dienstreisen. Béatrice hatte immer geglaubt, seine Sekretärin würde die Kollegen an Michael verraten. Veronica, die blonde Brasilianerin. Großer Hintern, pink lackierte Fingernägel. Sie redete oft zu viel und zu laut. Aber sicher war sich Béatrice nicht mehr, seit Michael Veronica vergangene Woche vor versammelter Mannschaft heruntergeputzt hatte.

Lektion Nummer drei: Sie durfte niemandem vertrauen.

Es klopfte, Veronica steckte den Kopf durch die Tür. »Team-Meeting geht los.«

Béatrice nickte stumm, blickte auf das Gekritzel vor ihr und schloss seufzend die Augen. Zwei Stunden. Das würde sie nie schaffen.

Der Konferenzraum I-8001 strahlte etwas Unwirkliches aus. Weißes Neonlicht beleuchtete Tag und Nacht den fensterlosen Raum. Die Tische waren hufeisenförmig aufgestellt, an jedem Platz befand sich ein kleines Mikrophon. An der Wand hing ein überdimensionaler Bildschirm, mit dem die Länderbüros über Video zugeschaltet werden konnten. Neben der Tür klebte eines der vielen *Feel-Good*-Weltbank-Werbeposter. Eine Gruppe schmächtiger Kinder mit dunkler Hautfarbe war darauf abgebildet. Die Kinder lachten und zeigten Zahnlücken. Darunter stand in großen Buchstaben: »Unser Traum ist eine Welt frei von Armut. Die Weltbankgruppe.«

Bei ihren Freunden zu Hause in Frankreich erzählte Béatrice gern davon, wie es war für die Weltbank zu arbeiten, einem der größten globalen Geldgeber für Entwicklungsprojekte. Sie war stolz darauf, zu einer Organisation zu gehören, die sich dem noblen Ziel der Armutsbekämpfung verschrieben hatte. Hier zu arbeiten war mehr als nur ein Job für Béatrice, es war ihre Chance, die Welt etwas besser zu machen.

Jährlich vergab die Bank zwischen 20 und 30 Milliarden Dollar an Krediten, Zuschüssen und Subventionen an Entwicklungsländer. Sie unterstützte die ärmsten Mitgliedsstaaten beim Wiederaufbau nach Erdbeben und Bürgerkriegen, bekämpfte Korruption und Klimawandel. Sie half mit, Erziehungs- und Gesundheitssysteme zu entwickeln, baute Brücken und Dämme und kurbelte das Wirtschaftswachstum in Ländern an, an die keiner mehr glaubte.

Im Raum I-8001 fanden wichtige Diskussionen statt. Schuldenkrise in Argentinien, Wasserprivatisierung in Bolivien, Regierungswechsel in Brasilien, Handelsaustausch zwischen Lateinamerika und China. Hier wurde spekuliert, gerichtet und entschieden.

Heute nicht. Heute saß hier die Presseabteilung des Lateinamerika-Departments zusammen, um die wichtigsten Ereignisse der Woche durchzugehen. Besuche und Reden des Vizepräsidenten, Bekanntgaben neuer Entwicklungsprojekte, Veröffentlichungen von internationalen Wirtschaftsprognosen.

Das Meeting hatte bereits begonnen. Sobald Béatrice den

Raum betrat, begann sie zu frösteln. Die Klimaanlage ratterte auf Hochtouren. Und das im März. Typisch Amerika!

Michael saß an der Stirnseite, die Lesebrille weit auf der Nase hinuntergeschoben, vor ihm ein aufgeschlagener Ordner und eine Dose Cola light. Seine Arme hatte er wie Flügel über dem Tisch ausgebreitet. Als er Béatrice hereinkommen sah, lehnte er sich in seinen Stuhl zurück und verschränkte die Arme über dem Bauch. »Oh, Mademoiselle ist auch schon da!«

Béatrice setzte sich eilig und murmelte eine Entschuldigung. Sie knöpfte ihren Blazer zu und zog einen Wollschal aus ihrer Tasche. Abwesend betrachtete sie die getrockneten Kaffeeflecken auf der Tischplatte. Lektion Nummer vier: Zu spät kommen war absolut unverzeihlich.

Michael rückte seine Brille zurecht, »Wo war ich stehengeblieben?« Er widmete sich wieder seinem Ordner. »VP fliegt nach Peru. Erstes Treffen mit dem neuen Finanzminister. Auf dem Programm die Prioritäten für die nächsten Jahre. Ricardo fliegt mit und organisiert die PK.«

Der schöne Ricardo. Immer gut gekleidet, immer gut vorbereitet. Die Frauen im Büro hatten ihn vergöttert. Bis sie eines Tages herausfanden, dass es einen Mann in seinem Leben gab.

Als Ricardo seinen Namen hörte, richtete er sich auf und fuhr kurz über sein schwarzes, glattgegeltes Haar. »Alles so weit unter Kontrolle, Chef«, sagte er laut und klar, mit sichtbarer Vorfreude auf das, was er gleich noch verkünden würde. »Plan steht. Mittagessen mit Minister und engsten Beratern gleich nach der Ankunft. Anschließend Pressekonferenz im Ministerium. Nachmittags Besuch eines Dorfes, das Teil des ländlichen Elektrifizierungsprojekts der Bank ist. Foto mit VP, Minister und Bürgermeister. Interview vor Ort mit *El Comercio*. Rückfahrt. Abendessen im Belmond Miraflores.«

Michael grunzte zufrieden »Sehr gut, Ric« und schrieb etwas in seinen Ordner. »Marcela? Wie weit sind wir mit dem Launch-Event für den *Doing-Business-Bericht*?«

Béatrice hörte kaum zu. Ihre Haiti-Deadline war auf einmal in bedrohliche Nähe gerückt. Sie warf einen kurzen Blick auf ihr Blackberry: 14.10 Uhr. Fieberhaft überlegte sie, was sie in den nächsten zwei Stunden alles zu erledigen hatte. Veronica darum bitten, Michaels Handschrift zu entziffern. Niemand konnte das so gut wie sie. Dann Martine, *Task-Team-Leader* für das Haitiprojekt, anrufen und sie erneut bitten, die Zahl der Schüler zu bestätigen. Nein, nicht anrufen. Martine ging selten ans Telefon. Schon gar nicht, wenn es die Kollegen von der Presseabteilung waren. Sie musste sie persönlich aufsuchen. Dann fiel Béatrice ein, dass Martines Büro für ein paar Wochen wegen Renovierungsarbeiten in ein anderes Gebäude verlegt worden war. Wegen des langen Hin- und Rückwegs würde sie das mindestens fünfzehn Minuten zusätzlich kosten. Und das auch nur, wenn Martine sich kooperationsbereit zeigte und nicht gerade in einem anderen Meeting saß. Sie war keine einfache Kollegin und hasste den »Pressewahn« der Bank, wie sie es nannte. Bei ihrem letzten Gespräch hatte Martine betont, dass es noch keine verlässlichen Daten gab, und auf eine Fußnote verwiesen, die sich auf Seite 57 irgendeines Dokuments befand. Wie sollte Béatrice das Michael erklären? Egal, versuchte sie sich zu beruhigen. Dann musste eben eine andere Zahl herhalten. Eine Zahl, die die Presse interessierte und überzeugte. Eine »Erfolgszahl«. Lektion Nummer fünf: Ihr Erfolg im Job wurde ausschließlich an positiver Presseberichterstattung gemessen.

Sie würde die Statistiken im Anhang noch einmal durchgehen. Nach Zahlen von neuen Schulbüchern und eingestellten Lehrern suchen. Irgendetwas musste zu finden sein. Béatrice' Gedanken überschlugen sich.

Dem Direktor des Haitiprogramms mailen und die redigierte Pressemitteilung ankündigen. Er musste sie ebenfalls absegnen, bevor sie an die Journalisten geschickt wurde. Der Direktor saß in Port-au-Prince. Das Internet dort setzte mehrmals pro Woche aus, zeitweise täglich. Hoffentlich war er nicht gerade im Landesinnern unterwegs und unerreichbar. Sie sollte besser der Sekretärin und seinem Assistenten ihre Mail in Kopie schicken. Das hieß aber noch lange nicht, dass die ihr Schreiben auch lesen würden. Sie würde auf Nummer Sicher gehen: Erst die Sekretärin anrufen, erklären, dass sie gleich eine dringende E-Mail schicken würde. In Port-au-Prince gingen die Uhren eine Stunde vor. Und die Kollegen dort fingen um sieben Uhr an zu arbeiten und verließen das Büro gegen sechzehn Uhr. Alle mussten vor Anbruch der Dunkelheit nach Hause gehen. Sicherheitsstufe Eins. Das war die neue Vorschrift, seit der Fahrer des Direktors vor zwei Wochen angeschossen worden war. Béatrice schaute erneut auf ihre Uhr. Sie würde anrufen, sobald das Team-Meeting hier zu Ende war.

Dann musste sie noch das Übersetzungsbüro kontaktieren und bitten, die Pressemitteilung gleich morgen früh im Eilverfahren ins Französische zu übersetzen. Dafür würde man ihr eine Extragebühr in Rechnung stellen. Und das bedeutete eine weitere unangenehme Unterredung mit Michael über steigende Kosten und Budgetkürzungen.

Würde sie das schaffen? Lähmende Angst stieg in Béatrice auf. Obwohl sie die beruflichen Anforderungen immer gut bewältigte, lösten enge Deadlines in letzter Zeit fast schon Panik-Attacken bei ihr aus. Das kam von den ewigen Querelen mit Michael. Sie konnte einfach nicht mit diesem Besserwisser zusammenarbeiten, seine Macho-Allüren ertragen. Seine ständige Kritik. Diese anstößigen Blicke, für die er sich überhaupt nicht zu schämen schien. Widerlich! Béatrice atmete tief ein. Aber glücklicherweise würde das bald ein Ende haben. Denn schon bald würde sie befördert werden. Sie seufzte erleichtert auf.

Ihre Gedanken wanderten zurück zu ihrem Jobinterview vor zwei Wochen im Präsidentenbüro. Alles war tadellos gelaufen, das hatte sie am wohlwollenden Gesichtsausdruck des Personalchefs deutlich ablesen können. Es konnte sich nur noch um wenige Tage handeln, bis man ihr den neuen Posten anbot.

»Bé-a. Hal-lo. Träumst du?«

Michaels Knurren riss sie aus ihren Gedanken. Alle Blicke waren auf sie gerichtet. Béatrice wurde schlagartig heiß, wahrscheinlich war sie knallrot.

»Wie wär's mit einem Haiti-Update?« Michael nahm einen Schluck aus seiner Coladose und schaute sie herausfordernd an.

Sie musste sachlich bleiben. So wie Ricardo. Gewollt gelassen lehnte sie sich zurück und zupfte an ihrem Schal. »Ich werde nachher mit Martine sprechen und dann die Pressemitteilung überarbeiten«, sagte sie.

»Jetzt reicht's mir aber. Du weißt doch, dass Martine seit heute Morgen im Flieger sitzt«, schnauzte er und stellte die Coladose so heftig ab, dass etwas von der braunen Flüssigkeit aus der Öffnung schwappte.

Béatrice erschrak. Nein, das hatte sie nicht gewusst. Warum hatte sie das nicht gewusst? Oder hatte Martine ihr etwas gesagt? Das hätte sie doch nicht vergessen. Oder etwa doch? Ihre Hände verkrampften sich. Lektion Nummer sechs: Wenn sie das Spiel gewinnen wollte, musste sie ihm immer einen Schritt voraus sein.

Veronica erhob sich, wischte mit einem Taschentuch und einem Lächeln die übergelaufene Cola weg. Ihre Fingernägel glänzten.

»Obrigado«, bedankte sich Michael mit seinem amerikanischen Kaugummi-Akzent. Es war das einzige Wort, das er auf Portugiesisch kannte, obwohl er auf seinem LinkedIn-Profil behauptete, die Sprache zu beherrschen. Veronica lächelte und ging zu ihrem Platz zurück. Sie wusste, wie man einen aufgebrachten Cowboy beruhigen konnte.

»Das musst du mit dem Direktor klären«, wandte sich Michael mit frostiger Stimme wieder an Béatrice, während er auf Veronicas Hintern starrte. »Und zwar sofort!«

Béatrice packte ihre Sachen und verließ den Konferenzraum. Bevor sie irgendetwas klärte, brauchte sie dringend frische Luft. Nur ein paar Minuten tief durchatmen und den Kopf frei kriegen. Ehe Michael das Meeting beendete hätte, würde sie wieder in ihrem Büro sitzen. Kurzentschlossen steckte sie die Unterlagen in ihre Tasche, fuhr mit dem Fahrstuhl in die Lobby hinunter und trat auf die Straße.

Paris, September 1940

Ich stand auf einer der mittleren Sprossen der wackeligen Bibliotheksleiter, als ich den Zettel entdeckte. Er war aus ungewöhnlich festem, himmelblauem Papier, mehrmals zusammengefaltet und steckte in Marcel Prousts *Im Schatten junger Mädchenblüte.* Editions Gallimard, 1919. 492 Seiten. Der Einband war abgegriffen, der Buchrücken schief. Die Studenten fragten ständig danach – das Buch war Pflichtlektüre im Literaturstudium. Ich hatte mich selbst letztes Jahr durch Prousts labyrinthartige Sätze und exzentrische Metaphern kämpfen müssen. Worte wie schweres Parfum.

Jemand hatte seine Notizen vergessen, war mein erster Gedanke. Ich legte die anderen Bücher, die ich unter meinem Arm geklemmt hielt, auf dem Regal ab und zog den blauen Zettel heraus. *An Judith* stand in kleinen, fein säuberlich geschriebenen Buchstaben am oberen Rand. Verwirrt starrte ich auf meinen Namen.

Ein leichter Windstoß fegte durch den Raum und das halb geöffnete Fenster flog krachend zu. Vor Schreck verlor ich fast das Gleichgewicht. Ich klammerte mich an die Leiter, stieg hastig hinunter und entfaltete den Zettel.

Die fließenden Bewegungen Ihrer feinen, weißen Hände, die niemals ruhen, stand dort in schwarzer Tinte. *Ihre schlanke Gestalt, Ihr leichter Gang. Wenn Sie den Raum betreten, wird alles hell. C.* Die Worte ließen mein Herz schneller schlagen. Wer in aller Welt war C.? Ich drehte den Zettel um, vielleicht stand der Absender ja auf der Rückseite. Aber sie war leer. Ich hatte noch nie solch eine Botschaft erhalten. Und jetzt, wo die Zeiten zu ernst waren, um an Liebesgeplänkel zu denken, hielt ich eine in den Händen.

Vor rund drei Monaten hatten die Franzosen kapituliert und die Deutschen die Hälfte unseres Landes besetzt. »Waffenstillstand« nannte Marschall Pétain diese Demütigung für das französische Volk. Seither hatten sich die Deutschen in unseren Luxushotels eingenistet, und unsere Stadt war mir fremd geworden. Überall schossen Wegweiser aus dem Boden, auf denen lange deutsche Wörter standen, die kein Franzose aussprechen konnte. Am Eiffelturm flatterte das Hakenkreuz-Banner und unsere Uhren hatten wir nach Berliner Zeit um eine Stunde vorstellen müssen.

Jemand rief meinen Namen, und ich sah auf. Monsieur Hubert, der Bibliotheksleiter, kam auf mich zu und strich sich über sein schütteres Haar. »Haben Sie schon die Neuzugänge in die Kartei aufgenommen?«, fragte er. Hinter den kleinen, runden Gläsern seiner Brille zwinkerten seine Augen gutmütig.

Wenigstens einer, der so tat, als ginge das Leben normal weiter. Zugegeben, ein bisschen hatte es sich auch wieder normalisiert seit dem 14. Juni, dem Tag, an dem die ersten deutschen Soldaten die Porte de la Villette erreicht hatten. Tatsächlich waren viele Pariser, die im Frühsommer in panischer Angst vor der deutschen Bedrohung in den Süden geflohen waren, wieder zurückgekommen. Die Kinos hatten ihre Vorstellungen wieder aufgenommen, die Cafés und Restaurants geöffnet. Das Leben schien wieder zu pulsieren. Aber der Schein trog. Eine gespenstische Ungewissheit hing seit Wochen über der Stadt.

»Ja, natürlich, Monsieur. Das habe ich gestern erledigt«, antwortete ich abwesend und starrte wieder auf die Zeilen in meiner Hand.

»Dann können Sie jetzt nach Hause gehen, Mademoiselle«, sagte er. »Es ist spät.« Er seufzte leise und ließ seinen Blick über die Bücherregale schweifen. »Bei Georges ist schon wieder eine lange Schlange. Die Lebensmittel werden immer knapper. Machen Sie sich schnell auf den Weg, bevor alles weg ist.«

Der liebe, gute Monsieur Hubert. Ich lächelte ihn an. Immer dachte er für andere mit. Er erinnerte mich an meinen Vater, oder vielmehr an das Bild meines Vaters, das ich mir aus den wenigen Puzzleteilen meiner Erinnerung zurechtgelegt hatte. Dankend verabschiedete ich mich, stopfte den rätselhaften blauen Zettel in meine Rocktasche und verließ die Bibliothek.

Als ich auf die Place de la Sorbonne trat, empfing mich ein warmer Septembertag. Die Äste der großen Buchen, die den Platz umsäumten, bewegten sich träge in der Nachmittagsbrise. Das Café an der Ecke warb wie immer mit einem *Plat du Jour*, und am Zeitungskiosk hingen die neuesten Ausgaben von *Paris Soir*, *Le Temps* und *Le Figaro*. Doch etwas war anders. Obwohl das akademische Jahr gerade erst begonnen hatte, war es auf dem sonst so belebten Universitätsplatz bedrückend still. Ein paar Studenten standen in kleinen Gruppen beieinander und steckten die Köpfe zusammen. Sie wagten es nicht, den vorbeigehenden deutschen Soldaten nachzuschauen, die in sauber gebügelten Uniformen lachend und rauchend über den Platz schlenderten. Sie sahen gut aus, die deutschen Besatzer. Groß, mit kurz geschorenen Haaren und kräftigen Beinen. Sie strahlten Stärke und Männlichkeit aus.

Ich blinzelte in die Sonne und machte mich auf den Weg zu Georges, dem Lebensmittelhändler in der Rue des Écoles. Schon von weitem konnte ich die schier endlose Schlange sehen, die sich vor seinem Geschäft gebildet hatte. Es waren bestimmt über 200 Leute! Gestern waren es nur die Hälfte gewesen. Bis ich endlich dran wäre, würde nichts mehr übrig sein.

Trotzdem stellte ich mich an, denn es hatte keinen Sinn, es woanders zu versuchen. Mittlerweile gab es überall gleich wenig. Die Jagd nach Lebensmitteln bestimmte im germanisierten Paris unseren Tagesablauf. Für jedes Stück Brot mussten wir anstehen. Gestern hatte ich drei Eier ergattern können und etwas echten Kaffee. Die Milch war schon lange ausgegangen. Georges hatte gesagt, dass er vielleicht nächste Woche wieder Nachschub bekommen würde.

Vor mir stand eine Frau. Sie trug ein schwarzes Kleid. Ein Junge in kurzen Hosen klammerte sich an sie, und in ihren Armen hielt sie einen schreienden Säugling, den sie in ein Tuch gewickelt hatte. Beruhigend redete sie auf ihn ein. Doch das Baby hörte nicht auf zu weinen. Die Knie des Jungen neben ihr waren zerkratzt, in der Hand hielt er einen leeren Einkaufskorb. Als ich ihn anlächelte, verbarg er das Gesicht in den Rockfalten seiner Mutter. Ich drehte mich um und sah, dass sich nach mir mindestens weitere zwanzig Leute in die Schlange eingereiht hatten. Die Menschen waren schweigsam. Niemand lachte. Niemand stellte Fragen. Jeder schien seinen Gedanken nachzuhängen.

Wieder zog ich den hellblauen Zettel hervor und las ihn. Welch eine schöne, ausdrucksvolle Handschrift. Obwohl die Nachricht sehr kurz war, wirkte sie auf mich wohlüberlegt, so als habe C. lange darüber nachgedacht, was er mir schreiben sollte. Ich betrachtete meine Hände. Waren sie wirklich fein? Und war mein Gang wirklich leicht? Ich schaute hinunter auf meine Füße, die in abgetragenen Lederschuhen steckten. Erst jetzt fiel mir auf, wie viel Beschreibendes er in diese beiden Sätze gelegt hatte. Als hätte er mich von seinem Platz aus so lange beobachtet, bis er für mich und jede meiner Bewegungen das richtige Wort gefunden hatte. Ich nahm mir vor, das nächste Mal, wenn ich Dienst hatte, die Karteikarte des Proustbands herauszusuchen und nachzuschauen, wer das Buch heute ausgeliehen hatte. Ich war neugierig geworden.

Nach fast zwei Stunden Wartezeit betrat ich endlich das Geschäft. Ich hatte Glück. Wider Erwarten war noch nicht alles ausverkauft, und ich erstand ein paar Scheiben Käse und vier Äpfel. Mutter würde sich freuen, dass ich nicht mit leeren Händen nach Hause kam.

***

Mit einem großen Becher Kaffee in der einen und einem Stück Kuchen in der anderen Hand setzte sich Béatrice auf eine Bank im Murrow Park, der zwar Park hieß, aber nur eine spärlich begrünte Verkehrsinsel an der 19th Street, Ecke H Street war.

Der Murrow Park war weder schön noch gepflegt. Morgens lagen Obdachlose und Fixer auf fleckigen Decken hinter den Büschen. Neben ihnen Plastiksäcke, in die sie ihre wenigen Habseligkeiten gestopft hatten.

Von hier aus hatte Béatrice einen guten Blick auf den Haupteingang des wuchtigen Weltbankgebäudes, das sich in zwölf Etagen gen Himmel streckte. Während sie an ihrem Kaffee nippte, beobachtete sie, wie bunt gekleidete Männer und Frauen aus den verschiedensten Ländern hinein- und hinausgingen. Die Asiaten trugen dunkle Kostüme, einige Afrikaner hatten Kaftane in leuchtenden Farben an, und eine Inderin erschien in einem traditionellen Sari.

An der anderen Ecke des Parks stand ein Afroamerikaner in blauen Shorts und spielte Trompete. Er spielte dort jeden Nachmittag dasselbe Lied und hoffte auf ein paar Almosen von vorbeihastenden Bankangestellten.

Der Kuchen in Béatrice' Hand war feucht und klebrig. Eigentlich wollte sie gar nichts essen. Erst recht nichts Süßes. Sie hätte dieses Stück überhaupt nicht kaufen sollen. Sie stand auf und warf es in den nächsten Mülleimer.

»Hoffentlich hat das keiner gesehen«, hörte sie eine strenge Stimme hinter sich. Béatrice fuhr herum und erblickte eine Frau in Jogginghose und schlabbrigem, orangenem Sweatshirt, auf dem *Sunset Aid* stand. Die Frau war etwas älter als sie, vielleicht um die fünfzig, und trug eine schwarze Brille. Ihre rotgefärbten kurzen Haare leuchteten in der Sonne wie Kupfer.

»Also, vor den ganzen armen Typen hier ein fettes Stück Kuchen wegzuschmeißen, das muss man sich mal trauen. Die stehen hier schon seit über einer Stunde Schlange«, ereiferte sich die Frau, zeigte auf die 19th Street und zündete sich eine Zigarette an. Béatrice drehte sich um und bemerkte jetzt eine große Menschengruppe, die sich um einen Bus scharte. Aus dessen Fenstern wurden Teller mit Suppe gereicht. Bei jedem Teller schossen gleich mehrere Hände nach oben, um ihn in Empfang zu nehmen.

»Oh«, sagte sie, »das … das habe ich gar nicht gesehen.«

»Arbeitest du da?« Die Frau nickte in Richtung Bankgebäude, zog an ihrer Zigarette und kam ein paar Schritte näher.

»Ja«, sagte Béatrice und errötete.

»Du gehörst also zu diesen Typen, die ein dickes Gehalt absahnen und keine Steuern zahlen.«

Béatrice erwiderte nichts. Sie wollte einfach so schnell wie möglich weg von hier.

Die Frau stand bereits neben ihr. »Ihr seid vielleicht ein Haufen! Sitzt in eurem Turm aus Chrom und Glas und faselt den ganzen Tag was von Armutsbekämpfung. Aber gegen das Drama vor eurer eigenen Tür tut ihr nichts.« Sie blies den Rauch in die Luft.

Béatrice wandte sich ab und ging zur Straße.

Die Frau folgte ihr. »Stolziert im Armani-Kostüm in den Slums von Afrika rum, aber keiner von euch will sich die Hände schmutzig machen.«

Allmählich wurde die Frau ihr zu aufdringlich. »Lass mich in Ruhe!«, fauchte Béatrice.

»Meilenweit weg von der Realität seid ihr«, schimpfte der Rotschopf weiter.

Béatrice sah keinen Sinn darin, sich mit dieser fremden Person zu streiten und ihr die Funktionen und die Aufgaben der Weltbank zu erklären. Sie trat vor, um die Straße zu überqueren.

Mit einem Mal änderte die Frau ihren Tonfall. »Tschuldige … das war nicht gegen dich persönlich gerichtet. Mein Tag hat heute um vier Uhr angefangen, ich bin total erledigt«, sagte sie.

Spätestens, wenn sie durch das Eingangsportal trat, würde sie die Frau los sein. Béatrice beschleunigte ihren Schritt.

»Wir könnten deine Hilfe gebrauchen«, rief die Frau und lief hinter ihr her. Als sie Béatrice eingeholt hatte, berührte sie ihren Arm. »Hier sind viele Menschen in Not.«

»Fass mich nicht an«, fuhr Béatrice sie an und trat einen Schritt zur Seite. Auf dem Hals der Frau bemerkte sie zwei tätowierte Tulpen, schräg unter dem Ohr.

»Hey, keine Panik, ich tu dir doch nichts.« Der Rotschopf grinste und warf die brennende Zigarette achtlos auf die Straße. »Aber ich würde dir gern mal zeigen, was hier los ist, während ihr da oben vor euren Charts sitzt.«

Béatrice wollte jetzt nicht wissen, was in den Armenvierteln von Washington los war. Sie hatte keine Zeit, und heute war ein besonders schlechter Tag, um sich die Probleme anderer Leute anzuhören.

»Weißt du, es kann jeden treffen«, sagte die Frau und schaute hinüber zum Bus. »Und dann geht es ganz schnell bergab.«

Die Worte und der traurige Tonfall ließen Béatrice plötzlich aufhorchen und hinderten sie daran, die Frau einfach stehenzulassen. Sie wandte sich ihr zu.

»Ich bin Lena«, sagte die Frau und schob die Ärmel ihres Sweatshirts hoch. Dann erzählte sie Béatrice von der Organisation, die sie vor ein paar Jahren gegründet hatte, *Sunset Aid*. Dass sie auf jede Spende angewiesen waren. Und dass die Arbeit immer mehr wurde. »Ich hab selbst mal einen Bürojob gehabt«, sagte sie. »Da musste ich auch jeden Tag im Kostüm aufkreuzen. Kann ich mir jetzt gar nicht mehr vorstellen.« Sie stieß ein kurzes, kehliges Lachen aus und zündete sich eine neue Zigarette an. »Wir kümmern uns hauptsächlich um alte Menschen. Du glaubst nicht, wie viele alte Leute hier wie Gefangene in ihren Wohnungen hocken und auf unsere Hilfe angewiesen sind.« Gierig zog sie an der Zigarette und ließ den Rauch durch die Nase ausströmen. »Und manchmal helfen wir auch mit den Suppenküchen aus. Die Busse hier, das sind umgebaute Schulbusse.«

Béatrice hörte zu und widerstand dem Drang, auf ihre Uhr zu schauen. Sie musste an ihre Mutter denken, dieses zierliche, erschöpfte Wesen, die in Paris ebenfalls einsam in ihrer Wohnung saß. Na ja, und irgendwie hatte diese Lena ja auch ein bisschen recht mit dem, was sie über die Bank gesagt hatte.

Béatrice gab sich einen Ruck und verabschiedete sich von Lena, die ihr noch schnell ihre Visitenkarte in die Manteltasche gleiten ließ.

»Hmm, Kaschmir!«, sagte Lena mit einem Augenzwinkern, als sie die Hand wieder aus der Tasche zog.

Béatrice tat, als hätte sie die Bemerkung nicht gehört.

»Vergiss nicht«, rief Lena Béatrice im Weggehen zu, »wir brauchen dringend freiwillige Helfer.«

Béatrice sah, wie der Rotschopf über die Straße schlenderte und dann im Gewimmel der Menschen, die sich immer noch um den Bus drängten, verschwand.

Es war spät geworden. Ein Zwölf-Stunden-Tag, jede Minute davon unter Michaels schonungsloser Kontrolle. Er hatte Béatrice nicht gehen lassen bis die Pressemitteilung eine für ihn akzeptable Form angenommen, sie den Haiti-Direktor in Port-au-Prince per Handy bei einem Geschäftsessen gestört und der ihr versprochen hatte, den Text noch spätabends durchzugehen und freizugeben. »Du hast keine Kinder, die du von der Schule abholen musst«, hatte Michael trocken bemerkt, als er sie bei einem heimlichen Blick auf die Uhr erwischte. »Also bleibst du hier, bis du deine Arbeit gemacht hast.«

Benommen lief Béatrice die P-Street entlang. Dunkle Wolken türmten sich auf wie exotische Pilzgewächse. Bald würde es anfangen zu regnen. Die Kirschbäume hatten schon ein paar Knospen getrieben. Weiß und zart stachen sie in den düsteren Himmel.

Ihre neuen Christian-Louboutin-Schuhe drückten, der Laptop

in der Umhängetasche wurde immer schwerer, und ihren Regenschirm hatte sie im Büro vergessen. Béatrice war nie gewappnet für die plötzlichen Regengüsse in Washington. Sie war überhaupt nicht gewappnet für das Leben in der amerikanischen Hauptstadt. Die tropischen Sommer mit den orkanartigen Gewitterstürmen, die regelmäßig für Stromausfall sorgten. Die kalten, schneereichen Winter, die den Verkehr tagelang lahmlegten. Die ungemütlichen, dunklen Starbucks-Cafés, wo man riesige Portionen Kaffee in Pappbechern serviert bekam. Die dröhnenden Klimaanlagen, die immer und überall zu kalt eingestellt waren. Den übertriebenen Bewegungswahn, der die Bevölkerung ab fünf Uhr morgens in die Fitnessstudios hetzte.

Béatrice vermisste die zentralisierte Langsamkeit Frankreichs. Die langen Sommerferien, die im ganzen Land am selben Tag begannen. Die modebewussten Pariserinnen, die in hohen Pumps wie auf Stelzen durch die Stadt balancierten. Die Straßencafés, in denen man stundenlang an kleinen, runden Tischen saß, bitteren Espresso trank und sich über unfreundliche Kellner ärgerte. Und manchmal vermisste sie sogar die Streikkultur ihres Landes, die großen Demonstrationen auf den Pariser Boulevards, die den Verkehr zum Stillstand brachten und die Stadt in organisiertes Chaos stürzten.

Wehmütig dachte sie an ihre Heimat. Obwohl sie schon fast fünf Jahre in Washington lebte, war es Béatrice nicht gelungen, hier enge Freundschaften zu schließen. Sicher, es gab nette Kollegen, mit denen sie manchmal ins Kino ging oder sich zum Abendessen verabredete. Aber es war nichts Tiefes, nichts Vertrautes in all den Jahren entstanden. Man sprach über den Job, kritisierte das Management und debattierte, welche Fluglinie den besten Service in der Businessclass bot. Expat-Diplo-Smalltalk nannte Béatrice das. Oft lagen Wochen zwischen diesen Verabredungen, denn immer war jemand gerade für die Bank in der Welt unterwegs.

Trotzdem: Sie hatte diesen Job um jeden Preis gewollt. Hatte jahrelang davon geträumt und dafür gekämpft. Sie war stolz darauf, hier zu sein. Und sie war stolz darauf, als Französin hier zu sein. Ihr Akzent ließ die Amerikaner entzückt aufhorchen, ihre sorgsam gewählte Kleidung erntete bewundernde Blicke. »I love your shoes« und »Where did you buy your dress?« riefen ihr wildfremde Frauen auf der Straße zu. Béatrice hatte schnell herausgefunden, dass die französische Kultur in den USA als etwas Besonderes galt, und genoss die Anerkennung. Die Amerikaner schienen tatsächlich zu glauben, dass das Leben in Frankreich besser war, dass dort alle Menschen schön und schlank waren und das, obwohl sie ständig Croissants mit Butter aßen und schon zum Mittagessen Champagner bestellten. Die Amerikaner schienen davon überzeugt zu sein, dass kein Franzose mehr als fünfunddreißig Stunden pro Woche arbeitete, dass französische Kleinkinder in Restaurants mit Messer und Gabel aßen und dass Paris die romantischste Stadt der Welt war. Béatrice wollte ihnen die schönen Bilder lassen.

Bis zu ihrer Wohnung in der R-Street würde sie es nicht mehr schaffen, ohne nass zu werden. Suchend blickte sie die Straße hinunter, aber zu dieser Uhrzeit fuhr der Georgetown-Bus nur noch jede Viertelstunde.

Plötzlich merkte sie, wie hungrig sie war. Seit dem frühen Vormittag hatte sie nichts mehr gegessen. Die Trattoria del Sorriso war ganz in der Nähe. Der Gedanke an einen Teller Spaghetti schenkte Béatrice augenblicklich frische Energie, und mit schnellen Schritten lief sie bis zur nächsten Straßenecke. Von dort konnte sie bereits die erleuchteten Fenster des Restaurants sehen. Als die ersten Tropfen auf den Asphalt klatschten, saß sie schon an einem der kleinen Tische mit rot-weiß-karierter Plastikdecke. Am Nebentisch befand sich ein Paar und unterhielt sich lebhaft.

Lucío, der Inhaber, trat heran, in der Hand schwenkte er eine Karaffe Rotwein. Genau das, was Béatrice jetzt dringend brauchte. Lucío war Mexikaner, begrüßte sie aber immer mit einem singenden »Buena sera, Signorina«. Es sei ja schließlich eine Trattoria und keine Taquería, hatte er einmal scherzhaft erklärt.

Béatrice kam regelmäßig hierher zum Abendessen, wenn ihr Hunger groß und der Kühlschrank zu Hause leer war.

»Anstrengender Tag?« Lucío stellte den Wein vor ihr ab und rückte das Gedeck zurecht. Statt zu antworten, griff Béatrice nickend nach der Karaffe und schenkte sich ein. Als er kurz darauf das Weißbrot servierte, hatte sie das erste Glas schon geleert.

Béatrice packte ihr Blackberry aus und stellte aufatmend fest, dass seit Verlassen des Büros keine neue Nachricht von Michael eingetroffen war. Langsam begann die Anspannung von ihr abzufallen, und nach einem weiteren Schluck Wein fühlte sie sich angenehm beschwingt. Es dauerte keine Viertelstunde, und ein Teller mit dampfenden Nudeln stand vor ihr. Einen Moment lang verspürte sie tiefes Wohlbefinden. Genüsslich tauchte Béatrice die Gabel in die Sauce.

Da klingelte ihr Telefon. Der schrille Ton ließ sie zusammenzucken. Beunruhigt schaute sie auf das Display, entspannte sich jedoch sogleich wieder. Joaquín. Sie hatte den ganzen Tag noch nicht mit ihm gesprochen, ließ die Gabel sinken und griff nach dem Gerät.

»Honey, endlich erreiche ich dich«, gurrte er. Es tat gut, seine Stimme zu hören. Aber sie kannte ihn. Dieser Ton war meistens ein Vorbote für weniger gute Nachrichten. Außerdem kränkte es sie, dass er jetzt nicht hier mit ihr zusammen saß und sie, wie das

Paar am Nebentisch, miteinander essen konnten. Immer kam ihm etwas dazwischen. Termine. Die Redaktion. Zu viel Verkehr. Laura.

»Wie war dein Tag?«, fragte er sanft.

Béatrice wickelte geschickt ein paar Spaghetti auf ihre Gabel, murmelte müde »Das möchtest du nicht wissen« und schob sie sich in den Mund.

Joaquín seufzte. »Lass mich raten. Michael?«

»Hmm.« Sie wollte ihm weitere Details ersparen. Sie hatte während der vergangenen Monate ganze Abende damit verbracht, ihm die Probleme mit ihrem Chef in allen Einzelheiten zu schildern. Und die Nudeln waren gut. Eigentlich wollte sie jetzt nur essen und zuhören.

Joaquín fragte nicht weiter nach und wechselte das Thema. »Du, ich wollte noch mal mit dir über das Wochenende reden.«

Béatrice hielt inne.

»Wir müssen unseren Trip leider verschieben. Ich muss das Ben-Bernanke-Interview für die Montagsausgabe fertigschreiben.«

Ihr Puls beschleunigte sich. Hastig kaute sie und überlegte, wie sie reagieren sollte.

»Tut mir leid, Béa«, fügte er leise hinzu.

Draußen regnete es jetzt in Strömen. Von ihrem Platz aus sah Béatrice, wie die Tropfen auf die grünen Metallstühle vor dem Restaurant prasselten. Ein paar Fußgänger rannten über die Straße.

»Und das kannst du natürlich nicht vorher machen«, sagte sie endlich.

»Na ja. Da ist auch noch eine Geburtstagsparty am Samstag, zu der Laura unbedingt hin möchte.«

Also *das* war es. Sie hatte es geahnt. Laura hatte mal wieder

Vorrang. Selbstverständlich fand Béatrice es richtig, dass er sich so liebevoll und aufmerksam um seine Tochter kümmerte. Ihr eigener Vater hatte sich nie für sie interessiert, und als Kind hatte Béatrice unter seiner Abwesenheit sehr gelitten. Aber dass Joaquín immer gleich bereit war, für Laura seine Pläne mit ihr über den Haufen zu werfen, verletzte sie zutiefst.

»Ach so«, hauchte sie. Es sollte sich gleichgültig anhören, doch es fiel ihr schwer, ihre Enttäuschung zu verbergen. Béatrice nahm einen großen Schluck Wein und bat Lucío mit einem Wink, noch eine Karaffe zu bringen. Sie sollte eigentlich nichts mehr trinken. Aber Lucío näherte sich bereits ihrem Tisch. Sie schob sich eine weitere Gabel Spaghetti in den Mund.

»Versteh mich nicht falsch. Natürlich wäre ich gern mit dir aufs Land gefahren … Aber ich habe Laura diese Woche kaum gesehen«, erklärte Joaquín.

Wie ihr sein permanent schlechtes Gewissen auf die Nerven ging. Schnell schluckte Béatrice den halb zerkauten Bissen hinunter. »Mach dir doch nicht immer so viele Sorgen um sie«, gab sie ungeduldig zurück. »Meine Mutter hat mich auch alleine großgezogen und war kaum zu Hause. Wie du siehst, ich hab's überlebt.«

Ihre Mutter hatte als Krankenschwester gearbeitet. Oft in Fünfzehn-Stunden-Schichten, oft nachts und an den Wochenenden. Béatrice erinnerte sich an die vielen Nachmittage und Abende, an denen sie alleine in ihrer winzigen Wohnung im 14. Arrondissement von Paris gesessen hatte und bereits eingeschlafen war, als ihre Mutter endlich nach Hause kam. Sie nahm sich vor, sie in den nächsten Tagen anzurufen.

Joaquín ging nicht auf ihre Bemerkung ein. »Wir könnten am Sonntag alle zusammen ins Kino gehen«, schlug er stattdessen vor.

Ins Kino. Mit der pubertierenden Tochter. Béatrice schaute verärgert auf ihren halbvollen Teller. Das seit langem geplante Wochenende in einem romantischen Bed & Breakfast in Virginia wurde jetzt gegen einen Kinobesuch mit Popcorn und Teenager eingetauscht. Einen alleinerziehenden Vater zum Partner zu haben, war manchmal wirklich bescheuert. Sie streckte Lucío energisch ihr Glas entgegen. Vielleicht war ihre Mutter deshalb immer alleine geblieben. Weil Kind und Job eigentlich keinen neuen Partner zuließen.

»Na ja, und die Bernanke-Geschichte wird der Aufmacher am Montag«, fuhr Joaquín fort. »Erster Monat im Amt als neuer Notenbankchef. Da muss jeder Satz sitzen.«

Es gab immer einen Grund. In Béatrice' Gedächtnis reihten sich zahllose Beispiele für Joaquíns Planänderungen, Ausreden und Entschuldigungen aneinander. Ja, sicher. Sie hatte Verständnis für ihn und seine Verpflichtungen. Es war nicht einfach. Aber ihr Verständnis hatte seine Grenzen.

Und wenn es spät war und der Wein ihre Zunge gelöst hatte, so wie jetzt, dann konnte sie ihre Unzufriedenheit und Wut kaum mehr zurückhalten. Dann konnten die Vorwürfe pfeilschnell und zielsicher aus ihrem Mund geschossen kommen. Béatrice atmete hörbar aus. Bereit, dem Drang nachzugeben, ihren Beziehungsfrust wie einen Krug Wasser über Joaquín auszuschütten. Bereit, den Tag mit einem bösen Streit zu beenden.

Doch dann besann sie sich. Sie war zu einer schier unerträglichen Erkenntnis gelangt: Es war zwecklos. Mit Vorwürfen würde sie nichts erreichen außer einer schlaflosen Nacht. Wie es dann weiterging, war vorhersehbar. Tagelange Funkstille. Schließlich würde sie ihm eine verbitterte E-Mail schicken. Daraufhin würde eine einlenkende von ihm zurückkommen, dann eine um Verzeihung bittende. Er würde sie am Freitag vom Büro abholen, wie gewohnt überarbeitet und mit Verspätung. Und am Sonntag würden sie mit Laura ins Kino gehen.

Das Paar am Nebentisch teilte sich ein Dessert. Der Mann raunte der Frau etwas zu, und sie lachte laut auf.

»Ins Kino«, erwiderte Béatrice schließlich langsam. »Warum nicht.« Eine Feststellung, keine Frage. Danach hörte sie kaum noch, was Joaquín sagte, sondern nur noch den Regen, der gegen die Fenster prasselte.

Cecil hatte ihr den Job doch irgendwie schon zugesagt. Natürlich noch nicht offiziell, sondern ganz diskret und vertraulich. Als er sie neulich spontan angerufen und zu einem Gespräch unter vier Augen in einen Coffeeshop auf der 18th Street eingeladen hatte. Seine Andeutungen waren klar und deutlich gewesen. Bald würde er die Entscheidung bekanntgeben.

Béatrice saß kraftlos an ihrem Schreibtisch. Ihr Kopf schmerzte, die Kontaktlinsen juckten. Die zweite Karaffe Wein bei Lucío war eindeutig zu viel gewesen, die sechs Stunden Schlaf danach eindeutig zu wenig. Sie schaute auf den lautlosen Verkehr tief unter ihr und dachte über ihre Karrierechancen nach.

Der berufliche Aufstieg in einer multilateralen Organisation wie der Weltbank musste strategisch angegangen werden. Sonst konnte es passieren, dass man bis zur Pensionierung auf demselben Stuhl saß. Sich in einer streng hierarchischen und gleichzeitig hochpolitischen Bürokratie gegen Konkurrenten aus 184 Mitgliedsländern durchzusetzen, war ein ausgeklügeltes Schachspiel. Zug um Zug umzingelten die Bauern die Königin. Fanden Verbündete in den Chefetagen, die in einflussreichen Personalkomitees mitzuentscheiden hatten. Machten sich bei Vorgesetzten durch jahrelange Zuarbeit zu unentbehrlichen Vertrauten. Trafen sich mit Kollegen, die in vorteilhaften Positionen saßen, regelmäßig zum Lunch. Hielten Augen und Ohren offen. Hatten bei den entscheidenden Meetings immer etwas Wichtiges beizutragen.

Weltbanker, die es in dieser riesigen Organisation zu etwas bringen wollten, waren schlau, leicht überheblich und verbrachten mindestens ein Drittel ihrer Arbeitszeit damit, den nächsten Karriereschritt auf dem internationalen Schachbrett zu planen. Béatrice war keine gute Schachspielerin. Sie sagte die Dinge entweder so, wie sie waren, oder gar nicht. Ließ sich von Michaels Gehabe immer wieder provozieren. Und anstatt taktisch klug mit Kollegen mittags in der Kantine zu sitzen, ging sie lieber alleine eine Runde um den Block.

Aber mit Cecil war es anders. Ihm hatte sie nie etwas vormachen müssen. Sie war davon überzeugt, dass er von Anfang an ihr wahres Potential erkannt hatte und sie nicht hängenlassen würde. Hatte er ihr nicht damals auf der Jahrestagung in Kairo gesagt, wie sehr er sie schätzte, wie gern er mit ihr zusammenarbeiten würde? Er war ein ausgekochter Fuchs, hatte den Wechsel an der Führungsspitze gekonnt genutzt, um sich weiter nach oben zu manövrieren, und jetzt war er Direktor des Präsidentenbüros geworden. Und er wollte *sie*.

Béatrice gähnte, zwirbelte eine Haarsträhne zwischen ihren Fingern und schaute auf den Bildschirm ihres Computers. Die französische Übersetzung der Haiti-Pressemitteilung war soeben eingetroffen, und sie hatte gleich angefangen, sie zu überarbeiten. Die hatte bestimmt kein Muttersprachler gemacht, dachte sie kopfschüttelnd und tippte genervt ihre Korrekturen in den Text. Fabrice Perie von der Nachrichtenagentur Agence France-Presse würde sich sonst nicht zu Unrecht bei Michael beschweren, wenn er das las. »Ihr habt keinen Respekt vor der französischen Sprache«, schimpfte er immer, wenn er schlampig übersetztes Pressematerial erhielt. Und für so eine Arbeit musste man eine Extragebühr zahlen!

Seit fast zwei Jahren wartete Béatrice nun schon auf ihre Chance bei Cecil. In regelmäßigen Abständen hatte sie dafür gesorgt, bei ihm nicht in Vergessenheit zu geraten. Mal schrieb sie ihm eine kurze E-Mail, mal rief sie ihn an. Wenn sie ihm in der Lobby des Hauptgebäudes begegnete, bekundete sie stets ihr Interesse für neue berufliche Herausforderungen. Und er wusste sie immer zu beschwichtigen und zu ermutigen.

»Hab Geduld, es dauert noch ein wenig«, sagte er dann immer in diesem ungezwungenen Ton, der ihn so sympathisch machte, allerdings erst nachdem er sich vergewissert hatte, dass ihnen niemand zuhörte. Alles in der Bank dauerte *ein wenig*. Ausschreibungen, Einstellungen, interne Reformen, Projektbewilligungen. 15 000 Angestellte. Das große Rad der Bürokratie drehte sich langsam. Béatrice verstand das. Aber Cecil war anders als alle anderen. Raffiniert und trotzdem ehrlich und geradeheraus. Sie würden ein hervorragendes Team abgeben. Davon war sie überzeugt.

Manchmal malte sich Béatrice Michaels Reaktion am *Tag X* aus, dem Tag, an dem sie ihm mitteilen würde, dass sie zur Presse-Managerin in Cecils Team befördert worden war. Wie er seine Augen bei dem Wort *Managerin* erbost zusammenkneifen, sich an die Krawatte greifen und dann knapp »Freut mich« heucheln würde.

Allein bei dem Gedanken an seine überraschte Miene durchströmte sofort eine behagliche Genugtuung ihren Körper. Und dieses warme Gefühl, diese Vorfreude auf den Tag, an dem sie ihm sein schäbiges Benehmen auf elegant endgültige Weise heimzahlen würde, hatte sie die letzten Monate über Wasser gehalten. Wenn Michael ihre Pressemitteilungen Satz für Satz zerpflückte, wenn er sie am Wochenende per E-Mail ins Büro zitierte oder ihr abends, kurz vor Dienstschluss, eine Rede zum fünften Mal zurückschickte mit der Aufforderung, sie zu verbessern, dann schloss sie die Augen und stellte sich den Tag X vor. Den Tag, auf den es sich gelohnt hatte, zu warten.

Béatrice schaute ein letztes Mal über den korrigierten Text. Die gröbsten Sprachfehler waren beseitigt, das Datum berichtigt, und der Titel klang jetzt nicht mehr wie französisches Englisch. Für mehr blieb keine Zeit. In 20 Minuten sollte die Mitteilung über den zentralen Presseverteiler der Bank an alle Medien geschickt werden. »Kostenlose Schulausbildung für dreißigtausend Kinder – Weltbankprojekt stärkt mit hundert Millionen Dollar öffentliches Schulsystem.« Die 30 000 waren eine Mischung aus Hochrechnung, Wunschdenken und Spekulation. Mit Vorsicht oder besser gar nicht zu gebrauchen, hatte der Haiti-Direktor sie gewarnt. Aber Michael hatte die Schülerzahl unbedingt im Titel haben wollen. Also gut, dann wurde es eben so gemacht. Er war der Boss! Sie klickte auf »Senden«. Fertig.

Vor rund drei Monaten, Anfang Januar, hatte Béatrice kaum mehr eine Perspektive gesehen. Die Stimmung im Büro war so finster und eisig gewesen wie der Winter auf den Straßen der Hauptstadt. Und vor ihr hatte ein weiteres langes Jahr mit zwei schwierigen Männern gelegen – mit einem, den sie versuchte zu lieben, und mit einem, den sie versuchte nicht zu hassen.

Doch nur wenig später war ihre Geduld belohnt und die Managerstelle in Cecils Team ausgeschrieben worden. Alle erforderlichen Voraussetzungen und Qualifikationen trafen exakt auf sie zu. Das Anforderungsprofil war eindeutig für sie geschrieben worden, das spürte sie. Cecil hatte Wort gehalten, und bald würde alles anders und besser werden.

Dann sein Anruf neulich und das höchst persönliche Gespräch. Sie ließ die Bilder immer wieder vor ihrem inneren Auge Revue passieren. Sie im engen Prada-Kostüm, die Haare zu einem strengen Knoten gebunden. Der Kaffee so heiß, dass sie sich ihre Zunge daran verbrannt hatte.

»Du warst gut im Interview«, hatte Cecil ihr versichert und verschwörerisch gelächelt. »Richtig gut.«

Sein Lob machte sie verlegen. »Und, kann jetzt noch irgendjemand Einspruch erheben?«, fragte sie.

Er wiegte seinen Kopf mit den kurzen, grauen Locken hin und her. Kurzes Schweigen. Dann ein breites Grinsen. »Nein. Du hast den Job so gut wie in der Tasche.«

Ihre Augen begannen zu glühen, letzte Zweifel erloschen. Er schluckte, und sie sah, wie dabei sein Adamsapfel hervortrat. Cecil wisperte leise: »Vertrau mir.« Dann trank er seinen Espresso in einem Zug aus und verabschiedete sich.

Vertrau mir. Seitdem hielten diese zwei Worte Béatrice schützend umhüllt, wie ein weicher Mantel, und trugen sie durch die kalten Tage. Tage, die von diesem Moment an gezählt waren.

Die Tür öffnete sich, Veronica schob ihren Kopf herein. »Mensch, schläfst du oder was? Ich hab schon zweimal angeklopft. *Washington Post* am Telefon. Kann ich durchstellen?«

Béatrice schreckte hoch. »Klar, stell durch«, murmelte sie. Veronicas Kopf verschwand. Béatrice spürte ein leichtes Ziehen in ihrer Schulter, streckte die Arme nach oben und dehnte ihren Oberkörper. Warum war die *Washington Post* bloß immer so schnell? Die Pressemitteilung war doch eben erst rausgegangen. Es war kurz vor zwölf Uhr. Nach diesem Anruf würde sie in die Mittagspause gehen und eine Runde um den Block laufen.

Sie dachte an Joaquín und sein winziges, mit Papieren und

Büchern vollgestopftes Büro bei der *Post*, das er seit über zwanzig Jahren buchstäblich bewohnte. In diesem Büro hatten sie sich vor drei Jahren kennengelernt, als sie mit Michael und zwei Direktoren zu einem Interview eingeladen gewesen war. Zur Zukunft der Entwicklungshilfe sollten sich die Direktoren äußern, und Béatrice hatte in tagelanger Arbeit einen Frage- und Antwortbogen verfasst, um die beiden auf alle möglichen journalistischen Tricks und Fallen vorzubereiten.

Es war im Mai gewesen. Die Tür zu Joaquíns Büro war nur angelehnt gewesen, und Michael hatte seinen massigen Körper als Erster hindurchgedrängt. Joaquín stand mitten im Raum. Seine Jeans war verwaschen, die Ärmel seines dunkelblauen Hemds hatte er hochgekrempelt. Er war nicht viel größer als Béatrice. Um seine Augen schimmerten Lachfalten, und sein dichtes, ungekämmtes Haar sah so aus, als müsste es dringend geschnitten werden. Béatrice schätzte ihn so um die 50. Erst später erfuhr sie, dass Joaquín bereits auf die 60 zuging. Sie selbst war damals gerade 40 geworden. Anfangs hatte ihr der Altersunterschied Angst gemacht, dann gewöhnte sie sich daran.

Joaquín kam aus einfachen Verhältnissen, wie sie später erfuhr. Seine Eltern waren vor mehr als einem halben Jahrhundert ohne Papiere und ohne einen Centavo in der Tasche aus Mexiko über die Grenze in die USA geflohen. Seine Mutter hatte jahrelang Häuser geputzt, sein Vater nachts im Supermarkt Regale eingeräumt. Joaquín wurde als Amerikaner geboren und fühlte sich wie einer. Er lief gern in Shorts und Turnschuhen herum und stützte beim Essen den linken Ellbogen auf die Tischkante. Aber er war stolz auf seine mexikanischen Wurzeln und dass er der Erste in seiner Familie war, der einen fehlerfreien Brief schreiben konnte. Die Opfer, die seine Eltern gebracht hatten, um ihm eine Schulausbildung zu bezahlen, vergaß er ihnen nie.

In der einen Hand hielt Joaquín einen Becher, aus dem die Schnur eines Teebeutels hing, in der anderen einen Wasserkocher.

»Tee?«, fragte er die Eintretenden, statt sie zu begrüßen, und stellte den Kocher auf seinem Schreibtisch ab.

Während des Gesprächs schenkte Joaquín Michael kaum Beachtung. Seine lebhaften, freundlichen Augen wanderten flink zwischen den Direktoren hin und her und immer öfters zu Béatrice. Ruhten sich auf ihr aus. Erkundeten sie. Schienen sie etwas zu fragen, auf ein Zeichen zu warten. Sein Blick forderte sie zu einer geheimen Unterhaltung auf. Als er sie anlächelte, spannten sich seine Lachfalten wie Pfauenschwänze quer über seine Wangen.

Es war, als hätten alle seine Interviewfragen eine doppelte Bedeutung, deren Sinn nur sie verstehen konnte.

»Glauben Sie, dass die Entscheidungsprozesse der Weltbank zu stark von den USA beeinflusst werden?« hieß: »Ich möchte dich kennenlernen. »Werden Schwellenländer in Zukunft noch die Kredite der Weltbank benötigen?« bedeutete: »Wann können wir uns wiedersehen?«

Béatrice hatte verstohlen zurückgelächelt, dann wich sie seinem Blick aus und schaute den beiden Direktoren dabei zu, wie sie mit den Armen fuchtelten und irgendetwas von an Bedingungen gekoppelten Zahlungen redeten. Doch als sie Minuten später wie zufällig wieder einen Blick in Joaquíns Richtung wagte, richteten sich seine Augen sofort auf sie.

Noch am selben Abend rief er sie an. Sie hatte keine Schmetterlinge im Bauch gehabt, als er sie zum Essen einlud. Aber er war intelligent, gebildet und strahlte eine beinahe väterliche Wärme aus, in der sie sich auf seltsame Weise geborgen fühlte.

Gleich beim ersten Klingeln nahm sie das Gespräch an.

»Daniel Lustiger am Apparat. Hab da ein paar Fragen zu der Haiti-Geschichte.« Die Stimme war so tief, dass der Hörer in ihrer Hand vibrierte. »Also, das mit den dreißigtausend Schülern – wie wurde das berechnet?«

Béatrice zückte ihren Stift. Der Schmerz pochte in ihrem Kopf. Sie hatte die langatmigen Erklärungen des Haiti-Direktors gestern Abend nicht genau verstehen können. Es war spät gewesen, die Verbindung schlecht, ihr Verstand vom Wein betäubt. Michaels Worte schwirrten ihr durch den Kopf: »Gib nie eine voreilige Antwort. Informiere dich erst und ruf zurück.«

Doch dann kam ihr ein Satz des Direktors in den Sinn, den sie sogleich laut wiederholte: »Die Informationen kommen von unserem Büro in Port-au-Prince in Zusammenarbeit mit dem Erziehungsministerium.«

»So, so«, brummte Lustiger. »Und – wurden die alle noch mal genau geprüft?«

Béatrice bejahte, ohne nachzudenken, und fragte sich, worauf er hinauswollte. Sie langte in ihre Handtasche und tastete mit den Fingerspitzen nach einer Packung Aspirin. Sie wusste, dass sie sich dort irgendwo befinden musste. Erst vor ein paar Stunden hatte sie die Packung beim Verlassen der Wohnung hineingeworfen.

Daniel Lustiger erzählte unterdessen irgendetwas über den Artikel, an dem er gerade arbeitete. Er redete in tiefen Basstönen auf sie ein, sprach von Verantwortlichkeit und Rechenschaftspflicht.

Ihre Finger griffen in die Zacken ihres Kamms. Wo waren nur die verflixten Tabletten?

Lustiger, überlegte sie dann und massierte ihre schmerzenden Schläfen. Lustiger. Der Name kam ihr bekannt vor. War das nicht der, der jeden Monat bissige Kommentare auf der Meinungsseite veröffentlichte? Der die amerikanische Bevölkerung davon überzeugen wollte, dass internationale Entwicklungshilfeorganisationen Steuergelder verschwendeten und korrupte Regierungen finanzierten?

Ein inneres Warnsignal schaltete plötzlich auf Rot. Es war höchste Zeit, das Gespräch zu beenden. Höchste Zeit, den Haiti-Direktor anzurufen und um Klarstellung der Fakten zu bitten.

Doch Béatrice tat nichts dergleichen. Den Hörer fest umklammert, saß sie wie gelähmt auf ihrem Stuhl und beobachtete die knochigen Rundungen ihrer Knie, die sich unter den feinen Seidenstrümpfen abzeichneten. Über dem rechten Knie sah sie eine winzige Laufmasche. Hoffentlich hielten die noch eine Weile. Es waren ihre brandneuen Sonia-Rykiel-Strümpfe.

Jeder Pulsschlag sandte hämmernde Schläge in ihren Kopf.

Lustiger räusperte sich. Es knackte laut in der Leitung – hörte da noch jemand mit? –, dann ging er in die Offensive: »Wir haben hier andere Zahlen vorliegen. Von einer Nichtregierungsorganisation. Sie zeigen, dass die Weltbank selbst die Schüler mitgezählt hat, die bereits seit drei Jahren keinen Unterricht mehr besucht haben. Die tatsächliche Zahl muss also *weit* unter dreißigtausend liegen.« Er machte eine kurze Pause, dann wiederholte er gedehnt das Wort »weit«.

Wenn Béatrice später an dieses verhängnisvolle Gespräch zurückdachte, konnte sie sich an keine Einzelheiten mehr erinnern. Nur an das Vibrieren des Hörers. Und das quälende Pochen in ihrem Kopf.

Unruhig trommelte sie mit den Fingern auf der Tischplatte herum und schielte auf die Pressemitteilung, die frisch ausgedruckt vor ihr lag. *30 000 Kinder* stand da in großen Lettern, aber nirgendwo eine Angabe zur Berechnung dieser Zahl.

»Jetzt frage ich Sie«, fuhr Lustiger in triumphierendem Tonfall fort, »wie es zu so etwas kommen kann? Es geht hier schließlich um mehrere Millionen Dollar und offensichtlich gefälschte Informationen.«

»Wir verlassen uns eigentlich auf die Angaben unserer Experten vor Ort und nicht auf irgendwelche NROs«, schoss es aus ihr heraus. Keine perfekte, aber auch keine unrichtige Antwort, dachte Béatrice in der Sekunde des Schweigens, die auf ihre Worte folgte.

»Hm, hm«, murmelte er. Sie presste den Hörer fester ans Ohr und hörte, wie Lustigers Finger auf die Tastatur seines Computers einhieben. Ihr Schädel wollte jeden Moment explodieren. Plötzlich lichtete sich der Nebel in Béatrice' Hirn. Was auch immer er da schrieb, konnte sie in Schwierigkeiten bringen. Schnell besann sie sich. »Sie sollten direkt mit dem Leiter unseres Büros in Haiti sprechen«, schlug sie vor.

»Nein, nein. Ihre Aussage genügt mir vollkommen«, versicherte er. »Genau das, was ich gebraucht habe.« Er fragte sie, wie man ihren Nachnamen schrieb. Und was das für ein Akzent sei, mit dem sie sprach. Sie buchstabierte, Lustiger tippte. Dann nuschelte er »Ich danke Ihnen« und legte auf.

3

Paris, September 1940

Ich zog den Wagen hinter mir her durch den Lesesaal, türmte liegengelassene Bücher drauf und brachte sie dahin zurück, wo sie hingehörten. Ohne perfekte Ordnung konnte eine Bibliothek nicht funktionieren. Vielen Studenten war das egal. Sie gingen mit den Büchern, die wir ihnen anvertrauten, achtlos um – zerknickten die Seiten, schrieben dumme Sprüche hinein und ließen sie meistens nach der Lektüre einfach auf den Tischen liegen oder ordneten sie falsch ein. Auch wenn das ewige Umsortieren, Aufräumen und Einordnen nicht immer Spaß machte, war ich froh, hier arbeiten zu können. Ich liebte die fleißige Stille, die im Lesesaal herrschte, das Flüstern der Studenten, das Rascheln von Papier. Die Bücher flößten mir Ehrfurcht und Vertrauen ein.

Hunderte von Studenten wurden jeden Tag von ihnen inspiriert und erweckt, gequält und belehrt. Wie viele Fragen diese Bücher im Laufe der Zeit wohl beantwortet hatten, und wie viele neue Fragen durch sie entstanden waren? Die schweren, haushohen Regale schenkten mir Schutz und Geborgenheit. Gerade jetzt, in diesen unruhigen Zeiten, war der Lesesaal ein Ort, an dem ich mich sicher fühlte.

Dreimal in der Woche hatte ich Dienst und erledigte alles, was im wahrsten Sinne des Wortes liegengeblieben war. Ich verdiente nicht viel, aber es reichte, um einen Teil meines Studiums zu bezahlen. Seit mein Vater uns kein Geld mehr aus Rumänien schickte, blieb uns nur das kleine Gehalt meiner Mutter.

Ich wendete den Bücherwagen, um ihn zurück ins Magazin zu rollen. Da entdeckte ich ganz oben, auf dem Englisch-Französisch-Wörterbuch, einen blauen Zettel. *Für Judith.* Dieselbe Handschrift, das gleiche feste Papier.

Ich sah mich um. Der Saal war fast leer, niemand befand sich in meiner Nähe. Wie war der Zettel auf den Wagen gekommen? Mit klopfendem Herzen faltete ich das Blatt auseinander und las: *Sie sehen so ernst und traurig aus. Ich stelle mir vor, wie schön Sie erst sein müssen, wenn Sie lächeln. C.*

Beschämt senkte ich den Kopf, so dass mir die braunen Locken ins Gesicht fielen und meine heißen Wangen versteckten. Aus dem Augenwinkel schielte ich zu Monsieur Hubert hinüber. Er stand an seinem Schreibtisch und sprach leise mit zwei Studentinnen. Ein junger, hochgewachsener Mann, den ich schon öfter gesehen hatte, hinkte langsam an ihnen vorbei in Richtung Ausgang. Weiter hinten zog eine Frau einen der 35 Bände von Diderots Enzyklopädie aus dem Regal. Unwillkürlich hoffte ich, dass sie den Band auch wieder an den richtigen Platz zurückstellen würde und dachte, dass ich später nachschauen ginge, ob sie es auch tatsächlich getan hätte.

Ich verstaute den Zettel in meiner Rocktasche und machte mich wieder an die Arbeit. Gleich nach Erhalt der ersten Botschaft hatte ich die Ausleihkarte des Proustbands genau untersucht, aber darauf keinen Namen gefunden, der mit einem C begann.

Langsam schob ich den Wagen den schmalen Gang hinunter bis ins Magazin und ertappte mich dabei, wie ich, geschmeichelt von den Worten auf dem blauen Zettel, vor mich hin lächelte. Sah ich jetzt so aus, wie C. es sich vorgestellt hatte? Sofort schämte ich mich für meine selbstverliebten Gedanken und wurde wieder ernst.

Nach Beendigung meines Dienstes machte ich mich auf den Weg zu Georges. Ich ging entlang der Schlange mit ihren stillen, traurigen Gesichtern und stellte mich hinten an.

Vielleicht war die Schlange am Vormittag kürzer. Morgen, wenn ich keinen Dienst hätte, würde ich es in der Früh versuchen.

Seit kurzem mussten wir Lebensmittelcoupons benutzen, die ich aus einem Heft abtrennte. Nach eineinviertel Stunden Wartezeit erhielt ich damit für meine Mutter und mich ein halbes Kilo Nudeln, 200 Gramm echten Zucker, eine Tüte Saccharin und 350 Gramm Chicorée-Kaffee. Das musste für die nächste Zeit reichen.

Auf dem Weg zurück ins vierte Arrondissement kam ich an einem Pelzgeschäft vorbei. Mutter hatte dort früher an den Wochenenden ausgeholfen, um sich etwas dazuzuverdienen. Im Schaufenster hing ein großes, gelbes Schild mit der Aufschrift *Jüdisches Geschäft*. Alles in mir verkrampfte sich. Ich dachte an die furchtbaren Berichte aus dem Deutschen Reich, wo die Nazis Synagogen in Brand setzten und jüdische Geschäfte zertrümmerten. Wo Juden entrechtet, enteignet und verfolgt wurden. O Gott, ging das jetzt auch hier los?

Als ich die Tür zu unserer kleinen Wohnung in der Rue du Temple aufschloss, sah ich die braune Aktentasche meiner Mutter auf dem Boden liegen. Sie musste sie bei ihrer Ankunft einfach fallen gelassen haben. Hefte, Stifte und Papiere waren her-

ausgerutscht und lagen verstreut herum, wie bei dem umgekippten Ranzen eines Schulkinds. Unwillkürlich musste ich an
Mutters abgeschnittene Zöpfe denken. An damals, als sie eine
andere geworden war und mich gezwungen hatte, über Nacht
erwachsen zu werden. Das Durcheinander konnte nichts Gutes
bedeuten.

»Du bist schon da?«, rief ich.

Mutter antwortete nicht. Normalerweise kam sie erst nach mir
nach Hause. Sie arbeitete als Lehrerin an einer kleinen Grund-
schule im dritten Arrondissement. Dort fehlte es an allem: an
Platz zum Spielen, Lehrbüchern und besonders an Personal. So
arbeitete Mutter lange Überstunden, sprang für fehlende Sekre-
tärinnen und Lehrkräfte ein, bereitete Unterrichtsstunden vor,
entwarf Lehrpläne und half sogar, das alte Gebäude halbwegs in-
stand zu halten. Sie ging in ihrer Arbeit völlig auf. Die Schule war
ihre Zuflucht. Sobald sie morgens das Gelände betrat, wurde sie
von den Kindern und deren Problemen so vereinnahmt, dass sie
keine Zeit mehr hatte, auch nur eine Sekunde über sich selbst
nachzudenken. Aber auch wenn ich dabei zu kurz kam – es war
bestimmt besser so.

Seit Vater vor über sechs Jahren gegangen war, erinnerte nichts
mehr an die sorglose Frau, die gerne laut lachte und mir zum
Nachtisch süße Kuchen backte. Die gescheiterte Ehe hatte Mutter
zu einer frühzeitig gealterten Gestalt mit hohlen Wangen und
dünnen Lippen gemacht. Damals, an dem Tag, als Papa Lica für
immer ging, verloren ihre schönen, dichten Haare über Nacht
ihre Farbe. Am nächsten Morgen schnitt sie, ohne eine Miene zu
verziehen, die eisgrauen Zöpfe mit einer großen Schere ab. Noch
für lange Zeit sah ich im Geiste die beiden geflochtenen Haar-
stränge vor mir auf dem Boden liegen. An jenem Tag hatte sie
ihre Weiblichkeit für immer abgelegt. Seitdem trug sie einen

Kurzhaarschnitt, ausschließlich Hosen und schaute nie wieder einem Mann in die Augen.

Sie hatte Vater nie verziehen. Ich schon. Nicht sofort. Und nur schweren Herzens.

Als er mich einmal besuchen kam, hatte er mir erklärt, dass er in Paris nie glücklich gewesen sei. Er hätte es wirklich versucht, sagte er, ohne mich dabei anzuschauen, aber hier sei er immer ein Fremder geblieben. Ein Geduldeter. Mutter habe nicht mit ihm zurück nach Rumänien gehen wollen. Irgendwann sei er dann allein gegangen.

Es war das letzte Mal gewesen, dass ich ihn gesehen hatte. Wir hatten steif nebeneinander auf einer Bank gesessen, wie zwei Menschen, die sich kaum kannten, und auf den Eiffelturm geschaut. Ich hatte verstanden, was er meinte. Denn schon damals war er auch für mich zu einem Fremden geworden.

Ich betrat die Küche. Mutter saß reglos auf einem Hocker, ihre Hände umklammerten einen Becher mit dampfendem Tee. Als sie mich sah, seufzte sie. »Wir müssen zur Polizei«, sagte sie mit tonloser Stimme. »Uns melden.« Sie nippte an ihrem Becher.

»Warum?«, fragte ich und legte stolz die Nudeln, den Zucker und Kaffeeersatz auf den Tisch. Mutter schenkte meinen Einkäufen keine Beachtung.

»Weil wir Juden sind«, erwiderte sie und erhob sich, um den Becher ins Spülbecken zu stellen. »Ich war heute Nachmittag in der Synagoge. Es wurden offizielle Blätter verteilt. Alle Juden müssen sich bis zum zwanzigsten Oktober bei der Polizei registrieren lassen.« Sie drehte sich zu mir um. Ihre Augen schimmerten leicht, als würde sie gleich anfangen zu weinen. »Sie hassen uns. Die ganze Welt hat sich gegen uns verschworen. Ich habe solche Angst.«

»Und wenn wir einfach nicht zur Polizei gehen?«, fragte ich und setzte mich.

Sie zog eine Augenbraue hoch. »Sei nicht einfältig! Natürlich müssen wir uns melden. Wir sollten das so bald wie möglich machen – noch vor Jom Kippur. Gott beschütze uns.«

Sie ging in ihr Zimmer. Kurze Zeit später hörte ich, wie sie die Vorhänge zuzog. Ich hörte auch, dass sie leise schluchzte und musste unwillkürlich seufzen. War es wieder so weit? Würde sie sich jetzt wieder tagelang in ihr Bett verkriechen?

Seit Vater in seine rumänische Heimatstadt zurückgekehrt war, um sich dort mit einer neuen Frau ein neues Leben aufzubauen, wurde Mutter von Depressionen gebeutelt. Die Trauer kam in Schüben. Oft ging es ihr monatelang gut. Sie stand früh auf, kochte starken Kaffee und las jedes Buch, das ihr in die Hände fiel. Aber wenn die Depression sie in den Klauen hielt, war Mutter ihren inneren Dämonen hilflos ausgeliefert. Dann verdunkelte sie unsere Wohnung und hielt die große Wanduhr im Wohnzimmer an, weil das Ticken sie störte. Eine düstere Stille legte sich für lange Tage über unser kleines Leben zu zweit.

Mutter hatte mir die Unbeschwertheit meiner Kindheit geraubt. Als ich dreizehn geworden war, hatten wir die Rollen getauscht. Seither sorgte ich für sie, statt sie für mich, und ich versuchte immer, sie aus den wiederkehrenden Depressionswellen ins Leben zurückzuholen. Ich kochte Suppen, die sie nicht essen mochte, schwänzte meine Vorlesungen aus Angst, sie könnte sich in meiner Abwesenheit etwas antun, und log das Blaue vom Himmel herunter, damit sie ihre Stelle behielt. Ich erzählte ihrem Schuldirektor etwas von Scharlach, Keuchhusten oder Pocken und beruhigte die Nachbarn, dass alles in Ordnung sei. Und irgendwann, zwei, manchmal auch drei Wochen später, verließ Mutter von alleine das Bett, brachte die Zeiger der Wanduhr wieder in Bewegung und ging arbeiten. Wir lebten so, als hätte es diese dunklen Tage nicht gegeben – bis Mutter von der nächsten Trauerphase überrollt wurde.

Nicht schon wieder, nicht jetzt. Das Semester hatte gerade erst begonnen, ich musste früh raus, um Lebensmittel zu besorgen. Ich konnte mich jetzt nicht um sie kümmern.

Das Schluchzen wurde weniger, dann war sie still. Erleichtert atmete ich auf, lehnte mich zurück und schloss die Augen.

Paris, Oktober 1940

Mittwochnachmittag. Mit zitternden Händen griff ich nach dem himmelblauen Zettel, der vor mir auf dem Kasten der Schlagwortkartei lag, und faltete ihn auseinander. *Ist die Abwesenheit für den, der liebt, nicht die sicherste, wirkungsvollste, lebendigste, unzerstörbarste und treueste Anwesenheit?, schreibt Proust. Ich habe Sie vermisst, Judith.*

Wieder und wieder las ich die Worte. *Ich habe Sie vermisst, Judith.* Ich betrachtete das Proust-Zitat und meine Brust zog sich zusammen. *Für den, der liebt …* Jedes einzelne Wort schwang in mir weiter wie die Nachwehen eines Erdbebens. Wie konnten die Zeilen eines Unbekannten solch eine Wirkung auf mich haben? Und wie kam der Brief überhaupt hierher?

Ich warf einen schnellen Blick durch den Saal. Aber auch heute konnte ich niemanden entdecken, der seine Augen verdächtig auf mich gerichtet hatte, und niemanden, der sich mit schnellen Schritten von den Karteikästen entfernte. Er musste gestern hier gewesen sein und darauf gewartet haben, mich zu sehen. Aber gestern hatte ich ausnahmsweise nicht gearbeitet, sondern mir den Nachmittag freigenommen, um mit Mutter zur

Polizei zu gehen. Sie hatte große Angst davor gehabt, sich zu melden. Streng dreinblickende Gendarme in Uniformen hatten ihr schon immer Furcht eingeflößt. Aber es war gar nicht so schlimm gewesen wie befürchtet. Wir mussten nur unsere Namen und unsere Adresse angeben. Der Polizeibeamte fragte auch nach den Namen meiner Großeltern – ich verstand nicht, warum. Dann stempelte er mit einem kalten Lächeln das Wort *Juive* fett und rot in unsere Ausweise, und wir durften wieder gehen.

Auf dem Rückweg fluchte, weinte und lachte Mutter abwechselnd. Ich machte mir Sorgen um sie. »Es ist doch nur ein Stempel«, sagte ich immer wieder zu ihr. Ich schämte mich nicht, dass ich Jüdin war. Ganz im Gegenteil, ich war stolz darauf, und es war mir egal, dass es in meinem Ausweis stand. Sollten es ruhig alle wissen.

Schwungvoll schob ich den geöffneten Karteikasten wieder zurück, so dass er mit einem lauten Knall in seinem Fach verschwand. Erschrocken blickte ich mich um, aber niemand schenkte dem Lärm Beachtung.

Monsieur Hubert machte mir ein Zeichen, an seinen Schreibtisch zu kommen. Sofort ging ich zu ihm.

»Mademoiselle Paliard fällt heute aus«, sagte er und winkte einer der beiden anderen Assistentinnen im Saal zu. »Ich glaube, sie hat einen ähnlichen Termin wie Sie gestern«, fügte er leise hinzu.

Ich nickte verständnisvoll.

»Können Sie bitte bei der Verteilung der Bücher aushelfen?«, fragte er und lächelte.

»Selbstverständlich«, gab ich zurück, drehte mich um und ergriff einen Stapel. Ich zog das kleine, handbeschriebene Papier aus dem obersten Buch heraus, auf dem stand, wer es bestellt hatte und an welchen Platz im Lesesaal ich es bringen musste. Rasch lief ich durch den Saal, ging entlang der vorletzten Tischreihe und händigte den Band einer Studentin mit schwarzer Hornbrille aus. Wie eine Verdurstende, die nach einem Glas Wasser langte, riss sie ihn mir aus der Hand, schlug ihn auf und vertiefte sich sofort in die Lektüre.

Ich schaute auf den Zettel, der im nächsten Buch steckte, und suchte den entsprechenden Platz seines Bestellers. So arbeitete ich eine gute halbe Stunde, bis ich schließlich vor dem Tisch des hochgewachsenen, dünnen Studenten stand, der mir schon öfter aufgefallen war, weil er hinkte. Vor ein paar Tagen hatte ich gesehen, wie er zum Schlagwortkatalog gehumpelt war, das eine Bein schwerfällig hinter sich herziehend. Kurz bevor er den Katalog erreichte, sah es so aus, als würde er das Gleichgewicht verlieren. Schon wollte ich zu ihm eilen, da streckte er seine Arme aus und fing sich wieder. So groß und doch so hilflos. Er tat mir leid. Ob er einen Unfall gehabt hatte?

Ich trat an seinen Tisch und reichte ihm das Buch, das er angefordert hatte, den *Code Napoléon*. Vermutlich studierte er Rechtswissenschaften. Jetzt, wo ich ihn zum ersten Mal aus der Nähe sah, bemerkte ich seine warmen, braunen Augen, sein dichtes Haar, seine langen Hände. Er musste ein paar Jahre älter sein als ich. In seinem Blazer aus dunkler Wolle, der sicher maßgeschneidert war, wirkte er viel zu elegant für einen Studenten.

Da fiel mein Blick auf seine Notizen, und mein Herz fing wie wild an zu schlagen. Himmelblaues Papier. Sein Tisch war geradezu davon übersät. Überall blaue Zettel, mit kleinen, schwarzen Buchstaben beschrieben. Ich blieb wie angewurzelt stehen.

Sofort bemerkte er meine veränderte Körperhaltung, beugte

sich vor und flüsterte: »Können wir kurz nach draußen gehen und reden?«

»Ich bin im Dienst«, sagte ich kurz angebunden.

Er lächelte, riss ein Stück blaues Papier aus seinem Block und kritzelte etwas darauf. Dann drückte er mir den Schnipsel in die Hand und umfasste sie einen Augenblick. Seine Haut war warm und trocken.

Schnell zog ich meine Hand weg, straffte meine Schultern und ging weiter. Erst eine Viertelstunde später wagte ich es, den Zettel zu lesen. Ich verbarg mich zwischen zwei Regalen auf der anderen Seite des Saals. Hier konnte er mich nicht sehen. *18 Uhr. Café de la Joie, Rue des Carmes*, lautete seine Nachricht. Dasselbe feste Papier, dieselbe Handschrift. Er war es.

Die Rue des Carmes war ganz in der Nähe, gleich hinter dem Collège de France. Schon begann ich zu zweifeln. Was sollte ich dort? Ich hatte keine Zeit, mit einem Fremden im Café zu sitzen. Nach meinem Dienst musste ich mich mit meinem Coupon für Brot anstellen, Mutter versorgen und mich auf meine Vorlesung vorbereiten. Ich zerknüllte den Zettel, warf ihn in den Papierkorb und versuchte, mich auf den Stapel Bücher zu konzentrieren, den ich ins Magazin einordnen sollte.

Punkt sechs Uhr verließ ich die Bibliothek und begab mich auf den Heimweg durch die Rue des Écoles. Aber statt nach links in Richtung Seine abzubiegen, bog ich, wie von einer geheimen Kraft gezogen, nach rechts in die Rue des Carmes. Bevor ich mich besinnen und wieder umkehren konnte, sah ich bereits seine geraden Schultern in dem dunklen Blazer. Er saß an einem der runden Tische auf dem Vorplatz des Cafés, vor sich eine Flasche Wein in einem metallenen Kühler, daneben zwei Gläser. Eine ganze Flasche!

Er beobachtete mich beim Überqueren der Straße. Meine Augenlider begannen zu flattern, und ich schaute verlegen zu Boden, während ich auf ihn zuging. Als ich mich setzen wollte, erhob er sich, ergriff meine Hand und beugte sich vor, um mich mit einem Kuss auf die Wange zu begrüßen. Doch ich wich aus, stammelte »Bonjour« und nahm wankend Platz. Mein Herz schlug bis zum Hals.

»Ich bin Christian«, stellte er sich vor, nahm die Flasche aus dem Kühler und schenkte mir ein Glas Wein ein. »Danke, dass Sie gekommen sind.« Er lächelte mich an.

Ich nickte kurz, denn ich wusste nicht recht, was ich darauf antworten sollte. Etwa »Bitte sehr«? Oder »Gern geschehen«? Christian zog ein Päckchen Gauloises aus seiner Hosentasche und hielt es mir entgegen. Obwohl ich gern eine genommen hätte, lehnte ich ab. Er zündete sich eine Zigarette an und schlug die Beine übereinander. »Ich muss mich bei Ihnen entschuldigen, Judith«, sagte er, sog den Rauch ein und stieß ihn sofort wieder aus. »Es tut mir leid, wenn ich Sie belästigt habe.«

»Schon gut«, murmelte ich und strich über meinen Rock.

»Ich … ich möchte es Ihnen erklären …« Er schien nicht viel übrig zu haben für banale Plaudereien, fragte nicht das Übliche, wo ich wohnte, zum Beispiel, oder was ich studierte. Aber vielleicht war ihm das alles bereits bekannt. Er wusste ja auch meinen Namen.

Wieder führte er seine Hand zum Mund und zog an seiner Gauloise. Die Hand zitterte. War der Autor der kleinen, provozierenden Nachrichten mit den vielen Adjektiven etwa ebenso aufgeregt und unsicher wie ich? Das Beben seiner Hand machte ihn mir plötzlich liebenswert und nahbar. Unter dem maßgeschneiderten Blazer pochte ein Herz, das genauso schüchtern war wie meins.

Sofort glätteten sich die Wogen in meinem Innern, ich wurde ruhiger. Jetzt wagte ich es, ihn anzuschauen. Er sah aus wie eine Mischung aus jungem Intellektuellen und Sohn aus gutem Hause. Dunkelblondes Haar mit Seitenscheitel. Ein paar lange Strähnen fielen über sein rechtes Auge. Er strich sie fort und sah mich unverwandt an. Lange saßen wir so da. Ich betrachtete seine hohe Stirn, die langen Wimpern und wusste nicht, wie mir geschah. Meine Fingerspitzen waren eiskalt, ich spürte meine Füße nicht mehr. Alles war so anders. Es war, als schwebte ich.

Er senkte den Blick und deutete auf sein rechtes Bein. »Polio. Ich war fünf, als ich krank wurde. Seitdem ist dieses Bein halb gelähmt.« Dann drückte er seine Zigarette aus. »Das einzig Gute daran ist, dass man mich nicht eingezogen hat. Ich wäre ein schlechter Soldat geworden.«

»Das tut mir leid«, sagte ich.

»Die Krankheit hat mich zu einem anderen gemacht«, fuhr er fort. Mit der Spitze seines Zeigefingers schob er sein Weinglas auf dem Tisch herum. »Zu einem Außenseiter.« Er nahm das Glas und trank einen Schluck. »Nie konnte ich das machen, was alle anderen Jungs machten. Fußball spielen, mich prügeln, auf Bäume klettern ...« Nachdenklich blickte er in die Ferne.

»Alles, was wichtig war, fand immer nur in meinem Kopf statt. Und in den Büchern, die ich gelesen habe. Die Kinder aus meiner Klasse kamen mich nur dann besuchen, wenn ihre Mütter es ihnen befohlen hatten. Aber die meiste Zeit saß ich allein zu Hause in unserer großen Bibliothek, dem einzigen Ort, wo sich niemand über mich lustig machte.« Wieder strich er sich die Haare aus der Stirn. »In Bibliotheken fühle ich mich sicher ... Dort kommt es nicht darauf an, wie schnell man rennen oder wie weit man einen Ball werfen kann. Seit ich an der Sorbonne studiere, bin ich fast jeden Tag im großen Saal und lese alles, was

mir in die Hände fällt. Stendhal, Balzac, Zola …« Er schaute mich
an und grinste. Kleine Grübchen bildeten sich auf seinen Wangen. »Und natürlich Proust.«

Zum ersten Mal lächelte ich.

»Und eines Tages tauchten Sie dort auf, Judith.« Er wurde wieder ernst. »Ich habe sofort gespürt, dass uns etwas verbindet.
Dass Sie eine ähnliche Trauer in sich tragen wie ich.«

Seine Worte erschütterten und verblüfften mich. Wie hatte er
den Schmerz über meine verlorene Kindheit so deutlich in meinem verschlossenen Gesicht ablesen können? Mein Kopf wurde
heiß, hinter meinen Augen baute sich Druck auf. Schnell trank
ich aus meinem Glas.

»Da ich Sie nicht mit einem sportlichen Körper beeindrucken
konnte, musste ich es mit Worten versuchen. Und Proust erschien mir als ein würdiger Bote für meine Nachricht.«

»Es … es ist ein schöner Brief«, flüsterte ich und biss mir auf
die Unterlippe. »Warum Proust?«

Er schaute mich aufmerksam an. »Weil … weil er verstört und
verzaubert … Weil er der Größte ist. Niemand kann die Tiefe
menschlicher Gefühle so beschreiben wie er.«

Unschlüssig wiegte ich meinen Kopf hin und her. »Hm … Also,
ich bevorzuge Balzac«, sagte ich dann. »Die Abenteuer und Intri-
gen, die er beschreibt, sind von überwältigender Sprachgewalt.«
Ich sprach schnell und leise, froh, nicht über mich selbst reden zu
müssen.

Christian nickte. »Sicher. Aber wenn man, wie ich, nicht richtig laufen kann und als Kind oft wochenlang nicht aus den eigenen vier Wänden herauskam, dann sieht man vieles mit anderen
Augen.« Er stützte seinen Ellbogen auf den Tisch und legte den
Kopf in seine Hand. »Mein Leben war immer sehr langsam und
still. Das hat mich empfindsam für Kleinigkeiten gemacht, die

anderen meist gar nicht auffallen. Vielleicht schätze ich Prousts Beschreibungen deshalb so.«

»Woher … woher kennen Sie meinen Namen?«, fragte ich.

Er grinste. »Monsieur Hubert plaudert gern. Und er mag Sie.« Wir schwiegen eine Weile, und ich lauschte den Geräuschen der Stadt. Die Straßen waren so still und leer geworden, seit das Hakenkreuz über der Trikolore flatterte.

»Darf ich Sie ins Theater einladen?«, fragte Christian plötzlich.

»Ins Theater?«, wiederholte ich. Ich war fassungslos. Seit Wochen war jede Minute meines Alltags ausgefüllt mit Bibliotheksarbeit, Schlange stehen, Coupons sammeln und Studieren. Und jetzt saß ich hier mitten im besetzten Paris vor einer Flasche Wein und bekam eine Einladung ins Theater. Verrückt.

»So absurd ist das gar nicht«, sagte er lachend, als wüsste er, was ich gerade dachte. »Die Theatersaison ist eröffnet, so wie jedes Jahr. Meine Eltern haben ein Abonnement, sind aber oft verhindert. Wie wär's nächste Woche Dienstag? Ich glaube, da spielt Michel Francini im Théâtre de l'Étoile.«

»Aber …« Ich brach ab.

Christian legte beruhigend seine Hand auf meinen Arm. »Wir sollten das Leben genießen, solange wir es noch können.«

Jetzt klang er altklug, ich konnte nicht anders, als die Augen zu verdrehen.

»Ja, die Deutschen sind hier eingefallen«, redete er unbeirrt weiter, »und jetzt bombardieren sie London. Aber im Theater sind auch sie nur Zuschauer.« Er beugte sich zu seiner Tasche und zog eine Zeitung heraus. »Hier, schauen Sie. Die heutige Ausgabe des *Figaro*. Und was lese ich hier auf der allerersten Seite? ›Die Französin von morgen muss nicht auf Eleganz verzichten. Sie wird Kunstseide tragen.‹ Voilà, das Leben geht weiter.« Er zwinkerte mir vergnügt zu.

Altklug, aber liebenswürdig. Irgendwo hörte ich eine Kirchturmuhr schlagen. War es etwa schon sieben Uhr? Mutter machte sich bestimmt Sorgen. Eilig stand ich auf und reichte Christian die Hand. »Ich muss gehen. Meine Mutter wartet.«

»Bis Dienstag, Judith. Zwanzig Uhr am Theater.«

***

Ein lauer Frühlingswind wehte Béatrice entgegen, als sie auf die Straße trat. Der Himmel war wolkenlos und leuchtete in dunklen Orange- und Blautönen. Über dem Weißen Hause schwebten Hubschrauber, bevor sie sich laut knatternd in die Tiefe senkten. Michael war unterwegs zu einem Fernsehinterview, und Béatrice hatte diese Gelegenheit genutzt, um ihr Büro ausnahmsweise etwas früher als sonst zu verlassen.

Ihre Kopfschmerzen waren endlich verschwunden, dank der wiedergefundenen Aspirintabletten, und auch die Müdigkeit hatte nachgelassen. Sie hatte noch keine Lust, in ihre Wohnung zu fahren, und entschied sich kurzerhand, einen Spaziergang zu machen.

Sie atmete tief durch und schlenderte langsam die 19th Street hinunter, Richtung Dupont Circle. Ihr Blick schweifte ziellos entlang der bunten viktorianischen Häuser. Als sie ihre Hand in die Manteltasche steckte, um nach einem Halsbonbon zu suchen, stießen ihre Fingerspitzen auf ein Stück festes Papier. Sie zog es heraus und erblickte die Visitenkarte von Lena. In Gedanken war sie gleich wieder bei ihrer gestrigen Begegnung im Murrow Park. »Wir brauchen dringend freiwillige Helfer«, hörte sie Lena sagen. Béatrice blieb stehen und betrachtete versonnen die Adresse auf der Karte. Lenas Büro lag auf der Q-Street. Das war direkt auf ihrem Weg, gleich hinter dem Dupont Circle.

Warum eigentlich nicht?, meldete sich plötzlich eine innere Stimme. Die Zeit, bei Sunset auszuhelfen, hätte sie, und mehr als zwei, drei Abende pro Monat würde sie bestimmt nicht opfern müssen. Ach nein, dachte sie dann und steckte die Karte wieder weg. Sich nach einem anstrengenden Arbeitstag noch um alte Menschen kümmern und sich deren Krankengeschichten anhören zu müssen, das war wirklich nicht ihre Aufgabe.

Aber die innere Stimme ließ nicht locker. Sie könnte es doch wenigstens einmal ausprobieren. Ein paar einsamen Senioren mit ihrem Besuch eine Freude machen – so schwer konnte das doch nicht sein. Wie oft ging sie abends mit den zermürbenden Gedanken nach Hause, dass ihr Job und die hehren Ziele der Weltbank, der Traum von einer besseren Welt, nichts mehr miteinander zu tun hatten. Dass es in Wirklichkeit nur noch darum ging, sich so gut wie möglich durch das Dickicht von internen Reformen, Personalpolitik und Bürokratie zu schlagen, um auf der Karriereleiter weiterzukommen.

Béatrice hatte ihren Entschluss gefasst. Ein ehrenamtlicher Einsatz bei *Sunset Aid* würde sie aus der Büroroutine herausholen und ihr vielleicht sogar etwas von der Zufriedenheit geben, die sie in ihrem Leben gerade so vermisste.

Zielstrebig überquerte sie den Dupont Circle, lief an Kramer's Buchladen vorbei, wo sie sonst gern nach Reiseführern stöberte, und bog in die Q-Street ein.

Lenas Büro war in einem zweistöckigen, rosa gestrichenen Haus untergebracht. *Sunset Aid* stand in dicken Buchstaben auf einem Schild, das über der Tür hing. Daneben war ein schwarzer Halbkreis mit drei senkrecht abstehenden Balken abgebildet, der wohl eine untergehende Sonne darstellen sollte. An der Hauswand klebte ein handbeschriebenes Plakat: »Freiwillige gesucht.«

Béatrice stieg die kleine Eingangstreppe hoch und klingelte.
»Ist offen«, ertönte eine rostige Frauenstimme von drinnen.
Sofort erkannte Béatrice Lena wieder. Erst dann bemerkte sie,
dass die Tür nur angelehnt war. Sie betrat ein chaotisches Büro.
Es war spärlich möbliert und roch nach abgestandenem Kaffee
und Chlor. Neben einem Schreibtisch, auf dem sich Karteikästen,
Klopapierrollen und geöffnete Ordner stapelten, befand sich ein
zerschlissenes Kunstledersofa, aus dessen Sitzfläche eine gelbliche Füllung quoll.

Lena stand mitten im Raum, einen Stift in der Hand, vor sich
ein Flipchart, auf das sie verschiedene Namen gekritzelt hatte.
Um sie herum türmten sich Wasserflaschen, Paletten mit Konservendosen und Kleidersäcke. Die Frau trug dieselbe Jogginghose vom Vortag, dazu ein dunkles T-Shirt. Ihr orangefarbenes
Sweatshirt hing über einem Drehstuhl. Unter ihrem Ohr blitzte
das Tulpentattoo hervor.

»Wow, das ist aber eine Überraschung«, sagte Lena und verzog
den Mund zu einem breiten Grinsen. »Treibt dich das schlechte
Gewissen hierher, Frau Weltbänkerin?« Sie nahm einen Karteikasten vom Schreibtisch und drückte ihn Béatrice in die Hand.
»Hier, du kannst sofort anfangen. Freie Auswahl.«

Béatrice blickte verdutzt auf den Kasten, dann auf Lena. »Ich
dachte, wir reden erst mal darüber«, begann sie, während sie sich
in dem vollgestopften Raum umsah. »Also, ein paar Abende pro
Monat hätte ich vielleicht Zeit …«

»Großartige Entscheidung«, fiel Lena ihr ins Wort und grinste
erneut. Dann wurde sie ernst. »Reden können wir ein anderes
Mal. Ich mache gerade den Plan für die nächsten Tage«, sagte sie
und zeigte auf das Flipchart. »Totales Desaster. Zwei Helfer sind
krank.«

Sie nahm Béatrice den Kasten wieder aus der Hand, zog eine

Karte heraus und hielt sie ihr entgegen. »Jacobina Grunberg. Wie wär's mit der? Die braucht ganz dringend heute Abend noch was Warmes zu essen.«

»Jetzt gleich?«, rief Béatrice erschrocken und schaute auf ihre Armbanduhr. »Aber ...« Auf keinen Fall würde sie das so unvorbereitet machen.

Lena duldete keine Widerworte. »Na, komm schon. Ist auch nicht weit von hier. Ich schaffe das nicht allein.«

Bevor sich Béatrice eine glaubwürdige Ausrede überlegen konnte, warum sie an diesem Abend noch nicht einsatzfähig war, hatte Lena ihr bereits genau erklärt, wie sie am schnellsten zu Jacobina Grunbergs Wohnung kam.

»Die Grunberg ist eine alte Kanadiern, aus Quebec, glaube ich, aber in Rumänien geboren. Lass dich von ihr nicht einschüchtern, die ist immer total schlecht drauf«, sagte sie, zog ein paar Konservendosen aus einer Palette und packte sie in eine Papiertüte. »Sie hat keine Angehörigen und niemanden, der sich um sie kümmert. Lebt von ein paar Dollar Sozialhilfe, na ja ... und von uns. Echt traurig, die Alte.« Lena steckte noch eine Packung Haferflocken zu den Konserven und überreichte Béatrice die Tüte. Dann musterte sie sie kritisch. »In deinem Designeroutfit solltest du da allerdings nicht aufkreuzen.« Sie nahm ihr *Sunset-Aid*-Sweatshirt vom Stuhl und warf es Béatrice zu. »Zieh dir das über. Deinen Blazer kannst du dir morgen wieder hier abholen.«

Zwanzig Minuten später stand Béatrice in dem viel zu großen Sweatshirt vor einem schäbigen Wohngebäude auf der U-Street, Ecke 15th Street. Noch vor zehn Jahren war der U-Street-Bezirk bekannt für Drogenhandel gewesen und hatte als ein Gebiet gegolten, das weiße Bürger aus der Mittelschicht besser nicht betreten sollten. Doch dann hatte die Stadt in dem vornehmlich von

Schwarzen bewohnten Viertel mehrere Apartmenthäuser errichten lassen und eine Metro-Station eröffnet. Mittlerweile war die Gegend zu einem multikulturellen Ausgehviertel mit interessanten Second-Hand-Läden und ethnischen Restaurants avanciert, das auch Béatrice und Joaquín ab und zu besuchten, wenn sie Lust auf äthiopische Küche hatten.

Vor dem Eingang des grauen Betongebäudes, in dem Jacobina Grunberg lebte, lag ein Haufen zusammengeschnürter Werbezeitschriften. Aus einem geöffneten Fenster drang Kinderkreischen. Ein dunkelhäutiger Mann in Shorts und Turnschuhen saß auf einer halb verfallenen Mauer und rauchte. Er trug große Kopfhörer und wippte mit seinem Kopf rhythmisch hin und her. Es gab keine Namensschilder, die Klingeln waren nach Nummern geordnet. Béatrice drückte auf die *1350 B* und wartete. Als sie kurz darauf einen lauten Summton hörte, lehnte sie sich gegen die Tür und trat ein. Die Eingangshalle stank nach modrigem Wasser und frittiertem Essen. Zerbrochene Glasflaschen und Zigarettenstummel lagen auf dem Boden, von den Wänden bröckelte der Putz. Die Verschönerung des Viertels hatte wohl am Metro-Ausgang aufgehört. Béatrice hielt sich unweigerlich die Hand vor die Nase. Warum musste diese Lena sie auch gleich in die schlimmste Ecke schicken! Am liebsten hätte sie sofort wieder kehrtgemacht. Widerwillig stieg sie in den Fahrstuhl.

Oben angekommen, klopfte sie an Mrs Grunbergs Tür. Eine tiefe, heisere Stimme meldete sich.»Wer da?«

»*Sunset Aid*«, sagte Béatrice. Die Worte fühlten sich in ihrem Mund wie klebrige Bonbons an. An der rechten Seite des Türrahmens bemerkte sie eine kleine längliche Metallplatte, in die hebräische Schriftzeichen eingeritzt waren. Sie war leicht schräg angenagelt worden. Béatrice ärgerte sich über sich selbst, während sie die Buchstaben auf der Platte betrachtete. Wie hatte sie sich nur so von Lena überrumpeln lassen können.

Die Tür öffnete sich, erst einen Spalt, dann ganz. Als eine winzige, gekrümmte Gestalt mit schwarzen Knopfaugen und grauen Locken zum Vorschein kam, schrak Béatrice zusammen. Die Haare wirkten ungewaschen und standen der Frau wirr vom Kopf ab. Ihre Haut war großporig und runzlig. Jacobina Grunberg stützte sich zitternd auf einen Stock. Mit einem Kopfnicken bedeutete sie Béatrice, ihr zu folgen.

»Na endlich«, murmelte die Alte und schlurfte zurück ins Wohnzimmer. »Ich dachte schon, Sie kommen heute überhaupt nicht mehr.« Sie trug einen ausgefransten Frotteebademantel, darunter schaute ein blaugeblümter Pyjama hervor. Ihre Füße steckten in dicken Tennissocken.

Béatrice trat in den dunklen Raum. Sie kniff die Augen zusammen, aber sie konnte bloß schemenhafte Umrisse erkennen. Die Rollläden waren heruntergelassen, nur durch die Ritzen an den Seiten drangen ein paar schmale Streifen Tageslicht herein. Ein lautloser Fernseher warf flackernde Schatten gegen die Wand, und irgendwo schepperte ein Heizgerät. Der scharfe Geruch eines künstlichen Lufterfrischers durchzog die Wohnung.

»Wo geht denn die Lampe an?«, fragte Béatrice und stellte ihre Tüte ab.

»Will kein Licht«, brummte die Alte und setzte sich stöhnend auf das Sofa.

Als sich Béatrice' Augen an die spärliche Beleuchtung gewöhnt hatten, ging sie der Frau hinterher und setzte sich neben sie. Sofort sank ihr Körper in die dicken, weichen Kissen ein, und ihre Handflächen berührten flauschigen Kunstfaserstoff. Béatrice schaute sich in dem trostlosen Wohnzimmer um. Zwischen zerknüllten Zeitungsblättern lagen Kartons, ein umgekippter Klappstuhl und anderes Gerümpel. In den Wänden steckten schief eingeschlagene Nägel, die dazugehörigen Bilderrahmen lehnten mit zerbrochenen Gläsern am Boden.

»Ich habe Ihnen eine Nudelsuppe mitgebracht«, sagte sie und bemühte sich, munter zu klingen.

»Suppe«, rief die Alte und stieß ein schepperndes Lachen aus. »Fraß für Greise. Sie glauben wohl, ich hab keine Zähne mehr?«

»Ich glaube gar nichts«, erwiderte Béatrice kühl. »Das hat man mir eingepackt.«

»Scheiß auf die Dosensuppe«, zeterte die Alte und ließ ihren Stock zu Boden fallen. »Ich will was Richtiges.«

Béatrice hatte sich ihre Tätigkeit für *Sunset Aid* als ein nettes Plauderstündchen mit Washingtoner Senioren vorgestellt, aber nicht *so*! Sie verfluchte ihre Entscheidung und die ganze Organisation. Worauf hatte sie sich da eingelassen? Morgen würde sie bei Lena ihren Blazer abholen und sich nie wieder bei ihr blicken lassen.

Die Alte hustete. »Ich ertrage eure verdammte Suppe und diesen Haferbrei einfach nicht mehr«, krächzte sie. Sie holte ein Taschentuch hervor und spuckte hinein. »Und ich hasse den Geschmack von Zimt.«

»Dann bestellen Sie sich doch was bei einem Lieferservice«, gab Béatrice zurück. »Chinesisch. Thai. Burger und Pommes frites. Was immer Sie wollen.« Sie verspürte das dringende Bedürfnis, ein Fenster zu öffnen.

»Lieferservice. Pfff. Sie arbeiten wohl noch nicht lange für Sunset«, entgegnete die Alte und strich sich durch ihre verklebten Locken. »Wenn ich mir so was leisten könnte, würde ich bestimmt nicht bei euch betteln gehen.« Sie lehnte sich keuchend nach vorn und griff nach ihrem Stock. »Früher, in New York … Da war alles anders.«

Béatrice bereute ihr achtloses Gerede sofort und schwieg. Sie wollte irgendetwas tun, um die Frau zu beschwichtigen und dann so schnell wie möglich verschwinden.

Lucío! Seine Küche mochte jeder. Sie zog ihr Handy aus der Hosentasche und wählte seine Nummer. Während sie auf das Freizeichen wartete, drehte sie sich zu der Alten und fragte: »Mögen Sie Italienisch? Ich lade Sie ein.«

Jacobina Grunberg antwortete nicht. Aber im flimmernden Licht des Fernsehers sah Béatrice, wie ein kurzes Lächeln über ihr Gesicht huschte. Ein Lächeln? Sie musste sich getäuscht haben.

»Ciao Lucío, ich möchte eine Bestellung aufgeben«, flötete Béatrice, als sie das vertraute *Buona sera* hörte. Sie orderte alles, was ihr gerade so einfiel: Tomatenbruschetta, Osso buco mit frittierten Zucchiniblüten, Pilzrisotto, Penne all'Arrabbiata und eine doppelte Portion Tiramisu. Während sie die Bestellung durchgab, merkte sie, dass sie selbst auch Hunger hatte. Dann würde sie eben mit dieser merkwürdigen Frau hier sitzen und zu Abend essen. Wenn sie Lucío darum bat, eine Flasche Rotwein mitzuschicken, würde sie auch das hier überstehen.

»Es wird ein bisschen dauern«, sagte Béatrice, als sie aufgelegt hatte. »So, und jetzt ziehe ich die Rollläden auf. Hier muss dringend gelüftet werden.« Sie stand auf und ging zu einem der kleinen Fenster.

»Rühren Sie hier nichts an!«, fuhr die Frau sie an. »Das ist *meine* Wohnung.«

Béatrice zuckte zusammen und blieb unschlüssig stehen. Dann setzte sie sich wieder. Sie musste es sanfter angehen. »Erzählen Sie mir etwas von sich, Mrs Grunberg«, forderte sie die Frau auf. »Seit wann leben Sie hier in D. C.?«

Mrs Grunberg starrte auf den stummen Bildschirm. »Es gibt nix zu erzählen«, murrte sie.

Béatrice warf einen Blick auf ihr Handy. Es würde bestimmt noch eine halbe Stunde dauern, bis das Essen gebracht wurde. »Haben Sie Familie?«

»Sie verschwenden Ihre Zeit«, brummte Jacobina, ohne den Blick vom Fernseher abzuwenden. Er zeigte eine Eiskunstläuferin in einem pinken Glitzeranzug, die sich in irrsinnig schnellem Tempo um sich selbst drehte.

»Gut«, sagte Béatrice nach einer Weile, »dann erzähle ich eben etwas von mir.« Sie wunderte sich selbst über die Geduld, die sie für die Alte aufbrachte. »Ich komme aus Frankreich, aus Paris.«

Die Alte schob ihren Schildkrötenhals nach vorn und blickte Béatrice an. »Paris?«

Béatrice nickte, überrascht über Jacobinas plötzliche Reaktion. »Ja. Meine Mutter lebt noch dort.«

Die Alte atmete schneller.

»Man kann sich ganz schön fremd fühlen, hier in den USA«, fuhr Béatrice fort und hoffte, sie damit zu ermutigen, etwas von sich preiszugeben. Jacobina lehnte sich in das Sofa zurück, doch sie sagte nichts. Ihre Hände zitterten.

»Mrs Grunberg?« fragte Béatrice leicht besorgt. »Ist Ihnen nicht gut?«

»Mein Vater«, flüsterte Jacobina plötzlich, »mein Vater.« Mehr sagte sie nicht.

Schweigend saßen die beiden Frauen nebeneinander, lauschten der klappernden Heizung und schauten Eiskunstlauf. Irgendwann wurden Jacobinas Atemzüge gleichmäßig und ruhig. Sie war eingeschlafen.

Endlich klingelte es, Béatrice eilte zur Tür. Sie wechselte ein paar Worte mit dem Lieferanten und nahm mehrere Plastiktüten in Empfang, aus denen verlockende Gerüche stiegen. Bald duftete die ganze Wohnung nach Lucíos Essen. Als Béatrice zurückkam, sah sie, dass Jacobina sich gähnend die Augen rieb. Die Klingel musste sie aufgeweckt haben.

»Wo kann ich Teller finden?«, fragte Béatrice, griff in die Tüten und stellte warme, weiße Schachteln in verschiedenen Größen auf den Glastisch vor dem Sofa.

»Da hinten«, murmelte Jacobina und deutete mit dem Kopf in eine Ecke. Dann streckte sie die Beine von sich und betrachtete mit gerunzelter Stirn die Schachteln.

Die Küchenecke befand sich neben einer schmalen Tür, die ins Badezimmer führte. In der Spüle lagen Teller mit bunten, verklebten Rändern und schmutzige Kaffeetassen. Die elektrischen Herdplatten waren von einer dicken, schwarzen Kruste überzogen. Daneben stand ein kleiner Kühlschrank, auf dem noch die Reste von abgezogenen Stickern klebten, und gab zischende Laute von sich.

Béatrice holte tief Luft, griff ins Spülbecken und wusch die Teller ab.

Als Jacobina Grunberg die ersten Bissen zerkaute, schloss sie genüsslich die Augen. »Mann, ist das gut«, stieß sie mit geröteten Wangen hervor. Bald wirkte sie wie ausgewechselt. Die breiten Falten auf ihrer Stirn glätteten sich, und die schwarzen Knopfaugen zwinkerten vergnügt. Ihr rechter Arm zitterte nicht mehr.

Béatrice lächelte und trank einen Schluck Wein aus einer hellblau gepunkteten Kaffeetasse. Gläser hatte sie nicht finden können.

Jacobina lud sich Fleisch, Risotto, Pilze und Pasta auf den Teller und schlang das Essen mit einer solchen Gier hinunter, als hätte sie sich monatelang nur von Kartoffelschalen ernährt. Béatrice kaute auf einer Karottenspitze herum und beobachtete die Alte. Dass sie die Alltagsqualen dieser Frau für ein paar Minuten hatte lindern können, erfüllte sie mit einer Zufriedenheit, die sie schon sehr lange nicht mehr empfunden hatte.

»Ich bin übrigens Béatrice.«

Jacobina spülte die letzten Reste Tiramisu mit einem halben Kaffeebecher Wein hinunter, seufzte selig und ließ sich wieder in die Kissen sinken.

»Sie schickt der Himmel, Béatrice«, sagte sie, machte ein paar Schmatzlaute und musste aufstoßen. »Die anderen, die Sunset sonst herschickt, liefern eine Tüte mit Konserven ab und suchen schnell das Weite.« Sie wischte sich mit einer von Lucíos grauen Papierservietten über den Mund. »Niemand hat Zeit. Niemand hat Interesse.«

Dann musterte sie die leeren Schachteln auf dem Glastisch und fragte in beschwörendem Ton: »Sie kommen doch bald wieder, Béatrice?«

»Können wir nicht was *Richtiges* essen?« Angewidert starrte das große, schlaksige Mädchen auf den Teller mit Tomatensalat und dampfenden Bohnen, den Béatrice soeben vor sie auf den Tisch gestellt hatte. Laura zog die schmal gezupften Augenbrauen hoch, schob sich das lange, glatte Haar aus dem Gesicht und scannte die Küche nach besseren Alternativen ab.

Béatrice rieb sich die Hände an ihrer Schürze trocken. Bei den Worten »was Richtiges« dachte sie sofort wieder an Jacobina Grunberg, die vor ein paar Tagen dieselben Worte mit ähnlicher Intensität ausgesprochen hatte.

»Was ist denn ›was Richtiges‹ für dich, Laura?«, fragte sie seufzend.

Freitagabend. Statt Downtown in einer Bar Cocktails zu schlürfen, saß sie wie jedes Wochenende in Joaquíns altmodischer Küche und kochte Gemüse für seine vierzehnjährige Tochter. Und dieser respektlose Teenager wagte es noch, sich über das Essen zu beschweren, bevor sie es überhaupt probiert hatte.

»Na ja, Pizza zum Beispiel«, sagte Laura wie erwartet, blies ihren Kaugummi zu einer großen Kugel auf und ließ ihn auf ihrer Nase zerplatzen. »Oder 'nen Burger. Was Normales eben.« Sie streifte die Flipflops von ihren Füßen, legte die Beine auf einen Küchenstuhl und begutachtete ihre schwarz lackierten Fußnägel.

Béatrice griff nach ihrem Glas und spülte den bösen Kommentar, der ihr auf der Zunge lag, mit einem Schluck Wasser herunter. Sie öffnete die Gefriertruhe und betrachtete die aufeinandergestapelten Packungen mit Fertiggerichten. Es lohnte nicht, darüber zu diskutieren. Sie war schließlich nicht Lauras Mutter. Davon abgesehen hatte Béatrice in den vergangenen Jahren mehrmals versucht, dem Kind gesunde Ernährung nahezubringen. Doch mit ihren Vorträgen über Vitamine und ungesättigte Fettsäuren war sie bei Laura auf taube Ohren gestoßen. Und Joaquín hatte bei den Entscheidungen seiner Tochter schon lange kaum mehr etwas mitzureden.

Am liebsten würde sie ganz in die Truhe kriechen, sich zwischen die Eiscremeschachteln kauern und erst dann wieder herauskommen, wenn Laura im Bett lag. Der Tag war anstrengend gewesen, voller Deadlines und unnötig langer Meetings. Joaquín hatte sie wie immer spät vom Büro abgeholt und im Auto pausenlos mit seiner Redaktion telefoniert. Im Schneckentempo waren sie durch den Feierabendverkehr gerollt. Die K-Street hinunter, über den Potomac und dann im schier endlosen Stop-and-Go auf dem George-Washington-Memorial-Parkway bis zur tristen Endstation: McLean, Virginia. Dem unscheinbaren Haus an der Ecke. Exakte dreißig Sekunden Fahrtzeit vom Ortseingang entfernt. Béatrice war müde und allein bei dem Gedanken an das bevorstehende Wochenende mit Nervensäge Laura sank ihre Stimmung auf den Nullpunkt.

Trotzdem hatte sie sich von Joaquíns zärtlichem Bitten zwischen zwei seiner Telefonate dazu überreden lassen, ein warmes, gesundes Essen zu kochen. Damit das arme Kind wenigstens einmal in der Woche nicht aus der Tiefkühltruhe leben musste. Die Dankbarkeit in Joaquíns Augen nach ihrem halbherzigen »Na gut« im Auto hatte sie wieder besänftigt. Es war nicht einfach für ihn, die vielen Anforderungen, die Beruf und Tochter an ihn stellten, zu bewältigen. Sie wollte die Situation nicht noch schwieriger machen.

Dass Laura bei dieser Essensplanung jedoch nicht mitspielte, hätte sie sich denken können. Béatrice griff in den gefrorenen Menü-Stapel und zerrte wahllos eine Packung heraus. Makkaroni mit Hackfleischsoße. Sie schwenkte den rechteckigen Aluminiumkarton in der Luft. »Wie wär's damit?«

Lauras Gesichtsausdruck hellte sich auf. »Cool.«

Irgendwo miaute eine Katze. Béatrice wusste nicht, wo der Laut herkam, und sah sich suchend in der Küche um.

Laura grinste. »Reingefallen.« Sie richtete sich auf und zog ihr Handy aus der Hosentasche. Bei jeder ihrer Bewegungen klirrten die zahllosen metallenen Armreifen gegeneinander, die sie um ihre Handgelenke trug. Sie konzentrierte sich auf ihre SMS-Konversation – höchstwahrscheinlich mit ihrer Schulfreundin Sarah. Am Wochenende texteten sich die beiden Mädchen ununterbrochen. Und der Klingelton änderte sich genauso häufig wie die Farbe von Lauras Nagellack. Mal war es ein Tiergeräusch, mal eine Tür, die zugeschlagen wurde, oder ein alter Hit aus den Achtzigern.

Béatrice schob die Makkaroni in die Mikrowelle, schlug krachend die Tür zu und setzte sich an den Tisch. Gott sei Dank musste sie sich dem nicht jeden Abend aussetzen. Denn eins stand fest: Zu Joaquín nach McLean ziehen war ausgeschlossen. Er hatte zwar schon öfters anklingen lassen, dass es doch schöner wäre, wenn sie auch während der Woche nebeneinander aufwachten. Und manchmal, wenn Béatrice abends allein in ihrer kalten Wohnung in Georgetown saß und die einzigen Geräusche die dumpfen Schritte des Nachbarn im Stockwerk über ihr waren, dann spielte sie tatsächlich mit dem Gedanken, es wenigstens zu versuchen. Zumindest erst einmal auf Probe. Sie konnte ja nicht gleich ihre Unabhängigkeit komplett aufgeben. Doch ein Freitagabend genügte, um sie wieder davon zu überzeugen, dass es absolut unmöglich war, mit Joaquín und seiner flegelhaften Tochter unter einem Dach zu leben.

»Na, ihr beiden Hübschen, unterhaltet ihr euch gut?« Joaquín kam in die Küche, gefolgt von Rudi, seinem etwas zu klein geratenen Foxterrier, der Béatrice immer noch anbellte, obwohl sie hier schon seit drei Jahren ein- und ausging. Rudi rannte unter den Tisch und beschnüffelte den Fußboden.

Joaquín stellte schwungvoll eine Flasche Wein auf den Tisch und küsste Béatrice auf den Kopf. »Na, was gibt's denn Gutes?«

Béatrice hielt eine Antwort für überflüssig, da Joaquín bereits dabei war, die Schüsseln zu inspizieren, und freudig »Hmm« brummte. Lustlos schob sie sich ein paar Bohnen in den Mund, die sich auf ihrer Zunge wie lauwarmer Gummi anfühlten.

Laura nahm keine Notiz von ihrem Vater. Ohne aufzublicken, tippte sie emsig auf ihrem Telefon herum und löffelte dabei die aufgewärmten Makkaroni aus dem Karton. Einen Moment lang hörte man nur das Klappern ihrer Armreifen und das Schlecken des Hundes, der irgendetwas auf dem Fußboden gefunden hatte.

Joaquín schien es nicht zu stören, dass die beiden sich nicht von seiner guten Laune anstecken ließen. Mit den Fingern fischte er sich ein paar Tomaten aus der Salatschüssel, dann entkorkte er die Flasche und schenkte zwei Gläser ein. Eins füllte er bis zum Rand und schob es zu Béatrice hinüber, in das andere goss er nur einen Schluck, den er sogleich trank.

»Béa«, raunte er sanft und strich ihr über das Haar. Béatrice ahnte, was er jetzt gleich sagen würde. »Ich muss leider noch ein wenig arbeiten. Sollte aber in zwei Stunden alles erledigt haben. Macht's euch gemütlich, ja?« Er küsste sie erneut und verließ die Küche. Rudi tapste hechelnd hinter ihm her.

Béatrice hörte, wie Joaquín langsam die knarrende Holztreppe hinaufstieg und die Tür seines Arbeitszimmers hinter sich schloss. Kaum war er verschwunden, ließ Laura ihren Löffel fallen, ging wortlos ins Wohnzimmer und schaltete den Fernseher ein.

Béatrice saß regungslos am Tisch. Ihr Blick wanderte von dem kaum angerührten Abendessen zu den dreckigen Töpfen auf der Arbeitsfläche. Dann sprang sie auf und rannte die Treppe nach oben.

Als der Hund sie kommen hörte, begann er, wie wild zu kläffen. Béatrice riss die Tür auf. Seit Tagen hatte sie ihren Zorn und ihre Enttäuschung unterdrückt. Doch jetzt konnte sie sich nicht länger zurückhalten.

»Was soll ich eigentlich noch hier?«, rief sie atemlos, während sie ins Zimmer trat. »Du nimmst dir nicht mal mehr die Zeit, mit mir zu essen. Und ich …« Sie stellte sich vor Joaquín und verschränkte die Arme vor der Brust. »Ich Idiot habe auch noch extra gekocht!«

Joaquín sah von seinem Laptop auf und seufzte. Er wirkte zerstreut.

Rudi fing an zu winseln und sprang an Béatrice hoch. Sie griff den Hund am Halsband und schob ihn von sich. Doch Rudi ließ

sich nicht abwimmeln. Sofort hüpfte er wieder vor ihre Füße.
»Verdammt«, schimpfte sie, packte das Tier mit beiden Händen
und setzte es nach draußen auf den Gang. Dann schlug sie die
Tür zu und wandte sich wieder an Joaquín. »Ich hab es satt, wie
eine Zugehfrau behandelt zu werden.« Ihr Kopf fühlte sich heiß
an. Draußen kratzte Rudi jaulend an der Tür.

Joaquín setzte seine Lesebrille ab und fuhr sich mit den Fingern über die Augenbrauen. »Liebling, es tut mir leid. Du hast
völlig recht. Das war wirklich rücksichtslos von mir.« Er stand
auf und schloss sie in die Arme. Béatrice versteifte sich.

»Ich habe nur im Moment so viel zu tun, ich weiß einfach
nicht, wie ich das alles schaffen soll«, fuhr Joaquín fort.

Ich kann nicht mehr, ich will nicht mehr, wollte Béatrice sagen.
Sie wollte ihm vieles sagen. Sie hatte fest vorgehabt, ein Taxi zu
rufen und den Abend in ihrer Wohnung zu beenden. Dann
dachte sie an die Stille, die zu Hause auf sie wartete. An ihr unge-
heiztes Schlafzimmer, den leeren Kühlschrank. Sie dachte an die
vielen Wochenenden, die sie in erdrückender Einsamkeit auf
ihrer Couch mit Take-Out-Curry und Netflix-Videos verbracht
hatte. Béatrice schloss die Augen und atmete schwer.

Joaquín presste sie fester an sich und streichelte ihren Rücken.
Sein Körper verströmte eine angenehme Wärme und duftete
leicht nach dem Hermès-Parfum, das Béatrice ihm letztes Jahr zu
Weihnachten geschenkt hatte. Wie hatte sie seine körperliche
Nähe vermisst. Sie wollte jetzt nicht alleine sein. Er hatte wirklich
viel zu tun. Zaghaft legte sie ihre Arme um seine Hüften.

Schweigend und eng umschlungen standen sie da. Joaquíns
Hand fuhr besänftigend über ihr Haar.

»Morgen machen wir uns einen schönen Tag, ja?«, flüsterte er
schließlich. »Nur du und ich.«

Bei den Worten »du und ich« spürte sie, wie der Zorn wieder

in ihr aufloderte. Sie löste sich von ihm. »Nie hast du Zeit für mich. Immer ist etwas anderes wichtiger.«

Er strich über ihr Gesicht und küsste sie. »Ich weiß, Béa, aber wir werden das ändern.« Er schaute ihr tief in die Augen. »Du glaubst gar nicht, wie ich mich nach dir gesehnt habe. Aber der Alltag hier, der frisst mich auf.« Er küsste sie noch mal, dann drehte er sich um, öffnete seine Schreibtischschublade und holte eine kleine Schachtel heraus. »Hier. Das wollte ich dir eigentlich erst später geben. Aber ich möchte, dass du es jetzt bekommst.«

Béatrice rieb sich die Nase, zog langsam die Schleife von dem Kästchen und öffnete es. Auf einem Samtkissen lag eine silberne Kette mit einem tropfenförmigen Anhänger.

»Die haben wir vor ein paar Wochen im Schaufenster auf der Connecticut Avenue gesehen, weißt du noch?« Joaquín nahm die Kette und legte sie ihr um den Hals. »Sie hat dir doch so gut gefallen.« Er schaute sie erwartungsvoll an.

Obwohl es sie rührte, dass er sich anscheinend doch Gedanken um sie machte, konnte Béatrice sich über das Geschenk nicht so richtig freuen. Doch sie wollte den romantischen Augenblick nicht verderben. Vor allem wollte sie nicht, dass Joaquín aufhörte, sie zu streicheln. So entschied sie, sich ihre Enttäuschung nicht anmerken zu lassen, und lächelte.

»Komm, Béa, lass uns nach unten gehen und den Wein trinken, ja?«

Sie nickte.

Er ergriff ihre Hand und drückte sie fest.

Als Béatrice am nächsten Morgen erwachte, war das Bett neben ihr leer. Verschlafen richtete sie sich auf und strich sich eine Haarsträhne aus dem Gesicht. Durch die halbgeöffneten Vorhänge strömte warmes Morgenlicht. Sie warf einen Blick auf die

Uhr mit dem altmodischen Zifferblatt, die neben der Tür hing und deren unerbittliches Ticken Béatrice manchmal nachts aus dem Schlaf holte. Kurz nach sieben. Joaquíns Pyjama lag zusammengeknüllt auf dem weißen Sessel, der vor dem Bett stand. Daneben türmte sich ein Stapel Bücher, die er sich in den nächsten Wochen zu lesen vorgenommen hatte. *Die Erde ist flach* von Friedman, das neue Rory-Stewart-Buch über Afghanistan und *Drei Tassen Tee* von Greg Mortenson, das Joaquín für sie gekauft hatte, weil es darin um Entwicklungshilfe ging.

Jeden Freitag lagen neue Bücher auf dem Sessel, auf der Kommode und manchmal sogar auch im Badezimmer. Woher er nur die Zeit nahm, bergeweise Literatur zu verschlingen, fragte Béatrice ihn immer wieder, wenn sie am Wochenende die Neuerwerbungen erblickte. »Wenn du schläfst«, gab er dann lachend zurück.

Welches Buch sie gerade lese, hatte er bei ihrem ersten Rendezvous wissen wollen. Gar keins. Aber das hatte sie ihm damals natürlich nicht gesagt, das wäre ihr zu peinlich gewesen. Stattdessen hatte sie, da ihr nichts Besseres eingefallen war, nach einem Moment der Stille zurückgefragt, was er denn lese. Ein minutenlanger Monolog war gefolgt. Seitdem hatte er sich nie wieder nach ihrer Lektüre erkundigt, sondern kaufte ihr einfach die Bücher, die »man gelesen haben sollte«.

Béatrice gähnte. Leichter Kaffeeduft stieg ihr in die Nase. Sie blickte sich um und entdeckte eine große Tasse Milchkaffee, die auf dem runden Nachttisch stand. Daneben lag ein aufgerissener Briefumschlag, auf dessen Rückseite eine Nachricht gekritzelt war.

»Liebling, musste dringend in die Redaktion. Kleiner Notfall. Tut mir schrecklich leid. Bis später. Ich liebe dich, J.«

Mit einem Seufzer ergriff Béatrice die Tasse, nahm einen Schluck und verzog das Gesicht. Der Kaffee war fast kalt, er musste dort schon länger gestanden haben. Sie stellte die Tasse ab, griff nach dem Mortenson-Buch und blätterte missmutig darin herum. Dann warf sie es zurück neben den Sessel, sank niedergeschlagen auf das Kopfkissen und dachte darüber nach, was sie jetzt mit diesem Tag, der doch nur ihnen beiden hatte gehören sollen, anfangen konnte.

Von unten ertönte ein kurzes Bellen. Béatrice hörte, wie Laura die Treppe hochstapfte und dabei laut auf den Hund einredete. Sekunden später öffnete die Tochter, ohne anzuklopfen, die Schlafzimmertür. Rudi stürmte mit heraushängender Zunge ins Zimmer und sprang immer wieder am Bett hoch.

»Kannst du mich zu Sarah fahren?«, fragte Laura und ließ dabei Rudi, der beharrlich versuchte, mit seinen viel zu kurzen Beinen auf das Bett zu klettern, nicht aus den Augen. Laura trug knappe Shorts, ein sommerliches Tank-Top und blauen Lidschatten. In der Hand hielt sie einen riesigen Plastikbecher, der bis zum Rand mit einer pinkfarbenen Flüssigkeit und Eiswürfeln gefüllt war. Laura setzte sich auf das Bett, griff nach Rudis Halsband und zerrte ihn unsanft von der Kante weg. Der Hund jaulte auf und sprang sofort wieder an der Matratze hoch.

»Wolltest du nicht erst deine Hausaufgaben machen?«, fragte Béatrice. Der Gedanke an Lauras Schulaufgaben bereitete ihr sofort ein leichtes Ziehen in der Magengrube. In die undankbare Rolle der Fast-Stiefmutter zu schlüpfen, gefiel ihr generell nicht, und schon gar nicht, wenn Joaquín abwesend war und ihr das pädagogische Denken und Handeln überließ. Dinge, von denen sie keine Ahnung hatte.

»Hab ich schon längst«, gab Laura zurück und saugte geräuschvoll an ihrem Strohhalm. »Also, was ist? Fährst du mich?«

»Es ist viertel nach sieben«, entgegnete Béatrice nach einem erneuten Blick auf die Uhr. »Das ist viel zu früh, um bei anderen Leuten vor der Haustür aufzutauchen.«

»Sagt wer?«

»Sage ich«, antwortete Béatrice, etwas lauter und etwas unfreundlicher als beabsichtigt. Sie stand auf und warf sich Joaquíns Morgenmantel über ihre bloßen Schultern.

»Daddy hat gesagt, es ist okay«, erwiderte Laura schnippisch.

»Ich finde es aber noch zu früh.«

»Das ist echt total unfair.« Das Mädchen stampfte mit dem Fuß auf den Boden, so dass sich in der Tasse kleine Kreise auf dem Kaffee bildeten. Dann zog sie ihr Handy aus der Hosentasche. »Du hast mir überhaupt nix zu sagen. Ich ruf ihn jetzt an.«

Nicht einmal in Ruhe aufstehen konnte sie. Doch je länger Béatrice darüber nachdachte, umso mehr kam sie zu dem Schluss, dass es weitaus klüger war, Laura so schnell wie möglich wegzubringen, als ihren pubertären Launen noch ein paar Stunden ausgeliefert zu sein. Und wer wusste schon, wie lange Joaquín sie hier warten lassen würde! Eine Krisensituation in der Redaktion konnte den halben Tag dauern. Oder den ganzen.

Davon abgesehen, fühlte sich Béatrice in Lauras Gegenwart unter ständiger Beobachtung. Sie meinte, regelrecht spüren zu können, wie sich die geschminkten Teenageraugen in ihren Rücken bohrten und das Mädchen genervte Fratzen schnitt, wenn Béatrice in der Küche herumhantierte oder sonst etwas im Haus machte.

»Du brauchst deinen Vater nicht anzurufen«, sagte sie, noch bevor Laura auf die Wähltaste gedrückt hatte. »Er ist beschäftigt. Ich bring dich.«

Und dann fuhr Béatrice, ohne geduscht oder gefrühstückt zu

haben, noch vor acht Uhr mit Joaquíns Zweitwagen eine triumphierende Laura durch das ausgestorbene McLean zu ihrer Freundin.

Der dunkelhäutige Mann mit den Kopfhörern saß wieder auf der Mauer, so wie vor drei Tagen. In seinen Händen hielt er eine Bierdose. Als er Béatrice sah, pfiff er laut. Sie schenkte ihm keine Beachtung.

Vor dem Eingang lagen zwei Obdachlose in Schlafsäcke eingerollt. Es stank nach Urin und Marihuana. Béatrice stieg mit erhobenen Armen, an denen Einkaufstüten baumelten, über die beiden schlafenden Männer und klingelte.

Sie hatte nicht erwartet, so schnell wieder bei Jacobina aufzutauchen. Sie hatte fest vorgehabt, überhaupt nicht mehr hierher zu gehen. Aber Jacobinas Blick und ihre flehendliche Frage, ob sie auch bald wieder käme, hatten Béatrice tief berührt. In den Augen der Frau hatte so viel ehrliche Verzweiflung gelegen, in ihrer Frage so viel Hoffnung, dass Béatrice sie nicht vergessen konnte.

So war Béatrice, nachdem sie Laura abgesetzt hatte, nicht in Joaquíns leeres Haus zurückgefahren, sondern direkt nach Washington und in die U-Street. Unterwegs war sie einkaufen gegangen, hatte Kaffee, Gebäck, Putzschwämme und Scheuermittel besorgt.

»Wer da?«, tönte es unfreundlich aus der Sprechanlage.

»Ich bin's, Béatrice«, rief sie.

»Sie schon wieder?«

Dann hörte Béatrice das Summen des Türöffners. Ein paar Minuten später stand sie vor Jacobinas Wohnungstür und klingelte erneut. Die Alte zog die Tür, wie beim letzten Mal, einen Spalt auf und erst dann ganz. Sie war kleiner, als Béatrice sie in Erinnerung hatte, und sah erschöpft aus. Unter ihren Augen lagen dunkle Schatten, ihre Haare glänzten fettig. Jacobina hatte keine Schuhe an und trug denselben geblümten Pyjama wie neulich.

»Da bin ich«, sagte Béatrice. Etwas Besseres fiel ihr nicht ein.

»Das sehe ich«, gab Jacobina trocken zurück.

»Habe ich Sie geweckt?«

»Nein …« Jacobina winkte Béatrice herein und wischte sich mit dem Schlafanzugärmel über die Augen. »Ich schlafe selten.«

»Ich habe Frühstück mitgebracht.« Béatrice schwenkte eine der Tüten. Sobald sie die verdunkelte Wohnung betrat, schlug ihr der penetrante Geruch des Lufterfrischers entgegen. »Der Mann unten am Eingang, wohnt der hier?«, fragte Béatrice während sie die Tür hinter sich schloss.

»Welcher Mann?« Jacobina wankte auf ihr Sofa zu und ließ sich schwer atmend hineinfallen.

»Na, der mit den Kopfhörern.« Béatrice zog ihre Jacke aus. Es gab keinen Kleiderhaken, also stellte sie den umgekippten Klappstuhl auf und warf ihre Jacke darüber.

»Weiß ich nix von«, murmelte Jacobina. Sie nahm ein Taschentuch und knetete es. »Ich gehe selten raus.«

Béatrice knipste das Licht an. »Und was bedeuten die hebräischen Zeichen an Ihrer Tür?« Sie hatte sich fest vorgenommen, dieses Mal etwas aus dieser Frau herauszukriegen.

Jacobina blinzelte in den Lichtstrahl, erhob aber keinen Protest.

»Das ist eine Mesusa«, sagte sie, faltete das Taschentuch auseinander und drückte es wieder zusammen. »Eine jüdische Tradition. Sie soll mein Heim beschützen.« Ihre Stimme senkte sich. »Sie ist das Einzige, was ich noch von meinem Vater habe.«

Béatrice ging zielstrebig zur Kochecke und begann, das Geschirr zu spülen. »Woher kommt Ihre Familie?«, fragte sie.

Die Alte antwortete nicht.

Auf dem Fenstersims stand ein kleiner, verkalkter Wasserkocher. Béatrice nahm ihn und füllte ihn.»Kaffee?«

Jacobina nickte und fragte:»Warum kommen Sie so früh? Haben Sie nix Besseres am Wochenende vor?« Ihre Augen folgten jeder von Béatrice' Bewegungen.

»Das war gar nicht so geplant. Aber mein Freund musste heute Morgen früh raus, und da dachte ich, ich schaue mal schnell nach Ihnen.« Béatrice holte die Putzmittel aus den Einkaufstüten und fing an, die Spüle und den Herd zu schrubben.»Er hat immer so viel zu tun«, redete sie weiter, während sie die verbrannten Krusten wegkratzte.»Mensch, wann ist denn hier das letzte Mal saubergemacht worden?«

»Ich kann mich kaum bücken vor Schmerzen«, brummte Jacobina und nestelte an einem Knopf ihres Schlafanzugoberteils. »Auf dem Boden rumkriechen und putzen und so ist nicht mehr.«

»Hilft Ihnen denn niemand?«

»*Sunset Aid* ist kein Putzservice, hat man mir mitgeteilt«, entgegnete Jacobina und stieß ein heiseres Lachen aus, das wie das Scheppern verrosteter Blechdosen klang.

Béatrice brühte Kaffee auf, reichte Jacobina eine heiße Tasse und setzte sich auf die andere Seite des Sofas. In die Mitte zwischen sie stellte sie eine Schachtel mit Keksen.

Jacobina griff sofort nach dem Gebäck. Eine Weile kaute sie schweigend, dann wandte sie sich an Béatrice.»Warum die ganzen Fragen?«

»Ich möchte Ihnen helfen.«

»Das sagen sie alle am Anfang.« Jacobina verzog ihren Mund. »Ein, zwei Mal kommen sie. Dann werde ich lästig.«

Béatrice schwieg betroffen. Die Einsamkeit dieser Frau hing so schwer in der Luft wie der Gestank des Raumerfrischers.

»Ich kann es doch zumindest versuchen«, gab Béatrice zurück. Sie wollte nichts versprechen, was sie später bereute. »Auf jeden Fall werde ich erst mal hier weiter aufräumen.«

Ohne Jacobinas Reaktion abzuwarten, hob sie die Zeitungen vom Boden auf. Dann staubte sie den Glastisch und den Fernseher ab, zog die Rollläden hoch und wischte den Linoleumboden, mit dem die Kochecke ausgelegt war. Sie packte das frisch gekaufte Küchenhandtuch aus, trocknete das Geschirr ab und wollte es in den kleinen Wandschrank räumen. Als sie ihn öffnete, fielen ihr ein Stapel ungeöffneter Briefe und ein paar Werbezeitschriften entgegen und landeten auf den Boden.

»Im Schrank hier liegt Post«, rief Béatrice in Jacobinas Richtung. »Wollen Sie die nicht aufmachen?«

»Ich lese meine Post schon lange nicht mehr«, knurrte die Alte. »Das sind nur Rechnungen, die ich nicht bezahlen kann.«

»Aber es könnte etwas Wichtiges dabei sein«, beharrte Béatrice.

Jacobina machte eine wegwerfende Handbewegung. »Fort damit. In meinem Leben gibt's nix Wichtiges mehr.«

Béatrice zuckte mit den Achseln und legte die Briefe fein säuberlich gestapelt zurück in den Schrank. Die Werbung warf sie in den Mülleimer.

Dann ging sie ins Bad und entdeckte eine uralte Waschmaschine mit oben offener Trommel, in der die Wäsche in lauwarmem Wasser mit einer Art Rührstab gequirlt wurde. Zu Béatrice' Überraschung funktionierte sie noch. Als sie an den Knöpfen drehte, setzte sich die Trommel sofort stampfend in Bewegung.

Jacobina beobachtete, wie Béatrice sich mit dem Putzlappen durch die Wohnung arbeitete, und schlürfte dabei ihren Kaffee.

»Ich wurde in Rumänien geboren«, sagte sie auf einmal. »Als ich sieben war, wurde mein Vater deportiert, weil er Jude war.«

Sie nahm sich einen weiteren Keks. »Aber Lica war ein tapferer Mann. Er konnte aus dem Lager entkommen ... Und dann sind wir nach Montreal geflohen.«

Béatrice, die gerade dabei war, die Fensterbretter abzuwaschen, hielt inne und drehte sich um. »Wenn Sie in Quebec aufgewachsen sind, warum sprechen wir dann nicht Französisch miteinander?«

Jacobina winkte ab. »Mein Französisch war nie besonders gut. Als ich zwanzig wurde, habe ich Kanada verlassen und bin nach New York gezogen. Seitdem spreche ich nur noch Englisch.« Jacobina rieb ihre geschwollenen Füße aneinander.

Béatrice legte den Lappen weg und setzte sich neben sie. »Was haben Sie in New York gemacht?« Sie freute sich über Jacobinas plötzliche Gesprächigkeit und sah die alte Frau aufmerksam an.

»Meine Träume waren genauso groß wie diese riesige Stadt«, antwortete Jacobina. Sie runzelte die Stirn, und ihr Blick verdüsterte sich. »Aber es läuft eben nicht immer so, wie man sich das vorstellt.« Sie sackte in sich zusammen, ihr Gesicht wurde ausdruckslos.

Im Badezimmer polterte und schepperte die Waschmaschine so laut, dass Béatrice Angst hatte, das Gerät würde gleich zur Tür hinaushüpfen. Jacobina schien der Lärm nicht zu stören. Sie saß still auf dem Sofa und starrte auf den Fußboden.

»Mein Leben war ein einziger Irrtum ...«, sagte sie grimmig und schnippte ein paar Krümel von ihrer Pyjamahose. »›Irgendwann sitzt du krank und alt in deiner Wohnung und bereust dein Leben‹, hat mein Vater mir mal nachgeschrien. Damals habe ich gedacht, der spinnt. Aber jetzt ... jetzt bin ich genauso geworden, wie er es prophezeit hat.«

Béatrice legte ihre Hand sanft auf Jacobinas Arm. Ein paar Minuten saßen die beiden so da.

Dann hob Jacobina ihren Kopf und ließ den Blick durch die Wohnung schweifen. »Na, das sieht hier ja schon richtig ordentlich aus.«

»Wie schön du bist«, hauchte Joaquín ihr ins Ohr.

Béatrice stand vor dem Spiegel und umrahmte mit einem Konturenstift ihre Lippen.

Joaquín war von hinten an sie herangetreten, umfasste ihre Hüften und grinste ihr Spiegelbild an. »Darf man diesen verführerischen Mund auch küssen?«, scherzte er, drehte sie zu sich herum und drückte seine Lippen auf ihre dunkelroten.

Béatrice machte sich von seiner Umarmung frei und schraubte den Stift zu. »Jetzt nicht, wir müssen gleich los.«

»Ich leide unter Liebesentzug«, flüsterte er und zog sie erneut an sich. Sein Griff war jetzt etwas fester, als duldete er kein weiteres Ausweichen.

»Daran bist du selbst schuld«, stellte Béatrice nüchtern fest, drehte ihr Gesicht zum Spiegel und prüfte ihr Make-up. »Du warst ja den ganzen Tag nicht hier.«

»Das war gegen meinen Willen«, brummte Joaquín und spielte mit einer ihrer Haarsträhnen. »Dafür habe ich die ganze Zeit an dich gedacht. Hast du dir einen netten Tag gemacht?«

»Ich war bei einer Bekannten«, antwortete Béatrice. Sie wollte Joaquín von Jacobina erzählen, sobald sie eine ruhige Minute hatten.

Er warf einen Blick auf ihren Lippenstift, der auf dem Rand des Waschbeckens lag. »Natürlich Dior«, sagte er und lächelte spöttisch. »Immer nur das Beste.«

»Lass mir doch die Freude.«

»Bei CVS gibt's Lippenstifte für zehn Dollar. Die sind genauso gut.«

Béatrice ließ den Stift seufzend in ihre Hosentasche gleiten. Seine übertriebene Sparsamkeit ging ihr auf die Nerven und erinnerte sie an ihre Mutter, die ähnlich reagierte, wenn Béatrice in Paris nicht bei Monoprix, sondern in den eleganten Boutiquen auf der Rue St. Honoré einkaufen ging.

»Seid ihr endlich fertig?«, rief Laura von unten, »Sarahs Party hat längst angefangen.«

Es war kurz vor sieben, und seit über einer halben Stunde drängte Laura sie zum Aufbruch, damit sie endlich zu der Geburtstagsfeier kam, wegen der Joaquín seinen lange geplanten Wochenendausflug mit Béatrice verschoben hatte.

Laura hatte sich in ein enges Minikleid gezwängt – für Béatrice' Geschmack entschieden eine Nummer zu klein – und mit schwarzem Kajal mindestens drei Jahre älter geschminkt. Béatrice hatte nicht erwartet, dass Joaquín seine Tochter in diesem Aufzug aus dem Haus gehen lassen würde. Doch als er gegen sechs schließlich wieder aus seinem Büro aufgetaucht war, rief er Laura nur »Neues Kleid, meine Große?« zu und schien auch an ihrem Make-up nichts auszusetzen zu haben. Béatrice glaubte sogar, ein wenig Anerkennung aus seiner Stimme heraushören zu können.

»Ich kann es kaum erwarten, das Kind bei seiner Party abzusetzen und dich endlich für mich alleine zu haben«, raunte er Béatrice zu und küsste sie kurz auf die Wange. Dann drehte er sich um und rief heiter »Wir kommen schon, geht gleich los« aus der geöffneten Badezimmertür.

Der kleine Vorgarten war sauber eingezäunt. Ein Gehweg führte die Besucher zwischen Buchsbaumkugeln und Rosensträuchern zur Veranda, die mit unzähligen Lichterketten geschmückt war.

»Weihnachten ist doch schon lange vorbei.« Béatrice kicherte.

108

»Pssst«, zischte Laura und wies sie mit einem mahnenden Blick zurecht.

Sobald die drei sich dem Eingang näherten, hörten sie im Haus einen Hund bellen. Noch bevor Laura auf den Klingelknopf gedrückt hatte, öffnete ihnen Mrs Parker, Sarahs Mutter. Lautes Gelächter und rhythmisch hämmernde Bässe drangen nach draußen.

»Laura«, rief die Frau strahlend und drückte das Mädchen mit einer Herzlichkeit an sich, die nicht gespielt wirkte. »Wie schön, dass du da bist. Die anderen sind schon unten im Keller.«

Béatrice schaute erstaunt zu, wie Laura, die sonst niemanden an sich heranließ, die Umarmung erwiderte. Dieses Mädchen war ein Buch mit sieben Siegeln. Augenblicklich fühlte Béatrice sich der fremden Frau unterlegen.

Sobald Laura im Haus verschwunden war, wandte sich Mrs Parker mit derselben Herzlichkeit, die sie eben noch Laura entgegengebracht hatte, an Joaquín. »Hi, Joe. Mensch, dass ich dich mal wieder sehe«, sagte sie mit blitzenden blauen Augen, und begrüßte ihn mit einem Kuss auf die Wange.

Béatrice stand wortlos daneben und betrachtete neidisch Mrs Parkers wohlgeformte, muskulöse Oberarme. Die Frau war höchstens Mitte dreißig und bewegte sich mit der Souveränität einer Fitnesstrainerin vor laufender Kamera.

»Du bist gar nicht zu unserem letzten Elterntreffen gekommen. Wo treibst du dich denn rum?«, plauderte Mrs Parker weiter, warf Béatrice ein kurzes »Hi« zu, und stellte mit ausholenden Bewegungen das Muskelspiel ihrer Arme zur Schau.

Joaquín ging geduldig auf ihre drängenden Fragen ein, während Béatrice die bunten Blumentöpfe am Hauseingang betrachtete.

Schließlich trat Joaquín zur Seite und stellte die beiden Frauen einander vor.

»Deine Freundin, aha … Ich bin Anne«, sagte Mrs Parker und nickte Béatrice kurz zu. Dann wandte sie sich wieder an Joaquín. »Jetzt, wo du schon mal hier bist, hast du doch sicher einen Augenblick Zeit für ein Glas Wein, oder?«

Béatrice wollte den Kopf schütteln und etwas von einer Tischreservierung und Verspätung erzählen, doch Joaquín kam ihr zuvor. »Da können wir nicht nein sagen.«

Anne strahlte.

Béatrice stupste Joaquín leicht mit dem Ellenbogen an.

»Nur fünf Minuten«, wisperte er und zwinkerte ihr zu.

Sie gingen ins Haus. Es hatte etwas Altmodisches, Tantenhaftes, das so gar nicht zu dem ersten Eindruck passte, den sich Béatrice von Mrs Parker gemacht hatte. Rüschenvorhänge, Teppiche mit Blumenmuster und schwere Sessel, die mit bestickten Kissen dekoriert waren. Auf Beistelltischen standen Keramikenten und geschnitzte Holzfiguren.

»Was sagst du zu der neuen Mathelehrerin, Joe?«, fragte Anne, während sie drei Gläser füllte. »Also, ich finde sie zu streng«, fügte sie sofort hinzu.

Béatrice hörte schon nicht mehr hin. Mit ihrem Glas in der Hand spazierte sie gedankenverloren im Wohnzimmer herum und betrachtete die vielen Fotos, die in verschnörkelten Rahmen an der Wand hingen. Anne mit Sarah am Strand, Anne mit Sarah im Garten, Sarah beim Sport, Anne mit einem – ihrem? – Mann. Der Wein schmeckte wie Himbeersoße mit Alkohol, aber Béatrice schluckte ihn tapfer hinunter.

Alle paar Minuten wurde sie von Annes kehligem Lachen in die Wirklichkeit zurückgeholt. Der Fußboden unter ihr vibrierte von der lauten Musik im Keller. Aus der Küche tönten Stimmen, Schritte hallten auf den Treppenstufen, eine Tür wurde zugeschlagen.

Aus fünf Minuten wurden fünfundzwanzig. Annes Herzlichkeit, um die Béatrice sie vorhin noch beneidet hatte, wirkte jetzt aufgesetzt und übertrieben.

Ab und zu versuchte Béatrice, einen Blick von Joaquín zu erhaschen, um ihn mit einem Zeichen zum Aufbruch zu bewegen. Ohne Erfolg. Er saß, tief ins Gespräch versunken, neben Anne Parker auf einem Sofa, das mit großen grünen Blüten bedruckt war, und erhob auch dann keinen Einspruch, als sie ihm das Glas wieder füllte.

»Joaquín«, entfuhr es Béatrice, als sie es nicht mehr aushielt, und stellte erschrocken fest, wie schrill ihre Stimme klang.

Anne hielt mitten in ihrem Satz inne und schaute überrascht in Béatrice' Richtung, als habe sie komplett vergessen, dass sich noch eine weitere Person im Raum befand.

»Wir müssen gehen, Joaquín, wir sind schon zu spät«, drängte Béatrice.

»Jetzt schon?«, flötete Anne. »Ich hatte gehofft, du ... ich meine, ihr bleibt zum Essen.«

Béatrice schaute Joaquín flehend an. Dieses Mal verstand er. Widerstrebend erhob er sich, beteuerte, wie gern er noch geblieben wäre, lobte den Wein und entschuldigte sich für ihren plötzlichen Aufbruch. Nach einem wortreichen Abschied, bei dem Joaquín Anne versprechen musste, dass sie sich bald wieder treffen würden und dann auch zum Essen, saßen Béatrice und Joaquín endlich im Auto.

»Meine Güte, diese Frau ist so was von aufdringlich«, stöhnte Béatrice, sobald sie die Tür hinter sich zugeworfen hatte. »Unerträglich.«

»Bist du etwa eifersüchtig?«

Dieser süffisante Ton. Was bildete er sich ein?

»Ich? Auf keinen Fall.« Béatrice legte sich den Sicherheitsgurt um. Mit einem Klick rastete die Metallzunge ins Schloss. »Sie hat mich wie Luft behandelt. Und du hast mich auch völlig ignoriert.«

»Ach, nimm diesen Smalltalk doch nicht so ernst. Sie ist die Mutter von Lauras bester Freundin. Laura ist ständig zu Besuch bei ihr und isst dort auch sehr oft. Da kann ich nicht so kurz angebunden sein.« Er ließ den Motor an.

»Ja, ja«, murmelte Béatrice, während sie ihre Handtasche auf den Rücksitz warf. »Immer hast du für alles eine Erklärung. Mir hast du diesen Tag jedenfalls gründlich verdorben. Ich weiß wirklich nicht, warum ich überhaupt das Wochenende hergekommen bin.« Die Enttäuschung, die sie den ganzen Tag mit Mühe unterdrückt hatte, brodelte in ihr hoch. Aber da war noch etwas anderes. Und Joaquín hatte es sofort gespürt. Ja, sie war eifersüchtig auf diese durchtrainierte, junge Frau. Und vor allem auf das, was Anne und Joaquín miteinander verband: Sie waren Eltern und befanden sich in einer Welt, zu der Béatrice keinen Zugang hatte. Einer Welt, in der es um Taschengeld und Schulnoten ging, um Verantwortung und Fürsorge. Sobald Eltern aufeinandertrafen, hatten sie sich immer etwas zu sagen, und Béatrice fühlte sich wie eine Außenseiterin. Sie hasste die mitleidigen Blicke, wenn sie gefragt wurde, ob sie auch Kinder hätte, und verneinte. Sie hasste dieses schier unerschöpfliche Thema Kind. War jemand, der keine Kinder hatte, etwa weniger wert? Es war ja nicht so, dass sie keine wollte. Es war bloß noch nicht der richtige Zeitpunkt dafür gekommen.

»Jetzt gehen wir erst mal was Leckeres essen, ja?« Joaquín legte seine Hand auf ihr Bein.

Béatrice schob sie fort. »Mehr hast du dazu nicht zu sagen?« Noch ein versöhnliches Wort von Joaquín und Béatrice wusste, sie würde explodieren.

Doch Joaquín sagte nichts Versöhnliches. »Wenn du dich etwas weniger für Mode und ein bisschen mehr für unsere gegenwärtige wirtschaftliche Lage interessieren würdest, dann wüsstest du, dass wir unmittelbar vor einer Rezession stehen. Und deshalb musste ich heute ins Büro, meinen gesamten Artikel umschreiben und mit Ben Bernanke über die Zinserhöhungen sprechen.«

Béatrice musste an die Worte ihrer Freundin Monique denken: »Eigentlich liebst du doch genau das an diesem Mann, was du an ihm hasst.« Damals hatte Béatrice gelacht. Jetzt verstand sie, was Monique gemeint hatte. Beschämt drückte sie sich tiefer in ihren Sitz und schaute aus dem Fenster.

Auch Joaquín sagte nichts mehr. Schweigend fuhr er durch die dunklen Straßen. Ein paar Minuten später erreichten sie das kleine Tex-Mex-Restaurant mit dem blinkenden Geöffnet-Schild im Fenster, wo sie fast immer hinfuhren, wenn sie nicht zu Hause essen wollten. Béatrice war kein Fan von frittierten Tortillas mit Bohnenmus, aber Joaquín war der Ansicht, man esse, um satt zu werden, und nicht, um gesehen zu werden. Und das könne man auch in preiswerten Restaurants.

Ohne ein Wort zu wechseln, setzten sie sich an einen der kleinen runden Tische neben der Bar. Béatrice wollte gerade zur Karte greifen und sich einen starken Cocktail aussuchen, da nahm Joaquín ihre Hand. Er wirkte müde und alt.

»Ich weiß, dass es gerade nicht so gut zwischen uns läuft«, begann er, »und das ist zum größten Teil meine Schuld …«

Ein Kellner näherte sich und stellte zwei Gläser Eiswasser und einen Korb mit Tortilla-Chips vor ihnen ab.

Joaquín ließ ihre Hand los und griff in den Korb. »… aber ich habe nun mal einen Job, bei dem ich nie um achtzehn Uhr fertig bin, und eine Tochter, die mich braucht«, fuhr er fort.

Béatrice' Kehle schnürte sich zusammen. Auf einmal erschienen ihr ihre Gefühlsausbrüche und Vorwürfe kindisch. Während sie die neusten Restaurantkritiken studierte und im Internet nach Prada-Schuhen surfte, dachte Joaquín über die wirtschaftspolitische Entwicklung Amerikas nach. Und während sie sich nach Dienstschluss mit Spaziergängen, Büchern und Videos die Zeit vertrieb, musste er nach Hause hetzen, für seine Tochter eine warme Mahlzeit zubereiten und ihr bei den Schulaufgaben helfen. Schnell trank sie einen Schluck Wasser. Es schmeckte stark nach Chlor und war so kalt, dass ihre Schläfen zu schmerzen begannen. »Es tut mir leid«, sagte sie leise.

»Ist schon in Ordnung.« Er nahm ebenfalls einen Schluck Wasser. »Wir kriegen das hin.« Endlich lächelte er wieder.

4

Paris, Oktober 1940

»Verflucht, ich habe nichts anzuziehen! Gar nichts!«, rief ich durch die Zimmertür, in der Hoffnung, meine Mutter würde meinen Zorn zur Kenntnis nehmen, und ließ mich auf mein Bett fallen. Ich wusste nicht, wann ich das letzte Mal im Theater gewesen war. Jedenfalls nicht, seit Papa uns verlassen hatte. In den letzten Jahren war kaum ein Franc für schöne Dinge, wie Ausstellungen, Konzerte oder eben Theater übrig geblieben. Ich richtete mich wieder auf und betrachtete erneut die abgetragenen Kleidungsstücke, die in meinem Schrank hingen. Geflickte Röcke, viel zu lang und zu weit, altmodische Blusen, die Mutter schon getragen hatte, und Schuhe mit schief gelaufenen Absätzen. In seinem schicken Blazer würde sich Christian schämen, mit mir gesehen zu werden. Ich war 19 Jahre alt und besaß kein einziges schönes Kleidungsstück. Hilflos schlug ich die Hände vor mein Gesicht und begann zu schluchzen.

Da fühlte ich, wie Mutter ihren Arm um meine Schultern legte.

»Komm, mein Schäfchen, du lässt dich doch nicht von ein paar alten Klamotten unterkriegen.«

Mir stockte der Atem, und ich hörte zu weinen auf. So hatte sie seit Ewigkeiten nicht mehr mit mir gesprochen. Überrascht ließ ich meine Hände sinken und schaute sie aus tränenverschleierten

Augen an. Ein sanftes Lächeln umspielte ihre Lippen, und dann sah ich, dass etwas an ihrem Handgelenk baumelte. Sie streckte den Arm aus, und ich erkannte ihr dünnes, schwarzes Etuikleid. Früher hatte ich es oft an ihr gesehen, aber seit ihre Zöpfe zu Boden gefallen waren, hing es nur noch im Schrank.

»Dein Vater hat es mir vor langer Zeit geschenkt. Ich denke, es wird dir passen.«

Ich drückte ihr einen Kuss auf die Wange, dann sprang ich vom Bett, schlüpfte in das Kleid und rannte in den Flur vor den großen Spiegel. Es war ein bisschen weit um die Hüften, aber es passte. Selig warf ich mich meiner Mutter an den Hals und flüsterte »Danke« in ihr Ohr. Eigentlich bedankte ich mich weniger für das Kleid, das sie sowieso nie mehr tragen würde, sondern dafür, dass sie endlich einmal wieder an meinem Leben Anteil genommen und mir ein wenig von der mütterlichen Zärtlichkeit gegeben hatte, die ich so schmerzlich vermisste. Für ein paar Augenblicke war sie wieder wie meine geliebte Maman, die ich vor sechs Jahren verloren hatte. Aber das sagte ich ihr nicht. Stattdessen erzählte ich ihr von meiner Begegnung mit Christian und seiner Einladung.

Sie lächelte versonnen und strich mir übers Haar. »Es freut mich, dass dich der junge Mann auf andere Gedanken bringt.« Sie drückte mir einen glatten, länglichen Gegenstand in die Hand, und ich wusste sofort, dass es ihr Lippenstift war.

Mit seinen hohen, geraden Schultern ragte Christian aus der schwatzenden Menschenmenge wie ein Turm hervor. Er trug einen langen Trenchcoat, in dem er wie ein reifer Mann wirkte. Sein weißer Hemdkragen wurde von einem Krawattenknoten zusammengehalten.

Als Christian mich entdeckte, hellte sich sein Gesicht auf, und er humpelte mir entgegen. »Wie schön Sie aussehen«, sagte er, während er sich zu mir hinabbeugte, um mich mit einem Kuss auf die Wange zu begrüßen. Diesmal erwiderte ich seinen Gruß und berührte für den Bruchteil einer Sekunde seine glattrasierte, nach einem herben Parfum duftende Haut.

Das Theater sei bis auf den letzten Sitz ausverkauft, sagte der Platzanweiser, als er unsere Karten kontrollierte. Nach den bangen Sommermonaten schienen die Pariser ihr Leben wieder in die Hand genommen zu haben.

Christian führte mich in den Zuschauersaal und zu unseren Plätzen, den besten im ganzen Theater. »Meine Eltern haben diese Sitze für die ganze Saison gemietet«, sagte er und ließ sich in den gepolsterten Sessel fallen. »Aber sie müssen so viele gesellschaftliche Verpflichtungen wahrnehmen, dass sie fast nie Zeit haben, hierher zu kommen.«

Ich konnte meine Neugier nicht länger unterdrücken. »Was machen denn Ihre Eltern?«, fragte ich, setzte mich eilig und presste die Knie aneinander.

»Mein Vater leitet eine große Privatbank. Abends sind sie fast immer zu Cocktailpartys und wichtigen Abendessen eingeladen. Während Mutter mit den Ehefrauen Pariser Klatschgeschichten austauscht, macht Vater bei Cognac und Zigarren seine Geschäfte.« Christian schüttelte den Kopf und schenkte mir ein entwaffnendes Lächeln. »Also, für mich wäre das nichts.«

Er bewegte sich in einer Welt, die ich nur aus Büchern kannte. Einer Welt, die Galaxien von meiner entfernt war. Und trotzdem hatte uns das Schicksal zusammengeführt. Ich betrachtete sein sanftes Gesicht und merkte, wie sehr mir seine Gesellschaft gefiel. Mit ihm war das Leben beschwingt, ich fühlte mich wohl und beachtet. Er hatte nichts mit den oberflächlichen männlichen Studenten gemeinsam, die ich vor dem Krieg an der Sorbonne kennengelernt hatte, als es noch junge Männer gab, die keine Soldaten waren.

Christians Behinderung störte mich nicht im Geringsten. Als ich ihn nur vom Sehen aus der Bibliothek gekannt hatte, empfand ich Mitleid mit ihm. Seine anonymen Botschaften hatten mich zu Anfang verwirrt – aber jetzt, da ich seine Geschichte kannte, imponierte er mir.

Wir schauten uns noch immer an. Ich wurde rot und drehte meinen Kopf weg.

Immer mehr Menschen strömten durch die Eingangstüren und drängten sich an Beinen, Füßen und Taschen vorbei auf ihre Plätze. Ein paar Reihen hinter uns sah ich eine Gruppe Deutscher in Uniform. Sie waren in Damenbegleitung und unterhielten sich lautstark. So dicht vor ihnen zu sitzen, machte mich unsicher. Am liebsten hätte ich mich irgendwo ganz hinten in eine Ecke verkrochen. Aber als das Licht ausging und Michel Francini die Bühne betrat, vergaß ich sie bald. Mit spitzem Humor schilderte der Komiker das alltägliche Leben im besetzten Paris. Der Saal brüllte vor Lachen. Verstanden die Deutschen hinter uns nicht, dass man sich gerade über sie lustig machte?

Nach der Vorstellung schlug Christian vor, etwas essen zu gehen. Ich zögerte, überlegte, was ich antworten sollte, und blickte auf meine Uhr. Natürlich wollte ich mit ihm essen gehen. Aber es war schon spät, die Metro fuhr abends nicht mehr sehr oft, und viele Stationen waren gesperrt.

»Bitte, Judith«, bat er. »Wenigstens auf eine Vorspeise.« Als hätte er meine Gedanken erraten, fügte er hinzu: »Vor der Sperrstunde werden Sie längst wieder zu Hause sein. Versprochen. Mein Chauffeur wird Sie heimbringen.«

Kaum hatte er den Satz ausgesprochen, da bog eine schwarze

Limousine um die Ecke und hielt vor uns an. Der Chauffeur sprang heraus, deutete eine Verbeugung an und öffnete uns die Tür zur Rückbank des Wagens. Sprachlos bestaunte ich das schwarze, glänzende Automobil. Christian bedeutete mir, einzusteigen, und ich folgte bereitwillig seiner Aufforderung.

»Das ist der neue Traction Avant von Citroën«, erklärte er wie nebenbei, kletterte neben mich auf den Sitz und hievte das kranke Bein hinein. »Mein Vater ist von Autos besessen. Die meisten Franzosen mussten ihre Luxuskarossen ins Hippodrôme de Vincennes fahren und dort den Deutschen übergeben. Aber Vater hat es irgendwie geschafft, den Citroën und auch seinen Delage zu behalten.«

Ich nickte andächtig. In den Damenzeitschriften, die beim Friseur auslagen, waren diese Autos manchmal auf den Bildern hinter berühmten Schauspielern zu sehen. Meine Eltern hatten nie ein Auto besessen. Ehrfürchtig strich ich über die dunklen Ledersitze, während der Wagen durch die Stadt brauste.

Das Bistro *Chez Jérôme* war hell erleuchtet. Vor der Tür lehnte eine Tafel mit einer dürftigen Tageskarte. Es gab Rübensuppe, Kohlsalat und Linseneintopf. Ein paar Tische waren draußen gedeckt, obwohl es bereits viel zu kalt war, um unter freiem Himmel zu essen. Christian hielt mir die Tür auf, und als wir eintraten, kam uns gleich ein älterer Kellner mit einer langen, weißen Schürze entgegen.

»Monsieur Christian! Welch eine Freude! Ich habe einen wunderbaren Tisch für Sie. Dort werden Sie ganz ungestört sein.« Er schüttelte Christian die Hand, begrüßte auch mich und führte uns dann durch das kleine, belebte Restaurant in einen separaten Raum. »Wie geht es dem Herrn Vater?«, fragte er, zog die Servietten von den Tellern, entfaltete sie mit einer geschulten Handbewegung und reichte sie uns. »Wir haben einen fabelhaften

Côtes du Rhône, Jahrgang 1930, sehr zu empfehlen«, redete er weiter, ohne eine Antwort abzuwarten. Dann zwinkerte er Christian verschwörerisch zu und fragte:»Welches Menü darf ich Ihnen bringen?«

»Das schwarze, selbstverständlich«, antwortete Christian, ebenfalls mit einem Zwinkern, und drückte dem Ober einen gefalteten 500-Franc-Schein in die Hand. Der Kellner ließ den Schein in seiner Westentasche verschwinden, bedankte sich mehrmals und machte sich sofort auf den Weg, die Menükarten zu holen.

»Das schwarze?«, fragte ich und zog die Stirn in Falten.»Ist das etwas Besonderes?«

Christian legte seine Hand an den Mund und beugte sich über den Tisch.»Auf diesem Menü stehen die Sachen, die es nur auf dem Schwarzmarkt gibt«, flüsterte er.»Viele Restaurants haben jetzt zwei Menüs, ein gutes und ein miserables. Also, ein teures und ein billiges.«

Ich legte die Serviette auf meinen Schoß und strich sie glatt. »Das wusste ich gar nicht.« Sofort bereute ich meine Worte. Wie naiv und kleinbürgerlich sie sich anhören mussten für diesen feinen, jungen Mann aus der Oberschicht.

»Was glaubst du denn, wie die Menschen hier überleben?« Er lachte und warf ein Päckchen Gauloises auf den Tisch.»Solange man bezahlen kann, bekommt man auch alles … System D.«

»System D?«, wiederholte ich und streckte meine Hand nach den Zigaretten aus.

Doch Christian kam mir zuvor und hielt mir das Päckchen galant entgegen.»D wie Durchschlagen.«

Der Kellner eilte an unseren Tisch zurück, in der einen Hand balancierte er ein silbernes Tablett mit zwei Gläsern Champagner, in der anderen hielt er eine schwarze Ledermappe. »Ein

Gruß von unserem Sommelier. Der geht natürlich aufs Haus.« Er stellte die Gläser vor uns ab und zog zwei Menükarten aus der schwarzen Mappe. Mir fielen fast die Augen aus dem Kopf, als ich die Speisen las, die es im Angebot gab.

Christian schien meinen entgeisterten Blick zu genießen.»Na, worauf haben Sie Lust? Ochsenschulter mit Möhren in Rotweinsauce oder Perlhuhnbrust auf frischen Morcheln?«

Mir lief das Wasser im Mund zusammen, und mein Magen begann, heftig zu rumoren. Selbst in Friedenszeiten hatte ich noch nie so eine Speisekarte in der Hand gehalten.

»Und zum Nachtisch müssen wir auf jeden Fall die Crêpes mit heißen Äpfeln und hausgemachtem Schokoladeneis probieren«, entschied Christian und zündete sich eine Zigarette an.

Benommen ließ ich die Karte sinken.»Ich möchte alles«, sagte ich mit belegter Stimme und lachte auf.

Christian nickte.»Gut, dann sind wir uns ja einig.« Er prostete mir zu und nahm einen großen Schluck aus seinem Glas.»Ich finde, wir sollten uns endlich duzen.« Er hielt mir sein Glas entgegen.

Mit einem befangenen Nicken legte ich meine Zigarette auf den Aschenbecher und stieß mit ihm an. Was würde Mutter sagen, wenn sie mich so sähe? Ich kam mir wie eine Verräterin vor. Wahrscheinlich saß sie jetzt alleine zu Hause und aß den letzten Rest Kartoffelsuppe, die ich gestern gekocht hatte.

»Es geht nicht jedem so gut«, sagte ich vorsichtig, als der Kellner eine Platte mit frischen Meeresfrüchten vor uns abstellte. »Die meisten Menschen haben seit Beginn der Besatzung sehr wenig zu essen und können sich den Schwarzmarkt nicht leisten.«

»Ich weiß, Judith, aber … ich habe nun einmal Glück im Unglück gehabt«, erwiderte Christian, und seine Augen blitzten verschmitzt. »Ich bin zwar ein Krüppel, aber dafür wenigstens ein reicher.« Geschickt nahm er sich eine Austernschale von der Platte, beträufelte sie mit etwas Zitronensaft und schlürfte sie in einem Zug aus.

»Hervé«, rief er dann durch die Tür, und sofort stand der Kellner wieder vor uns. »Bitte bringen Sie uns eine Flasche von Ihrem Côtes du Rhône, dem 1930er.«

»Sehr gern, Monsieur.«

Christian legte seine Hand auf meine. »Versuch, das hier heute Abend einfach zu genießen. Wer weiß, wie lange wir uns noch so durchmogeln können.« Ein schelmisches Grinsen breitete sich auf seinem Gesicht aus. »Und wenn wir die Austern nicht essen, fressen die feisten Deutschen sie uns weg. Was ist dir lieber?«

Jedes Mal, wenn ich Prousts *Im Schatten junger Mädchenblüte* in der Hand hielt, klopfte mein Herz schneller. Dann blätterte ich versonnen durch die Seiten und stellte mir vor, eine kleine zusammengefaltete Botschaft würde herausflattern. Nicht, weil ich eine erwartete, sondern weil ich die Erinnerung an die rätselhaften Briefe, die zu unserer Begegnung geführt hatten, so liebte. Schon lange schrieb mir Christian keine himmelblauen Zettel mehr. Dafür bekam ich etwas viel Schöneres von ihm: seine ungeteilte Aufmerksamkeit.

Meistens trafen wir uns in einem der kleinen Cafés auf der Place de la Sorbonne, zwischen zwei Vorlesungen oder bevor ich meinen Bibliotheksdienst antrat. Sofort nachdem ich morgens aufgestanden war, sehnte ich mich danach, dass es endlich, endlich Mittag würde und ich mich auf den Weg zu unserem Treffpunkt machen konnte. Er war immer lange vor mir da, was ich an den vielen Zigarettenstummeln im Aschenbecher erkennen konnte und daran, wie lädiert die Zeitung war, die auf seinem

Schoß lag. Sobald ich ihn sah, platzte ich beinahe vor Worten und Gefühlen. Ich setzte mich, warf meine Tasche auf den Boden und fing sofort an, ihm alles zu erzählen, was mir durch den Kopf schwirrte und was ich seit unserem letzten Treffen erlebt hatte. Er erklärte mir seine Sicht der politischen Lage und war der einzige Mensch, mit dem ich es wagte, offen und ehrlich zu sprechen.

Meine Freundinnen sah ich nur noch selten und wenn, verloren wir kein Wort über die deutschen Besatzer. Auch die Frauen, die mit mir jeden Tag in den Warteschlangen anstanden, redeten nicht viel. Wir alle hatten Angst, etwas Unbedachtes zu sagen und dabei belauscht zu werden. In der Bibliothek war es ähnlich. Früher hatte ich mich oft mit den anderen Angestellten von Monsieur Hubert unterhalten und Kaffee getrunken. Aber neuerdings ging jeder still seiner Arbeit nach. Man grüßte sich kurz und wünschte sich einen guten Tag, mehr nicht. Selbst der Kontakt zu unseren Nachbarn hatte sich verändert. Früher war Madame Berthollet aus dem fünften Stock jede Woche bei uns vorbeigekommen, hatte mir ein Stück Kuchen geschenkt oder Mutter gefragt, ob sie ihr etwas vom Markt mitbringen könne. Jetzt huschte sie an unserer Tür vorbei, ohne anzuklopfen. Seit die Hakenkreuze über unserer Stadt wehten, waren die Franzosen misstrauisch geworden. Wir bewegten uns wachsamer und überlegten gut, wem wir uns anvertrauten.

Aber wenn Christian und ich bei einer Tasse Ersatzkaffee zusammensaßen, dann nahm ich unsere uniformierten Besatzer, die oft irgendwo in unserer Nähe hockten, nicht mehr wahr. Dann dachte ich nicht mehr darüber nach, ob ich etwas Falsches gesagt hatte oder ob ich am Abend satt werden würde. Wenn Christian bei mir war, waren meine Sorgen und Ängste wie fortgewischt, und ich war einfach nur glücklich. Wir konnten stundenlang reden, über Kleinigkeiten lachen, ernst sein oder einfach nur still nebeneinander lesen. Wenn er mir etwas erzählte, tat er es mit einer Vertrautheit, die ich bisher nicht gekannt hatte. Wenn er mir zuhörte, was er genauso wunderbar konnte wie erzählen, war er so aufmerksam und interessiert, als sei das, was ich gerade sagte, das Wichtigste auf der Welt für ihn.

Und wie achtsam er war! Neulich erwähnte ich, dass ich den Geschmack von Chicorée-Kaffee nicht mehr ertragen könne. Am nächsten Tag, als niemand in unserer Nähe war, überreichte er mir ein Pfund echten Kaffee. Ein ganzes Pfund! Zu Hause steckten Mutter und ich immer wieder unsere Nasen in die Tüte und sogen das herrliche Aroma ein, als könnten wir davon satt werden.

Es war nicht der Reichtum seiner Eltern, der ihn so anziehend machte. Ehrlich gesagt fühlte ich mich unwohl, wenn er mir Geschenke mitbrachte, im Restaurant einen teuren Wein bestellte oder wenn sein Fahrer mich in dem schwarzen Traction Avant bei mir zu Hause absetzte und mir wie einer Diva die Tür aufhielt. Ich brauchte keine noblen Restaurants und keinen Chauffeur. Nein, das war es nicht. Etwas anderes ließ mich seine Nähe suchen: diese absolut unwiderstehliche Mischung aus Abgebrühtheit und Neugierde, aus Intellekt und Gefühl, aus Kühnheit und Angst. Die schillernde Abenteuerwelt voller Ideen und Gedanken, die er sich in seinem Kopf zurechtgeträumt und – gelesen hatte, faszinierte mich. In seiner Unvollkommenheit und Einsamkeit erschien er mir vollkommen. Ich wollte Teil von seiner Welt werden.

»Wenn sich die politische Situation stabilisiert hat und ich mit dem Studium fertig bin, werde ich mit dem Geld, das mir jetzt schon zusteht, Paris verlassen und etwas völlig anderes machen«, sagte er leise, als wir im Café saßen und er etwas Saccharin in seine Tasse rührte. »Pferde züchten, Oliven anbauen und Bücher schreiben, zum Beispiel.«

Ich musste lachen. »Du? Als zukünftiger Jurist und Erbe eines beachtlichen Vermögens? Solltest du nicht in die Fußstapfen deines Vaters treten?«

Christian schüttelte den Kopf und warf mir einen empörten Blick zu. »Mein profitsüchtiger Vater ist der Letzte, in dessen Fußstapfen ich treten will.«

Ich nahm mir vor, keine Anspielungen mehr auf seinen Vater zu machen. Es gab offenbar gehörige Unstimmigkeiten zwischen den beiden.

»Würdest du … würdest du mit mir mitgehen? Weg aus Paris, meine ich«, fragte Christian, ohne mich dabei anzuschauen. Seine Finger tippten auf dem Tisch herum und berührten dabei den Kaffeelöffel, der klirrend zu Boden fiel.

Ich war mir nicht sicher, ob er die Frage ernst gemeint hatte. Aber bevor ich weiter darüber nachdenken konnte, platzten die Worte bereits aus mir heraus: »Ich würde überall mit dir hingehen.« Mein Gesicht wurde glühend heiß, verschämt schaute ich zu Boden.

Christian drückte meine Hand, und plötzlich spürte ich seinen Mund auf meinen Lippen. Mir wurde schwindelig. Es war ein kurzer, flüchtiger Kuss. Ein Kuss wie ein sanfter Windhauch, der eine Pusteblume berührte, aber nicht die Kraft hatte, ihre Samen zu zerstäuben. Doch es war ein Kuss. Ein magischer Moment, der alles, was jemals zwischen uns gewesen war und sein würde, veränderte.

Ich dachte an das Zittern seiner Hand bei unserer ersten Begegnung. Seine Angst vor diesem großen Gefühl, das wir vielleicht einmal Liebe nennen würden.

Umständlich packte Christian Bücher und Zigaretten in seine

Tasche, dann stand er auf. »Ich muss gehen«, sagte er. »Sehen wir uns morgen?«

Ich nickte und sah ihm zu, wie er langsam zur Tür humpelte und auf die Straße trat.

Endlich! Sechs Uhr. Mein Bibliotheksdienst war zu Ende, und ich konnte mich auf den Heimweg machen. Den ganzen Nachmittag hatte ich an Christian gedacht und an seine Frage, ob ich mit ihm gehen würde. Er und ich. Ein Paar? Ein Schauer lief mir über den Rücken.

Über dem Boulevard Saint Michel hing dichter Nebel. Es wurde jetzt früh dunkel, und da die Stadt unter chronischem Elektrizitätsmangel litt, waren die Straßen abends kaum erleuchtet. Wie finstere Riesen standen die Laternen am Straßenrand. Auch die wenigen Autos, die am Abend noch durch die Stadt fuhren, spendeten wenig Licht. Ihre Scheinwerfer waren seit Beginn der Okkupation vorschriftsgemäß mit dunkelblauem Stoff verhüllt. Ich musste langsam und vorsichtig gehen, damit ich nicht aus Versehen über etwas stolperte oder gegen einen Mauervorsprung lief. Neulich war es so dunkel gewesen, dass ich mich verlaufen hatte.

Ich knipste meine Taschenlampe an und folgte ihrem schwachen Schein, während ich durch die Rue Saint-Jacques ging. Was war bloß aus unserer schönen Stadt geworden? Dieses prachtvolle Paris, einst voller Leben, Licht und Leidenschaft, war stumm und schwarz, wie eine trauernde Witwe.

Plötzlich flackerte meine Taschenlampe, dann ging sie ganz aus. »Verflixt!«, fluchte ich laut und blieb stehen. Ich hatte keine Ersatzbatterien. Alle Pariser waren in diesen Herbsttagen auf ihre Taschenlampen angewiesen, und Batterien gab es nur auf dem Schwarzmarkt.

Ich steckte die Lampe in meine Umhängetasche und tastete mich mit ausgestreckten Armen durch die Straßen. Ein paar Fußgänger kreuzten meinen Weg, die Lichtkegel ihrer Lampen halfen mir, mich zu orientieren. Ich fragte mich, was Christian wohl gerade machte. Dann stellte ich mir wieder und wieder vor, wie seine Lippen die meinen berührten.

Endlich erreichte ich unser Haus. Ich trat durch das Eingangsportal und grüßte Jeanne, unsere Concierge, die vor ihrer Loge neben einem Korb mit jungen Kätzchen stand.

»Diese armen Dinger habe ich eben hier gefunden«, sagte sie mit belegter Stimme, beugte sich hinunter und hob den Korb hoch. »Seit die Lebensmittel rationiert sind, setzen die Leute ihre Tiere einfach überall aus. Eine Schande ist das.« Sie kam mit dem Korb auf mich zu. »Möchtest du eins?«

Ihr flehender Blick haftete auf mir, und ich fühlte mich bedrängt. Ich wich einen Schritt zurück und schüttelte den Kopf. »Nein, Jeanne … Ich kann nicht.«

»Bitte«, flüsterte sie und trat noch dichter an mich heran. »Ich weiß nicht, was ich mit ihnen machen soll. Ich bringe es nicht übers Herz, sie einfach raus auf die Straße zu scheuchen.«

Die Kätzchen schauten mich aufmerksam an, als wüssten sie, dass gerade über ihr Schicksal entschieden wurde.

»Na gut«, sagte ich schließlich. »Ich nehme das weiße.«

»Gott segne dich«, flüsterte Jeanne, griff die weiße Katze am Nacken und legte sie mir in den Arm.

Ich nickte der Concierge zu und stieg durch das dunkle Treppenhaus in den vierten Stock.

Als ich das Licht in unserer Wohnung anknipste, sah ich Mutters Tasche im Flur liegen. Sie war schon wieder vor mir nach Hause gekommen! Ich vermutete, dass sie sich kurz hingelegt hatte, und öffnete mit der Katze im Arm die Tür zu ihrem Zimmer. Tatsächlich, da war sie. Im trüben Schein des Flurlichts erkannte ich Mutters schmale Silhouette.

Sobald sie mich hörte, fuhr sie mit einem Ruck hoch. »Wo warst du so lange?«, herrschte sie mich an und brach in Tränen aus.

»Was ist los?«, fragte ich zaghaft, während ich mich zu ihr auf die Bettkante setzte. Sofort hüpfte die Katze aus meinem Arm auf Mutters Bein und begann, leise zu schnurren.

Mutter stieß einen spitzen Schrei aus. »Ihhh! Was ist das?«

»Nicht erschrecken, Maman. Das ist nur eine Katze. Jeanne hat mich gebeten …«

»Du hast ein wildfremdes Viech aufgenommen, obwohl wir selbst kaum was zu essen haben?«, unterbrach sie mich. Ihre Stimme war schneidend, doch ich spürte auch die Panik, die sich darunter verbarg.

»Tut mir leid«, lenkte ich ein. »Aber ist sie nicht süß?«

»Hier ist kein Platz für ein Haustier«, sagte Mutter und wischte sich mit dem Ärmel übers Gesicht. »Und wir haben auch kein Geld mehr. Es ist aus. Vorbei.«

»Wie meinst du das?«, fragte ich und nahm die Katze wieder auf den Arm. »So ein kleines Ding frisst doch nicht viel.«

Mutter ballte die Hände zu Fäusten und schlug auf ihr Kopfkissen ein. »Weil hier nicht einmal mehr Platz für uns ist, verflucht nochmal. Verstehst du?«

Ich kraulte der Katze, die zusammengezuckt war, den Nacken, und sie streckte zufrieden die kleinen Beine von sich.

Mutter stieß einen dumpfen Seufzer aus. »Sie haben mich entlassen«, sagte sie und begann erneut zu weinen.

»Entlassen?«, wiederholte ich. Was redete sie da? Sie war ohne Zweifel die beste Lehrerin, die diese Schule je hatte.

Mutter ließ sich rücklings auf ihr Bett fallen.

»Ohne dich läuft dort doch gar nichts«, ereiferte ich mich. »Wie konnte das passieren? Wir müssen die Eltern einschalten.«

»Sinnlos … völlig sinnlos«, flüsterte sie und schluchzte hemmungslos in ihre Kissen.

Ich setzte die Katze auf den Boden und streichelte Mutter über den Arm. Was war geschehen? Vielleicht war es ein voreiliger Entschluss gewesen, und nächste Woche klärte sich alles auf.

Als das Weinen endlich weniger wurde, reichte ich ihr mein Taschentuch. Sie schnäuzte sich mehrmals und richtete sich wieder auf.

»Es gibt ein neues Gesetz«, murmelte sie und zerknüllte das Taschentuch. »Ab sofort dürfen Juden nicht mehr im öffentlichen Dienst arbeiten. Und sie dürfen auch nicht mehr lehren.«

Meine Schultern sackten ein. »Was? Warum? Was haben wir getan?« Ich versuchte, ruhig zu atmen. »Heißt das … Heißt das auch, dass ich nicht mehr studieren darf?«

Mutter zuckte mit den Achseln. »Das werden sie dir schon noch sagen. So wie mir … Völlig unvorbereitet war ich.« Sie fuhr sich durch die Haare und schniefte. »Ich bin wie jeden Morgen in den Unterricht gegangen. Dann kam der Direktor und hat mich vor allen Kindern aus der Klasse rausgeholt. Er schätze mich und meine Arbeit, aber als Leiter einer öffentlichen Schule müsse er das Gesetz befolgen. Es tue ihm leid und so weiter.« Rasch verbarg sie das Gesicht in ihren Händen und schluchzte. »Wovon sollen wir denn jetzt bloß leben?«, stieß sie hervor.

»Maman, mach dir nicht so viele Sorgen«, warf ich ein und bemühte mich, unbekümmert zu klingen. »Ich verdiene ja auch noch etwas, und du wirst bestimmt bald eine andere Beschäftigung finden. Du musst ja nicht unbedingt als Lehrerin arbeiten.«

Mutter hielt inne und funkelte mich an. »Was sagst du da?«, brauste sie auf. »Glaubst du, ich werde irgendwo als Küchenmäd-

chen aushelfen oder Fußböden schrubben?« Sie schob die Bettdecke fort und sprang auf. »Ich habe meinen Job verloren, aber
nicht meinen Stolz.« Sie stürmte aus dem Zimmer und warf die
Tür hinter sich zu.

Ich blieb ein paar Minuten sitzen, dann zog ich die Katze, die
sich unter dem Bett verkrochen hatte, hervor und nahm sie wieder hoch. Ich folgte Mutter in die Küche. Sie stand mit dem Rücken zu mir an der Spüle und wusch einen Teller ab. Im Radio
lief Tino Rossis *J'attendrai*.

»Wir können Madame Morin fragen, ob du wieder bei ihr im
Pelzgeschäft arbeiten kannst. Ich meine ... nur, bis du eine neue
Stelle gefunden hast.«

»Ich habe noch ein paar Ersparnisse auf dem Konto«, sagte
Mutter, ohne auf meinen Vorschlag einzugehen. Ihre Stimme
klang fest. »Eigentlich hatte ich das Geld für meine Rente vorge-
sehen. Es wird uns für ein halbes Jahr reichen.« Doch dann begannen ihre Schultern wieder zu zucken. »Glaub mir, das ist nur
der Anfang ... Sie hassen uns.« Sie stützte den Kopf in die Hände.
Ich betrachtete ihren weißen, langen Nacken und hörte, wie sie
leise weinte.

Sie hassen uns. Ich entschloss mich, nichts darauf zu entgeg-
nen. Jedes weitere Wort würde sie nur unnötig aufregen. Die
Vorstellung, dass Mutter fortan den ganzen Tag depressiv in der
Wohnung hocken würde, beunruhigte mich. Ich nahm mir vor,
sie jeden Tag einkaufen zu schicken, damit sie an die frische
Luft kam, und morgen würde ich bei Madame Morin vorbei-
schauen und fragen, ob es in der Nähstube etwas für Mutter zu
tun gab.

***

Oft wusste Béatrice nicht, worauf sie sich mehr freute – am Freitagabend das stressige Büroleben und ihren aufgeblasenen Chef hinter sich zu lassen, um sich zwei Tage davon zu erholen, oder am Montagmorgen ihr anstrengendes Stiefmutterdasein in McLean wieder für ihren Job in der internationalen Entwicklungspolitik einzutauschen.

An diesem Tag war es eindeutig Letzteres. Als sie um halb neun in der Weltbank-Lobby ihr Sicherheitsbadge auf die kleine Glasfläche legte, ein grünes Licht aufblinkte und der indische Pförtner ihr freundlich zunickte, fühlte sie sich befreit. Befreit davon, Joaquíns Sorgen und Verpflichtungen teilen zu müssen, befreit von der Enge seines Hauses mit den vielen Büchern, die überall lauerten, und befreit von Lauras kleiner, aber komplizierter Teenager-Welt.

Beschwingt betrat Béatrice den Fahrstuhl, grüßte lächelnd ein paar Kollegen und plauderte mit einigen von ihnen über das Wochenende. Im achten Stock stieg sie aus und steuerte auf ihr Büro zu. Gerade wollte sie die Tür öffnen, da sah sie Veronica vom anderen Ende des Gangs mit hastigen Schritten und wehendem Haar auf sich zukommen. Béatrice lächelte ihr aufmunternd zu. Es war noch nicht mal neun Uhr, und Michael hetzte sie schon durch die Gegend.

Veronica erwiderte ihr Lächeln nicht, sondern blieb stehen und gab ihr mit wedelnden Armen zu verstehen, dass sie zu ihr kommen solle. Béatrice ging den Gang hinunter, und sobald sie Veronica erreicht hatte, zog die Brasilianerin sie in ein noch unbesetztes Büro und schloss die Tür.

»Du sollst sofort zum Boss kommen. Er ist stinksauer. Irgendetwas ist passiert. Er war schon ganz früh heute hier. Fragt ständig, ob du schon da bist.«

Béatrice erschrak. »Hat er gesagt, worum es geht?«, flüsterte sie.

»Nein«, raunte Veronica, »ich hab keine Ahnung. Wollte dich nur warnen.« Sie öffnete die Tür, steckte den Kopf hinaus und schaute sich nach beiden Seiten um. »Er ist in seinem Büro«, sagte sie leise und trat hinaus.

Béatrice fuhr sich nervös durch die Haare und knöpfte ihren Mantel auf. Dann ging sie zu Michaels Büro. Zögernd klopfte sie an und trat ein. Michael fuhr in seinem Drehstuhl herum und musterte sie von oben bis unten.

»Hast du die Zeitung gelesen?«, fragte er. In seiner Stimme lag Verachtung.

»Noch nicht«, entgegnete sie und umklammerte ihre Handtasche. Sie wusste, dass dieses Geständnis bei ihrem Chef sofort einen Sturm der Entrüstung auslösen würde. Dann sah sie die aufgeblätterte *Washington Post* auf seinem Schreibtisch liegen. Daniel Lustiger, fiel es ihr siedendheiß ein. Wieder dachte sie an die tiefe, vibrierende Stimme des Journalisten und das Klappern seiner Computertasten, als er mit ihr gesprochen hatte.

»Wenn ich könnte, würde ich dich auf der Stelle feuern«, sagte Michael und schob die Zeitung über den Tisch. »Aber in dieser wahnwitzigen Bürokratie dauert ja selbst das eine Ewigkeit.«

Feuern? Béatrice zuckte zusammen, ihr Pulsschlag verdoppelte sich. Sie nahm die Zeitung und sank auf den Stuhl, der vor dem Schreibtisch stand. Da stand es, in großen, bedrohlichen Buchstaben: *Weltbank fälscht Zahlen und verplempert Millionen.* Sie schluckte und las weiter. *Haiti-Projekt – Paradebeispiel für behördliches Missmanagement.* Der Artikel erstreckte sich über die gesamte Seite. In der Mitte prangte ein großes Foto, auf dem schwarze Kinder in Schuluniformen abgebildet waren. Eine ganze Seite! Béatrice war erschüttert.

Michael beugte sich über den Schreibtisch und riss ihr die Zeitung wieder aus der Hand. Dann erhob er sich, trat dicht vor sie, streckte das Blatt weit von sich und las langsam und laut daraus vor. »Béatrice Duvier, eine Sprecherin der Weltbank, konnte keine Angaben dazu machen, wie die Zahl der Schüler, die derzeit in Haiti mit Unterstützung der Weltbank eine Ausbildung erhalten, berechnet worden ist. Aber diese Schlamperei der Presseabteilung ist nur ein Beispiel für die grundlegende Misswirtschaft der Washingtoner Entwicklungshilfeorganisation.« Er brach ab und räusperte sich.

Béatrice saß wie betäubt auf ihrem Stuhl. Ihre Zunge fühlte sich an wie Schmirgelpapier.

»Das ist skan-da-lös, Béatrice. Absolut skan-da-lös«, rief er und las an anderer Stelle weiter. »Die Partnerschaft für Globale Entwicklung, PGE, eine Nichtregierungsorganisation mit Sitz in London, hat Einsicht in interne und vertrauliche Dokumente der Weltbank erhalten.« Er schnaubte. »Daraus geht hervor, dass die tatsächlichen Schülerzahlen in Haiti weit unter den Erwartungen der Bank liegen. Laut PGE wurden die Zahlen nach Absprache mit dem Erziehungsminister von der Bank beschönigt, um die Bewilligung weiterer Kredite und den Ruf der Weltbank nicht zu gefährden.« Er schmiss die Zeitung auf den Schreibtisch. »Verdammte Scheiße!«

Béatrice zuckte zusammen und sah direkt auf Michaels prallen Bauch, der sich unter dem weißen Oberhemd spannte. Michael zog ein Taschentuch hervor und betupfte seine glänzende Stirn. »Ist dir bewusst, in was du uns da reingeritten hast?«, fuhr er sie an.

»Wieso denn *ich*?«, fragte sie zurück. »Ich habe nie was mit der PGE zu tun gehabt.«

»Woher haben die dann die Dokumente? Du hast doch davon gewusst.«

Béatrice schüttelte heftig den Kopf. »Nein, habe ich nicht!«

»Und warum hast du mir nichts von Daniels Anruf erzählt?«

Er räusperte sich und schluckte schwer. »Ich kenne ihn gut, ich hätte das alles verhindern können.« Michael ließ sich zurück in seinen Stuhl fallen. Sein Gesicht war rot angelaufen. »›Schlamperei der Presseabteilung‹ schreibt dieses Arschloch hier. Fuck!« Krachend landete seine Faust auf dem Tisch. »Gehst einem Journalisten auf den Leim und sagst mir nichts. Und ich muss das jetzt ausbaden. Fuck!«

»Ich bin ihm doch gar nicht auf den Leim gegangen, Michael«, widersprach Béatrice mit bemüht fester Stimme, während sie verzweifelt versuchte, sich das Gespräch mit Lustiger ins Gedächtnis zurückzurufen, »sondern habe ihm lediglich das erklärt, was er sowieso schon wusste.«

»Du hättest diesen Artikel verhindern können«, erwiderte er schroff. »Nächsten Monat findet hier die internationale Geberkonferenz statt, um über weitere finanzielle Hilfen für Haiti zu beraten. Minister aus zwölf europäischen Ländern haben zugesagt. Das wird eine Riesenkatastrophe nach diesem Artikel.«

»Außerdem habe ich Lustiger ein Interview mit dem Haiti-Direktor angeboten«, fuhr Béatrice fort. »Das hat er aber abgelehnt.«

»Natürlich hat er das«, schrie Michael. »Denn er wollte so ein dummes Ding wie dich erwischen, das ihm genau das Zitat liefert, das er für seine beschissene Geschichte gebraucht hat. Und anstatt dein Gehirn einzuschalten, erst mit mir zu sprechen und ihn dann zurückzurufen, hast du noch Öl ins Feuer gegossen.« Er schlug sich mit der flachen Hand gegen die Stirn. »Wie kann man nur so dämlich sein! So unprofessionell.«

Béatrice richtete sich auf und sah ihn an. »Ich habe ihm das so nicht gesagt. Er hat mich völlig falsch zitiert.«

»Ach wirklich?« Béatrice hörte deutlich den zynischen Unterton in seiner Stimme. »Na, das wirst du ja dann beweisen können. Du hast ja sicherlich das Gespräch aufgezeichnet, so, wie wir das besprochen haben.« Michael hatte der Presseabteilung winzige Aufnahmegeräte zur Verfügung gestellt und sie angewiesen, Gespräche mit überregionalen Medien mitzuschneiden. Das hatte ihnen schon oft geholfen, fehlerhafte Zitate nachträglich zu korrigieren und Missverständnisse aufzuklären.

Béatrice senkte den Blick. »Nein, habe ich nicht. Es ging alles so schnell.«

Ihr Boss verzog den Mund zu einer schiefen Grimasse, die seine gelben Zähne entblößte. »Du hast mal wieder komplett versagt, Béatrice Duvier, und unsere Abteilung in eine ganz miese Lage gebracht. Ganz zu schweigen davon, wie die Bank jetzt in der Öffentlichkeit dasteht.« Er tippte mit seinem Kugelschreiber auf der Tischplatte herum. »In zwanzig Minuten habe ich eine Krisensitzung mit dem Vizepräsidenten und den Senior Managern. Das wird ein böses Nachspiel für dich haben.«

»Michael«, begann Béatrice, »*du* wolltest doch unbedingt diese Zahl im Titel haben. Ich hatte dich darauf hingewiesen … «

Doch Michael ließ sie ihren Satz nicht beenden. »Wie bitte? Jetzt bin *ich* daran schuld? Wenn du mir auch nur mit einem Wort erklärt hättest, dass es Zweifel an dieser Zahl gibt, hätten wir das sofort geändert. Aber ich habe mich auf dich verlassen«, zischte er sie an.

»Ich habe es dir gesagt«, verteidigte sich Béatrice. »… und in meiner ursprünglichen Pressemitteilung diese Zahlen mit keinem Wort erwähnt. Aber das war dir ja alles nicht gut genug.«

Michael machte eine abwinkende Handbewegung. »Das tut nichts zur Sache. Das Einzige was zählt, ist das, was hier schwarz auf weiß in der Zeitung steht. Und daran bist du schuld! Jetzt geh mir aus den Augen, bevor ich richtig wütend werde.«

Béatrice wischte sich mit dem Handrücken über die Nase und

schwieg. Dann griff sie nach ihrer Tasche und verließ den Raum. Sie hastete in ihr Büro und ließ sich in ihren Schreibtischstuhl fallen. Wie hatte das alles passieren können? Welches Ziel verfolgte diese NRO? Und wer hatte die internen Bankdokumente weitergegeben? Waren die Zahlen wirklich gefälscht worden? Und wie stand sie jetzt da? Für die »Schlamperei der Presseabteilung« trug sie die volle Verantwortung. Der Gedanke, dass das gesamte Top-Management der Bank ihren Namen in den nächsten Stunden in der *Washington Post* lesen würde, trieb ihr die Schamesröte ins Gesicht. Sie ahnte, welche unangenehmen Folgen diese Geschichte für sie haben könnte, und eine unbestimmte, dunkle Furcht überkam sie.

Béatrice nahm das Telefon und wählte Joaquíns Nummer. Er meldete sich sofort mit einem knappen: »Ja?«

»Wieso hast du mir nichts von Lustigers Geschichte erzählt?«, rief Béatrice, ohne ihn zu begrüßen.

»Von wem?«

»Von diesem fürchterlichen Artikel, in dem er mich falsch zitiert. Und von gefälschten Zahlen schreibt er.« Vor lauter Verzweiflung und Wut konnte sie die Sätze kaum klar formulieren.

»Wovon sprichst du?«

»Das weißt du ganz genau.«

»Mal ganz von vorne. Was ist passiert?«

Hatte er wirklich keine Ahnung? War Lustigers Artikel etwa nicht in der Redaktionskonferenz besprochen worden?

Hastig erzählte Béatrice ihm alles. Mehrmals unterbrach er sie, wenn sie zu schnell wurde und er die Zusammenhänge nicht mehr verstand.

»Honey, ich bin Wirtschaftsreporter. Jede Abteilung hat ihre eigene Redaktionskonferenz. Ich habe keine Ahnung, was Lustiger geschrieben hat.«

»Was soll ich denn jetzt machen?«, rief Béatrice.

»Bewahr einen klaren Kopf. Lass dir nichts anmerken«, riet er und versuchte offenbar, aufmunternd zu klingen. »Geh raus an die frische Luft und trink einen Kaffee. In ein paar Tagen ist Gras über die Sache gewachsen. Du weißt doch: Nichts wird so heiß gegessen, wie es gekocht wird … Liebling, ich muss jetzt leider dringend zu einem Termin. Wenn du willst, können wir heute abend in Ruhe darüber reden, ja?«

Nie hatte er Zeit für sie. Immer war alles andere wichtiger. Wütend knallte Béatrice den Hörer auf. Dann knöpfte sie ihren Mantel, den sie immer noch nicht ausgezogen hatte, kurz entschlossen wieder zu, nahm ihre Tasche und machte genau das, was Joaquín ihr vorgeschlagen hatte.

Im Starbucks auf der 18th Street überlegte Béatrice, was sie tun konnte, um sich aus dieser unangenehmen Situation zu retten, in die Daniel Lustiger sie hineinkatapultiert hatte. Eins war klar: Michael würde ihr das nie verzeihen und es sie fortan bei jeder Gelegenheit spüren lassen.

Vielleicht hatte Joaquín recht, dachte sie dann. Vielleicht konnte sie wirklich nur abwarten und auf rasches Vergessen hoffen. Vielleicht würde bald ein neuer Artikel die Arbeit der Bank im Sudan, in Südafrika oder in Peru kritisieren, und niemand würde mehr über Haiti sprechen. So war es doch in der Pressearbeit, Nachrichten von gestern waren Nachrichten von gestern. Davon abgesehen, würde Cecil ja auch bald ihre Beförderung bekanntgeben, und dann würde Michael endlich der Vergangenheit angehören. Der Gedanke munterte Béatrice sofort wieder auf.

Als sie zurückkam, klebte ein gelber Zettel an ihrer Bürotür. »Chef will dich sehen. V.« Béatrice zerknüllte ihn und steckte ihn in ihre Tasche.

Sie betrat ihr Büro, warf Mantel und Handtasche achtlos auf einen Stuhl und wollte sich gerade auf den Weg zu Michael machen, als ihr Telefon klingelte. Sie schaute auf das Display. Ihre Mutter aus Paris. Sie brachte es nicht übers Herz, nicht dranzugehen und nahm den Hörer ab. Ihre Mutter klang, wie immer, müde und bedrückt. Seit sie vor 15 Jahren in Frührente gegangen war, pflegte sie wenig Kontakt zu Freunden und Bekannten und verbrachte die meiste Zeit allein in ihrer Zweizimmerwohnung in der Rue Dareau. Béatrice schickte ihr jeden Monat Geld, damit sie einigermaßen über die Runden kam, denn die Rente reichte gerade für die Miete.

An das beengte, sparsame Leben, das Béatrice mit ihrer Mutter als Kind hatte führen müssen, dachte sie nur ungern zurück. »Das können wir uns nicht leisten«, hatte ihre Mutter unablässig gemahnt, und dieser Satz klang Béatrice noch immer in den Ohren. Er hatte sie für den Rest ihres Lebens geprägt. Sie würde es einmal besser machen, hatte sie sich als junges Mädchen geschworen. Und sie machte es besser – mit dem Ehrgeiz einer Hochleistungssportlerin und einer großen Portion Glück hatte sie sich durch Frankreichs Eliteschulen bis in den diplomatischen Dienst geboxt. Und dann in die Weltbank. Das Gehalt war gut und steuerfrei. Sie war unabhängig, musste für niemanden sorgen und an nichts sparen. Wenn sie 500 Dollar für ein Paar Schuhe ausgab, dann tat sie es mit dem Vergnügen eines trotzigen Kindes. Denn jetzt konnte sie es sich leisten.

Ihre Mutter berichtete, dass sie im Treppenhaus gestürzt sei und sich ihr Knie aufgeschlagen habe. Das Gehen sei sehr schmerzhaft und sie schaffe es gerade bis zu dem Lebensmittelladen im Gebäude nebenan.

Béatrice überkam ein schlechtes Gewissen. Sie bedauerte, dass sie so weit weg lebte, dass sie ihre Mutter so selten sah und ihr jetzt nicht helfen konnte. Sie redete beruhigend auf sie ein und nahm sich wie immer vor, häufiger anzurufen. »Soll ich mit dem Arzt sprechen? Ich kann versuchen, mir ein paar Tage frei zu nehmen und zu dir fliegen«, schlug sie vor.

»Mach dir keine Sorgen, mein Kind, es ist alles in Ordnung«, antwortete ihre Mutter. An ihrer Stimme merkte Béatrice, dass sie sich Mühe gab, heiter zu klingen. »Du hast einen wichtigen Job mit großer Verantwortung. Ich halte dich nur von der Arbeit ab.«

Béatrice schluckte. Wie gern würde sie sich ihrer Mutter anvertrauen und ihr erzählen, was vorgefallen war. Aber sie brachte es nicht übers Herz. Ihre Mutter würde sich Sorgen machen und Béatrice alle möglichen unnützen Ratschläge erteilen.

»Ich bin so stolz auf dich«, schwärmte ihre Mutter, als sie sich verabschiedeten. »Was aus dir geworden ist!«

Nachdem sie aufgelegt hatte, ging Béatrice mit gesenktem Kopf zu Michael.

»Da bist du ja endlich«, rief er unwirsch, als sie eintrat. Er saß vor seinem Computer, die Brille tief auf die Nase geschoben. Sein Sakko hing über einem Stuhl. »Ich habe mit dem Senior-Management-Team gesprochen«, sagte er und verschränkte die Arme vor der Brust.

Béatrice blieb abwartend stehen.

»Die Leitungen laufen heiß. Wir haben schon über hundertfünfzig Interviewanfragen bekommen zu Lustigers Geschichte. Das Präsidentenbüro wird in wenigen Stunden ein Statement rausschicken und zu dieser Sache Stellung nehmen.« Alle paar Sekunden erklang aus Michaels Computer ein kurzer Signalton, der das Eintreffen einer neuen E-Mail verkündete.

»Das ist eine Katastrophe.« Er knirschte mit den Zähnen und kniff die Augen zusammen.

Béatrice entgegnete nichts. Mit hängenden Armen stand sie vor seinem Schreibtisch und wagte es kaum, sich zu bewegen.

»Ping«, tönte es aus dem Computer.

»Wir werden eine Untersuchung einleiten, um herauszufinden, wer die Informationen weitergegeben hat«, fuhr Michael fort und kratzte sich am Ohr. »Das wird einige Zeit dauern. In der Zwischenzeit wirst du keine Anrufe von Journalisten mehr annehmen. Ricardo übernimmt deine komplette Pressearbeit. Dir werde ich andere Aufgaben zuteilen. Das Archiv muss aufgeräumt, Berichte korrigiert und Presselisten überarbeitet werden.«

Béatrice schnappte nach Luft. Dieser Mistkerl wollte sie ins Archiv zum Saubermachen schicken? »Das ist nicht dein Ernst.«

Michael strich sich über das Kinn. »Und ob. Da kannst du wenigstens keinen großen Schaden anrichten. Deine Dienstreisen nach Haiti und in die Dominikanische Republik sind natürlich gestrichen. Patricia fliegt zu den Konferenzen.«

»Aber …« Er konnte sie doch nicht einfach so abschieben!

Wieder erklang ein lautes »Ping« aus dem Computer.

»Kein Aber. Veronica wird dir erklären, was du zu tun hast.« Michaels Gesichtsausdruck verhärtete sich. »Und was Lustigers Bemerkung über die Schlamperei der Presseabteilung betrifft – das wirst du mir büßen, Mademoiselle.«

Sein Telefon klingelte, und er forderte Béatrice mit einem Wink auf, den Raum zu verlassen.

Veronica schloss die Tür auf und drückte auf den Lichtschalter. Ein gedämpftes Deckenlicht ging flackernd an und erhellte den geräumigen, kalten Raum, der direkt neben den Fahrstühlen lag. Durch die dünnen Wände konnte Béatrice das Rauschen der Aufzüge und das ständige Öffnen und Schließen der Türen hören. Sie blickte sich um. Die Wände waren rissig, der Teppich ausgetreten. Irgendjemand hatte ein altes Fotokopiergerät in die Mitte des Zimmers geschoben, daneben lehnte ein ausrangierter Röhrenbildschirm. Auf den Regalen, die sich an zwei langen Wänden bis zur Decke erstreckten, stapelten sich Ordner und Bücher mit staubigen Deckeln, Papprollen, leere CD-Hüllen und Videokassetten. Das Archiv war genauso wenig Archiv wie Murrow Park ein Park war.

Béatrice seufzte. »Und was soll ich in dieser Rumpelkammer anstellen?«

Die Brasilianerin ging zu einem der Regale und zeigte auf eine Reihe von Ordnern. »Da sind die Teilnehmerlisten der letzten Konferenzen drin. Die musst du alle durchgehen und elektronisch erfassen.«

Béatrice verdrehte die Augen.

»Und das ganze Material, was in den anderen Ordnern ist, muss durchgesehen und nach Datum geordnet werden.« Veronica zog eine Augenbraue hoch und schaute sich um. »Na ja, und wenn du schon dabei bist, dann kannst du auch gleich mal richtig aufräumen. Sieht ja schlimm aus hier.«

Sie drückte Béatrice den Schlüssel in die Hand. »Der ist jetzt deiner. Diesen ganzen Kram durchzugehen – das dauert bestimmt mehrere Wochen.«

Béatrice stöhnte laut. Die Vorstellung, die nächste Zeit in diesem Raum verbringen zu müssen, erfüllte sie mit Scham, Wut und Empörung. Sie hatte doch nichts verbrochen! Nur ein Zitat geliefert, das nicht gerade optimal gewesen war. So ein Ausrutscher konnte jedem noch so erfahrenen Pressesprecher passieren. Aber daraus eine internationale Krise zu stricken und sie hier einzusperren, das war wirklich nicht gerechtfertigt.

Veronica klopfte ihr freundschaftlich auf die Schulter. »Nimm's nicht so schwer.« Sie lächelte. »Ich bring dir auch mal einen Kaffee vorbei.«

Als Veronica gegangen war, schloss Béatrice die Tür und kauerte sich auf den Fußboden neben den alten Bildschirm. Sie durfte sich jetzt nicht unterkriegen lassen und musste so schnell wie möglich mit Cecil sprechen, um zu erfahren, wie lange es noch dauerte, bis das Auswahlkomitee seine Entscheidung bekanntgeben würde. Sie zog ihr Blackberry aus der Handtasche und wählte seine Nummer.

»Cecil Hansons Büro«, meldete sich eine herbe Frauenstimme.

Béatrice stutzte. Sie hatte Cecils Direktnummer gewählt, normalerweise ging er immer selbst an den Apparat oder ließ den Anrufbeantworter laufen.

»Hier ist Béatrice Duvier. Ich hätte gern mit Cecil gesprochen.«

»Mr. Hanson ist auf Dienstreise«, entgegnete die Frau.

»Und … wann ist er wieder zurück?«

»In einer Woche, aber dann beginnt auch fast schon die Geberkonferenz für Haiti, und er wird kaum in seinem Büro anzutreffen sein«, sagte die Frau.

Bei dem Wort Haiti zuckte Béatrice zusammen. Sie musste ihn unbedingt bald erreichen und ihm den Sachverhalt mit Lustigers Artikel erklären. Sie bedankte sich und beendete das Gespräch. Dann zog sie einen der alten Ordner aus dem Regal und schlug ihn auf.

»Sie schon wieder!«, sagte Jacobina, als sie Béatrice erblickte, und zog langsam die Tür auf. Sie trug einen schwarzen Trainingsanzug aus glänzendem Polyester. Den Reißverschluss hatte sie bis zum Hals hochgezogen. Mit dem rechten Arm umklammerte sie ihren Stock. Béatrice merkte sofort, dass irgendetwas nicht stimmte. Jacobinas Gesichtsausdruck wirkte anders als sonst.

Ihre Augen waren verquollen, auf ihren Wangen hatten sich rote Flecken gebildet.

»Ich wollte Ihnen nur die Bettlaken zurückbringen«, sagte Béatrice lächelnd und trat durch die Tür. »Ich habe sie bei mir zu Hause gewaschen.«

»Ist doch alles sinnlos«, nuschelte Jacobina, humpelte zum Sofa und ließ sich hineinfallen. »Macht man sauber, wird's wieder dreckig.« Sie fluchte etwas Unverständliches, warf ihren Stock neben das Sofa und rutschte auf den Kissen hin und her.

»Ist bei Ihnen alles in Ordnung?«, fragte Béatrice verunsichert und legte die frisch gewaschenen Laken auf den Tisch.

Jacobina schüttelte den Kopf und strich über ihren Unterleib. Ihr Gesicht war schmerzverzerrt. »Da drin ist gar nix in Ordnung.« Dann tippe sie sich an ihren Kopf. »Und da auch nicht.«

Béatrice kniete sich neben Jacobina. »Was ist los?«

Die Alte presste ihre Lippen zu einem schmalen Strich zusammen und stierte auf ihre Fußspitzen.

»Mir wurde heute mitgeteilt, dass ich Krebs habe«, sagte sie dann.

Wie immer, wenn sie schlechte Nachrichten erfuhr, wusste Béatrice im ersten Moment nicht, wie sie reagieren sollte. Sie streichelte Jacobinas fleckige Hand, die auf der Armlehne ruhte. Sie war eiskalt, die Haut fühlte sich rau und spröde an.

»Seit Monaten habe ich Schmerzen im Unterleib und im Kreuz«, sagte Jacobina tonlos. »Erst habe ich geglaubt, das sei meine Arthrose. Aber dann fing es an zu brennen, wenn ich auf die Toilette musste. Da dachte ich, ich hätte eine Blasenentzündung oder so was. Letzte Woche war ich beim Arzt, und heute hat er mir gesagt, was los ist.«

Sie stieß einen bellenden Husten aus. »Krebs. Eierstockkrebs.

Mein ganzes Leben lang waren diese Dinger zu nichts nütze. Und jetzt jagen sie mich in den Tod.«

Béatrice richtete sich auf und setzte sich so dicht neben Jacobina, dass sich ihre Beine leicht berührten. »Jetzt mal langsam, Jacobina. Welche Behandlungsmöglichkeiten hat der Arzt vorgeschlagen? Wann wird mit der Therapie begonnen?«

»Das ist bis jetzt unklar«, antwortete die alte Frau und zupfte an einem losen Faden, der am Ärmel ihrer Trainingsjacke hing. »Ich werde erst noch ein paar Untersuchungen machen müssen. Dann werden sie mich operieren.« Ihre Augen wurden glasig, die Lider flatterten. Sie verbarg den Kopf in ihren Händen und stieß einen lauten Schluchzer aus.

Béatrice legte ihren Arm um Jacobinas Schultern und drückte sie an sich. »Alles wird gut«, sagte sie leise, wohl wissend, dass diese dumme Floskel Jacobina keineswegs beruhigen würde. »Die moderne Medizin hat schon so machen Krebs besiegt.«

Jacobina antwortete nicht. Ihre Schultern bebten.

»Ich mache uns jetzt erst einmal einen Tee«, sagte Béatrice, ging zur Kochecke und setzte Wasser auf.

Ein paar Augenblicke später richtete sich Jacobina auf und rieb sich die Tränen aus den Augen. »Wollen Sie ins Theater gehen, oder warum haben Sie sich so in Schale geworfen?«, fragte sie schniefend, als Béatrice ihr eine Tasse Kamillentee reichte.

Béatrice strich verlegen über ihr schwarzweißes Chantal-Thomass-Kleid. »Ach das … Ich komme direkt von der Arbeit.« Sie nippte an ihrem Tee. »Ich wurde heute sozusagen vom Dienst suspendiert und ins Archiv verbannt.« Um Jacobina auf andere Gedanken zu bringen, erzählte sie ihr die Geschichte von dem Artikel und der Katastrophe, die er ausgelöst hatte.

Jacobina hörte mit gesenktem Kopf zu. Plötzlich schaute sie Béatrice direkt ins Gesicht. »Ich muss Ihnen noch etwas beichten«, sagte sie stockend. »Etwas, was mich eigentlich viel mehr beschäftigt als dieser Scheißkrebs.« Ihre Stimme war belegt. Sie zog an einem Faden, der sich aus ihrem Ärmel gelöst hatte und riss ihn mit einem energischen Ruck ab. »Vor vielen Jahren habe ich meinem Vater ein Versprechen gegeben. An seinem Sterbebett …« Jacobina verstummte und biss sich auf die Lippen. »Ein Versprechen, das ich nicht gehalten habe.«

Sie schwieg erneut. Béatrice konnte förmlich spüren, wie viel Überwindung es Jacobina kostete, darüber zu reden. Mitfühlend strich sie ihr über den Arm.

»Immer kam etwas dazwischen«, sagte Jacobina leise. »Immer wieder habe ich es aufgeschoben. Dachte, ich hätte noch genug Zeit, mich darum zu kümmern.« Sie griff nach ihrer Tasse und schlürfte ein paar Schlucke Tee. »Seit heute Morgen weiß ich, dass mir diese Zeit entronnen ist. Und das ist schlimmer als krank zu sein.«

Béatrice öffnete den Mund, um etwas Beruhigendes zu sagen. Dass Jacobina nicht alles schwarzsehen solle, dass man abwarten müsse und dass sie sicherlich noch viele Jahre zu leben habe.

Aber Jacobina hob ihre Hand wie ein Schaffner seine Signalkelle. »Sag jetzt nichts, Béatrice. Wir wissen nicht, wie es ausgehen wird. Ich bin einundsiebzig. Mein Leben war nicht der Rede wert, ich bin bereit, zu gehen. Was soll ich noch fünf Jahre in dieser Bruchbude hocken und mich mit Almosen über Wasser halten? Das ist doch kein Leben.« Ein Schatten legte sich über ihr Gesicht. »Aber, was auch immer passiert … Ich muss erst mein Versprechen einlösen. Verstehst du? Ich muss.«

So eindringlich hatte Béatrice Jacobina noch nie sprechen hören.

»Seit Jahren mache ich mir Vorwürfe. Tag und Nacht spukt mein greiser Vater in meinem Kopf herum, und wie er mich damals darum gebeten hat. Es ist wie ein Fluch.« Jacobina schloss die Augen, als wolle sie im Geist das Bild ihres Vaters heraufbeschwören. »Das war 1982. In Montreal. Da war ich gerade mal so alt wie du jetzt.«

»Was hast du ihm denn versprochen?«, fragte Béatrice.

Jacobina öffnete langsam ihre Augen. »Er wollte, dass ich meine Halbschwester Judith finde. Sie hat mit ihrer Mutter in Paris gelebt. In den Wirren des Krieges hat er den Kontakt zu ihr verloren.« Jacobina schluckte. »Sie haben sich nie wiedergesehen.«

Sie spreizte die Finger und betrachtete ihre eingerissenen Nägel. »Ich habe Judith nie kennengelernt. Ich wusste nicht einmal, dass es sie gab. Er hat mir erst von ihr erzählt, als es mit ihm zu Ende ging.« Ächzend stemmte sie sich in eine andere Sitzposition. Dann nahm sie Béatrice' Hand und sah ihr in die Augen. »Als du mir gesagt hast, dass du aus Paris kommst, da wusste ich: Das ist ein Zeichen! Dich schickt der Himmel oder was auch immer unser Schicksal lenkt. Ich war richtig erschrocken.« Sie stieß einen trockenen Husten aus. »Meinst du, dass du mir helfen kannst, Judith zu finden? Alleine schaffe ich das nicht.«

»Ich?« Béatrice sah sie erstaunt an. »Wie soll ich das machen?«

Jacobina zuckte mit den Achseln. »Irgendwo müssen wir anfangen. Im Internet steht doch eine Menge. Aber mit dieser modernen Technik kenne ich mich nicht aus.«

Béatrice kräuselte die Stirn. Das hörte sich nach Arbeit und vielen Besuchen an. Unter normalen Umständen hätte sie abgelehnt. Unter normalen Umständen wäre sie jetzt für ihren Job zu einer Konferenz in die Karibik geflogen und hätte danach ein Wochenende in einem Fünfsternehotel am Strand drangehängt. Aber seit heute Morgen war nichts mehr normal.

»Hm, ich kann ja nächstes Mal meinen Laptop mitbringen und wir schauen mal, was wir tun können«, sagte sie.

Jacobina lächelte. »Danke, Béatrice.« Ihr Blick wanderte zum Fenster. »Weißt du, ich habe in meinem Leben immer versagt. Ich habe mein Studium abgebrochen, und mit den Männern hat es auch nie geklappt. Ich habe keine Kinder in die Welt gesetzt, kein Geld gespart, nie Karriere gemacht. Aber eines muss ich schaffen, ich muss dieses Versprechen halten.«

Nach drei Tagen im Archiv hatte Béatrice sich einen ungefähren Überblick über das Ausmaß des Durcheinanders, das sie zu beseitigen hatte, verschafft. Es konnte Monate dauern, diesen Raum in seinen ursprünglichen Zustand zurückzuverwandeln – wenn es einen solchen jemals gegeben hatte.

Béatrice versuchte dennoch, diese Arbeit so effizient wie möglich zu erledigen und erlaubte sich nur jede Viertelstunde auf ihren Laptop zu schauen, um über die Geschehnisse ihrer Abteilung informiert zu bleiben. Sie bemerkte, dass sie deutlich weniger E-Mails bekam als sonst. War es eine ruhige Woche oder hatte Michael ihren Namen aus den Verteilern gestrichen? Dann stellte sie fest, dass sie auch nicht mehr zu den Teammeetings und Lagebesprechungen eingeladen wurde. Und wenn sie auf dem Gang ihre Kollegen traf, blieben die nicht wie gewöhnlich stehen, um mit ihr zu plaudern, sondern gingen mit einem kurzen Gruß an ihr vorbei.

Endlich begriff Béatrice – und die Erkenntnis war so simpel wie erschütternd: Michael hatte sie kaltgestellt. Hatte sie in dieses staubige Archiv verbannt, in das sich seit Jahren niemand mehr verirrt hatte, und mit sinnlosen Dingen beauftragt, um sie längerfristig aus dem Weg zu räumen. Sie fühlte sich niedergeschlagen und zutiefst gedemütigt.

Was Béatrice jedoch weitaus mehr beunruhigte, war die Tatsache, dass Cecil ihr nicht antwortete. Auf ihre E-Mails mit der

Bitte um ein kurzes Gespräch hatte er nicht reagiert. Vielleicht war er in einem Land unterwegs, wo das Blackberry nicht funktionierte. In der Mongolei, zum Beispiel, oder in Russland oder in Ghana. Aber das war Unsinn. Was sollte er denn in der Mongolei bei minus zehn Grad Celsius machen! Er war sicherlich nur zu beschäftigt.

Besorgt lief Béatrice in dem kühlen Raum hin und her, griff fahrig in die Regale, zog Broschüren und Bücher heraus, nur um sie an anderer Stelle wieder zurückzustellen. Dann rief sie erneut Cecils Sekretärin an, doch die war nicht bereit, ihr weitere Auskünfte zu geben. Er würde sich melden, wenn er zurück sei, sagte sie und fügte mit einem leicht vorwurfsvollen Unterton hinzu, dass sie das ja bereits schon beim letzten Anruf erklärt habe.

Ein Tag in diesem Archiv ohne Besprechungen und Deadlines war zermürbend und bedrückend. Die Zeit wollte einfach nicht vergehen. Aber Frustration half nicht weiter, sagte sich Béatrice immer wieder. Bis sie es endlich glaubte.

Um sich abzulenken, würde sie tatsächlich mit den Recherchen über Jacobinas geheimnisvolle Halbschwester beginnen. Sie hatte sich fest vorgenommen, dieser todkranken, einsamen Frau zu helfen.

»Du erstaunst mich immer wieder, Weltbänkerin«, war Lenas Kommentar gewesen, als Béatrice ihr mitgeteilt hatte, dass sie sich von nun an regelmäßig um Jacobina kümmern würde. »Ich hätte nicht gedacht, dass ich dich jemals wiedersehe, nachdem ich dich zu dieser verschrobenen Hexe geschickt habe«, hatte sie lachend hinzugefügt und ihr den Lanvin-Blazer zurückgegeben.

Jacobina verlangte nicht viel. Ein bisschen Aufmerksamkeit, ein paar Kekse und ein zweites Paar Augen bei der Suche nach ihrer Schwester Judith, die sie in ihrem gegenwärtigen Zustand unmöglich alleine finden konnte. Das konnte Béatrice ihr nicht abschlagen.

Schwungvoll klappte sie ihren Laptop auf und versuchte sich daran zu erinnern, was Jacobina ihr bei ihrem letzten Besuch über Judith erzählt hatte. Viele Anhaltspunkte gab es nicht. Judith war 1921 oder 1922 in Paris geboren. Als sie elf Jahre alt gewesen war – vielleicht auch schon zwölf oder 13, Jacobina war sich da nicht sicher –, hatten sich ihre Eltern getrennt. Lica Grunberg ging zurück in sein Geburtsland Rumänien, Judith blieb bei ihrer Mutter, Claire Goldemberg, in Paris. Im ersten Jahr hatte Lica seine Tochter besucht. Danach schrieben sie sich, bis die Briefe kürzer wurden und irgendwann ganz ausblieben. Und dann kam der Krieg und mit ihm der brutale Völkermord an sechs Millionen Juden durch die Nazis.

Ob Judith den Holocaust überlebt hatte? Wenn ja, lebte sie noch? Sie müsste jetzt weit über 80 sein. Und wo? Immer noch in Frankreich? Béatrice tippte »Judith Goldemberg« in die Suchmaschine. Sie fand eine Chemielaborantin in Tel Aviv mit diesem Namen, eine Modeboutique in New York und den Gartenbauer Justin Goldemberg in Fort Worth, Texas. Sie versuchte es mit »Judith Grunberg«. Aber dieser Name schien überhaupt nicht zu existieren, zumindest nicht im Internet. Es gab eine Judith Greenberg, eine Judy Grunberg, und schließlich fand Béatrice eine Dr. Judith Grünberg, die eine Geschichte der Sammlung des jungpaläolithischen Fundmaterials geschrieben hatte.

Béatrice öffnete die *Pages blanches*, die Online-Version des französischen Telefonbuchs. Eine Judith gab es nicht, nur eine Maryse Goldenberg. Aber das bedeutete gar nichts, denn vielleicht hatte Judith ihre Nummer nicht zur Veröffentlichung freigegeben.

Béatrice klappte den Laptop zu. So würde sie nicht weiterkommen. Dann fiel ihr das Washingtoner Holocaust-Museum ein. Es war nicht nur eine historische Gedenkstätte, die auf bewegende Weise die Vernichtung der Juden unter der Naziherrschaft dokumentierte, sondern es beherbergte auch eine umfangreiche Datenbank mit den Namen der Juden, die von den Nazis in Konzentrationslager deportiert worden waren. Das Museum war nur einen Katzensprung von ihrem Büro entfernt.

Béatrice warf einen kurzen Blick auf ihre Uhr: Viertel nach zwei. Sie hatte noch keine Mittagspause gemacht, und niemand würde ihr Verschwinden bemerken. Morgen würde sie die gestohlene Zeit nacharbeiten.

5

Paris, November 1940

Auch wenn sie keine Uniformen trugen, erkannte man sie sofort. Ihre Schritte waren größer und ihre Schultern breiter als unsere. Alles an ihnen strahlte Siegesgewissheit aus. Auf ihren strammen Beinen marschierten sie mit dem *Deutschen Wegleiter*, einem Stadtführer in deutscher Sprache, durch die Straßen. Manchmal stöberten sie wie ganz normale Touristen in den Bücherständen der Bouqinistes auf dem Quai du Louvre herum, fotografierten die Seine und kauften sich Postkarten. Sie versuchten, Französisch zu sprechen, aber meistens klang es hart und kehlig. Ja, die Deutschen hatten unsere Stadt und unser Land bezwungen. Sie fuhren in der Metro in der ersten Klasse und tranken Champagner in den besten Restaurants. Aber Paris würde ihnen niemals gehören, sie würden hier nie heimisch werden. Dessen war ich mir sicher.

Wenn mir ein Deutscher entgegenkam, zeigte ich ihm mit jeder meiner Bewegungen, dass er hier nicht willkommen war. Niemals erwiderte ich seinen Gruß oder sein Lächeln. Ich ignorierte ihn einfach, schaute geradeaus oder wechselte schnell die Straßenseite. Neulich bot mir einer seinen Platz im Bus an. »Mademoiselle«, rief er freundlich und erhob sich von seinem Sitz. Ich drehte mich einfach um und tat so, als hätte ich ihn gar nicht bemerkt.

Wenn ich ihnen auf der Straße über den Weg lief, waren sie nicht aufdringlich und herrisch, wie ich zuerst befürchtet hatte, sondern zurückhaltend und – man könnte fast sagen – höflich. Doch sosehr sie sich auch darum bemühten, nicht nur die Gebäude, sondern auch die Seele dieser Stadt zu erobern – sie würden es nicht schaffen.

Vor ein paar Wochen war der Frost gekommen und der Herbst einem bitteren Winter gewichen. Es gab wenig Kohle, wir mussten sehr sparsam sein und heizten nur noch einmal am Tag die Küche ein. Wir hielten die Tür gut verschlossen, und sobald es dunkel wurde, hängten wir eine Decke vor das Fenster. Das war jetzt Vorschrift wegen möglicher Fliegerangriffe, aber es verhinderte auch, dass die kostbare Wärme nach draußen entwich. Ich trug zu Hause fast immer den hässlichen, grauen Wollmantel mit den großen, weißen Knöpfen, den Mutter mir zum sechzehnten Geburtstag geschenkt hatte. Ich hatte ihn nie gemocht. Er kratzte und juckte am Hals, aber wenigstens hielt er mich in unserer Wohnung halbwegs warm.

Abends legten Mutter und ich uns heiße Aluminiumflaschen ins Bett, in der Hoffnung, einzuschlafen, bevor das Wasser darin wieder erkaltet war. Die Katze, die Jeanne mir geschenkt hatte, schlief bei mir. Wir hatten kaum etwas, um sie zu füttern. Oft bekam sie nur Haferschleim, und den mochte sie nicht besonders. Sie war mir schnell ans Herz gewachsen, und auch Mutter schien jetzt froh darüber zu sein, dass ihr tagsüber jemand zu Hause Gesellschaft leistete. Wir nannten das Kätzchen Lily.

Wenn ich spürte, wie Lilys zarter, kleiner Körper nachts neben mir lag und lautlos atmete, hatte ich keine Angst mehr. Dann glaubte ich, dass alles irgendwie wieder gut würde.

Ich wachte früher auf als sonst und fuhr mit der Hand über die Bettdecke. Sie fühlte sich steif und kalt an, und jedes Mal, wenn ich ausatmete, stiegen dünne Nebelschwaden in die Luft.

Es kostete mich große Überwindung, aufzustehen. Mutter schlief noch, in der Wohnung war es still. Mit klammen Händen rieb ich mir den Schlaf aus den Augen, wickelte den Wollmantel fest um meine Hüften und schlurfte in die Küche, um den Ofen anzuzünden und Wasser aufzusetzen.

Unser Kohlevorrat war fast aufgebraucht, und obwohl wir im Besitz eines Coupons für unsere monatliche Ration waren, gab es im Moment wenig Aussicht auf Nachschub. Frierend rieb ich über meine Arme. Wie ich diese beißende Kälte hasste! Leise und tief war sie in mein Leben eingedrungen. Nachts raubte sie mir den Schlaf und tagsüber den Verstand. Sie war schlimmer als der Hunger. Den Hunger konnte ich mit einer Zigarette und Chicorée-Kaffee betäuben. Und irgendetwas fanden wir immer zu essen, auch wenn es nur hartes Brot, Kartoffeln oder Steckrüben waren. Aber die Kälte – gegen sie waren wir machtlos. Ich fürchtete sie mehr als die Deutschen.

Ich zog die Decke vom Küchenfenster und betrachtete die weißen Eiskristalle auf den Scheiben, die der Frost zu einer bizarren Traumlandschaft zusammengefügt hatte. Als der Kessel durchdringend zu pfeifen begann, erwachten endlich meine Lebensgeister. Ich schaltete das Radio ein. Auf *Radio Paris*, das zum Propagandasender der deutschen Besatzer geworden war, trällerte ein sorgloser Maurice Chevalier »Mama, ô! Mama! Ô! Mama, Mama, c'est bon une choupetta.«

Nach meiner Vorlesung ging ich ins sechste Arrondissement. Christian und ich waren im *Café de Flore* verabredet. Wenn ich nachmittags keinen Bibliotheksdienst hatte, trafen wir uns immer in irgendeinem Café. Die Sorbonne war schlecht geheizt, und Cafés waren die einzigen Orte, wo man sich nicht nur ungestört unterhalten, sondern auch lesen und arbeiten konnte, ohne dabei zu erfrieren.

Ich lief den Boulevard Saint Germain entlang und sah, dass das *Belle Epoque* in ein Restaurant für deutsche Offiziere umfunktioniert worden war. Es war jetzt mit großen Hakenkreuzfahnen behängt und trug die Aufschrift: »Zutritt für Zivilisten verboten.« Schnell ging ich weiter.

Als ich das *Flore* betrat, war Christian schon da, wie immer. Ich setzte mich zu ihm an den Tisch, auf dem eine Kanne Kaffee und eine halbvolle Tasse standen. Im Aschenbecher lagen drei Zigarettenstummel. Ich vermutete, dass er schon mindestens eine Stunde auf mich gewartet hatte. Christian strahlte mich an, und sofort hatte ich die Kälte und meinen knurrenden Magen vergessen. Er nahm meine eisige Hand, drückte sie und ließ sie nicht mehr los. Wir schauten uns tief in die Augen. Ja, mit ihm würde ich überall hingehen.

»Hast du Lust, mit mir einen Film anzuschauen?«, fragte er plötzlich und riss mich aus meiner Träumerei. Seit er von mir wusste, dass Mutter ihre Stelle verloren hatte und wir von unseren Ersparnissen und meinem winzigen Bibliotheksgehalt leben mussten, versuchte er, mich mit fürsorglichen Gesten aufzuheitern. Mal brachte er mir eine Tafel Schokolade mit, in dickes Zeitungspapier gewickelt, oder er schmuggelte ein Pfund echte Butter, unter einem Wollschal versteckt, in meine Tasche. Und jetzt wollte er mich mit einem Kinobesuch überraschen.

»Seit gestern läuft *Monsieur Hector* im Kino, der neue Film mit Fernandel«, erklärte Christian. »Eine Art Verwechslungskomödie.«

»Wo wird der gezeigt?«, fragte ich mit mäßigem Interesse,

denn Fernandel hatte ich noch nie besonders lustig gefunden, und trank seine halbvolle Tasse Kaffee aus. »Im *Grand Rex*?«

»Nein«, erwiderte er und warf ein paar Münzen auf den Tisch. »Das *Rex* ist jetzt ein Soldatenkino der Wehrmacht. Da laufen nur noch deutsche Schnulzen. Im *Panthéon*. Geht in zehn Minuten los. Na komm!«

Ich wollte ihn nicht enttäuschen und willigte ein. Wir verließen das *Flore*, und kaum standen wir draußen auf dem Boulevard, da näherte sich auch schon der schwarze Traction Avant.

»Donnerwetter«, entfuhr es mir, »er weiß wirklich immer, wann du ihn brauchst.«

»Jahrelanges Training.« Christian schmunzelte und grüßte seinen Fahrer, der uns sofort die Tür zur Rückbank aufriss.

Das Kino war brechend voll, aber trotzdem kaum geheizt. Ich wunderte mich, wie viele Pariser sich danach sehnten, an einem gewöhnlichen Mittwochnachmittag dem Alltag zu entfliehen und für achtzig Minuten in die Welt des Komikers Fernandel einzutauchen.

Wir setzten uns in unseren Mänteln auf die letzten beiden nebeneinanderliegenden Plätze, die noch frei waren. Sechste Reihe links. Kurz darauf verdunkelte sich der Saal. Es wurden Kriegsnachrichten gezeigt. Marschall Pétain erschien auf der Leinwand und hielt eine flammende Rede an das französische Volk.

Ein verspäteter Kinobesucher setzte sich auf den Platz vor mir. Er war sehr groß, und statt Pétain sah ich jetzt nur noch seinen schwarzen Lockenkopf.

»Mist. Ich kann überhaupt nichts mehr sehen«, flüsterte ich und reckte meinen Hals nach links und rechts.

Christian beugte sich zu mir und legte seinen Arm um mich. »Ich verspreche dir, bis jetzt hast du nichts versäumt«, sagte er und berührte meinen Hals. Als ich seine Fingerspitzen auf meiner Haut spürte, erschauderte ich. Mein Herz begann zu rasen, mein Mund war wie ausgetrocknet. Ich lehnte den Kopf zurück und schloss die Augen. Christian küsste meine Wange, dann drehte er meinen Kopf leicht zu sich und legte seine Lippen auf meinen Mund.

»All denjenigen, die heute das Wohl Frankreichs erwarten, sage ich, dass das Wohl Frankreichs vor allem in unseren Händen liegt …«, rief Marschall Pétain von der Leinwand in den Saal.

»Ich liebe dich, Judith«, flüsterte Christian.

Seine Worte trafen mich wie eine Dreißigzentnerbombe einen Bunker. Ich wollte gleichzeitig schreien, weinen und lachen. Leben und sterben. Dann küsste er mich. Sein Mund war weich und köstlich. Fremd und doch so vertraut. Ich hatte Angst, eine falsche Bewegung zu machen, die diesen seligen Moment zerstören könnte, und verharrte wie erstarrt unter seinen Lippen.

»Ich liebe dich, mein Engel«, wiederholte er. »Und ich werde dich immer lieben.«

»Bewahren Sie Ihr Vertrauen in das ewige Frankreich«, schrie Pétain. Der ganze Saal begann, hysterisch zu johlen, und ich hörte, wie ein paar Zuschauer »Maréchal, nous voilà« anstimmten, die inoffizielle Hymne des nicht besetzten Teils von Frankreich.

»Ich dich auch«, flüsterte ich ins Dunkel zurück. Erst jetzt fand ich den Mut, Christians Kuss zu erwidern, und öffnete meine Lippen. Sein Mund schmeckte nach Kaffee und Tabak, aber für mich schmeckte er nach Sehnsucht und Liebe. Ein nie gekanntes Glücksgefühl durchströmte meinen Körper. Instinktiv wusste ich, dass dieser Kuss mehr bedeutete als das erotische Abenteuer einer neunzehnjährigen Literaturstudentin. Es war, als öffnete mir unser Liebesgeständnis da, wo vorher nur eine glatte Wand gewesen war, eine geheime Tür zu einem neuen Leben. Und während auf der Leinwand Fernandel mit seinem Pferdegesicht und flotten Liedchen die Zimmermädchen eines Luxushotels bezirzte, gaben Christian und ich uns in der Dunkelheit ganz unseren Gefühlen hin und erkundeten dieses neue, brennende Land unserer Liebe, das ich niemals mehr verlassen wollte.

Paris, Dezember 1940

Mutter zog und zupfte so lange an der Decke, die wir jeden Nachmittag vor das Küchenfenster hängten, bis auch der schmale Spalt an der rechten unteren Ecke verdeckt war. Dann ging sie mit feierlicher Miene ans Küchenregal, holte unser kupferfarbenes Röhrenradio hervor und stellte es auf den Tisch. Ich stand an der Spüle und wusch das Geschirr ab.

»Ist es schon so weit?«, fragte ich und griff zum Geschirrtuch.

Aus dem Radio ertönte lautes Pfeifen und Rauschen. Mutter nickte und konzentrierte sich darauf, den Sender zu finden. Langsam drehte sie an dem großen, silbernen Knopf. Plötzlich hörte das Zischen auf, und ich erkannte die Trommelschläge. Drei kurze, ein langer. Drei kurze, ein langer. Dann die forsche Stimme von Jean Oberlé, Sprecher bei *Radio Londres*. »Hier ist London«, sagte er. »Franzosen sprechen zu Franzosen.«

Mutter bedeutete mir mit einem Handzeichen, mich neben sie zu setzen, und drehte das Radio so leise, dass ich Oberlé erst dann wieder folgen konnte, als ich mein Ohr ganz dicht an den Lautsprecher hielt. »Zunächst ein paar persönliche Botschaften«, erklang es aus dem Gerät. »Das blaue Pferd spaziert am Horizont. Ich wiederhole: Das blaue Pferd spaziert am Horizont.«

Nach den persönlichen Nachrichten, deren wirkliche Bedeu-

tung ich nicht verstand, hörten wir von der erfolgreichen Gegen-
offensive der Briten gegen die Italiener in Ägypten und dass der
britische Luftangriff auf Berlin einen Schaden von eineinhalb
Millionen Reichsmark verursacht hatte. Als Oberlé leise zu der
Melodie des alten mexikanischen Revolutionsliedes *La Cuca-
racha* »Radio Paris lügt, Radio Paris lügt …« sang, klopfte es
plötzlich an unsere Wohnungstür.

Mutter schrak zusammen und schaute mich mit weit aufgerissenen Augen an.

Mein Herz schlug wie wild. »Wer kann das sein, so spät am
Abend?«, flüsterte ich.

»Radio Paris ist deutsch …«, sang Oberlé.

Mutter legte den Zeigefinger auf ihre Lippen und schaltete mit
der anderen Hand das Radio ab. Es pochte erneut an der Tür. Wir
blieben wie erstarrt am Tisch sitzen. Ein Wirrwarr an Gedanken
schwirrte durch meinen Kopf. Waren Mutters dunkle Vorahnun-
gen wahr geworden? Stand jetzt die Polizei vor unserer Tür?

»Judith«, rief eine Stimme draußen im Treppenhaus. »Judith,
ich bin's! Mach auf.«

Ein warmer Strom der Erleichterung durchflutete mich. Er?
Hier? »Christian!«, wisperte ich zu Mutter gewandt und sprang
von meinem Stuhl auf, um zur Tür zu gehen. Doch dann hielt ich
inne. Ich war überhaupt nicht auf ihn vorbereitet. Er war noch
nie bei uns zu Hause gewesen, und gestern hatte er mit keinem
Wort erwähnt, dass er mich besuchen wollte. Nervös fuhr ich mit
den Fingern durch mein Haar. Was würde er bloß denken, wenn
er unsere kleine, ärmlich eingerichtete Wohnung sah? Ich ließ
meinen Blick durch die Küche schweifen, über den alten Gas-
herd, den Mutter vor vielen Jahren einem Trödler abgekauft
hatte, hinüber zu dem verrußten, kalten Eisenofen. Im milchigen
Licht der Deckenlampe sah alles noch trostloser aus als bei Tag.

»Was will er hier so spät?«, raunte Mutter. »Wenn Lemercier das mitbekommt, weiß morgen das ganze Haus, dass du nachts Männerbesuch empfängst.«

Monsieur Lemercier war ein älterer Witwer mit lichtem Haar und Schneidezähnen, die so weit auseinanderstanden, dass er eine Zigarette dazwischen hätte schieben können. Er wohnte auf derselben Etage wie wir und steckte seine Nase mit Vorliebe in Angelegenheiten, die ihn nichts angingen.

»Ich habe keine Ahnung«, flüsterte ich. Dann drehte ich mich um und rief leise, aber bestimmt »Ich komme sofort« in den Flur. Ich knöpfte meinen grauen Wollmantel auf und zog ihn aus. In diesem abgetragenen Stück sollte Christian mich nicht sehen. Obwohl der Pullover, den ich darunter trug, ebenfalls aus dicker Wolle gestrickt war, fing ich sofort an, am ganzen Körper zu schlottern.

Ich ging zur Wohnungstür und öffnete. Da stand er, in einen prächtigen Pelzmantel gehüllt, und lächelte mich an. Mein Herz schlug schneller, und ich wäre ihm am liebsten um den Hals gefallen. Aber dann besann ich mich. »Was bringt dich zu uns?«, flüsterte ich, während ich aus den Augenwinkeln Monsieur Lemerciers Tür beobachtete. Doch dort blieb alles still. Ich trat einen Schritt zurück und bat Christian mit einer hastigen Handbewegung herein.

Er machte keinerlei Anstalten, die Wohnung zu betreten. »Hilf mir erst, die Sachen reinzubringen«, sagte er leise.

Jetzt bemerkte ich, dass zu seinen Füßen mehrere Pakete lagen. In Windeseile bückte ich mich und zerrte und schob sie durch die Tür in den Flur. Dann griff ich nach Christians Hand, die in einem dicken Fellhandschuh steckte, und zog ihn in die Wohnung. Als die Tür hinter uns ins Schloss fiel, atmete ich auf. Dann drehte ich mich zu ihm um. »Was ist in den Paketen?«, fragte ich, anstatt ihn erst einmal richtig zu begrüßen.

Schweigend trat er an mich heran und legte seine Arme um meine Taille. »Hallo, mein Engel«, wisperte er. Dann küsste er mich sanft auf den Mund.

Bei dem Gedanken, dass Mutter uns von der Küche aus beobachtete, fühlte ich mich unwohl, und rückte von ihm ab.

»Morgen ist Weihnachten«, sagte Christian, drückte mir einen Kuss auf den Scheitel und zog seine Hände aus den Fäustlingen. »Da wollte ich euch ein paar Geschenke vorbeibringen.«

»Weihnachten?«, wiederholte ich verblüfft und starrte ihn an. »Das ist mir völlig entgangen.« Die Kälte, der Hunger, der Krieg. Wer, außer den Reichen, hatte in diesen Zeiten noch die Muße, an die Feiertage zu denken? Aber das sagte ich nicht. Es war einfach nur schön, dass er da war.

»Ich dachte mir schon, dass du das vergessen hast.« Er grinste und humpelte Richtung Küche. Jetzt sah ich, dass er zusätzlich noch einen prall gefüllten Rucksack aus grobem Segeltuch auf seinem Rücken trug. Ich hob zwei Pakete vom Boden auf und folgte ihm. Mutter stand steif und ernst hinter ihrem Stuhl, die Hände auf die Lehne gestützt. Ihr Gesicht war bleich, und die kurzgeschnittenen Haare ließen ihre hohen Wangenknochen noch stärker hervortreten.

»Guten Abend, Madame Goldemberg«, sagte Christian geschmeidig und legte seine Handschuhe ab. »Es ist eine Ehre, Sie kennenzulernen.« Er streckte ihr die Hand entgegen.

»Weihnachten wird in diesem Hause nicht gefeiert«, bemerkte Mutter trocken und deutete auf die Menora, die auf dem Küchentisch stand. Dann legte sie zögernd ihre Hand in seine. »Ihr unangemeldetes Erscheinen hat uns einen gehörigen Schrecken eingejagt.«

»Das tut mir leid, Madame«, antwortete Christian und nahm den Rucksack ab. »Aber die Idee, Sie zu besuchen kam mir erst

heute Morgen, und ich hatte keine Möglichkeit, Judith anzurufen.«

»Es kann sich eben nicht jeder ein privates Telefon leisten«,
bemerkte Mutter spitz.

Christian zog den Lederriemen aus der Schnalle und öffnete
den Rucksack. Er war gefüllt mit Kohlestücken. »Jetzt heizen wir
hier erst mal ordentlich ein, ja?«, sagte er.

Mutter schlug die Hand vor ihren Mund und trat einen Schritt
zurück. »Haben Sie die etwa geklaut?«, fragte sie mit ängstlicher
Stimme.

»Machen Sie sich keine Sorgen«, sagte Christian ruhig. »Jean-
Michel, mein Chauffeur, hat sie aus dem Keller meiner Eltern genommen. Er hat mir auch geholfen, sie zu Ihnen hochzubringen.
Niemand wird merken, dass in unserem Keller ein paar Kohlen
fehlen.« Er lachte in sich hinein. »Und Jean-Michel hält dicht.«

»Das … das nennst du ein paar?«, stotterte ich und ließ meine
Fingerspitzen über den Sack gleiten. »Das reicht uns mindestens
für einen Monat.« Verunsichert schaute ich zu Mutter hinüber.

Sie hatte ihre Fassung zurückgewonnen und setzte sich wieder.
»Das können wir nicht annehmen«, sagte sie, ihren Blick fest auf
die Tischplatte gerichtet. »Bitte packen Sie das wieder weg.«

»Kommt gar nicht in Frage«, gab Christian unbeeindruckt zurück und machte sich an die Arbeit. Er zerknüllte ein paar Zei-
tungsblätter und legte sie zusammen mit einem Holzscheit in
den Ofen. Dann kramte er eine Schachtel Streichhölzer aus seiner Hosentasche und zündete das Papier an. Sofort flackerte eine
helle Flamme auf. Das Holz begann zu knacken, und kurz darauf
zog beißender Rauch durch die Küche.

Mutter blieb regungslos am Tisch sitzen.

»Judith, mach die Päckchen auf«, forderte Christian mich hus-
tend auf, während er mit einem Haken im Ofen herumstocherte.

Der Rauch brannte in meinen Augen. Aber ich beachtete den Juckreiz nicht, legte eins der Pakete auf den Tisch und entknotete die Schnur. Sobald ich den Deckel der Pappkiste ein winziges Stück angehoben hatte, schlug mir ein schwerer, süßer Duft entgegen. Eine längliche Kuchenrolle, mit dunkler Nougatcreme überzogen und in Seidenpapier gebettet, leuchtete mir entgegen.

»Eine *Bûche*!«, rief ich entzückt und strahlte meine Mutter an. »Eine echte *Bûche de Noël*!«.

»Die ist von *Angélina*, Rue de Rivoli. Dort gibt es die besten«, erläuterte Christian stolz.

Ich lehnte mich zurück, nahm ein Messer aus der Schublade hinter mir und schnitt in den saftigen, weichen Kuchen. Etwas Nougatcreme blieb an meinen Fingern kleben, und sofort schleckte ich sie gierig ab. Das Gefühl der samtenen, süßen Zuckermasse auf meiner Zunge löste ein unbeschreibliches Glücksgefühl in mir aus. Unter Mutters schwelendem Blick machte ich mich über den Kuchen her wie eine Wölfin über ein frisch gerissenes Tier. Ich stopfte ihn mit beiden Händen in den Mund, kaute, schluckte gleichzeitig und lutschte mir schmatzend die Finger ab. Mein verklebter Mund sandte nur eine einzige Botschaft an mein Hirn: mehr von diesem Kuchen! Mehr, mehr, mehr! Ich vergaß alles um mich herum, Mutters finsteres Gesicht, den stechenden Rauch, ja, für einen Augenblick wusste ich selbst nicht mehr, dass Christian auf einem Schemel vor unserem Ofen hockte und verzweifelt versuchte, das Feuer in Gang zu halten.

Schließlich kam ich wieder zu mir, schnitt ein weiteres Stück Kuchen ab und bot es Mutter an. Missbilligend verzog sie ihr Gesicht. »Ich habe vor dem Krieg keinen Weihnachtskuchen gegessen und werde das auch jetzt nicht tun«, sagte sie mit eisiger Stimme.

Seufzend verdrehte ich die Augen. Mutter und ihre unumstöß-
lichen Prinzipien. Was sollte Christian nur von ihr denken? Dann
schob ich mir das Stück selbst in den Mund und die Gedanken
beiseite.

Plötzlich wandte sich Mutter mit hochgezogenen Augenbrauen an Christian. »Sagen Sie, junger Mann, viel Erfahrung im
Ofenanzünden scheinen Sie ja nicht zu haben.«

Seufzend zerknüllte Christian ein weiteres Stück Zeitung. »Da
haben Sie recht.«

Mutter stand auf. »Na, geben Sie schon her, so wird das doch nie
was. Schade um das schöne Holz.« Sie nahm ihm den Schürhaken
aus der Hand, spähte in die Luke und murmelte etwas Unverständliches. Dann schob sie das Holz zurecht, und wenige Minuten später legte sie etwas von der frischen Kohle in die Glut.

Ich lauschte dem zufriedenen Glucksen meines Magens. Der
Zucker im Blut hatte meinen ganzen Körper erwärmt. Wohlig
lehnte ich mich zurück und legte die Hände auf meinen Bauch.
Schon wollte ich die Augen schließen, da sagte Christian: »Judith,
da sind doch noch mehr Päckchen.«

Ich ging zurück in den Flur, holte die Geschenke in die Küche
und öffnete eins nach dem anderen. Geräucherter Fisch, Käse,
Kaffee, Butter, Champagnertrüffel und eine Flasche Wein kamen
zum Vorschein. Tränen flossen mir über das Gesicht. »Danke«,
flüsterte ich immer wieder. »Danke.« Mehr brachte ich nicht hervor.

Es interessierte mich nicht, woher er die Sachen hatte oder wie
seine Eltern an diese Delikatessen gekommen waren. Ich wollte
einfach nur so viel davon essen, bis mir schlecht wurde. Ich warf
Mutter einen verstohlenen Blick zu. Hoffentlich verlangte sie von
Christian nicht, alles wieder einzupacken und mitzunehmen. Bevor sie etwas sagen konnte, schnitt ich schnell den Käse an. Doch

da sah ich, dass sie bereits drei Gläser aus dem Schrank genommen hatte und Christian einen Korkenzieher reichte. Lily lief mit unzufriedenem Miauen und aufgerichtetem Schwanz unter dem Tisch hin und her. Das machte sie immer, wenn sie Hunger hatte. Schnell legte ich ihr ein paar Stücke Käse auf den Boden, über die sie sich sofort hermachte.

Mit einem lauten »Plopp« zog Christian den Korken aus der Flasche und schenkte uns ein. »Gesegnete Festtage«, sagte er und hob feierlich sein Glas.

Bei Mutter schien das Eis gebrochen zu sein. Sie zündete die Schamasch an, die mittlere, etwas höher gesetzte Kerze der Menora. Dann nahm sie sie heraus und steckte damit die äußere, rechte Kerze an. »Baruch atta adonai elohenu, melech ha-olam …«, hörte ich sie leise summen. Gepriesen seist du, Ewiger, unser Gott …

Christian hörte Mutter andächtig zu.

»Heute ist der erste Chanukka-Abend«, erklärte sie, verzog ihren Mund zu einem kurzen Lächeln und prostete uns zu. Sie leerte ihr Glas in wenigen Zügen und schenkte sich nach. Ich freute mich, dass sie den schönen Brauch des Lichterfests in dieser düsteren Zeit nicht vergessen hatte.

»Lesen Sie den *Petit Parisien*, Christian?«, fragte sie etwas später.

Christian wiegte den Kopf hin und her. »Früher ja. Jetzt nicht mehr. Seit er wieder in Paris publiziert wird, hat sich der Ton geändert.«

Mutters Augen blitzten. »Ich bin völlig Ihrer Meinung. Die Dupuys sollten sich schämen. Haben aus ihrer Zeitung ein Naziblatt gemacht.« Sie trank einen großen Schluck Wein. »Aber dass Colette für den *Parisien* schreibt, das ist wirklich eine Schande.«

Christian nickte und zündete sich eine Zigarette an. »Sie meinen ihre wöchentliche Kolumne?«

»Ja«, rief Mutter mit vom Wein geröteten Wangen. »Und das, obwohl sie mit einem Juden verheiratet ist.«

Christian zuckte mit den Schultern. »Jeder schlägt sich eben so durch, wie er kann.«

»Und was sie da alles schreibt«, entrüstete sich Mutter. Schon lange hatte ich sie nicht mehr so gesprächig erlebt. »Über Strumpfhalter schreibt sie, über Hüte und Küchenrezepte. Und über diesen verteufelten Winter, als hätten wir in unserem Alltag nicht schon genug davon … Grausig, wie niveaulos sie geworden ist.« Sie schüttelte den Kopf, nahm sich ein Stück Käse und warf mir einen komplizenhaften Blick zu, der verriet, dass sie Christian mochte.

Während sich in der Küche eine wohlige Wärme ausbreitete, debattierten Mutter und Christian über die Kritik am Kommunismus von André Gide und analysierten Jean-Paul Sartres Débutroman *Der Ekel*.

Ich hörte gar nicht richtig zu. Ich war einfach nur glücklich. Dieser Abend war vollkommen. Im Ofen glühten Kohlen, auf dem Tisch standen erlesene Köstlichkeiten. Christian war bei mir, und Mutter ähnelte wieder der munteren Claire Goldemberg, in die sich mein Vater einst verliebt hatte. Das Überraschungs-Chanukka 1940 war das größte Fest meines Lebens.

***

Vor der Sicherheitskontrolle hatte sich eine Schlange gebildet. Béatrice reihte sich ein zwischen schwatzende Schüler, Touristen, denen Kameras um den Hals hingen, und Holocaust-Forscher mit flachen Computertaschen. Nachdem sie den Metalldetektor passiert und ein Mitarbeiter ihre Handtasche durchsucht hatte, ging sie durch die große, glasüberdachte Lobby des Museums zum

Fahrstuhl. Das *Registry of Holocaust Survivors*, das die Namen und biographischen Informationen von Holocaust-Überlebenden verwaltete, lag im zweiten Stock.

Vor fünf Jahren, kurz nachdem sie nach Washington gezogen war, hatte Béatrice das Museum als Touristin besucht. Sie besaß noch immer das kleine Heftchen, das ihr ein Angestellter am Eingang in die Hand gedrückt hatte. Beim Gang durch die Ausstellungsräume hatte sie darin die persönliche Geschichte eines einzelnen Opfers während der Nazizeit nachlesen können. Der Besuch damals hatte Béatrice bestürzt, die ergreifenden Bilder und Artefakte waren ihr tagelang nicht aus dem Kopf gegangen. Aber erst jetzt, in der Hoffnung, auf die Spuren von Judith Goldemberg zu stoßen, konnte sie die historische Bedeutung dieses Archivs in seiner ganzen traurigen Tragweite begreifen.

In der Ecke eines Raumes saßen zwei Museumsangestellte an schmalen Schreibtischen. Der Mann war über einen Ordner gebeugt und telefonierte leise. Béatrice entschied sich, die Frau anzusprechen, eine zierliche alte Dame mit schneeweißem Haar, das sie zu einem kleinen Knoten aufgesteckt hatte.

»Verzeihung.«

Die Dame sah auf und lächelte Béatrice an. Sie hatte freundliche, wasserblaue Augen. Ihre weiße Bluse sah frisch gestärkt aus, und an ihren Ohren glänzten kleine Diamanten. Ihr Parfum war unaufdringlich, die Hände perfekt manikürt.

»Brauchen Sie Hilfe?«, fragte sie.

»Ich suche jemanden. Eine Frau. Ich habe nur ihren Namen«, erklärte Béatrice mit gedämpfter Stimme.

Die alte Dame unterbrach sie: »Wenden Sie sich am besten an meinen Kollegen. Mein Dienst ist gerade zu Ende, und ich muss jetzt leider wirklich los.« Sie erhob sich und griff nach ihrer Strickjacke, die über der Stuhllehne hing. Dann trat sie mit kleinen, etwas wackeligen Schritten hinüber zu ihrem Kollegen und verabschiedete sich von ihm.

Der Mann beendete sein Gespräch und winkte der alten Dame nach, die, leicht nach vorne gebeugt, zum Fahrstuhl ging. »Bye, Julia. Bis morgen.« Dann sah er Béatrice an. Blitzende grüne Augen. Ein weich gezeichneter Mund. Klassische Gesichtszüge.

Es war Béatrice, als wanke der Boden unter ihren Füßen.

»Das war Julia«, erklärte er mit einem starken französischen Akzent. »Sie kommt fast jeden Tag hierher und hilft uns. Eine außergewöhnliche Frau. Sie hat Auschwitz überlebt. Aber jetzt zu Ihnen. Was kann ich für Sie tun?«

»Ich möchte einer alten Dame helfen, ihre Halbschwester zu finden«, antwortete Béatrice auf Französisch, als sie sich wieder gefasst hatte.

»Ah, une française.« Der Mann lächelte breit, sichtlich erfreut, seine Muttersprache sprechen zu können. »Nehmen Sie Platz. Ich bin Grégoire Pavie-Rausan. Nennen Sie mich Grégoire.«

»Béatrice Duvier«, antwortete sie und verfluchte sich, weil ihr die Hitze in den Kopf stieg. Sie setzte sich auf einen Hocker, rutschte vor bis an den Rand und presste die Handtasche auf ihre Knie. »Wir wissen nicht, ob sie überlebt hat.«

»Wie heißt die Schwester denn?«, fragte Grégoire und schaute ihr dabei so direkt in die Augen, dass Béatrice ihre Tasche noch fester an sich drückte.

»Also, ich glaube, sie heißt Judith Goldemberg, wenn sie denselben Nachnamen wie ihre Mutter hat.« Béatrice erzählte Grégoire die wenigen Fakten, die sie über Judith wusste. Er hörte aufmerksam zu.

»Dann lass uns hier in den Nachschlagewerken schauen«, sagte er und strich sich seine schulterlangen Haare hinter die Ohren, »ob wir etwas über sie finden. Und zusätzlich kannst du den

ITS, den Internationalen Suchdienst in Bad Arolsen kontaktieren. Der ITS koordiniert die Suche nach Holocaust-Überlebenden.«

Es gefiel Béatrice, dass er sie einfach duzte und dadurch eine Art spontane Vertrautheit zwischen ihnen entstehen ließ. »Bad Arolsen?« Sie hatte noch nie von diesem Ort gehört.

»Das ist in Deutschland. 1946, als der ITS gegründet wurde, hat man diese Stadt als Standort ausgewählt, weil sie in der Mitte der vier Besatzungszonen lag und kaum zerstört war. Der ITS ist jetzt dabei, alles zu digitalisieren. Nächstes Jahr werden die Dokumente freigegeben, und wir werden von sämtlichen Akten die Dateien erhalten. Dann wird die Suche einfacher.« Er lächelte sie an. »Aber so lange willst du bestimmt nicht warten.« Er stand auf und zog einen dicken, abgegriffenen Band aus einem Bücherregal.

Erst jetzt merkte Béatrice, wie groß Grégoire war. Bestimmt zwei Meter. Er war gut gebaut, etwa in ihrem Alter und sah aus, als treibe er regelmäßig Sport.

»Ich schlage vor, wir fangen erst mal damit an.« Er setzte sich wieder, legte das Buch auf den Tisch und schob es zu ihr hinüber.

Serge Klarsfeld, *Le Mémorial de la déportation des Juifs de France*, las Béatrice. Chronik der aus Frankreich deportierten Juden.

Grégoire lehnte sich zurück und schlug seine langen Beine übereinander. »Klarsfeld wurde selbst fast Opfer einer Nazi-Razzia. Er versteckte sich mit seiner Familie hinter einem Wandschrank und wurde nicht entdeckt. Aber seinen Vater, den hat die Gestapo erwischt. Er wurde festgenommen, deportiert und in Auschwitz ermordet.« Grégoire griff in seine Hosentasche und zog eine Packung Kaugummi hervor. »Klarsfeld und seine Frau haben ihr ganzes Leben dem Aufspüren von NS-Verbrechern und Kollaborateuren verschrieben. Es ist den beiden zu verdanken, dass viele von ihnen vor Gericht gestellt wurden.« Er schob sich einen Kaugummi in den Mund und grinste. »Ich gewöhne mir gerade das Rauchen ab. Überall verboten. Man kommt sich vor wie ein Krimineller, wenn man hier raucht.«

Béatrice kicherte. »Du lebst wohl noch nicht so lange hier.«

»Schon ganze sechs Monate«, entgegnete er. »Erscheint mir unglaublich lang. Hab mich aber immer noch nicht an die Diskriminierung der Raucher gewöhnt. Deshalb lasse ich es jetzt einfach ganz.« Grégoire nahm das Buch und blätterte darin herum. Er las etwas, legte die Stirn in Falten und murmelte eine Nummer.

Béatrice starrte ihn wie gebannt an.

An einer anderen Stelle fuhr er mit dem Zeigefinger die Zeilen entlang. Er blätterte eine Seite weiter und zog den Finger erneut die Seite hinunter. Das wiederholte er mehrere Male. Minuten verstrichen. »Da!«, rief er plötzlich.

Béatrice zuckte zusammen.

»Judith Goldemberg.« Er zeigte ihr die Buchseite, auf der Hunderte von Namen standen. In der Mitte, da wo die Spitze seines Zeigefingers ruhte, zwischen Jacques Goldbaum und Yvonne Goldenberg, stand Judiths Name. »Sie war im Convoy dreiundsechzig, der Paris am siebzehnten Dezember 1943 verlassen hat. Endstation Auschwitz.«

Béatrice' Herz schlug schneller. Sie wusste nicht, ob es wegen dieses unglaublichen Funds oder wegen Grégoires Augen war. Sie war durcheinander. Aufgerüttelt. Froh.

Grégoire zog das Buch wieder zu sich und las vor: »Am 11. Dezember schickte SS-Obersturmführer Heinz Röthke ein Telegramm nach Berlin und informierte Adolf Eichmann darüber, dass am 17. Dezember ein Convoy mit achthundert bis tausend Juden zur Abfahrt bereitstehen würde. Am fünfzehnten Dezember erhielt Röthke aus Berlin die Antwort mit der Zustimmung für tausend Juden. Am siebzehnten Dezember schickte Alois Brunner, Leiter des Sonderkommandos der Gestapo im Durchgangs- und Sammellager Drancy, ein weiteres Telegramm in die Hauptstadt. Darin bestätigte er die Abfahrt von Convoy dreiundsechzig um zwölf Uhr zehn von Paris-Bobigny. Achthundertfünfzig Juden befanden sich in diesem Zug.«

Grégoire sah zum Bücherregal hinüber. »Es gibt noch weitere Quellen, in denen wir nach Informationen über diesen Convoy suchen können. Aber jetzt muss ich leider erst ein paar andere Dinge erledigen.« Er fuhr sich wieder durch sein Haar. »Lass mir deine Telefonnummer da. Dann rufe ich dich an, wenn ich Neuigkeiten habe. Oder komm einfach morgen wieder. Bis dahin bin ich vielleicht fündig geworden.«

Dieser Blick. Diese Hände. Dieser Mund. Béatrice saß im Archiv neben dem alten Bildschirm und kaute an einem Bleistift. Warum ihr Grégoire nicht mehr aus dem Kopf ging und warum sie keine Lust hatte, Joaquín endlich zurückzurufen, obwohl er ihr eine Nachricht hinterlassen und zwei SMS geschickt hatte, verstand sie nicht. Sie wusste nur, dass sie sich heute wieder um zwei aus dem Büro stehlen würde, um ins Holocaust-Museum zu gehen.

»Wenn du so weitermachst, bist du Weihnachten noch nicht fertig«, röhrte es plötzlich hinter ihr.

Erschrocken fuhr sie herum und sah Michael im Türrahmen stehen. Er trat ein und schaute sie missbilligend an. Dann wanderte sein Blick zu ihrem Rock, der durch das Sitzen leicht hochgerutscht war. Der kalte Geruch von Zigaretten schlug ihr entgegen.

»Was gibt's?«, fragte sie kühl.

»Ich habe mit dem Haiti-Direktor gesprochen«, sagte er. »Er beteuert, dich spätabends noch angerufen und dir alles genau erklärt zu haben. Und er hat offenbar mehrmals betont, dass die Schülerzahl unter keinen Umständen in der Pressemitteilung auftauchen darf. Weil es Unstimmigkeiten unter den Experten gab.«

Es war Béatrice, als schnüre etwas ihre Kehle zu.

»Du hast den Ruf der Bank also bewusst geschädigt.« Michael spielte mit seinem Feuerzeug. »Er hat mich dann gefragt, ob vielleicht *du* Lustiger die internen Dokumente gegeben haben könntest.« Er ließ das Feuerzeug in seiner Hosentasche verschwinden und stierte wieder auf ihren Rock. »Ich habe gesagt, dass ich diese Möglichkeit nicht ausschließe, solange nichts Gegenteiliges bewiesen ist.«

Béatrice verkrampfte ihre Hände. Dieses Arschloch. Dieses fiese, gemeine Arschloch. »Ich habe dich darauf hingewiesen, dass es bei den Schülerzahlen Unstimmigkeiten gibt, und mit den Dokumenten habe ich nichts zu tun«, entgegnete sie. Sie versuchte, sich an die Einzelheiten des nächtlichen Telefonats zu erinnern. Aber alles war wie weggewischt.

Michael verzog keine Miene. »Du hättest mir klipp und klar erklären müssen, warum diese Zahlen nicht an die Presse gehen dürfen. Dann hätten wir das noch mal eingehend mit dem Haiti-Direktor besprochen«, sagte er. »Wenn du unter Zeitdruck nicht funktionieren kannst, dann bist du hier falsch, Béatrice.«

Béatrice schwieg. Sie wusste, dass sie, was die Schülerzahlen betraf, nachlässig gearbeitet hatte.

Michael grunzte abfällig und verschränkte die Arme vor der Brust. »Übrigens, Cecil hat mich kontaktiert. Du hast dich bei ihm um eine Stelle beworben?«

Béatrice' Wangen wurden heiß.

»Er wollte wissen, wie du so arbeitest.«

Sie hielt den Atem an. .

»Du kannst dir vorstellen, dass ich darüber im Moment nicht viel Positives sagen kann.« Er ging zur Tür. »Ich erwarte von dir eine detaillierte Dokumentation deiner Konversation mit Daniel Lustiger. Das brauchen wir für die Untersuchung. Fürs Erste bleibst du hier im Archiv. In ein paar Monaten werden wir sehen, wie es weitergeht.« Dann verließ er den Raum. Nur der Zigarettengeruch blieb zurück.

»Ich habe gute Nachrichten«, sagte Grégoire, sobald er Béatrice am Eingang stehen sah, und winkte ihr zu. Béatrice glaubte zu bemerken, dass sein Blick ein kleines bisschen länger auf ihr ruhte, als unbedingt nötig. Sie hatte sich Mühe mit dem Make-up gegeben, und die hellblonden Haare fielen weich und füllig über ihre Schultern. Dazu trug sie ein enggeschnittenes, schwarzes Armani-Kostüm, das ihre schlanke Taille unterstrich und den kleinen Bauchansatz geschickt versteckte.

»Was hast du herausgefunden?«, fragte sie und vergaß dabei für einen Moment Michaels Besuch im Archiv und die schrecklichen Dinge, die er gesagt hatte.

»Lass uns ins Museums-Café gehen, dann erzähle ich dir alles«, schlug Grégoire vor und griff nach seinem Mantel. »Ich brauche dringend einen Kaffee.«

Er ging mit federnden Schritten neben ihr her, führte sie eine Treppe hinunter, zum Ausgang hinaus und über den kleinen Vorplatz bis zum Museums-Café. »Was hat dich eigentlich nach D. C. verschlagen?«, fragte er, während er ihr die Tür aufhielt.

»Ich arbeite für die Weltbank.« Sie wollte schon ansetzen zu erklären, um welche Organisation es sich handelte, denn es pas-

sierte nicht selten, dass Leute noch nie davon gehört hatten oder
sie für eine normale Investment-Bank hielten, aber Grégoire
nickte, als wüsste er Bescheid.

»Spannend«, sagte er, sichtlich beeindruckt. »Und da kannst
du einfach so mitten am Tag verschwinden?«

Béatrice seufzte. Im Geiste tauchte sofort Michaels speckiges
Gesicht vor ihr auf. »Eigentlich nicht. Aber das ist eine längere
Geschichte.«

»Na, dann hole ich uns erst mal was zu trinken. Setz dich.«

Das Café war leer bis auf zwei Frauen, die an der Theke saßen
und an ihren Sandwichs kauten. Béatrice suchte sich einen Platz
an einem der quadratischen, kleinen Tische am Fenster und rieb
ihre kalten Hände aneinander.

Wenige Minuten später kam Grégoire mit zwei Pappbechern
zurück und setzte sich ihr gegenüber. Er nahm den Plastikdeckel
ab und schüttete ein Tütchen Zucker in den Kaffee.

»Jetzt erzähl. Was hast du über Judith Goldemberg herausgefunden?«, drängte Béatrice, während sie ihren Plastiklöffel in den
Milchschaum tunkte und mit dem Kaffee darunter verrührte. Es
war ihr, als kenne sie Grégoire schon eine Ewigkeit.

Er lehnte sich zurück und strich sich die langen Haare aus dem
Gesicht. Dann griff er in die Innentasche seines Mantels und zog
ein Bündel gefaltete Blätter heraus. »Hier, ich habe dir die rele-
vanten Seiten aus Klarsfelds Buch kopiert.« Er schob zwei Seiten
zu ihr hinüber. »Danach habe ich bei Danuta Czech nachge-
schaut. Czech hat in den fünfziger Jahren im Auschwitz-Museum
gearbeitet und eine monumentale Chronik darüber verfasst. Tausend Seiten. *Kalendarium der Ereignisse im Konzentrationslager
Auschwitz*, heißt das Werk. Auch als sie schon im Ruhestand war,
hat sie noch daran gearbeitet.«

Béatrice hörte wie gebannt zu.

»Du erinnerst dich daran, was wir bei Klarsfeld gefunden haben?«

Sie nickte eifrig.

Er entfaltete ein weiteres Blatt. »Der Convoy dreiundsechzig verließ am siebzehnten Dezember den Bahnhof in Paris. Czech schreibt, dass der Zug drei Tage später in Auschwitz eintraf.« Er strich das Papier glatt und las: »Zwanzigster Dezember. Achthundertfünfzig jüdische Männer, Frauen und Kinder treffen aus Drancy im dreiundsechzigsten Transportzug aus Frankreich ein. Zweihundertdreiunddreißig Männer und hundertzwölf Frauen werden in das Lager aufgenommen und bekommen Nummern zugewiesen. Die restlichen fünfhundertfünf werden vergast.«

Béatrice schluckte. Und solche Chroniken las Grégoire täglich. Sie sah, dass er mehrere Zeilen unterstrichen hatte.

Grégoire tippte auf die Klarsfeld-Kopien. »Bei Klarsfeld steht, dass von den dreihundertfünfundvierzig Menschen einunddreißig überlebt haben. Darunter waren sechs Frauen.« Er nippte an seinem Kaffee und sah Béatrice durchdringend an.

Sie konnte seinem Röntgenblick nicht standhalten und schaute angestrengt auf die Kopien.

»Aber jetzt geht's weiter: Ende der achtziger Jahre hat ein George Dreyfus eine ähnliche Liste zusammengestellt«, sagte er. »Allerdings ist diese Liste noch ausführlicher. Darin sind fast siebzigtausend Namen von Juden, die zwischen 1942 und 1944 deportiert wurden, erfasst.«

»Wo hat er diese Namen her?«

»Wir nehmen an, dass er die originalen Deportationslisten eingesehen hat, die sich jetzt im *Mémorial de la Shoah* in Paris befinden.« Er schüttete ein weiteres Päckchen Zucker in seinen Kaffee. »Die Pariser Shoah-Gedenkstätte ist übrigens auch eine gute Anlaufstelle, um nach Judith zu forschen. Du solltest sie kontaktieren.«

Béatrice nickte wieder. Diese ganze Sache erforderte definitiv mehr Arbeit, als sie zuerst angenommen hatte. Viel mehr. Sie dachte an ihr Gespräch mit Jacobina. Erinnerte sich an deren Verzweiflung, als sie Béatrice von dem Versprechen, das sie ihrem Vater gegeben hatte, erzählt hatte. Es ist wie ein Fluch, hörte sie die alte Frau sagen. Egal, wie viel Arbeit diese Suche bedeutete, sie würde Jacobina helfen.

»Aber die richtig gute Nachricht habe ich dir noch gar nicht gesagt.« Grégoire legte kurz seine Hand auf ihre, wie um seinen Worten durch diese flüchtige Berührung mehr Gewicht zu verleihen. »In Dreyfus' Liste ist Judith Goldemberg als Überlebende aufgeführt. Hier, sieh selbst.« Er zog die Kopie hervor.

Da stand es: *Rescapée.* Überlebende.

Béatrice strahlte. Was würde Jacobina dazu sagen, wenn sie ihr diese phantastischen Neuigkeiten überbrachte! Vielleicht war alles doch viel einfacher, als sie sich es eben noch vorgestellt hatte. Das Holocaust-Museum hatte schließlich schon vielen Familien geholfen.

Grégoire faltete die Blätter wieder zusammen. »Das war der erste Schritt. Aber jetzt wird es schwieriger. Denn wo machen wir weiter? Wir wissen nicht, ob sie nach dem Krieg wieder nach Paris zurückgegangen ist.«

»Warum nicht? Sie war Französin.«

Grégoire wiegte seinen Kopf hin und her. »Vielleicht ist sie in die USA ausgewandert. Oder nach Israel. Vielleicht hat sie geheiratet und einen anderen Namen angenommen. Manchmal verlaufen die Spuren im Nichts.«

Daran, dass Judith jetzt möglicherweise einen anderen Namen trug, hatte Béatrice überhaupt nicht gedacht. Sofort zerbröselte ihre Hoffnung wieder, wie ein Klumpen Erde in der Sonne. Sie blies die Wangen auf und stieß laut die Luft aus.

»Nicht so schnell aufgeben«, sagte Grégoire aufmunternd und berührte erneut wie zufällig ihre Hand. »Wir werden uns etwas einfallen lassen. Auf jeden Fall solltest du das Shoah Mémorial anschreiben und natürlich auch den Internationalen Suchdienst. Und das Standesamt in Paris. Vielleicht gibt es eine Heiratsurkunde.«

Er zerdrückte den leeren Kaffeebecher. »Jetzt zu dir und deiner langen Geschichte. Magst du darüber reden?«

Punkt 17 Uhr verließ Béatrice die Weltbank und fuhr mit einem Taxi in die U-Street zu Jacobina.

Vor dem Eingang spielten zwei Jungs mit einer zerbeulten Blechdose. Sie kickten sie hin und her und johlten, wenn die Dose scheppernd gegen die Eingangstür prallte. Béatrice drängte sich eilig an ihnen vorbei, in der Hoffnung, nicht getroffen zu werden, und klingelte. Kurz darauf summte der Türöffner, ohne dass Jacobina vorher »Wer da?« gekrächzt hatte. Sobald die Tür hinter Béatrice zugefallen war, krachte die Büchse wieder dagegen, gefolgt vom ausgelassenen Grölen der Jungs.

Als Jacobina öffnete, huschte ein verzagtes Lächeln über ihr Gesicht. Sie sah anders aus, dachte Béatrice, irgendwie besser. Es war wegen der Haare, stellte sie fest. Jacobina hatte sie gewaschen. Die schwarzen Locken hafteten nicht wie sonst fettig an ihrem Kopf, sondern umrahmten das Gesicht in feinen Wellen.

»Was hat der Arzt heute gesagt?«, fragte Béatrice und packte einen kleinen Schokoladenkuchen aus, den sie bei Poupon in Georgetown erstanden hatte, einem französischen Patissier, zu dem sie immer dann ging, wenn sie sich etwas Besonderes gönnen wollte.

Jacobina beäugte den Kuchen mit sehnsüchtigem Blick. »Sie werden mich operieren. Und danach muss ich fünf Monate eine Chemotherapie machen. Der Arzt meint, ich hätte gute Chancen.«

»Oje.« Béatrice, die nur ›operieren‹ und ›Chemotherapie‹ gehört und darüber die ›guten Chancen‹ sofort vergessen hatte, seufzte und sah Jacobina mitfühlend an. »Das wird eine schwere Zeit. Weißt du schon, wann die Operation ist?«

»Nein. Das sagen sie mir erst nächste Woche.« Jacobina wirkte nicht mehr so verzweifelt wie noch vor ein paar Tagen, sondern ruhig und gefasst, als sei es dem Arzt gelungen, ihr Hoffnung zu machen.

»Ich werde für dich da sein«, versicherte Béatrice und lächelte. »Und jetzt muss ich dir unbedingt erzählen, was ich über Judith herausgefunden habe.« Während Béatrice von ihren Recherchen im Holocaust-Museum und von ihrer Begegnung mit Grégoire berichtete, schnitt sie den Kuchen in sechs gleichgroße Stücke. Zwei davon schob sie auf einen Teller und reichte ihn Jacobina.

»Du magst ihn, diesen Grégoire, nicht wahr?«, bemerkte Jacobina und grinste.

»Na ja, er ist ganz sympathisch.« Béatrice versuchte, gleichgültig zu klingen.

»Mir machst du nix vor«, kicherte Jacobina. »Da ist so ein verräterisches Leuchten in deinen Augen.« Sie biss in den Kuchen und verdrehte genüsslich die Augen.

»Hast du irgendetwas von Judith, das uns bei der Suche weiterhelfen könnte? Ein Bild vielleicht? Oder eine Geburtsurkunde?«, fragte Béatrice.

Jacobina schüttelte den Kopf. »Als mir mein Vater zum ersten Mal von ihr erzählt hat, war er schon sehr schwach. Er starb noch in derselben Nacht. Aber das weißt du ja schon.«

Béatrice nickte und ging zur Kochecke, um Teewasser aufzusetzen.

»Das Einzige, was er mir hinterlassen hat, ist die Mesusa draußen an meiner Tür und eine kleine Kiste voller Kram. Aber da habe ich seit seinem Tod nicht mehr hineingeschaut.« Jacobina verzehrte die letzten Krümel auf ihrem Teller, dann nahm sie sich ein drittes Stück Kuchen aus dem Karton.

»Was ist denn da drin?« Béatrice kam mit zwei dampfenden Tassen zum Sofa zurück und setzte sich.

»Alte Briefe meiner Mutter, Fotos und so weiter. Nichts Spannendes.«

»Wo ist denn die Kiste? Kann ich da mal reinschauen?«

»Keine Ahnung«, antwortete Jacobina schmatzend. »Warum interessiert dich das?«

»Vielleicht finden wir irgendeinen Hinweis auf Judith«, gab Béatrice zurück.

»Glaub ich nicht, das hätte ich doch gesehen. Aber schau mal unter mein Bett, da liegt eine Menge Müll, den ich aus meinem Leben verbannt habe.« Jacobina widmete sich wieder dem Kuchen.

Béatrice ging in das winzige Schlafzimmer. Sie kniete sich auf den Boden, griff unter das Bett und zog allerlei Krempel hervor: einen schweren Karton, dessen Deckel eingerissen war, karierte Vorhänge, einen Mantel mit Pelzkragen und einen verstümmelten Besen. Sofort legte sich eine aufgewirbelte Staubschicht auf Béatrice' Gesicht und kitzelte ihre Lungen. Sie hustete. Mit spitzen Fingern öffnete sie den Karton und spähte hinein. Papiere, Videokassetten, Bücher, ein zerbrochener Spiegel. Als sie die Papiere zur Seite schob, stießen ihre Finger auf etwas Hartes. Sie tastete weiter und zog eine blecherne Kiste in der Größe eines Schuhkartons hervor. Triumphierend ging sie damit zurück zu Jacobina. »Ist sie das?«

Jacobina wischte sich mit der Hand über den Mund und nickte. »Papa Licas gesammelte Werke.«

Béatrice setzte sich und versuchte, die Kiste zu öffnen. Der Deckel klemmte, und sie ruckelte eine Weile daran herum. Plötzlich sprang er auf und eine bunte Flut aus Ansichtskarten, Briefen und Schwarzweißfotos mit geriffelten Rändern ergoss sich über das Sofa. Ein Teil rutschte zu Boden.

»Na, dann viel Spaß beim Aufräumen«, grummelte Jacobina und humpelte Richtung Badezimmer. »Über Judith wirst du da drin bestimmt nichts finden.«

Béatrice zog ihre Schuhe aus und schob sich ein Kissen hinter den Kopf. Dann begann sie zu lesen.

Die Schrift war kaum zu entziffern, vieles war auf Rumänisch geschrieben. Auf einem der Fotos war ein großer, schwarzhaariger Mann abgebildet. Kerzengerade und mit todernster Miene stand er da, den steifen Hut tief ins Gesicht gezogen. Aus seiner Westentasche ragte die Kette einer Taschenuhr. Daneben, genauso ernst, stand ein Mädchen in einem weißen Spitzenkleid. Sie hielt eine Babypuppe im Arm, der ein Bein fehlte.

Als Jacobina zurückkam, zeigte ihr Béatrice das Bild. »Bist du das?«

Jacobina schnaubte verächtlich »Ja, ja« und schaltete den Fernseher ein.

Béatrice betrachtete die Überreste dieses vergangenen Lebens, die vor ihr ausgebreitet waren. Jacobina hatte recht. Sie würde hier nichts über Judith finden. Dies war alles viel später geschrieben worden. Schon war sie dabei, den Haufen zusammenzuschieben und wieder in die Kiste zu legen. Als sie sich nach vorne bückte, um auch die auf den Boden gefallenen Papiere aufzulesen, fielen ihr plötzlich zwei französische Worte ins Auge: *Mon Amour.*

Béatrice hielt inne. Dann zog sie zwischen zwei Postkarten einen hauchdünnen Bogen Papier hervor. Die Handschrift war großzügig und an vielen Stellen verblichen und verwischt. Béatrice las.

Paris, 20. Dezember, 1943

Meine Geliebte,
seit den frühen Morgenstunden sitzen wir im Keller und warten darauf, dass etwas passiert. In der Stadt heulen ununterbrochen die Sirenen, aber noch sind keine Bomben gefallen.
Vor drei Tagen bist Du verschwunden, und mit Dir ist alles Licht aus meinem Leben gewichen. Mein Herz ist stumm vor Schmerz. Ich mache mir fürchterliche Vorwürfe. Hätte ich Dich bloß nicht alleine gelassen, so kurz vor unserer Flucht. Du bedeutest mir alles. ALLES!
In meiner Verzweiflung schreibe ich an die Adresse Deines Vaters, die ich in Deinem Tagebuch gefunden habe. Ich bete für Dich, Geliebte, und für eine neue Welt, in der unsere Liebe einen Platz hat.
In Liebe
C.

Béatrice las den Brief erneut. Dann ließ sie das Blatt sinken und starrte ins Leere.

»Jacobina«, flüsterte sie, »ich glaube, ich habe etwas gefunden.«

Jacobinas Augen klebten am Bildschirm. »Was hast du gesagt?«

Béatrice erhob sich und drückte Jacobina den Brief in die Hand. »Hast du den jemals gelesen? Ich glaube, dieser Brief war für Judith bestimmt.«

Jacobina schaute auf den Briefbogen und zuckte mit den Achseln. »Keine Ahnung, wer das geschrieben hat. Den Brief hab ich noch nie vorher gesehen. Gibt es denn keinen Umschlag dazu mit einem Absender?«

Béatrice ging den ganzen Haufen noch einmal durch. Betrachtete jedes Kuvert genau, aber es war keins mit denselben unverkennbaren Schriftzügen dabei.

»Dieser Brief kann nur an Judith geschrieben worden sein«, sagte Béatrice und lief vor Jacobina auf und ab. »Es passt alles. Paris. Das Datum. Dieser C. erwähnt, dass er den Brief an Judiths Vater geschickt hat. Also muss dein Vater ihn erhalten haben. Und deshalb ist er auch in seiner Kiste.«

Jacobina legte den Kopf schief. »Bei uns in Rumänien ist Judith jedenfalls nicht aufgetaucht. Wie hätte sie auch! Mitten im Krieg, als Jüdin. Und Anfang 1944 sind wir dann nach Kanada geflohen.«

»Wir müssen unbedingt die Schoah-Gedenkstätte kontaktieren und noch ein paar andere Organisationen, von denen Grégoire gesprochen hat«, sagte Béatrice und faltete den Brief sorgfältig zusammen. »Wir werden Judith finden. Ich fühle es.«

Laura legte ihr Handy neben sich und rekelte sich auf dem Sofa. Es war schon fast Mittag, aber sie trug noch immer ihren rosagestreiften Schlafanzug, in dem sie nicht wie die aufgeklärte Jugendliche aussah, die sie sein wollte, sondern wie das Kind, das sie war. Auf dem Sofatisch vor ihr stand eine Schale mit Cornflakes. »Können wir *Monster House* gucken gehen?«, fragte sie und gähnte.

Joaquín blickte von seiner Zeitung auf und setzte die Brille ab. Liebevoll sah er seine Tochter an. »Natürlich, mein Schatz, das hatten wir dir doch versprochen. Um wie viel Uhr läuft der Film denn?«

Béatrice, die neben Lauras Füßen saß, stieß einen Seufzer aus und schaute durch die Terrassentür in den trostlosen Garten.

Es hatte die ganze Nacht geregnet, auf dem Rasen standen riesige Pfützen. In dem Futterhäuschen, das schief von einem Ast herunterhing, stritten sich zwei Spatzen um ein paar Körner. *Wir!* Sie hatte Laura überhaupt nichts versprochen.

Der Morgen war ruhig verlaufen. Nach dem Aufwachen, als ihre Körper noch träge gewesen waren und die Laken vom Schlaf gewärmt, hatten sie sich geliebt. Nicht leidenschaftlich – das waren sie nie miteinander gewesen –, sondern sanft und vertraut, wie ein Paar, das die Vorlieben und Reaktionen des anderen genau kannte. Jede Berührung war routiniert, jede Bewegung vorhersehbar. Nach den Unstimmigkeiten der vergangenen Wochen hatte Béatrice diese wiedergefundene Innigkeit gutgetan.

Joaquín und sie hatten heute vorgehabt, eine Ausstellung zu besuchen und dann am Dupont Circle einen Kaffee zu trinken. Aber daraus würde wohl mal wieder nichts werden. Wann waren sie eigentlich das letzte Mal einfach so in ein Café gegangen? Nur sie beide? Béatrice konnte sich nicht erinnern. Immer funkte Laura dazwischen. Und immer wurde das gemacht, was *sie* wollte.

»Der Film läuft um drei in Tysons Corner«, sagte Laura, richtete sich auf und schüttete eine dicke Schicht Zucker über die Cornflakes.

Rudi kam aus der Küche getrottet, leckte ein paar Krümel vom Boden auf und legte sich unter den Tisch.

Die Idee, am helllichten Tag einen Horrorfilm in der größten Shopping Mall von Virginia anzuschauen, erfüllte Béatrice mit Grauen. Mindestens Platz zwei auf der Liste ihrer persönlichen amerikanischen Albträume. Platz eins belegte nach wie vor der vierte Juli 2005, an dem sie mit Laura und Joaquín bei achtunddreißig Grad in der prallen Sonne und mit einer Kühltasche voller Eiscreme auf der Wiese vor dem *Washington Monument* zwischen

40 000 schwitzenden Menschen gehockt hatte, um den *Independence Day* zu feiern.

Heute würde sie sich nicht überreden lassen. Dieser Sonntag gehörte ihr. »Ohne mich«, sagte Béatrice, stand ruckartig auf und trat ans Fenster. »Die Mall ist am Wochenende schon ohne Kino ein Monsterhaus.«

»Spielverderberin«, rief Laura und sah ihren Vater mit bittenden Kulleraugen an.

Béatrice wusste, wie sehr das Mädchen diese kleinen Machtspielchen liebte, bei denen sie sie mit ein paar Bemerkungen in die Ecke drängte und geschickt gegen ihren Vater ausspielte. Béatrice presste ihre Stirn gegen die Scheibe. Sie wollte sich auf keinen Fall provozieren lassen.

»Ach Béa, bitte tu mir den Gefallen und komm mit«, bat Joaquín. »Und heute abend gehen wir in D. C. zusammen essen, nur du und ich, okay?«

Sie drehte sich zu ihm. »Nein, ich möchte wirklich nicht«, entgegnete sie und staunte über ihre Standhaftigkeit. »Ich werde in der Zwischenzeit eine alte Dame besuchen, der ich jetzt manchmal helfe.« Sie hatte ihm schon lange von ihrer Begegnung mit Jacobina erzählen wollen. Aber es hatte sich einfach nicht ergeben.

Joaquín hob überrascht die Augenbrauen. »Du? Seit wann bist du denn unter die Sozialarbeiter gegangen?«

Jetzt wurde er auch noch gemein. Sozialarbeiter! Zählten *ihre* Bedürfnisse denn überhaupt nicht mehr? Eine bissige Bemerkung lag ihr auf der Zunge. Doch sie schluckte sie hinunter. Lieber nicht vor Laura. »Seit ein paar Wochen«, gab sie zurück.

»Warum das denn?«

»Diese Arbeit gibt mir etwas, was ich im Büro nicht bekomme.« Sie blickte wieder in den Garten. Das Vogelhäuschen war jetzt leer. »In der Bank versuchen wir, Systeme zu verbessern.

Da kommen wir mit den Menschen, denen wir helfen wollen, überhaupt nicht in Kontakt.«

»Systeme verbessern«, wiederholte er und lachte spöttisch. »Ich dachte, in eurer Bank geht es den ganzen Tag um arme Menschen?« Dann wurde er wieder ernst. »Du kannst doch auch morgen zu dieser Frau gehen.«

Béatrice bereute es schon, Jacobina erwähnt zu haben. Er hatte sie nur lächerlich gemacht. Sie stieß sich vom Fenster ab und ging in Richtung Küchentür. »Ich möchte aber nicht ins Kino gehen«, beharrte sie und verschränkte die Arme vor der Brust.

»Jetzt sei doch nicht so stur, honey«, sagte Joaquín. Seine Stimme klang plötzlich fordernd, nicht mehr sanft und bittend. »Es sind doch nur ein paar Stunden.«

Bei dem Wort »stur« zerriss etwas in Béatrice. Sie blieb stehen und schaute ihn an. »Ich stur? Ich gebe doch immer nach. Egal, wie oft du unsere Pläne änderst oder absagst.«

Joaquín schleuderte die Zeitung auf den Tisch. »Du übertreibst maßlos, Béatrice. Immer muss ich mich vor dir rechtfertigen, wenn mein Job deinen Freizeitplänen in die Quere kommt. Immer muss ich mit dir kämpfen, wenn Laura etwas vorschlägt. Es reicht mir.«

Béatrice wich zurück. Solch eine heftige Reaktion hatte sie nicht erwartet. Joaquín verlor selten die Beherrschung. Aber wenn sie jetzt klein beigab, würde sie für immer verloren haben.

»Wer hier übertreibt, bist du«, sagte sie eisern, »nur weil ich mir diesen dämlichen Film nicht anschauen will.«

»Es geht nicht um diesen verdammten Film, Béatrice«, herrschte er sie an. »Sondern darum, dass wir etwas gemeinsam mit meiner Tochter unternehmen.« Auf seiner Stirn traten dunkelblaue Adern hervor, die in der Mitte wie ein Geflecht zusammenliefen.

Indessen hatte Laura die Zuckerflocken in Milch ertränkt und löffelte ihr Frühstück. Knirschend zerkaute sie die Cornflakes und tat so, als interessiere sie der Schlagabtausch der Erwachsenen nicht im Geringsten. Doch Béatrice ahnte, wie sehr Laura diesen Streit genoss, denn alles, was Joaquín von ihr entfernte, rückte ihn näher an seine Tochter heran.

»Wir wollten heute ins Museum gehen. Aber das hast du natürlich vergessen. Wie immer.« Sie ging in den Flur und zerrte ihren Mantel vom Haken.

»Nein, das habe ich nicht. Jetzt warte doch!« Joaquín lief hinter ihr her.

Béatrice streifte den Mantel über und trat zur Tür.

»Wenn du jetzt gehst, brauchst du nicht mehr wiederzukommen«, schrie er.

Béatrice fuhr leicht zusammen. Die Endgültigkeit seiner Worte erschreckte sie. Für einen kurzen Moment blieb sie unschlüssig am Eingang stehen. Dann fasste sie sich, nahm ihre Tasche und öffnete die Haustür. »Das habe ich auch nicht vor«, sagte sie. »Unsere Beziehung ist dir doch sowieso egal.« Mit einem lauten Knall warf sie die Tür hinter sich zu und hörte, wie Rudi dahinter aufgeregt kläffte.

6

Paris, Februar 1941

Mit dem zurückhaltenden Lächeln eines Bediensteten überreichte mir Christians Chauffeur das Kleid. »Voilà, Mademoiselle … Ich wünsche Ihnen noch einen angenehmen Tag.« Nichts
an seiner ruhigen Stimme verriet, dass er soeben im Eilschritt
vier Stockwerke erklommen hatte. Er deutete eine kurze Verbeugung an und ging zurück zur Treppe.

»Danke vielmals«, hauchte ich in den Flur und betrachtete
überwältigt den schwarzen Überzug, unter dem sich das Kleid
verbarg. »Atelier Jacques Fath« stand in schnörkeliger goldener
Schreibschrift darauf. Mein Kleid! Mein erstes richtiges Abendkleid! Endlich war es fertig.

Sofort hatte ich wieder die Bilder des kalten Januarmorgens im
Kopf. Als Christian mich mit entschlossenem Blick an einer
Gruppe deutscher Soldaten vorbei durch die herrschaftliche Rue
François Premier gezogen hatte. Er schenkte den Deutschen
nicht die geringste Beachtung. »Wir werden dir ein Kleid machen
lassen«, rief er und schaute mich mit einer Zärtlichkeit an, die
mir kalte Schauer über den Rücken jagte. Seit Tagen hatte er von
nichts anderem gesprochen. Er hatte sich in den Kopf gesetzt,
mir ein Abendkleid anfertigen zu lassen, um mich damit auszu-
führen. »Jacques Fath ist der Beste«, erklärte er mit einem Strah-

len. »Er wird sofort erkennen, was dir schmeichelt. Er wird eine Prinzessin aus dir machen, mein Engel.«

Ich wusste, es hatte keinen Zweck, ihm diese Idee ausreden zu wollen.

Alles in Jaques Faths Reich war extravagant. Der riesige Türklopfer aus poliertem Messing, in den ein Wolfskopf eingraviert war. Die hohen, mit Leopardenfell überzogenen Stühle. Der junge Assistent mit dem Eichhörnchengesicht, der sofort auf uns zueilte, als wir das Atelier betraten. Die schneeweißen Pfefferminzbonbons, die überall in großen, silbernen Schalen herumstanden.

»Seide wird zur Zeit leider nicht geliefert«, sagte das Eichhörnchen, als Christian danach fragte, und zog die Mundwinkel nach unten. »Einfuhrstopp, Sie verstehen?« Er hüstelte ein paarmal hinter vorgehaltener Hand, während er vor einem Regal, in dem breite Stoffballen nach Farben geordnet lagen, auf und ab stolzierte. Schließlich zog er einen dunkelblauen Ballen heraus und rollte ihn vor uns auf dem Zuschneidetisch aus. »Aber hier, wie wäre es damit?«, fragte er, an Christian gewandt, strich über den Stoff und zupfte an seiner Krawatte. »Feinstes Reyon.«

Aufgeregt wie ein Kind am ersten Schultag, trug ich das fertige Kleid auf ausgestreckten Armen in mein Zimmer. Bei jedem meiner Schritte raschelte der Stoff in seiner dunklen Schutzhülle. Ich legte das maßgeschneiderte Geschenk auf mein Bett und knöpfte behutsam den Überzug auf. Sofort kam der seidig schimmernde Stoff zum Vorschein. »Feinstes Reyon«, hörte ich das Eichhörnchen wieder sagen. Mit klopfendem Herzen zog ich die Hülle ganz ab und breitete das Kleid über meiner Bettdecke aus. Ein Traum! Schlicht und ärmellos, mit einem weiten, langen

Rock und enggeschnittener Taille, die durch einen Ledergürtel mit silberner Schnalle akzentuiert wurde. Der Ausschnitt war mit zarter Spitze untersetzt. Auf meiner karierten Decke, die an mehreren Stellen geflickt und durch Unachtsamkeit beim Lesen mit Kaffeeflecken übersät war, wirkte das Kleid wie ein Fremdkörper aus einer anderen, schöneren Welt. Einer Welt, in der Damen, die in weitläufigen Apartments im 16. Arrondissement zu Hause waren, mit hochgesteckten Haaren und Perlenketten Empfänge für ihre Ehemänner und deren Geschäftspartner organisierten. Aber ich? Konnte ich so etwas tragen? Ehrfurchtsvoll fuhr ich mit meinen Fingern über die welligen Rockfalten und fühlte mich wie eine moderne Version von Charles Perraults *Cendrillon.*

Meine Gedanken wanderten wieder zurück ins Atelier. Zu den flinken Fingern des Eichhörnchens. Wie er mit sparsamen Bewegungen das Maßband um meine Hüften, meine Arme und meinen Hals geschlungen, eine Nummer gemurmelt, das Band wieder losgelassen und etwas in ein Notizbuch geschrieben hatte. In dieser Boutique, wo Menschen aus den feinsten Kreisen von Paris ein und aus gingen, war ich nichts weiter als eine kleine, graue Maus mit verfrorenen Händen. Kalkweiß und voller Scham stand ich im Atelier dieses angehenden Modegottes vor den gnadenlosen, wandhohen Spiegeln und versuchte, die wissenden Blicke des Assistenten zu ignorieren, als er meine Wollstrümpfe musterte.

Jacques Fath selbst sahen wir nur ein einziges Mal. Bei der zweiten Anprobe. Tadellos gekleidet und ohne sich vorzustellen, trat er mit einem glatten Lächeln in den Raum, küsste mir galant die Hand und begrüßte Christian wie einen alten Freund. Er sah sympathisch aus, mit großen Zähnen, einer hohen, gewölbten Stirn und freundlichen Augen.

»Christian, welche Freude! Wie geht es Ihrer schönen Mutter?«, fragte er.

Erst da kam mir der Gedanke, dass Christians Mutter bestimmt mehrmals im Monat in dieser Boutique erschien, und verunsicherte mich umso mehr.

Monsieur Fath redete ein wenig über seine neue Boutique und warum diese Lage so viel besser war als die des alten Studios in der Rue la Boétie. Dann konzentrierte er sich mit der Aufmerksamkeit eines Archäologen, der in einer Felsspalte eine altägyptische Schriftrolle entdeckt hatte, auf mein Kleid. Raffte etwas Stoff an der Taille zusammen, tadelte das Eichhörnchen, weil die Knöpfe am Rücken zu weit auseinander gesetzt worden seien – obwohl sie für mich perfekt aussahen –, und prüfte die Länge des Saums. Plötzlich hielt er inne, runzelte die Stirn und beäugte den Gürtel, der so eng geschnallt war, dass ich nur flach atmen konnte.

»Pardon, Mademoiselle«, murmelte er, zog den Gürtel mit einer ausladenden Bewegung aus der Schlaufe und hielt ihn dem Assistenten vor die Nase.

»Wie breit ist dieser Gürtel, Edouard?«, fragte er drohend, als wüsste er die Antwort ganz genau.

Edouard schnitt eine Grimasse und legte sein Maßband an den Gürtel. »Fünf Zentimeter, Monsieur«, antwortete er und hüstelte verlegen.

»Und wie breit darf er sein?«, fragte Monsieur Fath und verschränkte seine Arme vor der Brust.

Das Eichhörnchen ließ sein Maßband in die Hosentasche gleiten und zuckte die Achseln.

Monsieur Fath schlug mit der Faust auf den Tisch, dass die silberne Bonbonniere, die darauf stand, klirrend zur Seite hüpfte. »Haben wir das nicht vor ein paar Wochen ausgiebig besprochen?«, rief er und warf den Gürtel zu Boden. »Vier Zentimeter, Edouard. Vier!« Er raufte sich die Haare, dann besann er sich und lächelte Christian entschuldigend an. »Tut mir leid. Aber das sind die neuen Vorschriften aus Vichy«, erklärte er und bedeutete mir, dass ich mich wieder umziehen könne. »Leder ist absolute Mangelware. Geht alles nach Deutschland. Gürtel dürfen jetzt nicht mehr breiter als vier Zentimeter sein. Wenn ich das nicht einhalte, machen sie mir den Laden dicht!«

In seinem Gesicht konnte ich ernsthafte Besorgnis lesen. Er ging zur Tür. »In zwei Wochen ist das Kleid fertig, Christian. Grüßen Sie Ihre Mutter.« Er wandte sich mir zu: »Es war mir ein Vergnügen, Mademoiselle.« Mit einem kurzen Winken verließ er den Anproberaum.

Jetzt lag dieses Prachtexemplar edelster Okkupations-Haute-Couture mit einem exakt vier Zentimeter breiten Gürtel vor mir auf meinem Bett. Nachdem ich es minutenlang angestarrt und betastet hatte, konnte ich mich nicht mehr länger zurückhalten. Zähneklappernd zog ich mich aus und schlüpfte in das Kleid. Es saß wie angegossen. Der Stoff schmiegte sich an meinen schmalen Körper, der Gürtel gab mir Form und Halt.

Kurz nach sechs Uhr abends stand ich frierend, aber elegant wie ein Filmstar neben Christian vor der Büste Napoleons III., die über uns auf einem mannshohen weißen Marmorsockel ruhte, und nippte an einem Glas Champagner. Unter Faths bodenlanger Robe trug ich meine dicken, kratzenden Wollstrümpfe, ohne die ich den Weg vom Auto über den Vorplatz und die Freitreppe bis ins Palais Garnier in dieser Kälte nicht überstanden hätte.

»Du siehst atemberaubend aus, mein Engel«, flüsterte Christian mit verklärtem Blick und berührte sanft meinen Arm.

»Deine Augen sind zwei Aquamarine. Dein Teint leuchtet wie Porzellan.«

Ich lächelte ihn an und fühlte mich wie Michèle Morgan, der man gerade einen Filmvertrag in Hollywood angeboten hatte. Wir standen im *Salon du Glacier*, der prunkvollen Rotunde im ersten Stock des Opernhauses, deren Dekor an die Ästhetik der Belle Epoque erinnerte. Ein schwerer Kristallleuchter erhellte den mit aufwendigem Goldstuck verzierten Saal, und an der Decke reckten sich freizügige Bacchantinnen vor aufgeplusterten Wolken dem Abendhimmel entgegen. Neben und hinter uns standen vornehm gekleidete Damen und Herren in kleinen Grüppchen beieinander, begrüßten sich mit zarten Küssen auf die Wangen, prosteten sich zu oder studierten das Programmheft. Zu ihren Abendroben trugen die Damen extravagante Hüte mit bunten Federn und fein bestickte Handschuhe, die bis über die Ellbogen reichten. Die Herren waren im Frack erschienen.

Es war, als hätte sich an diesem kalten Februarabend die gesamte feine Pariser Gesellschaft hier versammelt, um sich dem Krieg und den deutschen Besatzern durch hemmungslose Gleichgültigkeit zu widersetzen. Sie redeten nicht über Admiral Darlan, unseren neuen Regierungschef, der erst seit wenigen Tagen im Amt war. Sie redeten auch nicht über diesen deutschen, antijüdischen Film *Jud Süß*, der gerade in allen Pariser Kinos angelaufen war. Nein, die Politik wurde an diesem Abend ignoriert. Stattdessen diskutierten sie heftig, ob die Tänzerin Suzanne Lorcia wirklich die richtige Besetzung für die *Swanilda* war, denn wer konnte schon neben dem genialen Serge Lifar bestehen?

Plötzlich löste sich aus einer Gruppe von Wehrmachtsoffizieren ein großer Mann mit dunklen Haaren und eckig getrimmtem Schnauzbart und kam auf uns zu. An seiner Uniformjacke hingen Abzeichen, Kreuze und Schulterstücke, die auf einen hohen militärischen Rang und große Verdienste hindeuteten. Seine kerzengerade Haltung, die Goldknöpfe und die engen, hohen Lackstiefel verliehen ihm etwas Steifes, Aufgezogenes.

Mein Herz begann zu rasen. Ich hatte noch nie mit einem Deutschen gesprochen. Was wollte er von uns?

»Heil Hitler«, sagte der Uniformierte im Befehlshaberton und schüttelte Christian die Hand. Sofort fiel mir der dicke, goldene Siegelring mit dem eingravierten Wappen auf, der an seinem Finger prangte.

Christian nickte und erwiderte prompt, aber dennoch leicht überrascht »Guten Abend, Monsieur Militärbefehlshaber«.

Ich schaute Christian von der Seite an. Die Mühelosigkeit, mit der er den langen deutschen Titel des Offiziers in dessen Muttersprache ausgesprochen hatte, beunruhigte mich. Er musste diesen Mann schon öfters gesehen haben. Warum hatte er mir nie von ihm erzählt? Hatte er etwas zu verbergen? Düstere Gedanken schossen mir durch den Kopf: Christian, der sich tagsüber mit einer Jüdin traf und abends mit den Nazis. Christian, der Kollaborateur. Ich stellte mein Champagnerglas ab und grub meine Fingernägel in das weiche Leder der winzigen, schwarzen Handtasche, die mir Monsieur Fath passend zu meinem Kleid als Geschenk überlassen hatte.

Der Offizier richtete seine nebelgrauen Augen auf mich, und es war, als fegte ein Hauch arktischer Kälte durch den Saal.

»Darf ich vorstellen?«, sagte Christian mit einem trockenen Lächeln und legte wie beiläufig seine Hand auf meinen Arm. »Judith Lebel, meine Verlobte.«

Ich erschauderte. Ein Wirbel aus Emotionen erfasste mich. Wieso nannte er einen falschen Nachnamen? Was war, wenn der Deutsche meinen Ausweis kontrollieren wollte? Doch sofort wich meine Angst einem überwältigenden Glücksgefühl. Christian hatte mich als seine Verlobte vorgestellt. Es war offiziell. Wir gehörten zusammen. Meine Gedanken überstürzten sich. Der Offizier starrte mich an. Unter dem Druck seines Blicks zog ich beklommen die Schultern ein.

»Es ist mir eine Ehre, Mademoiselle«, sagte er schließlich mit seinem stumpfen deutschen Akzent und hielt mir seine Hand entgegen.

Zögernd legte ich meine hinein und fühlte das kalte Gold seines Rings zwischen meinen Fingern. Er stellte sich als Otto von Stülpnagel vor.

Dieser Name kam mir bekannt vor.

»Es verspricht, eine großartige Vorstellung zu werden heute Abend«, meinte Christian, sichtlich darum bemüht, die gespannte Atmosphäre aufzulockern, und wedelte mit dem Programmheft.

Von Stülpnagel fuhr sich mit der Hand über seine Geheimratsecken und nickte. »Da bin ich ganz Ihrer Meinung. Die *Coppélia* ist bezaubernd. Graziös und leicht, wie die heute hier anwesenden Damen.«

Ein Kellner trat an ihn heran und hielt ihm ein Tablett entgegen, auf dem ein Glas perlender Champagner stand. Von Stülpnagel nahm es, schüttete dabei aus Versehen ein wenig über seine Hand, und trank es in einem Zug leer.

»Es ist Ihnen doch sicherlich bekannt, dass Delibes sich für dieses Ballett einer deutschen Novelle bedient hat?«, fragte er, an Christian gewandt. Er schien keinerlei Interesse daran zu haben, mich in das Gespräch mit einzubeziehen, was mir recht war. In der Gegenwart dieses Besatzers mit so vielen Orden und Abzeichen hätte ich kein Wort herausgebracht.

Von Stülpnagel zog ein weißes Taschentuch aus seiner Hose und wischte sich damit über seine Hand. »Die Novelle heißt *Der Sandmann*. E. T. A. Hoffmann hat sie geschrieben. Ein hervorragender deutscher Schriftsteller.« Er nickte, als stimme er sich selbst zu, und machte dem Kellner Zeichen, ihm ein weiteres Glas zu bringen.

Ich runzelte die Stirn und warf Christian einen verwirrten Blick zu. Ich wusste nicht, was ich von dieser Konversation halten sollte. Aber Christian schien sich nur noch für den Herrn Militärbefehlshaber zu interessieren.

»Nun ja«, fuhr von Stülpnagel fort, der die Unterhaltung zu genießen schien, »was aber nur wenige wissen, ist, dass *Coppélia* seinerzeit, bei ihrer Premiere 1870 hier in der Pariser Oper, gemeinsam mit dem Freischütz des deutschen Komponisten Carl Maria von Weber aufgeführt wurde.« Er leerte das zweite Glas in kurzen Schlucken und musterte mich streng.

Ob er mein Unbehagen bemerkte?

Doch dann wandte er sich wieder an Christian. »Sie sehen, in welchem Maße die französische Kultur von der deutschen beeinflusst ist.« Er lächelte süffisant.

»Ohne Frage, Monsieur«, beeilte sich Christian zu versichern und schob die Hände in die Hosentaschen.

Von Stülpnagel ließ seinen Blick durch den Saal schweifen, wobei ich das Gefühl hatte, dass er weniger an den Tapisserien als an den anwesenden Pariserinnen interessiert war. »Jedes Mal, wenn ich hierher komme, ist es mir, als sähe ich diesen Ort zum ersten Mal«, sagte er und zupfte an seinem Schnauzbart. »Einfach magisch. Wie schon unser Führer einst so treffend bemerkte: ›Ein Opernhaus ist der Maßstab, an dem sich eine Zivilisation messen lassen kann.‹« Mit einem leicht wehmütigen Gesichtsausdruck schaute er an uns vorbei in unbestimmte Ferne. »An keinem anderen Ort in Paris verweilte der Führer länger als hier, im Palais Garnier«, seufzte er.

Eine Glocke begann, durchdringend zu läuten, und ein Raunen ging durch den Saal. Stühle wurden quietschend verrückt, Schuhe klapperten über das Parkett.

»Gleich beginnt die Vorstellung«, verkündete Christian und nahm meine Hand.

Von Stülpnagel erwachte aus seinen Gedanken, streckte seinen Rücken durch und verabschiedete sich mit einem festen Händedruck. »Grüßen Sie Ihren Herrn Vater«, rief er, schon ein paar Schritte entfernt, Christian zu und schaute sich suchend nach seiner Offiziersgruppe um. »Und richten Sie ihm aus, dass er hervorragende Arbeit geleistet hat.« Dann war er verschwunden.

»Wer zum Teufel war das?«, zischte ich, sobald sein schwarzer Haarschopf in die Menge eingetaucht war.

Christian legte den Zeigefinger auf die Lippen. »Nicht jetzt«, flüsterte er.

Erst viel später, als wir schon lange in der Loge von Christians Eltern saßen und Serge Lifar die bezaubernde Suzanne Lorcia wie eine weiße Feder im Takt der aufbrausenden Sechzehntelnoten durch die Luft wirbelte, kritzelte Christian etwas auf das Programmheft und reichte es zu mir herüber. »Der MilBfh. ist der Chef des deutschen Militärs in Frankreich. Er hat ein Konto bei der Bank meines Vaters«, las ich im matten Schein der Lampe, die den Logenausgang erhellte. »War letzte Woche zum Dîner bei uns.«

Ich ließ das Heft sinken und schaute zu Christian. Meine Zweifel waren dumm und unbegründet gewesen. Wie hatte ich auch nur für einen Moment so schlecht von ihm denken können?

Er lehnte sich zu mir herüber. »Noch was. Es ist besser, wenn keiner weiß, dass du Jüdin bist«, flüsterte er. »Wir müssen extrem vorsichtig sein.« Dann zerriss er das Programmheft in kleine Fetzen und steckte sie in seine Jackentasche.

Während ich wieder auf die Bühne schaute, dachte ich darüber nach, was er eben gesagt hatte. Sicher, auch ich hatte von den Gerüchten gehört, dass die deutschen Besatzer zugewanderte Juden aus der Ukraine, Polen und Russland in Arbeitslager steckten. Meine Mutter redete ständig darüber. Aber sie holten doch nur die Männer. Ich war eine Frau, und ich besaß einen französischen Pass.

Erleichtert schob ich meine Hand unter Christians, und als ich seine für die Kälte stets ungewöhnlich warme Haut spürte, fühlte ich mich wieder sicher und geborgen.

***

Nachdem Béatrice in ein Taxi gestiegen war, entschied sie, Jacobina an diesem Sonntag nicht zu besuchen. Sie war zu verärgert und enttäuscht, um sich jetzt mit ihren Problemen auseinanderzusetzen oder sich Gedanken über Judith zu machen.

Nachdenklich schaute sie aus dem Fenster. Mit weißen Blüten betupfte Kirschbäume zogen an ihr vorüber. Gerade rollte das Auto über die Key Bridge und bog nach rechts Richtung Georgetown ab. Drei ganze Jahre lang ging dieses Hin und Her mit Joaquín nun schon. Ein ständiger Drahtseilakt zwischen Bedürfnissen und Zugeständnissen. Zwischen Washington und McLean, zwischen ja, nein und vielleicht später. Ein Schritt nach vorn, zwei zurück. Ein Morgen zu zweit, fünf Nächte allein. Béatrice fühlte sich wie eine Seiltänzerin. Immer unter Spannung. Unter ihr das Nichts. Sie musste das Gleichgewicht halten. Weitergehen. Nach vorne schauen. Einsehen und nachgeben. Er hatte Verpflichtungen, musste ein Kind großziehen, dem die verstorbene Mutter fehlte. Es würde sich wieder einrenken. Nein, sie würde es wieder einrenken. Die Angst vor dem Alleinsein drängte Béatrice nach jedem Streit zu Joaquín zurück. Warum mussten Beziehungen immer so weh tun?

Der schwarze Taxifahrer redete unablässig in sein Telefon, in einer Sprache, die sie nicht kannte. Vielleicht war es Amharisch, überlegte sie. Viele Taxifahrer in D.C. kamen aus Äthiopien. Er schien in eine hitzige Diskussion verwickelt zu sein, schimpfte laut und schüttelte dabei heftig den Kopf. Béatrice war froh, als er sie endlich vor ihrer Haustür absetzte.

Sie betrat ihre Wohnung und steuerte auf ihr Telefon zu. Das kleine Lämpchen auf dem Hörer blinkte in kurzen Abständen. Ohne den Mantel auszuziehen, setzte sie sich, um die neuen Nachrichten abzuhören. Die erste war von ihrer Mutter. Es ginge ihr besser, sagte sie. Sie könne zwar noch nicht ohne Krücken gehen, aber die Schmerzen hätten nachgelassen. Béatrice atmete auf und nahm sich vor, sie gleich zurückzurufen. Dann kam die nächste Nachricht. Eine tiefe, melodische Männerstimme ertönte und sprach Französisch. Es dauerte eine Sekunde, bis Béatrice Grégoire erkannte. Er sei am Morgen auf dem Wochenmarkt am Dupont Circle gewesen, sagte er in diesem entspannten Plauderton, der ihr schon im Museum unter die Haut gegangen war. Er habe dem großen Angebot nicht widerstehen können und viel zu viel eingekauft. Ob sie Lust und Hunger hätte, heute Abend zu ihm zum Essen zu kommen.

Béatrice hörte die Nachricht ein zweites Mal ab. Dann ein drittes Mal. Es war lange her, dass ein Mann für sie gekocht hatte. Joaquín war zu intellektuell, um Karotten zu schälen, ohne sich dabei in die Finger zu schneiden, und zu beschäftigt, um sonntags auf den Markt zu gehen. Er verließ sich auf sie oder vertraute den Tiefkühltruhen im Supermarkt. Es hatte sie nie gestört.

Mit einem Mal war ihre Wut verflogen. Der Streit mit Joaquín erschien ihr jetzt, knapp eine Stunde später, belanglos. Schnell tippte sie ihm eine Entschuldigungs-SMS. *Tut mir leid wegen vorhin. Kuss, B.*

Dann rief sie Grégoire zurück und verabredete sich mit ihm für den frühen Abend. Er wohnte in der Corcoran Street, einer schönen, von alten Laubbäumen gesäumten Straße nicht weit vom Dupont Circle.

Dass sie sich den halben Nachmittag den Kopf darüber zerbrach, was sie abends anziehen könnte, irritierte sie. Sie war in einer festen Beziehung und sollte sich über ihre Wirkung auf andere Männer keine Gedanken machen. Davon abgesehen, hatte es mit den französischen Männern sowieso nie funktioniert. Charles, ihr Ex aus Studentenzeiten, war so engstirnig gewesen und Philippe, sein Nachfolger, hatte gleich heiraten wollen. Béatrice fegte den Gedankenwirrwarr fort, ging zum Schrank und entschied sich für ihre Skinny Jeans und eine weiße, taillierte Bluse.

Grégoire füllte das birnenförmige Glas bis zur Hälfte und schwenkte es ein paarmal. Dann steckte er seine Nase fast ganz hinein, schloss die Augen und sog das Aroma in sich auf. »Schwarze Johannisbeere, … Pflaume, … Zedernholz … und eine Spur Schokolade«, flüsterte er und nickte anerkennend. Er nahm den ersten Schluck.

Béatrice schaute ihm andächtig bei seiner Zeremonie zu. Innerlich war sie jedoch alles andere als ruhig und gefasst. In ihrem Körper pochte und prickelte es. Grégoires Gegenwart hatte sie in einen Zustand fiebriger Euphorie versetzt.

Es hatte etwas Sinnliches, wie er die Oberlippe auf den Glasrand setzte, den Wein in den Mund fließen ließ und mit der Zunge hin und her bewegte, bevor er ihn hinunterschluckte.

Grégoire stellte das Glas zurück auf die Arbeitsfläche der

Küche und schenkte nun Béatrice ein. »Eigentlich ist es noch viel zu früh für diese Flasche«, sagte er. »Aber ich war neugierig. Ein Freund von mir hat diesen Wein gemacht. 2002 war ein mittelmäßiger Jahrgang, obwohl wir einen schönen Spätsommer hatten.«

Béatrice war Mode-Expertin – zumindest behaupteten das ihre Freundinnen –, aber von Wein hatte sie keine Ahnung. Der Wein, den sie trank, war rot und kostete im Schnitt zwölf Dollar. Meistens kaufte sie ihre Flaschen bei einem Inder, der einen kleinen Lebensmittelladen in Georgetown führte und selbst nur Coca Cola trank.

»Du kennst dich aus«, sagte sie und nippte an ihrem Glas. Weich und köstlich legte sich der Wein auf ihre Zunge.

»Das ist mein Beruf. Ich habe ein Weingut bei Bordeaux. Genauer gesagt, im Pomerol. Château Bouclier. Mein Vater hat es kurz nach dem Krieg erworben.«

Béatrice riss die Augen auf. »Du bist Winzer?«

»Nicht direkt. Wir haben einen Kellermeister, der sich um die Produktion kümmert. Aber mit den Jahren habe ich eine Menge von ihm gelernt.«

Sie runzelte die Stirn. »Was machst du denn dann im Holocaust-Museum?«

Grégoire nahm eine Handvoll Spinat, der frisch gewaschen in einem Sieb lag, warf ihn in eine Pfanne und goss etwas Öl darüber. »Ich habe mir ein Jahr freigenommen, um endlich meine Doktorarbeit fertig zu schreiben. Das Museum hat mir ein Forschungsstipendium gegeben.« Er verteilte den Spinat mit einem Holzlöffel gleichmäßig in der Pfanne. »Ich war mitten in meiner Promotion, als mein Vater einen Schlaganfall erlitt. Ich musste kurzerhand für ihn einspringen. Du weißt schon, Familienbetrieb und so. Da gibt man die Verantwortung nicht gern ab.«

Der Spinat knisterte laut im heißen Öl und schrumpfte innerhalb weniger Sekunden zu einem kleinen Häufchen zusammen. »Es hat mehrere Monate gedauert, bis Papa wieder einigermaßen fit war.« Grégoire trank einen Schluck Wein. »Aber er wollte danach nicht mehr arbeiten. Also bin ich damals sozusagen über Nacht zum Geschäftsführer geworden.«

Béatrice sah zu, wie er in der Küche hantierte, Reis abgoss, einen weißen, duftenden Fisch aus dem Ofen zog und gleichzeitig eine Buttersauce anrührte. Er bewegte sich geschickt und geübt, als kostete es ihn nicht die geringste Anstrengung.

Die Welt war voller Wunder, dachte Béatrice und ließ sich diesen großartigen Wein auf der Zunge zergehen. Da saß sie hier an einem nasskalten Märzabend, trank den besten Tropfen ihres Lebens und ließ sich von einem faszinierenden Mann bekochen, der nicht nur umwerfend aussah, sondern auch noch nebenher an einer Doktorarbeit schrieb.

Der Küchentisch war stilvoll gedeckt. Kerzen brannten in silbernen Leuchtern, und auf den Tellern lagen breite Leinenservietten.

»Kochen entspannt mich«, meinte Grégoire, wischte die Arbeitsfläche sauber und schenkte Béatrice nach, obwohl ihr Glas noch halb voll war. »Aber in dieser Küche komme ich nicht so gut zurecht. Dieser Fahrenheit-Quatsch bringt mich völlig durcheinander. Gestern war alles verbrannt.«

Béatrice lachte. »Ich denke auch immer noch in Celsius und Kilogramm.«

Ihr Blackberry summte. Sie zog es aus ihrer Handtasche. Eine SMS von Joaquín. *So geht es nicht weiter*, schrieb er. *Wir müssen reden. J.* Den ganzen Nachmittag hatte er nicht geantwortet. Jetzt schickte er ihr so etwas. Kurzangebunden und lieblos. Béatrice seufzte verdrossen.

»Probleme?«, fragte Grégoire.

Sie winkte ab. »Nein, nur der Job. Meine Kollegen arbeiten rund um die Uhr.« Sie schaltete das Telefon aus und steckte es zurück in die Tasche. Sie wollte heute nicht mehr über Joaquín und ihre Beziehungsprobleme nachdenken, sondern das Hier und Jetzt mit Grégoire in vollen Zügen genießen und jedes Wort, jeden Blick von diesem betörenden Mann in sich aufnehmen. »Was ist denn das Thema deiner Doktorarbeit?«, fragte sie während sie dabei zusah, wie er ein Bund Kräuter in Windeseile zu grünem Staub zerhackte.

»Ich schreibe über die Zusammenarbeit der Franzosen mit den Nazis.« Er spülte das Messer ab und strich es an seiner Schürze trocken. »Auch, wie die Franzosen das später verarbeitet haben. Es gibt da noch eine Menge Aufklärungsarbeit zu leisten.«

»Wie meinst du das?« Béatrice erinnerte sich nur vage an ihren Geschichtsunterricht. Das war alles viel zu lange her.

»Na ja, wir haben dieses Thema lange verdrängt. Chirac war der erste Präsident, der sich offiziell bei der jüdischen Bevölkerung für die Kollaboration mit den Nazis entschuldigt hat.«

»Hm …« Ihre Augen folgten Grégoires geschmeidigen Bewegungen. »Warum interessiert dich dieses Thema so?«

Er rührte die Kräuter in die Sauce. »Das hat mit meiner Familie zu tun. Mein Vater hat mir oft vom Krieg erzählt, wie er die Besatzung der Deutschen erlebt und empfunden hat. Er behauptet, sein Vater – also mein Großvater – hätte damals seine Familie zerstört. Irgendetwas muss damals vorgefallen sein.« Grégoire presste eine Zitrone aus und goss den Saft über den Salat.

»Wie sieht dein Großvater das?«, fragte Béatrice weiter und setzte sich auf einen Küchenstuhl.

Er füllte den Reis in eine Schale. »Keine Ahnung, ich habe meine Großeltern nie kennengelernt. Mein Vater hat mit seiner

Familie nach dem Krieg gebrochen und Paris verlassen. Erst bekam er eine Anstellung in Bordeaux, dann hat er sich ein kleines Weingut bei Libourne gekauft. Aber ich habe bis heute nicht herausfinden können, was damals passiert ist. Darüber will mein Vater einfach nicht reden.«

»Warum nicht?« Béatrice fühlte, wie der Wein ihr zu Kopf stieg und ihre Wangen heiß werden ließ. Nein, es war Grégoire, der ihre Sinne berauschte. Seine muskulösen Arme, seine Stimme, sein Lächeln – alles an ihm war erregend.

»Weiß ich nicht. Über Dinge, die einem am Herzen liegen, spricht doch niemand gerne, oder?« Sein intensiver Blick durchfuhr Béatrice wie ein Blitz. »Deine Bekannte, Jacobina, hat ja auch erst ganz spät von Judith erfahren«, fuhr Grégoire fort. »Jedenfalls haben mich die Erinnerungen meines Vaters und der Bruch mit seiner Familie dazu angeregt, den Zweiten Weltkrieg zu studieren.«

Er richtete den dampfenden Fisch auf einer ovalen Platte an und stellte sie zwischen die Kerzen. »Voilà. Jetzt lass es dir schmecken.«

Béatrice genoss es über alle Maßen, von Grégoire verwöhnt zu werden. Sie fühlte sich wie eine Königin. Ständig kredenzte er neue Weine und stellte frisch polierte Gläser auf den Tisch. Ehrfürchtig las Béatrice die Etiketten. *Meursault Domaine des Comtes Lafon*, weißer Burgunder. *Haut Bailly Pessac Leognan*, Bordeaux. *Faiveley Chambertin Clos de Bèze*, roter Burgunder. Die Namen begannen sich vor ihr zu drehen. Es war ihr egal, woher die Weine kamen und um welche Rebsorten es sich handelte. Hauptsache, Grégoire hörte nicht auf zu reden und ihr nachzuschenken.

»Das ist natürlich alles nur zum Probieren«, meinte er lachend und zeigte seine weißen, kräftigen Zähne. »Die wichtigste Regel unter uns Weinleuten ist, niemals das Glas auszutrinken. Wir nehmen immer nur ein paar Schlucke.«

»Die schönen Weine stehenlassen? So eine Verschwendung«, empörte sich Béatrice.

»Allerdings.« Er nickte. »Das erfordert Disziplin.« Seine grünen Augen zwinkerten vergnügt. »Meistens spucken wir alles wieder aus. Wir können uns ja nicht ständig betrinken.«

Sie unterhielten sich zwanglos und vertraut, tauschten sich über das Leben als Europäer in Amerika aus und erzählten sich Geschichten aus ihrem Leben.

»Washington ist ja ganz spannend. Weißes Haus, Pentagon, CIA und so weiter. Aber länger leben könnte ich hier nicht«, sagte Grégoire, als sie beim Käsegang angelangt waren, den er ihr in Form eines hauchdünn gehobelten und mit Honig beträufelten *Ossau-Iratys* präsentierte.

»Spätestens im Sommer möchte ich wieder zu Hause sein.« Er nahm ein Stück Baguette aus dem Brotkorb und biss hinein. »Dann ist ja auch schon bald die Ernte. Da muss ich auf jeden Fall dabei sein.«

Béatrice war schlagartig nüchtern. »Das … das ist ja schon bald«, murmelte sie und senkte den Blick, um ihre Enttäuschung zu verbergen. Der Käse auf ihrem Teller wirkte auf einmal vertrocknet und fahl.

Grégoire lehnte sich zurück. »Ja, Gott sei Dank. Meine Recherchen sind bis dahin hoffentlich abgeschlossen. Die Arbeit werde ich dann zu Hause fertig schreiben.« Er wischte ein paar Brotkrümel vom Tisch. »Magst du ein Dessert?«

Béatrice sah auf die Uhr. Es war kurz vor Mitternacht. »Danke, aber es ist spät geworden. Ich muss jetzt wirklich gehen. Morgen ist schließlich Montag.« Sie hatte gehofft, Grégoire würde protestieren und versuchen, sie wenigstens noch zu einem Espresso zu überreden. Stattdessen nickte er nur zustimmend. Schweren Herzens stand sie auf und nahm ihre Tasche.

Grégoire faltete seine Serviette zusammen und erhob sich ebenfalls. »Ich werde dir eine Liste mit Organisationen mailen, die ihr kontaktieren könnt, um mehr über Judith herauszufinden«, sagte er, half ihr in den Mantel und begleitete sie bis zur Haustür. »Und du kannst mich natürlich jederzeit im Museum besuchen.«

Sie trat hinaus, drehte sich zu ihm um. Wartete auf irgendetwas. Auf ein Wort, dass sie vom Gehen abhielt. Auf einen Arm, der sich nach ihr ausstreckte. Auf einen Blick, der das sagte, was sie dachte. Auf einen Mund, der ihren suchte.

Doch Grégoire hob nur kurz die Hand zum Abschied. »Komm gut nach Hause.« Er unterdrückte ein Gähnen. »Ich werde mich jetzt mal ans Gläserspülen machen.« Dann schloss er die Tür.

Béatrice saß an dem kleinen Tisch in der Mitte des Raumes und arbeitete lustlos vor sich hin. Sie erfasste Adressen, die veraltet waren, ordnete Unterlagen, die wahrscheinlich niemand jemals wieder anrühren würde, und legte Dateien an, die keinen interessierten. Durch die Wände hörte sie, wie die Fahrstühle in ihren Schächten hoch und runter rauschten. Noch ein weiterer Monat in dieser Dunkelkammer und sie würde ihren Therapeuten wegen akuter Platzangst und Depression am Arbeitsplatz konsultieren müssen.

Sie knetete ihre Schläfen. Die vielen Weine vom Vorabend hatten stechende Kopfschmerzen hinterlassen. Hätte sie doch auf Grégoire gehört und nicht alle Gläser ausgetrunken! Grégoire. Alles war so leicht mit ihm. So schön und vertraut. Wieder kreisten ihre Gedanken um diesen Mann, der schon bald aus ihrem Leben verschwinden und nach Frankreich zurückkehren würde.

Wieder sah sie ihn vor sich, wie er schwungvoll eine Flasche öffnete, ein Glas an seine Lippen setzte, und wie er mit eleganten Bewegungen in der Küche hantierte.

Plötzlich begann ihr Blackberry zu vibrieren. Béatrice schrak hoch und schaute auf das Display. Cecil. Ihre Hände wurden eiskalt. Bevor sie das Gespräch annahm, räusperte sie sich, damit ihre Stimme nicht belegt klang. Seit ihrer Kaffeebestellung im Starbucks vor vier Stunden hatte sie an diesem Morgen noch mit niemandem gesprochen.

»Cecil, hallo«, sagte sie und bemühte sich um einen unbefangenen Ton. »Wie war deine Reise?«

»Danke, alles bestens. Man hat mir gesagt, dass du angerufen hast.« Er klang beschäftigt und unkonzentriert. Im Hintergrund hörte Béatrice eine Frauenstimme, wahrscheinlich seine Sekretärin.

»Ja.« Ihr Puls raste. Ihre Zunge war plötzlich schwer wie Blei. Wochenlang hatte sie auf diesen Anruf gewartet und sich darauf vorbereitet. Hatte sich die Sätze genaustens zurechtgelegt und einstudiert. Und jetzt, wo es darauf ankam, war ihr Gehirn leergewischt wie eine Schultafel vor Unterrichtsbeginn. »Ich … Ich wollte dir erklären, … was wirklich passiert ist. Wegen des *Washington-Post*-Interviews.« Sie stockte.

»Sehr ärgerlich das Ganze«, sagte Cecil, »aber die Untersuchung läuft. Wer weiß, ob wir jemals herausfinden werden, was da im Haiti-Büro schiefgelaufen ist.«

Béatrice atmete auf. Ihr Puls verlangsamte sich. Cecil hatte sich also nicht von Michaels Kommentaren in die Irre leiten lassen und wusste ganz genau, dass nicht sie, sondern irgendjemand in Haiti die bürointernen E-Mails an die Partnerschaft für Globale Entwicklung weitergegeben hatte.

»Ich habe davon wirklich nichts gewusst«, betonte sie.

»Das glaube ich dir sofort. Aber dein Zitat, Béatrice«, fuhr Cecil fort und stieß einen kurzen Pfeifton aus, »das hätte wirklich nicht passieren dürfen. Das wirft ein ganz schlechtes Bild auf unsere Presseabteilung.«

Béatrice fuhr es wie ein Blitzschlag durch die Glieder. »Er hat mich völlig falsch zitiert, Cecil. Lustiger schreibt immer negativ über die Bank.«

»Das stimmt. Aber das interessiert weder unseren Präsidenten noch das Exekutivdirektorium. Für die zählt nur, was in der Zeitung steht. Tut mir leid, Béa«.

»Wie meinst du das?«, fragte sie schüchtern, obwohl sie genau wusste, was er sagen wollte. Sie hatte es schon seit langem geahnt. Sonst hätte er sie, wie sonst immer, sofort zurückgerufen. Gleich aus seinem Munde ihre finsterste Vermutung bestätigt zu wissen, war wie ein auf sie gerichteter Pfeil.

»Na ja, ich habe wirklich alles versucht«, er sprach langsam, als wolle er die eigentliche Nachricht noch etwas hinauszögern, »aber das Auswahlkomitee hat sich nach diesem Artikel strikt gegen dich ausgesprochen. Solche Leute wie Lustiger rufen hier jeden Tag an. Im Präsidentenbüro ist die Luft ziemlich dünn. Da muss man immer hundertfünfzig Prozent geben. Jeden Tag. Jede Minute.«

Etwas schnürte Béatrice den Hals zu. Sie nickte stumm.

»Wir haben den Job deinem Kollegen Ricardo gegeben. Er hatte sich ebenfalls beworben. Macht einen guten Eindruck, der Mann. Und wurde von Michael wärmstens empfohlen.«

Der schöne Ricardo mit den schwarzen, zurückgegelten Haaren. Immer gut gekleidet, immer gut vorbereitet. Béatrice wurde übel. Die Regale verschwammen vor ihren Augen, glitten ineinander und fielen in sich zusammen. Wie aus weiter Ferne hörte sie Cecil sagen, wie sehr er diese Entwicklung bedauere, und dass er ihr alles Gute wünsche. Sie würgte »Danke für deinen Anruf« hervor und legte auf.

Béatrice saß in sich zusammengesunken auf ihrem Stuhl und starrte ins Leere. Lauschte den Fahrstühlen und Schritten vorbeigehender Kollegen. Versuchte verzweifelt, die Konsequenzen dieses Anrufs zu begreifen. Sie hatte versagt. Komplett versagt. Es konnte ein, zwei Jahre dauern, bis wieder ein Job ausgeschrieben würde, dessen Anforderungen sie erfüllte und der vielleicht auch noch einen Karrieresprung für sie bedeutete. Die Ökonomen hatten es leichter in der Bank. Sie wurden ständig und überall gebraucht, sowohl in Washington als auch in den Länderbüros. Für die Mitarbeiter der Presseabteilung war es nicht so einfach. Es gab nur wenige Stellen, davon wurden noch weniger frei und die sollten in den nächsten Jahren auch noch weiter reduziert werden. Darüber hinaus hatte die Lustiger-Geschichte sie auf unbestimmte Zeit gebrandmarkt. Michael würde es nicht versäumen, den Vorfall in ihrer Personalakte festzuhalten.

Béatrice biss auf ihrem Finger herum, bis er blutete. Aber sie spürte keinen Schmerz. Ihre schlimmsten Befürchtungen waren wahr geworden: Sie hatte die Unterstützung von Cecil, ihrem einzigen Verbündeten, verloren, ihr Schicksal lag nun komplett in Michaels Hand. Im besten Fall würde er sie irgendwann aus dem Archiv befreien und wieder ihren alten Job machen lassen. Im schlimmsten Fall würde er ihr kündigen. Auch wenn das nicht sehr oft passierte, gab es innerhalb der Bank elegante Möglichkeiten, jemanden loszuwerden. Michael konnte zum Beispiel ihre Stelle im Zuge der drastischen Budgetkürzungen als überflüssig erklären. Nach Ablauf der sechsmonatigen Kündigungsfrist würde sie ihr Arbeitsvisum verlieren und nach Frankreich zurückkehren müssen. Die Vorstellung, ihre Mutter nicht mehr unterstützen zu können und monatelang in Paris nach einem neuen, sicherlich schlechter bezahlten Job suchen zu müssen, sandte ihr eiskalte Schauer über den Rücken.

Béatrice lutschte an ihrem blutenden Finger, dann wickelte sie ein Taschentuch um die Wunde. Sie durfte nichts riskieren, musste sich mit Michael wieder gutstellen. Ihn besänftigen. Ihn beeindrucken. Sein Vertrauen zurückgewinnen. Er war und blieb der Boss. Es lag jetzt an ihr, diesen Ausrutscher wieder gutzumachen.

Verzweifelt blickte sie sich um. Sie würde diesen trostlosen Raum in ein erstklassiges Archiv umwandeln. Sie würde die Aufgabe, die er ihr gegeben hatte, zu seiner vollsten Zufriedenheit erfüllen, egal, wie frustrierend diese Arbeit war. Es war ihre einzige Chance. Sie holte tief Luft und machte sich an die Arbeit.

Gegen sechs packte Béatrice ihren Laptop ein, verließ das Büro und fuhr zu Jacobina. Sie stieg eine Straße entfernt aus dem Taxi, um noch etwas zum Abendessen zu besorgen. Jacobina hatte sich Indisch gewünscht.

Die Haustür stand offen, eine dunkelhaarige Frau war dabei, das Treppenhaus zu wischen. Béatrice ging zügig an ihr vorbei. Als sie vor Jacobinas Tür stand und gerade auf die Klingel drücken wollte, öffnete ihr die Freundin bereits.

»Ich habe dich gehört. Komm rein«, sagte sie und fuchtelte mit ihrem Stock herum. »Hast du was zu essen dabei?«

»Das, was du bestellt hast.« Béatrice packte ihre Einkäufe aus.

»Wunderbar. Ich habe heute noch nichts Vernünftiges in den Magen bekommen.«

Als Jacobina ihren ersten Hunger gestillt hatte, lehnte sie sich im Sofa zurück und schaute Béatrice argwöhnisch an. »Welche Laus ist denn dir über die Leber gelaufen? Du rührst ja kaum etwas an.«

Béatrice stocherte verdrossen in ihrem Curry herum und erzählte von ihrer Jobsituation.

»Es gibt da so eine dämliche Lebensweisheit«, sagte Jacobina und tunkte ihr Fladenbrot in grüne Chutneysoße. »Wenn dir etwas nicht gefällt, dann ändere es. Und wenn du es nicht ändern kannst, dann ändere deine Einstellung dazu.« Sie schob sich das Brot in den Mund. »Hat meine Mutter immer gepredigt«, murmelte sie kauend.

»Du meinst, ich soll mir einreden, dass mein ekelhafter Boss gar nicht so übel ist?« Béatrice stellte ihren Teller zurück auf den Tisch. »Ich hasse diesen Mistkerl.«

»Ich meine, dass du nicht denselben Fehler wie ich machen und einfach aufgeben sollst. Dein Leben hängt doch nicht von diesem Mann und von dieser Bank ab. Es gibt unendlich viele andere Möglichkeiten.«

»Nein, die gibt es nicht«, widersprach Béatrice. »Du weißt doch gar nicht, was für ein Kampf es gewesen ist, da überhaupt reinzukommen.«

»Na, aber glücklich bist du dort jedenfalls nicht.«

Béatrice seufzte. »Da hast du allerdings recht.« Jacobinas tröstende Worte taten ihr gut. Überhaupt taten ihr die Besuche bei dieser seltsamen Frau gut, hatte sie festgestellt. Sie ging mittlerweile gern zu ihr, und es machte ihr Freude, sich um sie zu kümmern. Gefiel es ihr, jemandem helfen zu können, oder war es einfach nur schön, jemanden gefunden zu haben, dem sie sich anvertrauen konnte? Béatrice wusste es nicht.

Jacobina strich mit ihrer knöchrigen Hand über Béatrice' Arm und lächelte. »Es wird sich bestimmt bald wieder etwas Neues für dich auftun. Kopf hoch.« Dann wurde sie ernst. »Übermorgen werde ich operiert.«

Béatrice schlug erschrocken die Hand vor den Mund. »Und

ich rede die ganze Zeit nur über meine Arbeit. In welches Krankenhaus gehst du?«

»George Washington.«

»Das ist nicht weit von meinem Büro. Da kann ich dich jeden Tag besuchen.«

Jacobina nickte und schaute Béatrice schweigend an.

»Ich habe meinen Laptop mitgebracht«, sagte Béatrice, um sie auf andere Gedanken zu bringen, und zog den Computer aus ihrer Tasche. »Ich würde gern noch ein paar E-Mails mit dir schreiben, bevor ich nach Hause gehe. Grégoire hat schon ganze Vorarbeit geleistet und mir die Adressen geschickt.«

Jacobina wischte sich mit einer Serviette über den Mund und richtete sich auf. »Dann mal los. Wo fangen wir an?«

Béatrice öffnete Grégoires E-Mail und überflog die Nachricht, die er ihr am Morgen geschickt hatte. »Er meint, dass wir zuerst das Antragsformular für den Internationalen Suchdienst in Deutschland ausfüllen sollen«, erklärte sie. »Dann sollten wir an das Veteranenministerium in Paris schreiben. Und an die Schoah-Gedenkstätte. Die ist ebenfalls in Paris und hat ein großes Archiv.«

Ganz am Ende seiner Nachricht hatte Grégoire geschrieben, dass er sie gern bald wiedersehen würde. Mehr nicht. Die Kürze des Satzes hatte Béatrice zuerst enttäuscht. Es hörte sich an wie eine Floskel. Nachdem sie die Nachricht mehrmals gelesen hatte, begann sie, den Satz zu hinterfragen. Was, wenn Grégoire es wirklich so meinte, wie er es geschrieben hatte? Er hätte sich auch nur mit ein paar Grüßen verabschieden können. Béatrice starrte auf den Bildschirm, und schon wieder zerpflückte ihr Kopf den letzten Satz und dessen Bedeutung.

»Du, ich muss morgen früh raus«, sagte Jacobina plötzlich und zupfte Béatrice am Ärmel. »Lass uns loslegen.«

Normalerweise übernachtete Béatrice nur an den Wochenenden bei Joaquín. Als sie jedoch an diesem Dienstagmorgen wach wurde, rief er sie überraschend an und bat sie, abends zu ihm zu kommen. »Wir müssen reden«, sagte er. Durch das Telefon hörte Béatrice, wie er sich Tee einschenkte. »Ich werde heute im Büro früher Schluss machen und dich abholen, damit wir genug Zeit haben.«

Trotz des knappen Tons freute sich Béatrice und stimmte sofort zu. Sie duschte ausgiebig, zog sich an und packte ihr Nachthemd und eine frische Bluse für den nächsten Tag ein. Sie legte auch die Kette mit dem tropfenförmigen Anhänger um, die Joaquín ihr geschenkt hatte. Es würde ihn freuen, wenn er sah, dass sie sie trug.

Den ganzen Tag wartete sie darauf, dass Joaquín, wie so oft, etwas dazwischenkam und er ein zweites Mal anrief, um den Abend wieder abzusagen. Doch wider Erwarten stand sein Auto kurz vor sechs mit laufendem Motor vor dem Eingang der Weltbank auf der I-Street, Ecke 19th Street.

»Tut mir leid wegen Sonntag«, sagte sie, gleich nachdem sie eingestiegen war.

»Schon gut«, murmelte er und lenkte das Auto in den Verkehr. Sie schwiegen eine Weile und hörten die Achtzehn-Uhr-Nachrichten. Dann drehte Joaquín das Radio aus. »Ich möchte in Zukunft keine Diskussionen mehr mit dir vor meiner Tochter«, sagte er. »Das tut ihr nicht gut. Sie braucht ein harmonisches Zuhause.«

Béatrice nagte an ihrem Fingernagel. »Warum hast du dann so ein Drama daraus gemacht, dass ich nicht ins Kino gehen wollte?«, fragte sie. »Wenn du dich nicht so aufgeregt hättest, wäre es erst gar nicht soweit gekommen.«

»Geht das schon wieder los«, stöhnte Joaquín. Ein leichter Nieselregen setzte ein. Er schaltete die Scheibenwischer ein. »Weil ich möchte, dass wir etwas zu dritt unternehmen. Das musst du doch verstehen.«

Ihr Magen verkrampfte sich. »Und wann machen wir mal etwas zu zweit?«

Er antwortete nicht. Sein Handy klingelte, und sofort war er in ein Gespräch über steigende Energiekosten und die zu erwartende Erhöhung des Leitzinssatzes verwickelt. Ein Anruf aus der Redaktion, vermutete Béatrice. Joaquín beendete das Telefonat erst, nachdem er das Auto vor seiner Haustür eingeparkt hatte.

»Soll ich uns etwas kochen?«, fragte sie einlenkend, als er die Haustür aufschloss.

Rudi schoss ihnen schwanzwedelnd entgegen, bellte freudig und sprang an seinem Herrchen hoch.

»Wenn es dir nichts ausmacht«, antwortete Joaquín und tätschelte Rudis Bauch. Dann blickte er sich suchend um.

Laura saß am Küchentisch, mit dem Rücken zu ihnen, und blätterte in einer Zeitschrift. Sie trug Kopfhörer, durch die laute Popmusik dröhnte, und summte leise mit. Ihre nackten Füße wippten im Takt.

Joaquín nahm ihr sanft die Kopfhörer ab und begrüßte sie. »Na, mein Schatz, wie war's in der Schule?«

»Geht so«, brummte Laura. Dann legte sie die Zeitschrift weg und vergrub ihre Hände in den Taschen ihres Kapuzenpullis. »Ich bin im Mathetest durchgefallen«, sagte sie, ohne ihren Vater dabei anzusehen.

Joaquín zog einen Stuhl heran und setzte sich neben sie. »Wie konnte denn das passieren?«, fragte er gereizt. »Wir haben das doch alles geübt.«

Laura zuckte mit den Schultern. »Hat eben nicht gereicht.«

Unterdessen hatte Béatrice eine Packung Spaghetti aus dem Schrank genommen und Wasser aufgesetzt.

Joaquín begann, Laura einen langen Vortrag über Ehrgeiz und Fleiß zu halten, und wie wichtig diese Tugenden seien, um es im Leben zu etwas zu bringen.

Béatrice kochte still vor sich hin, dachte dabei an Grégoire und fragte sich, wann sie ihn wohl wiedersehen würde.

Zwanzig Minuten später saßen sie alle am Tisch. Joaquín schaufelte sich eine große Portion Nudeln auf seinen Teller und redete dabei weiter auf seine Tochter ein. Er ordnete Nachhilfestunden an und verbot ihr, die Vorabendserien im Fernsehen anzuschauen. Laura saß geduckt neben ihm, den Kopf auf einen Arm gestützt, und löffelte schweigend ihre Tomatensoße. Auch Béatrice sagte keinen Ton.

»Es liegt an mir«, meinte Joaquín später, als Laura auf ihr Zimmer gegangen war. »Ich muss mich mehr um sie kümmern. Ich hoffe nur, dass sie überhaupt versetzt wird.«

Béatrice, die dabei war, das Geschirr in die Spülmaschine einzuräumen, hielt inne. »Wegen einer schlechten Note bleibt sie doch nicht gleich sitzen.«

Joaquín seufzte. »Wenn sie so weitermacht, passiert das schneller, als du denkst.«

Schweigend füllte Béatrice Spülmittel in die Maschine und schaltete sie ein. Sofort begann das Gerät zu vibrieren, ein leises Gurgeln ertönte.

»Ich habe übrigens eine Absage bekommen«, sagte sie.

»Eine Absage? Wofür?« Joaquín setzte seine Brille auf und drückte auf seinem Handy herum.

»Hast du das etwa schon vergessen?« Sie warf das feuchte Küchenhandtuch auf die Arbeitsfläche und starrte ihn an. »Für den Job bei Cecil. Meinen Traumjob!«

»Dann bewirbst du dich eben auf einen anderen Posten«, gab er abwesend zurück, während er seine Nachrichten überflog.

Béatrice hätte gern etwas Schlagfertiges erwidert, doch sie schluckte nur. Er hörte ihr ja sowieso nicht richtig zu.

»Wollen wir jetzt über uns reden?«, fragte sie nach einer Weile.

Joaquín sah sie verblüfft an. »Über uns? Das haben wir doch schon alles im Auto besprochen.« Er trat hinüber zur Arbeitsfläche und sah die Post durch, die dort noch ungeöffnet lag. »Ich muss übrigens am Samstag für eine Woche zu einer Konferenz nach Los Angeles fliegen«, sagte er und schlitzte mit dem Daumen ein Kuvert auf. »Laura wird bei Sarah übernachten.« Er entfaltete den Briefbogen und las. »Eine Mahnung«, rief er unvermittelt. »Das habe ich doch schon letzte Woche bezahlt.« Fluchend ging er die Treppe hinauf und verschwand in seinem Büro.

Béatrice hängte das Handtuch zum Trocknen auf. Nein, sie war nicht wütend. Auch nicht traurig oder enttäuscht. Sie fühlte einfach überhaupt nichts.

Es gab Tage, an denen war sie von sich selbst überrascht.

Béatrice hatte bei den Schwestern im George Washington Krankenhaus ihre Telefonnummer hinterlegt und darum gebeten, ihr nach Jacobinas Operation umgehend Bescheid zu geben.

Der Anruf kam gleich am nächsten Morgen, kurz nachdem Béatrice im Archiv eingetroffen war. Die radikale Hysterektomie sei gut verlaufen, wurde ihr mitgeteilt, das Ovarialkarzinom konnte komplett entfernt werden. Jacobina sei noch etwas geschwächt, würde aber in den kommenden Tagen Besuch empfangen und wahrscheinlich am Wochenende das Krankenhaus verlassen können.

Radikale Hysterektomie, wiederholte Béatrice in Gedanken,

nachdem sie den Hörer aufgelegt hatte. Der Operateur hatte Jacobina einen Tumor in der Größe einer Zitrone aus dem Bauch geschnitten und dabei fast alles beseitigt, was eine Frau zur Frau machte: beide Eierstöcke und die Gebärmutter. Sobald Jacobina wieder einigermaßen bei Kräften war, würde sie sich einer fünfmonatigen Chemotherapie unterziehen müssen. Sie würde ihre Haare verlieren, unter Übelkeit leiden, und ihr Mund würde nach Metall schmecken. Béatrice fröstelte bei dem Gedanken an die Tortur, die ihrer Freundin bevorstand.

Sie rief Lena an, unterrichtete sie vom Ausgang der Operation und versicherte ihr, dass sie sich jetzt ganz intensiv um Jacobina kümmern würde, was Lena ihr wortreich dankte.

Dann konzentrierte sie sich wieder auf ihre Arbeit. Es war die Woche der Haiti-Geberkonferenz, in der Finanz- und Entwicklungsminister aus verschiedenen Weltregionen in Washington zusammenkamen, um über ein weiteres Hilfspaket für den karibischen Inselstaat zu beraten und neue Gelder bereitzustellen. Normalerweise wäre Béatrice jetzt geschäftig um Michael herumgeschwirrt, hätte seine Korrekturen für die Pressemitteilung entgegengenommen, sich um ein Zitat des haitianischen Finanzministers bemüht und eine Pressekonferenz organisiert. Sie hätte die Regierungsdelegation aus Port-au-Prince begrüßt, letzte Übersetzungen ins Französische korrigiert und wäre nachmittags vielleicht zu einem Cocktail in die Botschaft eingeladen worden. Alles wäre minutiös geplant und ein dicker Ordner mit Regieanweisungen, Reden und Hintergrundinformationen in das Büro des Präsidenten geschickt worden.

Aber es war nichts mehr wie vorher. Béatrice saß nicht mehr mitten im Geschehen der internationalen Entwicklungshilfe, sondern in einer muffigen Rumpelkammer voller alter Ordner. Jetzt galt es, eine positive Einstellung an den Tag zu legen, Michael ihr Interesse an der Arbeit nicht nur vorzuheucheln, sondern es tatsächlich zu entwickeln, und darauf zu achten, dass sie zügig vorankam. Vorbei waren die ausgedehnten Mittagspausen, das nachlässige Eintrudeln am Morgen und das Verlassen des Archivs am frühen Nachmittag. Sie hatte begonnen, ein paar Vorschläge zur Umgestaltung des Archivs aufzuschreiben – Michael liebte solche Initiativen – und notierte gewissenhaft alles, was sie während des Tages gemacht hatte.

Aber dann war da noch das Chaos in ihrem Herzen. Alle Gefühle, die zu empfinden sie fähig war, waren kreuz und quer durcheinandergewirbelt, wie ein bunter Haufen Mikadostäbe. Wenn Grégoires grüne Augen ihr in den Sinn kamen – und das taten sie oft –, fühlte sie Glück, Schmerz und Sehnsucht zugleich. Gefühle, die sie für Joaquín so nie empfunden hatte.

Jeden Morgen nahm sie sich vor, Joaquín und die Probleme, die sie mit ihm hatte, aus ihrem Kopf zu verbannen und sich nicht ständig nach Grégoire zu sehnen. Aber weder das eine noch das andere wollte ihr gelingen. So verbrachte sie die Tage still und zurückgezogen im Archiv, ordnete Akten, aktualisierte E-Mail-Verteiler und dachte dabei ein wenig an Joaquín und sehr viel an Grégoire. Ob sie ihn anrufen sollte? Ob eine Fernbeziehung zwischen Washington und Bordeaux möglich war? Ob er überhaupt etwas für sie empfand? Ihr Kopf beantwortete alle Fragen mit nein. Ihr Herz war positiver, aber trotzdem vorsichtig, und pochte in einem vielversprechenden Vielleicht.

Doch der Kopf behielt bei ihr, wie immer, wenn es um Herzensangelegenheiten ging, die Oberhand. Davon abgesehen war es nicht ausgeschlossen, dass er eine Freundin hatte, die in Bordeaux auf seine Rückkehr wartete. Aber dieses Thema wollte sie lieber nicht mit ihm anschneiden. Denn dann müsste sie ebenfalls auspacken und entweder von Joaquín erzählen oder ihn verleugnen. Besser rief sie Grégoire nicht an. Liebe auf Distanz hatte, statistisch gesehen, sowieso keine Chance.

Am Sonntag kam endlich der heiß ersehnte Anruf. Diesmal erkannte sie Grégoires Stimme sofort. Sobald er zu sprechen begann, spürte Béatrice, wie die Glückshormone durch ihren Bauch bis hinunter in die Zehenspitzen jagten. Er wolle mal hören, wie es ihr so ginge, sagte er. Das klang gut, dachte Béatrice, das klang interessiert. Doch sogleich setzte sich die linke Gehirnhälfte wieder durch und suggerierte ziemlich überzeugend, dass Grégoire mit seinem Anruf viel zu lang gewartet hatte, um ernsthaft an ihr interessiert zu sein. Sie versuchte, die lästigen Gedanken beiseitezuschieben, und erzählte ihm von dem Berg Arbeit, den sie in dieser Woche zu bewältigen hatte.

»Hey, hast du Lust, mit mir zum *Cherry Blossom Festival* zu gehen?«, fragte er plötzlich. »Dieses Wochenende sollen die Bäume am schönsten sein.«

Spontan, begeisterungsfähig und verfügbar. Eine äußerst anziehende Mischung. Béatrice sagte sofort zu. Eine halbe Stunde später spazierte sie glückselig neben Grégoire durch ein Blütenmeer in zartrosa.

Das Kirschblütenfest in Washington D. C. gab es seit 1912, als Tokio der amerikanischen Hauptstadt dreitausend Setzlinge zum Geschenk gemacht hatte. Jedes Jahr gegen Ende März, Anfang April standen die Bäume rund um das Tidal Basin im Stadtpark in voller Blüte und verliehen dem repräsentativen Teil der Stadt ein romantisches Frühlingsflair, das eigentlich gar nicht zu der knallharten Weltpolitik passte, die hier jeden Tag gemacht wurde.

»Die Kirschblüten – Symbol für Schönheit und Vergänglichkeit«, seufzte Grégoire theatralisch und schob sich einen Kaugummi in den Mund. »Man könnte glatt anfangen, diese Stadt zu mögen.«

»Da musst du dich aber beeilen. Die Blüte dauert nur eine Woche«, erwiderte Béatrice trocken.

»Sag ich ja. Vergänglichkeit.« Er zupfte ein paar Blüten von einem Baum und legte sie Béatrice in die Hand. »Lass uns die Schönheit des Augenblicks genießen.« Seine Augen blitzten schalkhaft. Sie mussten beide lachen.

»Ein Ruderboot miete ich jetzt aber nicht«, meinte Grégoire und ließ seinen Blick über das Tidal Basin gleiten, das mit kleinen Booten übersäht war. »Das wäre wirklich eine Nummer zu kitschig.«

Béatrice bedauerte seine Entscheidung, doch sie sagte nichts. Die Sonne, der große, schöne Mann neben ihr in der weiß-rosa Blütenpracht, alles war wie ein Traum. Jetzt müsste er nur noch ihre Hand nehmen und sie festhalten.

Aber das tat er nicht.

7

Paris, Februar 1941

Über Nacht war noch mehr Schnee gefallen. Träge türmte er sich auf den Fenstersimsen und drückte sich wie ein unerwünschter Eindringling gegen die Scheiben. Früher hatte ich den Schnee geliebt. Er verlangsamte das hektische Treiben der Stadt und verlieh Paris ein zauberhaftes Leuchten. Aber im Kriegswinter 1941 war der Schnee nur eine lähmende Bedrohung. Er kroch in unsere undichten Schuhe und verwandelte unsere Füße beim langen Anstehen in Eisklumpen. Er fraß sich in den Straßen fest und verhinderte, dass die Lebensmittelgeschäfte pünktlich beliefert werden konnten. Um ihm zu entkommen, stürmten die Menschen in die Metroschächte und brachten das unterirdische Zugsystem zum Erlahmen.

Ich ging durch den Flur in die Küche. Im Vorbeilaufen sah ich mein bleiches Gesicht im Wandspiegel und erschrak: Die Lippen waren blau vor Kälte, und meine braunen Locken hatten ihre Fülle verloren. Mein Körper wirkte steif und gebeugt, wie der einer alten Frau. Was hatte dieser teuflische Winter bloß aus mir gemacht?

Dass wir dank Christian genug Kohle hatten, um noch ein paar weitere Wochen in dieser erbarmungslosen Kälte zu überstehen, war der einzig tröstliche Gedanke an diesem Morgen. Lily strich um meine Beine. Ich nahm sie auf den Arm und kraulte ihren Hals, dann zündete ich das Feuer an und brühte Kaffee auf.

Um sieben Uhr machte sich Mutter mit unseren Coupons auf den Weg. Sie sah entkräftet und abgemagert aus. Seit Anfang des Jahres hatte sich ihr Gemütszustand rapide verschlechtert. Sie war wortkarg und antriebslos und litt immer noch darunter, nicht mehr in ihrer Schule arbeiten zu dürfen. Ein paar Wochen lang hatte sie abends und an den Wochenenden bei Madame Morin hinten in der Nähstube ausgeholfen. Aber dann war das Pelzgeschäft von einem auf den anderen Tag verkauft worden. Madame Morin hatte nicht darüber sprechen wollen. Das letzte Mal, als ich sie gesehen hatte, hatte sie etwas von Zwangsverkauf gesagt, und Tränen waren ihr in die Augen geschossen. Ich wusste nicht, was mit ihr geschehen war. Aber im Schaufenster des Pelzladens, den sie mit ihren Eltern aufgebaut hatte, war das gelbe Schild, auf dem *Jüdisches Geschäft* gestanden hatte, durch ein rotes ersetzt worden. Und dann hing dort gar kein Schild mehr.

Ich warf einen Blick aus dem Fenster und sah, wie Mutter in dünnen Stiefeln durch den Schnee stapfte, um sich beim Bäcker in der Rue Rambuteau für ein halbes Pfund Brot und danach beim Lebensmittelhändler in der Rue des Archives für ein paar Kartoffeln und eine Handvoll Linsen anzustellen. Wir bekamen immer weniger Ware für unsere Essensmarken. Ein paar waghalsige Studenten hatten Coupons gefälscht und verkauften sie auf den Toiletten in der Sorbonne. Aber ich traute mich nicht, sie zu benutzen, denn überall gab es Polizeikontrollen. Mittlerweile fehlte es uns an allem. Wir hatten keine Wolle, um Strümpfe zu stopfen, kein Leder, um unsere Schuhe reparieren zu lassen, und keine Batterien für unsere Taschenlampen. Wir hatten nur noch Hunger, Angst und die vage Hoffnung, dass irgendwann der Frühling kommen musste.

Paris, März 1941

»Wann stellst du mich eigentlich deinen Eltern vor?«, fragte ich
und versuchte dabei, so ungezwungen und natürlich wie möglich
zu klingen. Ich saß angespannt auf dem äußersten Rand eines aus
schwarzem Korb geflochtenen Stuhls in einem Café an der Place
Saint Sulpice und spielte mit dem Strohhalm, der aus meinem
Limonadenglas herausragte. Schon eine geraume Weile brannte
mir diese Frage auf der Zunge, und heute brachte ich endlich den
Mut auf, sie Christian zu stellen.

Seit unserer ersten Begegnung schienen seine Eltern ein
Thema zu sein, das er, aus mir unverständlichen Gründen, um
jeden Preis vermeiden wollte. Abgesehen von ein paar abfälligen
Bemerkungen, die er manchmal über seinen Vater machte, erzählte er nie von ihnen. Wenn hin und wieder doch eine Anspie-
lung auf sie aus seinem Mund entwich, dann bekam er einen ab-
weisenden Gesichtsausdruck und redete schnell und beiläufig
weiter, so als bereue er es, auf sie zu sprechen gekommen zu sein.
Im Laufe der Zeit hatte er mir kurze, unzusammenhängende Ein-
blicke in ihren Reichtum und ihre vielen gesellschaftlichen Verpflichtungen gegeben. Wie einzelne Puzzleteile hatten sich diese
Informationen in meinem Gedächtnis festgesetzt. Dass die Eltern
sich gerade auf einer langweiligen Cocktailparty in Neuilly befanden, dass sie neulich beim Pferderennen fünfzigtausend
Francs verwettet hatten oder sich beim Frühstück nicht über die
Vorspeisen hatten einigen können, die sie abends ihren Gästen
servieren wollten. Doch die Puzzlestücke ergaben kein richtiges
Bild. Sobald ich nachhakte, lenkte Christian ab oder kam auf ein
neues Thema zu sprechen, und ich fühlte mich schuldig wie ein
Kind, das durch das Schlüsselloch in das Schlafzimmer der Eltern
geguckt hatte und dabei erwischt worden war.

Christian faltete die Zeitung auf seinem Schoß zusammen und glättete sie. Dabei rutschten ein paar widerspenstige Seiten zu Boden.

»Ich meine …«, fuhr ich fort, nahm den Strohhalm aus dem Glas und drückte mit meinen Fingern darauf herum. »Du kennst meine Mutter jetzt schon fast ein halbes Jahr, hast mich diesem Nazibonzen als deine Verlobte vorgestellt … Da dachte ich …« Ich sah ihn herausfordernd an, aber er wich meinem Blick aus und bückte sich umständlich, um die heruntergefallenen Seiten aufzulesen. »Wir könnten …«

»Es geht nicht«, unterbrach er mich, rollte die Zeitung zusammen und warf sie auf den Tisch. Dann nahm er den Zuckerlöffel und rührte damit so eifrig in seinem Kaffee herum, dass er überschwappte.

»Warum nicht?«

Christian mied noch immer meinen Blick. Er strich sich die Haare aus der Stirn, atmete laut aus und blickte über den Platz. Seine Augenlider zuckten.

Ich zündete mir eine Zigarette an, bereits die vierte, seit wir hier saßen, und lehnte mich zurück. »Soll ich dir sagen, was los ist? Du schämst dich für mich, weil ich nicht fein genug für sie bin«, schoss es aus mir heraus. Wütend zog ich an meiner Zigarette und blies den Rauch in seine Richtung. Ich wollte ihn provozieren, damit er endlich mit der Wahrheit herausrückte.

Aber er sagte nichts.

Also ging ich noch einen Schritt weiter. »Sie erwarten, dass du dich mit den Töchtern ihrer wohlhabenden Freunde triffst, aber nicht mit einer armen Studentin, die in einer verlotterten Zweizimmerwohnung haust und ihre arbeitslose Mutter durchbringen muss.«

»Jetzt hör endlich auf damit!«, rief er und presste die Lippen aufeinander.

»Erst, wenn du mir sagst, was los ist«, gab ich zurück. Meine Hände begannen, vor Aufregung zu kribbeln. Für den Bruchteil einer Sekunde trafen sich unsere Blicke. Seine Augen waren dunkel und traurig. Ich drückte meine Zigarette aus und legte die Hände in den Schoß. Eine Taube flog durch das geöffnete Fenster. Sie flatterte wie wild über unserem Tisch herum und versuchte, ein paar Krümel aufzupicken. Sofort eilte der Kellner herbei und wedelte mit einer Speisekarte, bis die Taube ihren Weg zurück nach draußen gefunden hatte.

»Na gut. Du willst es nicht anders«, sagte Christian und schaute sich vorsichtig nach allen Seiten um. »Ich möchte dich beschützen«, raunte er und rückte seinen Stuhl so nah zu mir heran, dass sich unsere Beine berührten. »Dich meinem Vater vorzustellen, wäre der reine Wahnsinn. Es könnte dich in Gefahr bringen.«

Ich hatte alles Mögliche erwartet, aber nicht das. Verblüfft starrte ich ihn an. »Wie meinst du das?«

Er räusperte sich. »Du musst wissen … Er ist nicht gerade ein Freund der Juden. Er …«

Ich merkte, dass er nach Worten rang, die mich nicht verletzten.

Schließlich gab er auf. »Er würde es niemals dulden, dass du und ich …«

»Verstehe«, hauchte ich und blickte auf meinen zerdrückten Strohhalm.

Christian schaute sich erneut um, obwohl niemand in unserer Nähe saß. »Er findet es richtig, was drüben im Deutschen Reich passiert. Und er ist ein Anhänger von Admiral Darlan, der mit den Deutschen auf einer Linie zu sein scheint und enger mit ihnen zusammenarbeitet als sein Vorgänger.«

Sein Vater ein Antisemit. Ein *Collabo.* In meinen Ohren rauschte es.

»Oft kommen hochgestellte Politiker und Offiziere zu uns. Darunter auch viele Deutsche«, erklärte Christian.

Ich wollte ihm sagen, dass er nicht weiterzureden brauchte, dass ich mir den Rest denken konnte. Aber meine Kehle war wie zugeschnürt.

»Was sie genau besprechen, bekomme ich natürlich nicht mit«, fuhr er fort und schlug das kranke Bein über das gesunde, was er immer machte, wenn es zu schmerzen begann. »Nur neulich ... Die Tür zum Büro war nur angelehnt. Ich saß im Wohnzimmer und habe ein paar Gesprächsfetzen aufgeschnappt. Es ging die ganze Zeit um ein Kommissariat, das gegründet werden soll. Ein Kommissariat für Judenfragen oder so ähnlich. Aber dann hat jemand die Tür zugemacht, und ich konnte nichts mehr verstehen.«

Es war, als hätte ich eine Tüte mit Süßigkeiten gekauft, aber statt der ersehnten Bonbons fielen beim Aufmachen dicke, haarige Spinnen heraus. Ich stürzte den Rest meiner Limonade hinunter und knallte das leere Glas auf den Tisch zurück.

»Ich habe den Verdacht, dass mein Vater ihnen vertrauliche Informationen zuspielt«, fuhr Christian unverdrossen fort. Nachdem er sich so lange davor gescheut hatte, mir die Wahrheit zu sagen, schien er sich jetzt nicht mehr zurückhalten zu können. »Vielleicht setzen sie ihn unter Druck, ich weiß es nicht. Jedenfalls ist er als Leiter einer der größten Privatbanken Frankreichs in einer Schlüsselposition.«

Meine Kehle brannte. Bis zu diesem Augenblick war alles so perfekt gewesen. Geradezu unglaubwürdig schön und leicht. Wie im Märchen. »Es war einmal ein wohlhabender Intellektueller, der an den Folgen einer unheilbaren Krankheit litt«, stieß ich verächtlich hervor, und nicht so leise wie ich sollte. »Im alten Lesesaal der Sorbonne traf er eine arme Studentin. Mitten im Krieg entflammte zwischen den beiden eine leidenschaftliche Liebe. Aber dann kam der Vater des Mannes und lieferte das Mädchen der deutschen Polizei aus. Ende.«

Christian wollte seinen Arm um mich legen. Doch sobald ich seinen Griff um meine Schultern spürte, stieß ich ihn weg.

Er ließ sich nichts anmerken, aber ich fühlte seine Enttäuschung.

»Solange er nicht weiß, wer du bist, kann nichts passieren«, sagte er nach einer Pause.

»Von Stülpnagel hat uns zusammen gesehen«, wandte ich ein.

Christian winkte ab. »Ach, der. Ein hohes Tier mit gigantischer Verantwortung. Der hat andere Probleme. Dass er uns vor ein paar Monaten in der Oper getroffen hat, hat er sicher längst vergessen.« Er trank seinen Kaffee in kleinen, schnellen Schlucken aus. »Vergiss nicht, mein Engel, sobald das alles hier endlich vorbei ist, dann …« Seine Hand griff nach meiner, und diesmal zog ich sie nicht weg. »Dann gehen wir in den Süden. Du und ich.«

Auch wenn ich an der Aufrichtigkeit seiner Gefühle für mich nicht eine Sekunde lang zweifelte, verursachte der Gedanke an seinen Vater seit diesem Tag ein erdrückendes Gefühl in meinem Magen.

Paris, Mai 1941

Schweißüberströmt trabten Christian und ich über den Pont Neuf. Die Sonne war so grell, dass ich den Kopf beugen und meine Augen abschirmen musste, um etwas sehen zu können.

Auf der anderen Seite der Brücke erkannte ich den *Quai du Louvre*, der im flirrenden Licht zu einer einzigen hellen Häuserzeile verschwommen war. Neben uns rollten schwere Militärlaster. Ich zerrte Christian hinter mir her, wollte, dass er schneller ging. Aber er konnte nicht. Mit zusammengepressten Lippen zog er das kranke Bein wie einen sperrigen Stock hinter sich her.

Dann wachte ich auf. Im ersten Moment wusste ich nicht, wo ich war. Ich öffnete die Augen, streckte die Finger aus und fühlte in der Dunkelheit das vertraute raue Kopfkissen, meine Bettdecke. Aber die Motorengeräusche der Militärlaster waren immer noch da. Sie wurden lauter, bis das ganze Zimmer brummte und vibrierte und meine Fensterscheiben klirrten. Vier Stockwerke unter mir auf der Rue du Temple dröhnte es. Türen knallten. Schritte. Männerstimmen. Ich konnte nichts sehen. Schlaftrunken richtete ich mich auf und schaute zum Fenster. Ein feiner rosa Lichtstreifen durchzog den schwarzen Himmel. Das erste Zeichen der aufgehenden Sonne. Es musste halb fünf sein oder vielleicht noch ein bisschen früher, vermutete ich, und kletterte mit steifen Gliedern aus dem Bett.

Ich wankte zum Fenster und sah die schattigen Umrisse der Häuser auf der gegenüberliegenden Seite. Das Dröhnen der Motoren drang weiterhin zu mir empor. Ich presste mein Gesicht gegen die Scheibe und schaute nach unten, aber ich konnte nichts erkennen.

Nach einer Weile öffnete ich das Fenster und steckte meinen Kopf in die Dunkelheit. Kühle Morgenluft schlug mir entgegen. Fröstelnd kreuzte ich die Arme vor der Brust und rieb mir die Schultern. Das Brummen pulsierte in meinen Ohren. Männer gaben laute, kurze Befehle. Ich reckte meinen Kopf noch weiter vor und sah matte Lichtkegel. Das konnten geparkte Busse mit zugehängten Scheinwerfern sein. Was wollten die hier, in dieser

Herrgottsfrühe? Auf der gegenüberliegenden Straßenseite gingen in einem Gebäude auf mehreren Stockwerken Lichter an. Schatten huschten an den Fenstern vorbei. Gebannt schaute ich den lautlosen Gestalten zu.

Plötzlich wurde unter mir ein Fenster aufgerissen. »Hierher!«, tönte eine laute Männerstimme.

Blitzschnell zog ich den Kopf zurück. Die Polizei! Gleich würden sie uns holen! Ich wagte nicht, das Fenster zu schließen, aus Angst, es könnte quietschen. Meine Kehle war wie zugeschnürt. Was sollte ich jetzt tun? Mutter wecken? Packen? Mich anziehen?

Ich presste die Lippen zusammen und horchte nach unten. Gepolter. Ein paar Schreie. Dann wurde es wieder ruhig. Minuten vergingen. Sie kamen mir wie Stunden vor. Unten auf der Straße ratterten die Busse.

Ich musste Mutter wecken. Zur Sicherheit lauschte ich noch eine ganze Weile, aber in der Wohnung unter uns tat sich nichts mehr. Dennoch wagte ich noch immer nicht, über den knarrenden Parkettboden zu gehen, und beschloss, Mutter schlafen zu lassen.

Als das Lichtband am Horizont breiter wurde, hielt ich es nicht mehr aus. Vorsichtig trat ich wieder ans Fenster und schaute hinab. Im grauen Morgenlicht sah ich, wie französische Polizisten Männer in zwei lange Busse trieben. Viele von ihnen trugen noch ihre Schlafanzüge. Andere hatten sich hastig etwas übergezogen. Ein paar waren barfuß. Einige kannte ich vom Sehen, war ihnen bei unserem Lebensmittelhändler oder auf der Straße begegnet.

Die Polizisten liefen geschäftig herum, schubsten die Männer mit Schlagstöcken vor sich her und schoben sie in die Busse. Einsilbige Anweisungen wie »Stopp«, »Los« und »Schnell« drangen zu mir hoch. Auf dem Bürgersteig standen zwei Gen darme mit gezückten Gewehren und überwachten das Geschehen.

Ich schlug die Hände vor den Mund, damit mir kein Laut entfuhr.

In den Häusern auf der anderen Straßenseite bewegten sich Vorhänge. Frauen öffneten die Fenster und beobachteten stumm, wie ihre Männer in die Busse gedrängt wurden.

Plötzlich ertönte eine Trillerpfeife. Die Polizisten sprangen in die Fahrzeuge, Türen schlossen sich, eine Hupe schrillte. Dann setzten sich die beiden Busse in Bewegung, rollten die Straße hinunter und verschwanden zwischen den Häuserschluchten. Das Dröhnen verhallte, und auf einmal wurde es ganz still, wie nach einem großen Sturm. Die Frauen in den Wohnungen auf der anderen Straßenseite starrten immer noch nach unten. Nach und nach traten sie von den Fenstern zurück, zogen die Vorhänge wieder zu. Ein neuer Tag begann.

***

Die erste Antwort aus Paris kam schneller als erwartet. Béatrice war gerade im Begriff, ihren Mantel anzuziehen, um Jacobina zu besuchen, die jetzt vom Krankenhaus wieder zu Hause war, als der Computer summte und das Eintreffen einer neuen Mail signalisierte. *Betreff: Judith Goldemberg.*

Béatrice entfuhr ein überraschtes »Oh«. Mit klopfendem Herzen sank sie auf ihren Stuhl und öffnete die Nachricht. Sie kam von einer Marie-Louise Diatta aus dem Nationalarchiv.

Sehr geehrte Madame Duvier,
das Veteranenministerium hat Ihre Anfrage erhalten und an das
Nationalarchiv zur Bearbeitung weitergeleitet. Zu Ihrer Information:
Seit dem 2. Juni 1992 ist ein Großteil der Unterlagen, die aus dem
Sammellager Drancy noch erhalten sind, in das Nationalarchiv
verlegt worden.

Ich freue mich, Ihnen mitteilen zu können, dass wir bezüglich
Jacobina Grunbergs Halbschwester, Mademoiselle Goldemberg,
zwei Dokumente in unseren Akten gefunden haben. Anbei sende
ich Ihnen die Kopie eines Fotos von Judith Goldemberg sowie die
Kopie ihres Aufnahmescheins in das Sammellager Drancy. Wir
hoffen, Ihnen damit bei Ihrer Suche weitergeholfen zu haben.

Für weitere Fragen stehe ich Ihnen selbstverständlich gerne zur
Verfügung.

Mit freundlichen Grüßen
M. L. Diatta

Béatrice öffnete zuerst die Datei des Fotos. Ein junges Mädchen
mit frischen Wangen schaute ihr entgegen. Sein Gesicht wirkte
anmutig und schien noch nichts von der abscheulichen Reise in
den Abgrund zu ahnen, die ihm unmittelbar bevorstand. Trotzdem war Judiths Blick nicht frei oder kindlich, sondern es lag
eine tiefe Trauer, aber auch Stolz darin. Der Ernst in ihren Augen
wurde durch die zarten, runden Wangen beschwichtigt. Sie hatte
einen kleinen, herzförmigen Mund mit sinnlichen Lippen. Der
Ansatz eines Lächelns verlieh ihr etwas Undurchdringliches,
Melancholisches. Dunkle, wellige Haare, die bis zu den Schultern
reichten, umrahmten ihr Gesicht.

Béatrice betrachtete das Bild und versuchte, in Judiths Blick zu
lesen. Wann und wo dieses Foto wohl entstanden war? Im Lager
von Drancy? Kurz vor Judiths Deportation nach Auschwitz? Und
wer hatte es wohl gemacht?

Béatrice öffnete den zweiten Anhang der Mail. Es war die Kopie eines Formulars, das mit der Hand ausgefüllt worden war. Ganz oben stand eine Registrierungsnummer: *9613 B.* Darunter waren Judiths Geburtsdaten erfasst.

Name: Goldemberg
Vorname: Judith
Geburtstag: 19. Oktober 1921
Geburtsort: Paris
Staatsangehörigkeit: Französisch
Beruf: Studentin
Wohnhaft: 24, Rue du Temple, Paris

Am meisten freute sich Béatrice darüber, Jacobina gleich mit diesen Informationen überraschen zu können. Jetzt hatten sie ein Foto, ein Geburtsdatum und eine Adresse. Das würde sie mit Sicherheit auf weitere Spuren führen. Sie druckte die beiden Seiten aus und machte sich auf den Weg zu ihrer Freundin.

Jacobina sah bleich und müde aus. Sie trug ein kurzärmeliges, gepunktetes Nachthemd und darunter schwarze Leggings. Die Haut hing schlaff um ihre dünnen Arme, als gehörte sie nicht zu ihr. An ihrem rechten Handgelenk baumelte ein schmutziger Verband, dessen Klammer sich gelöst hatte. Als sie Béatrice sah, verzog sie den Mund zu einem gequälten Lächeln. Béatrice folgte ihr ins Wohnzimmer. Über ihren Stock gebeugt, schleppte sich Jacobina zum Sessel und ließ sich ächzend hineinfallen. Sie hielt sich den Unterleib wie eine Schwangere.

»Wie geht es dir heute?«, fragte Béatrice und packte ihre Einkäufe aus. Obst, ein paar Flaschen Saft und einen Kuchen von Poupon.

»Geht so«, murmelte Jacobina und strich über ihren Bauch. »Mal so, mal so. In ein paar Tagen muss ich zur Nachuntersuchung, und dann beginnt die Chemotherapie.«

Sie hatte keinen Appetit, aber Béatrice drängelte so lange, bis Jacobina schließlich die Kirschen probierte.

»Ich habe dir noch etwas mitgebracht«, sagte Béatrice. Sie legte das Foto auf Jacobinas Schoß. »Das kam vorhin aus Paris. Ein Bild von Judith.«

Jacobina schrak zurück. Ihre Augen weiteten sich, sie legte die Hände auf ihre Wangen und öffnete den Mund. »O mein Gott«, flüsterte sie, »o mein Gott.« Erschüttert starrte sie auf das Bild. Als eine Träne auf das Foto tropfte, verbarg sie das Gesicht in ihren Händen und weinte leise.

Béatrice strich sanft über ihren Arm. »Deine Halbschwester war eine schöne Frau«, sagte sie.

Jacobina zerrte ein Taschentuch aus einer Sesselritze und fuhr sich damit übers Gesicht. »Du glaubst nicht, wie ähnlich sie meinem Vater sieht ... Wie aus dem Gesicht geschnitten«, murmelte sie. »Es ist ...«, sie brach ab und unterdrückte ein Schluchzen. »Es ist überwältigend ... dieses Bild zu sehen.«

»Schau hier, das Archiv hat noch etwas geschickt.« Béatrice zog die Kopie des Aufnahmescheins hervor. »Hier steht sogar Judiths letzte Adresse in Paris. Rue du Temple.«

Jacobina studierte eingehend die Einträge auf dem Formular. Dann nahm sie Béatrice' Hand und drückte sie. »Danke, Béatrice«, sagte sie mit tonloser Stimme. »Danke. Das ist ein großer Tag für mich.« Dann überwältigten sie wieder die Tränen.

»Jetzt können wir beim Standesamt im dritten Arrondissement anfragen, ob es vielleicht eine Heiratsurkunde von Judith gibt. Wir haben ihr Geburtsdatum und eine Adresse. Grégoire meinte, wir sollten auch dem Rabbiner schreiben, der die jüdische Gemeinde im Marais betreut.« Béatrice nahm sich vor, noch heute Abend das Standesamt und die jüdische Gemeinde per E-Mail zu kontaktieren.

Jacobina nickte. »Was ist mit dem Einwohnermeldeamt?«

»So etwas gibt es in Frankreich nicht«, erklärte Béatrice und füllte zwei Gläser mit Orangensaft. »Die Wohnadresse ist zwar auf dem Personalausweis vermerkt, aber wir sind nicht dazu verpflichtet, uns umzumelden, wenn wir umziehen. Es kann also mehrere Personen mit derselben Adresse geben.«

Schweigend saßen sie nebeneinander. Jacobina starrte immer noch wie gebannt auf das Foto. »Schade, dass mein Vater sie nie so gesehen hat«, sagte sie endlich. »So erwachsen und stolz. Als er sich von ihrer Mutter getrennt hat, da war Judith noch so jung. Und dann …« Sie seufzte. »Dann hat er irgendwann den Kontakt zu ihr verloren.«

»Ja, das können Väter gut«, meinte Béatrice und stieß ein kurzes, bitteres Lachen aus.

Jacobina runzelte die Stirn. »Lica hat sich nicht einfach aus dem Staub gemacht«, schnaubte sie. »Seine erste Frau weigerte sich, mit ihm in Rumänien zu leben. Und dann lernte er irgendwann meine Mutter kennen. Er hat beteuert, Judith regelmäßig geschrieben zu haben. Später wurde er verhaftet und in ein Arbeitslager gesteckt, weil er Jude war.«

»Tut mir leid, so habe ich das nicht gemeint«, entschuldigte sich Béatrice. »Ich habe nur gerade an meinen Vater denken müssen. Der hat uns sitzenlassen, als ich ein Teenager war. Ich habe ihm jahrelang Briefe geschrieben, aber es kam nicht einer von ihm zurück.«

»Vielleicht hat er deine Briefe nicht erhalten?«

Béatrice zuckte mit den Schultern. »Ich denke schon, dass er sie bekommen hat.« Ihr Gesicht verfinsterte sich. »Meine Mutter musste ihn sogar auf Unterhaltszahlung verklagen. Dass ich studiert habe, hat ihn bestimmt geärgert. Denn so musste er noch länger zahlen.«

Jacobina lächelte milde. »Ihr seid beide Zurückgelassene«, sagte sie in einem sanften Flüsterton. »Du und Judith. Jede auf ihre Weise. Eure Väter haben euch verlassen, lange bevor ihr es begreifen konntet. Es wird bestimmt nie aufhören, weh zu tun. Immer werdet ihr das Gefühl haben, etwas Ungeklärtes in euch zu tragen.« Sie holte tief Luft und stieß den Atem langsam wieder aus. »Aber weißt du was? Das macht euch auch stark. Nichts wird euch je wieder so weh tun können.«

Béatrice schluckte. Das Wohnzimmer begann, vor ihr zu verschwimmen. Beschämt rieb sie sich die Augen.

»Habe ich mich eigentlich schon bei dir bedankt? Du hast so viel für mich getan«, sagte Jacobina plötzlich. Ihre Stimme war belegt. »Und die Operation hätte ich ohne dich auf keinen Fall überstanden. Wahrscheinlich wäre ich gar nicht erst hingegangen.«

Béatrice senkte ihren Blick. Die unerwartete Dankbarkeit machte sie verlegen.

»Komm, lass uns etwas von dem Kuchen essen«, meinte Jacobina. »Ich glaube, jetzt kriege ich langsam Hunger.«

Als Béatrice am nächsten Morgen vor den Fahrstühlen stand, um in den achten Stock zu fahren, legte sich plötzlich von hinten eine schwere Hand auf ihre Schulter. Erschrocken fuhr sie herum und blickte in Michaels Gesicht. Er stand dicht vor ihr. Das Weiße in seinen Augen war gerötet, seine Miene wirkte verschlossen und unnahbar.

»Na, wie läuft's im Archiv?« Beißender Tabakgeruch drang ihr in die Nase.

Béatrice wich einen Schritt zurück. Da öffneten sich die Aufzugstüren, die aussteigenden Menschen drängten an ihnen vorbei.

»Alles bestens«, antwortete sie und rang sich ein gequältes Lächeln ab. »Ich mache gute Fortschritte«, fügte sie eilig hinzu.

Er rümpfte die Nase. »Das will ich hoffen«, murrte er.

Sie stiegen in die Kabine. Die Türen schlossen sich, und sofort wurde Béatrice von seiner Tabakwolke umhüllt. Sie drückte auf die Acht.

»Die Haiti-Konferenz lief übrigens nicht gut«, sagte er, steckte seine Hände in die Manteltaschen und klimperte mit ein paar Münzen.

Béatrice schaute angestrengt auf die Leuchtzahlen, die die Stockwerke anzeigten. Sie wollte nicht hören, was er jetzt gleich sagen würde.

»Wir hatten mindestens mit einer halben Million Dollar gerechnet. Aber nach deinem brillanten *Washington-Post*-Fiasko kamen gerade mal zweihunderttausend zusammen. Peanuts!« Er räusperte sich laut und ließ die Münzen in seinen Taschen klingeln.

»Das hat bestimmt andere Gründe«, wandte Béatrice ein. »Die Prioritäten der Geberländer ändern sich doch nicht einfach von einem Tag auf den anderen, nur wegen eines Zeitungsartikels.«

»Da unterschätzt du die Macht der Medien aber ganz gewaltig«, konterte er.

Die Sieben leuchtete auf. Gleich war es vorbei, gleich würde sie aussteigen können. Sie schaute zu Boden und versuchte, gleichmäßig zu atmen. Der Fahrstuhl hielt. Achter Stock.

»Auch wenn du es nicht wahrhaben willst«, sagte Michael und sah sie bedeutungsvoll an, »aber du hast das halbe Haitiprogramm auf dem Gewissen, Mademoiselle.« Die Türen schoben sich zur Seite. Er stieg sofort aus und ging ohne ein weiteres Wort mit langen Schritten den Gang hinunter.

Béatrice sah ihm nach, bis er in seinem Büro verschwunden war. Dann hastete sie ins Archiv, schlug die Tür hinter sich zu und ließ sich auf ihren Stuhl fallen. Nein, sie konnte nicht weiter für dieses Monstrum arbeiten. Gegen so viel Feindseligkeit kam sie nicht an.

Wieder ging Béatrice die einzelnen Etappen des Horrorszenarios durch, das ihr blühte, wenn sie ihren Job verlor. Kündigung. Verlust ihres diplomatischen Visums. Rückkehr nach Frankreich, womöglich Einzug bei ihrer Mutter. Monatelange Jobsuche und ein bescheidenes Leben, das sie von ihren Ersparnissen finanzieren müsste. Alles, was sie geglaubt hatte, mit ihren zweiundvierzig Jahren erreicht zu haben, wäre zerstört.

Du hast das halbe Haitiprogramm auf dem Gewissen, echote Michaels Stimme in ihrem Kopf. Egal was sie tat, das würde sich nicht mehr einrenken. Béatrice stieß einen tiefen Seufzer aus und lauschte dem Rauschen der Fahrstühle. Irgendwann gab sie sich einen Ruck und startete ihren Laptop.

Die zweite E-Mail aus Paris traf am frühen Nachmittag ein. Der Absender war ein Monsieur Kahn, Mitarbeiter des *Mémorial de la Shoah*, der französischen Holocaust-Gedenkstätte. Ihre E-Mail sei an ihn weitergeleitet worden, schrieb er. Er habe in den historischen Akten nach Judith gesucht und ihren Namen in Serge Klarsfelds Buch gefunden. Eine Kopie der betreffenden Seiten sei im Anhang. Mehr gäbe es im Archiv leider nicht über Judith.

Béatrice war enttäuscht, dass Monsieur Kahn ihr keine neuen Informationen liefern konnte. Die Seiten aus dem Klarsfeld-Buch hatte sie ja bereits von Grégoire erhalten. Sie las weiter.

Des Weiteren habe ich Ihnen eine Kopie des Original-Fernschreibens von SS Obersturmführer Heinz Röthke an Adolf Eichmann beigefügt, in dem er die Abfahrt des Convoy 63 nach Auschwitz meldet. Klarsfeld zitiert dieses Schreiben in seinem Buch auf Seite 484.

Béatrice klickte auf den Anhang. Als sich das handsignierte Telegramm von 1943 in deutscher Sprache vor ihr öffnete, erschauderte sie. Eine kurze französische Übersetzung war ebenfalls beigefügt.

Der Befehlshaber der Sicherheitspolizei und des Sicherheitsdienstes im Bereich des Militärbefehlshabers in Frankreich. Nachrichten-Übermittlung. 17. Dezember 1943. Fernschreiben:
a) An das Reichssicherheitshauptamt, zu Händen von Obersturm-bannführer Eichmann.
b) An den Inspekteur der KZ-Lager Oranienburg.
c) An das KL Auschwitz, zu Händen von Obersturmbannführer Hess.
Betrifft: Judentransport vom Bahnhof Bobigny bei Paris nach Auschwitz / OS. am 17.12.1943.
Am 17.12.1943 um 12.10 Uhr hat Transportzug DA 901 / 54 den Abgangsbahnhof Bobigny in Richtung Auschwitz mit insgesamt 850 Juden verlassen.
Die abgeschobenen Juden entsprechen den erlassenen Evakuie-rungsrichtlinien. Der Transport wird ab Paris bis Auschwitz von einem Schutzpolizeikommando 1:20 begleitet.

Alle Spuren und Hinweise auf Judith endeten in Auschwitz. Aber warum war Judith in George Dreyfus' Liste dann als *Rescapée*, als Überlebende aufgeführt? Dreyfus hatte doch in der Gedenkstätte selbst nachrecherchiert. Lag hier ein Irrtum vor? Oder war eine entscheidende Informationsquelle übersehen worden? Sie musste darüber mit Grégoire sprechen. Er hatte sie ja schließlich eingela-

den, ihn jederzeit im Holocaust-Museum zu besuchen. Jetzt hatte
sie einen wichtigen Grund, den schönen Winzer mit den grünen
Augen wieder aufzusuchen.

Als Béatrice am nächsten Tag in ihrer Mittagspause mit glänzen-
den Dior-Lippen, Designertäschchen und perfekt geföhnten
Haaren ins Holocaust-Museum rauschte, war Grégoire nicht da.
Sie hätte ihn vorher anrufen sollen, dachte sie enttäuscht. Vielleicht hatte er sich einen Tag freigenommen.

Da erblickte sie seinen beigefarbenen Mantel an einem Haken
neben der Tür. Sie ging durch den Raum und schaute sich um,
konnte ihn aber nirgends entdecken. Dann würde sie eben ein
wenig warten. Vielleicht holte er sich gerade einen Kaffee.

Ein paar Schritte von ihr entfernt stand die elegante alte Dame
mit den weißen Haaren, die Béatrice schon bei ihrem ersten Besuch gesehen hatte, und zeigte einem jungen Mann mit Hornbrille einen Ordner. Sie trug eine schwarze Strickjacke, unter der
ein steifer, weißer Kragen hervorschaute. Ihre Haare hatte sie zu
einem kleinen Knoten hochgesteckt. Julia war ihr Name gewesen, wenn sie sich nicht täuschte. Julia, die die Gräuel des Holo-
causts am eigenen Leibe erfahren musste und überlebt hatte. Als
sie Béatrice erblickte, raunte sie dem Mann etwas zu und trat zu
ihr. »Guten Tag, suchen Sie etwas Bestimmtes?«, fragte sie
freundlich. Sie duftete nach Lavendelöl, und wieder fielen Béatrice ihre makellos lackierten Fingernägel auf.

»Ich warte eigentlich auf Grégoire«, sagte sie und sah sich erneut im Raum um, wie um ihre Aussage zu bekräftigen.

»Oh, Grégoire ist schon seit einer ganzen Weile in der Cafeteria. Aber er sollte jeden Moment zurück sein«, erklärte Julia.
»Kann ich in der Zwischenzeit weiterhelfen?«

Warum nicht, dachte Béatrice und knöpfte ihren Mantel auf.

Vielleicht fiel dieser Dame etwas ein, woran Grégoire und sie noch nicht gedacht hatten. »Ich bin auf der Suche nach einer Frau«, begann sie. »Sie wurde 1943 deportiert. Vor ein paar Tagen habe ich ein Foto von ihr erhalten, aber jetzt weiß ich nicht genau, wo ich weitersuchen soll.«

Als Julia die Jahreszahl hörte, zuckte sie leicht zusammen.

Béatrice kramte in ihrer Handtasche nach Judiths Foto.

Da legte Julia ihr die Hand auf den Arm und wies mit dem Kopf in Richtung Tür. »Da ist er ja wieder«, sagte sie lächelnd. »Er kann Ihnen bestimmt schneller helfen als ich, da er mit Ihrem Fall ja schon vertraut ist.« Julia winkte Grégoire zu und ging zurück zu dem Besucher mit der Hornbrille.

Béatrice zog ihre Hand aus der Tasche, drehte sich zur Tür und sah, wie Grégoire mit federnden Schritten auf sie zukam, die Augen fest auf sie gerichtet. Ihr Herz raste, ihr Kopf war voller wirrer Gedanken, ihre Wangen brannten. Er war kaum auszuhalten, dieser Gefühlswirbel aus Verlangen, gequälter Zurückhaltung und Glück. Dann stand Grégoire vor ihr, beugte sich vor und begrüßte sie mit zwei Wangenküssen – à la française. Als seine Bartstoppeln ihr Gesicht kitzelten, wurde Béatrice schwindelig. Sie wollte ihn an sich ziehen und festhalten. Doch da war es schon wieder vorbei, seine flüchtige Berührung Vergangenheit.

»Was bringt dich zu uns?«, fragte er in einem geschäftlichen Ton, wandte sich von ihr ab und ging zu seinem Schreibtisch.

Béatrice war sofort verunsichert. Das klang nicht sehr begeistert. Kam sie ungelegen? Dann fasste sie sich, streckte ihre Schultern und folgte ihm. »Das Pariser Nationalarchiv hat mir ein Foto von Judith geschickt.«

Mit einem Ruck drehte er sich zu ihr um. »Das ist ja großartig. Hast du es dabei?«

Béatrice legte das Foto und den Aufnahmeschein für Drancy

auf den Schreibtisch. Eingehend betrachtete Grégoire die Dokumente.

»Kannst du mir einen Rat geben, was ich jetzt tun soll?«, fragte Béatrice. »Ich habe dem Rabbi und dem Standesamt in Paris geschrieben, aber noch keine Antwort erhalten. Vielleicht sollte ich anrufen?«

Grégoire lächelte Béatrice an und gab ihr die Kopien zurück. »Geduld, Geduld. So eine Suche kann viele Monate, manchmal sogar Jahre dauern«, sagte er. Jetzt klang er wie immer – warm und herzlich. Seine grünen Augen leuchteten wie der Grund eines Sees. Béatrice fühlte sich sofort wieder wohl.

»Jahre?«, wiederholte sie und wickelte eine Haarsträhne um ihren Finger. »So viel Zeit hat Jacobina vielleicht nicht mehr.« Ihr Blick wanderte hinüber zum Bücherregal, wo Julia stand und jetzt mit einer älteren Dame sprach.

Grégoire zog Béatrice einen Stuhl heran, bedeutete ihr, Platz zu nehmen, und setzte sich in seinen Drehstuhl. »Das Standesamt wird sich bestimmt melden. Aber da wir nicht wissen, ob Judith nach dem Krieg zurück nach Frankreich gegangen ist, könnte es nicht schaden, auch das Internationale Rote Kreuz einzuschalten. Das Rote Kreuz betreibt einen Suchdienst, der Nachforschungen über Kriegs- und Zivilgefangene im Zweiten Weltkrieg anstellt. Sie sind gut vernetzt, arbeiten natürlich auch mit dem Französischen Roten Kreuz und mit dem Suchdienst in Bad Arolsen zusammen.«

Béatrice seufzte. »Gut, das mache ich.« Sie würde es noch am selben Abend erledigen.

»Ich habe da einen Kontakt für dich. Das Büro ist in Baltimore.« Grégoire blätterte in einem Ordner, kritzelte einen Namen und eine E-Mail-Adresse auf einen Block, riss den Zettel ab und gab ihn Béatrice. »Hey, nicht den Kopf hängen lassen. Du bist auf dem richtigen Weg.« Er strich sich sein Haar hinter die Ohren. »Gehen wir was trinken?«

Béatrice fühlte sich so glücklich wie schon lange nicht mehr.

Dass sie ihre Monatsblutung nicht bekam, beunruhigte Béatrice zuerst überhaupt nicht. Ihre Periode war noch nie regelmäßig gewesen. Manchmal kam sie zu früh, aber eigentlich fast immer zu spät. Jedes Mal kündigte sich ihre Regel mit schlechter Laune und starken Unterleibskrämpfen an, die so plötzlich kamen und gingen wie ein Sommergewitter. Aber diesmal passierte überhaupt nichts. Als Béatrice eine Woche überfällig war, wurde sie doch unruhig und kaufte sich auf dem Weg zum Büro einen Schwangerschaftstest.

Keine halbe Stunde später stand sie vor den Waschbecken in der Toilette im achten Stock und starrte auf das Plastikstäbchen in ihrer Hand. Erst war das Stäbchen nur weiß. Dann wurden langsam zwei schmale rosa Streifen darauf sichtbar. Zwei. Positiv. Nein, nein, nein. Das konnte nicht sein. Das durfte einfach nicht sein! Ihr Mund war wie ausgetrocknet, ihr Puls hämmerte bis in die Schläfen.

Die Tür öffnete sich. Zwei Frauen traten ein und unterhielten sich laut über die Vor- und Nachteile kapitalgedeckter Rentensysteme in Lateinamerika. Schnell warf Béatrice das Stäbchen in ihre Tasche, wusch sich die Hände und verließ den Toilettenraum, ohne sie abzutrocknen.

Plötzlich war es, als fiele eine schwarze Decke über ihren Kopf, dann sah sie glitzernde Sterne. Béatrice atmete heftig und tastete sich langsam an der Wand entlang, um nicht zu stolpern. Alles drehte sich. Benommen wankte sie ins Archiv zurück und setzte sich. Nach ein paar Minuten war der Schwindel vorüber. Das gleißende Deckenlicht blendete sie jetzt wie die Washingtoner

Mittagssonne im Juli. Sie bedeckte ihr Gesicht mit beiden Händen und schloss die Augen.

Ihr Blackberry klingelte. Sie reagierte nicht. Nach einer gefühlten Ewigkeit hörte das Gebimmel endlich auf.

Allmählich beruhigte sich ihr Atem wieder. Béatrice öffnete die Augen, strich sich die Haare aus der Stirn und zog das Stäbchen hervor. Insgeheim hatte sie gehofft, dass der chemische Färbeprozess vorhin im Waschraum noch nicht ganz abgeschlossen gewesen war. Aber es waren immer noch zwei Striche im kleinen Sichtfenster des Stäbchens zu sehen. Mittlerweile waren sie sogar noch deutlicher geworden, und das Rosa hatte sich in ein kräftiges Pink verwandelt.

Ein Kind! Sie würde ein Kind von Joaquín bekommen. Von einem Mann, mit dem sie nie glücklich werden würde. Den sie – ja, jetzt war es ihr ganz klar – nie geliebt hatte.

Aber eine Abtreibung würde sie nicht übers Herz bringen, das wusste sie sofort. Sie musste wieder an die vielen Gespräche mit ihrer Freundin Monique denken, die sich vor Jahren dafür entschieden hatte und es heute zutiefst bereute. Als Monique ein paar Jahre später ein Kind gewollt hatte, konnte sie keines mehr bekommen. Seitdem litt die Freundin an Schlaflosigkeit und einem Gefühl von Leere, das keine Therapie zu lindern vermochte. Béatrice hatte Angst, sie könnte einmal von ähnlichen Gewissensbissen geplagt werden, wenn sie so einen Eingriff vornehmen ließ. Aber auch ihre Mutter hatte sie diesbezüglich geprägt. »Gott, bin ich froh, dass ich dich damals behalten habe«, hatte sie oft zu Béatrice gesagt. »Du bist mir das Liebste auf der Welt.«

In Gedanken spielte Béatrice die einzelnen Varianten ihres neuen Lebens durch. Sah sich im Geiste mit einem Baby im Arm zwischen Windeln und Wirtschaftsbüchern in dem verhassten

Haus in McLean hocken. Abends für Laura Makkaroni in der Mikrowelle aufwärmen und mit Joaquín über Geld streiten. Die alleinerziehende Alternative war nicht weniger abschreckend. Ihr Baby frühmorgens in einer Krippe zurücklassen. Sich tagsüber in einem stressigen Job behaupten, den sie schon so kaum ertrug, und nachts das weinende Kind beruhigen. Ein Kind, das seinen Vater für einen Opa halten würde. Dann sah sich Béatrice einen Kinderwagen durch Paris schieben. Bei dem Gedanken, mit einem Kind zurück nach Frankreich zu gehen, wurde ihr übel. Sie wäre gezwungen, sofort irgendeinen Job anzunehmen, um das Baby, ihre Mutter und sich selbst über Wasser zu halten. So wie ihre Mutter es einst für sie gemacht hatte. Sie müsste wieder bei null anfangen. Alles würde sich wiederholen.

Béatrice versuchte, den aufsteigenden Brechreiz zu unterdrücken. Vergeblich. So schnell sie konnte, rannte sie zurück auf die Toilette und übergab sich.

Sie nahm die Zitronenspalte, die an den Glasrand geklemmt war, und drückte ein paar Tropfen Saft in ihr Wasser. Seit Tagen brachte sie kaum einen Bissen hinunter. Sie wusste nicht, ob das schon die ersten Anzeichen ihrer Schwangerschaft waren oder ob es an ihrem allgemeinen Lebenskummer lag.

»Rotwein ist gleich unterwegs, bella Beatrítsche« rief Lucío ihr von der Theke her zu, wie immer mit seinem perfekt einstudierten italienischen Akzent.

»Nein, danke, Lucío. Ich bleibe heute beim Wasser.« Sie lächelte müde.

Lucío machte einen gespielt empörten Gesichtsausdruck. »Wasser? Bist du etwa schwanger?« Er lachte.

Béatrice schrak zurück, als hätte sie einen elektrischen Zaun berührt.

»Nur ein Witz, Signorina«, rief Lucío gutgelaunt, kam hinter der Theke hervor und füllte ihr Glas nach.

Gleich würde Joaquín hier sein. Noch vor dem Frühstück hatte sie ihn angerufen und darum gebeten, sich mit ihr am Abend bei Lucío zu treffen. Ihr Ton musste dringlich geklungen haben. Er hatte ohne Einwände zugesagt. Sollte sie es ihm sagen, sobald er am Tisch saß? Oder erst beim Dessert? Wie würde er reagieren? Sie hatten immer nur über sein Kind gesprochen, nie über ein gemeinsames.

»Ganz ruhig, Béa«, hatte Jacobina sie zu beschwichtigen versucht, als sie am Abend zuvor aufgewühlt vor ihrer Tür gestanden hatte.

Für Béatrice war es etwas ganz Natürliches gewesen, Jacobina ihr Herz auszuschütten. Doch die Freundin hatte nicht das gesagt, was Béatrice hatte hören wollen, dass sie es schon hinkriegen würde als alleinerziehende Mutter.

»Du bekommst ein Baby, Béatrice! Das bedeutet Verantwortung«, hatte die runzlige Frau stattdessen gepredigt. »Und du … Du redest nur von *dir* und was *du* willst.« Jacobina verfiel in einen geradezu gebieterischen Tonfall, der gar nicht zu ihrem gebrechlichen Körper passte.

Béatrice war kleinlaut auf dem Sofa zusammengesunken.

»Denk an deine eigene Kindheit zurück«, fuhr Jacobina streng fort, und Béatrice begann zu weinen. »Willst du, dass dein Baby, so wie du, ohne Vater aufwächst und ihn dann sein Leben lang vermisst? Du musst eine Lösung *mit* deinem Joaquín finden.«

Die ganze Nacht hatte Béatrice über diese Worte nachgedacht und schließlich seine Nummer gewählt.

Er kam eine Viertelstunde zu spät. Und er kam nicht allein. Hinter ihm trabte eine kleine, vermummte Gestalt durch die Tür. Laura. Sie hatte die Hände in den Taschen ihrer Jeans vergraben und verbarg ihr Gesicht unter einer hochgeschlagenen Kapuze. Béatrice konnte nur ihre heruntergezogenen Mundwinkel erkennen. Sie seufzte. Lauras Gegenwart würde das Gespräch nicht gerade erleichtern.

Joaquín trat an den Tisch, beugte sich zu Béatrice herunter und drückte ihr einen flüchtigen Kuss auf den Mund. »Sorry, Liebling«, raunte er. »Laura wollte eigentlich bei Sarah bleiben. Aber die hat im letzten Moment wieder abgesagt. Also habe ich sie mitgebracht.« Er setzte sich und lächelte sie an. »Schön, dass wir uns heute sehen, so ganz spontan.«

Laura stieß ein heiseres »Hi« hervor und schob sich auf den freien Stuhl neben ihrem Vater. Dann zog sie ihr Handy aus der Tasche und begann zu tippen.

Joaquín warf einen Blick auf die Speisekarte. »Hast du Lust auf Pasta, mein Schatz?«, fragte er.

Béatrice wollte gerade bejahen, doch dann merkte sie, dass die Worte an Laura gerichtet waren. Das Mädchen zuckte gleichgültig mit den Schultern. »Okay.«

Ein elektronisches Hundegebell ertönte. Béatrice erschrak und blickte sich suchend um. Aber Joaquín lachte nur. »Lauras neuer Klingelton. Das geht jetzt schon den ganzen Tag so mit diesen SMS.« Er lehnte sich über den Tisch zu Béatrice. »Ich habe heute von zu Hause aus gearbeitet und ihr bei den Schulaufgaben geholfen. Es gab mächtig Zoff.« Liebevoll tätschelte er Lauras Kapuzenkopf. »Aber ich glaube, das Schuljahr wird sie schaffen.«

Erneutes Hundegebell.

»Mensch, kannst du dein Telefon nicht ein bisschen leiser stellen?«, murrte Béatrice.

Laura hob ihren Kopf und schaute Béatrice gelangweilt an. »Du hast mir überhaupt nichts zu sagen.«

Joaquín streichelte Laura weiter. »Komm, Laura, jetzt sei doch nicht so schlecht gelaunt.« Dann wandte er sich an Béatrice. »Nimm's nicht persönlich. Wenn das Kind Hunger hat, ist sie immer ein wenig gereizt, das kennst du doch. Lass uns schnell was bestellen.« Er drehte sich nach dem Kellner um.

Béatrice schaute auf den gläsernen Salzstreuer, der die Form eines Hühnereis hatte, und bemerkte, dass er leer war. Unter der Tischplatte ballten sich ihre Hände zu Fäusten. »Ich bin schwanger«, entfuhr es ihr.

Joaquín schrak zurück. Sein Gesicht wurde weiß, und seine Pupillen schrumpften zu einer Größe von Stecknadelköpfen zusammen. Er starrte Béatrice mit halb geöffneten Lippen an.

Schon bereute sie ihre Worte. Sie hätte warten sollen.

»Bist du sicher?«, fragte er.

Noch bevor Béatrice reagieren konnte, knallte Laura ihr Handy auf den Tisch und sprang von ihrem Stuhl auf. »Ich will keine Geschwister«, schrie sie und riss sich die Kapuze vom Kopf. »Und von dir schon gar nicht.« Die Gäste an den benachbarten Tischen verstummten und blickten zu ihnen herüber.

»Setz dich sofort wieder hin!«, befahl Joaquín und streckte seine Hand nach Laura aus.

Doch sie stieß seinen Arm mit einer unwirschen Handbewegung zur Seite. »Ich hasse dich«, rief sie zu Béatrice gewandt und rannte aus dem Restaurant.

»Na, das hast du ja toll hingekriegt«, sagte Joaquín, warf seine Serviette auf den Teller und erhob sich ebenfalls. »Hättest du damit nicht warten können, bis wir alleine sind?« Er griff nach Lauras Handy. »Ich werde sie jetzt suchen gehen und dann nach Hause bringen. Das ist ein riesiger Schock für sie.« Er zog seine Jacke von der Stuhllehne und klemmte sie unter seinen Arm. »Wir reden später.« Schon war er aus der Tür.

Béatrice hörte, wie die Gäste hinter ihr leise über sie redeten. Gläser klirrten, Besteck fiel zu Boden. Jemand kicherte. Kurz darauf kehrte die normale Geräuschkulisse zurück. Béatrice strich mit dem Zeigefinger über den Rand ihres Wasserglases. Dieses verzogene, pubertäre Miststück. Wie konnte er sich von diesem Mädchen nur so herumkommandieren lassen! Was für ein Schwächling. Sicher, das war nicht leicht für Laura, aber dennoch. Wütend warf sie die Zitronenspalte in das Glas und trank es in einem Zug aus.

Da kam Lucío auf sie zugelaufen und stellte eine ovale Platte mit Nudeln in Muschelsauce auf den Tisch. »Prego, Signorina. Pasta alle vongole. Hilft gegen alles.« Er wischte sich mit der Hand über seine feuchte Stirn und schaute sie erwartungsvoll an.

Als Béatrice der Duft von Weißwein und Knoblauch in die Nase stieg, drehte sich ihr der Magen um. Ein Schwall Saures schoss durch die Speiseröhre in ihren Mund. Sie presste die Hand auf die Lippen, schob sich an dem verdutzten Lucío vorbei und rannte zur Toilette.

Paris, Mai 1941

Ich legte meine Tasche ab und ging in die Küche. Es roch nach Seife und getrockneter Wäsche. Mutter stand mit dem Rücken zu mir am Fenster und bügelte. Es freute mich, sie so zu sehen, denn das hatte sie schon lange nicht mehr getan. Als sie mich hörte, drehte sie sich kurz um und lächelte müde. Dann befeuchtete sie ein Leintuch, legte es auf eine Bluse und setzte das Eisen auf, das sofort zu zischen und zu dampfen begann.

Wie sollte ich es ihr nur sagen, überlegte ich, während ich ans

Spülbecken trat und mir ein Glas mit Wasser füllte. Ich wurde die üble Vorahnung nicht los, dass Mutter die Nachricht nicht gut verkraften würde. Seit drei Tagen drückte ich mich um dieses Gespräch. Aber heute musste ich es ihr sagen.

Es war früher Nachmittag. Paris zeigte sich in diesen späten Maitagen von seiner schönsten Seite. Die Stadt glänzte hell und erhaben im warmen Sonnenlicht, auf den großen Boulevards blühten Ahorn- und Kastanienbäume, und hinter den mit goldenen Blättern verzierten Toren des Jardin du Luxembourg dufteten die Fliederbüsche.

Ich setzte mich an den Küchentisch und blätterte abwesend in der Zeitung herum, ohne irgendetwas zu lesen.

Mutter bügelte weiter. »An deiner Bluse fehlt ein Knopf«, murmelte sie. »Hast du den noch?«

Ich trommelte mit den Fingern auf der Tischplatte herum. Dann nahm ich mir ein Herz. »Unser Bankkonto ist gesperrt worden«, sagte ich und starrte auf Mutters Schürzenbänder, die sie auf ihrem Rücken zu einer Schleife zusammengebunden hatte.

Sie ließ das Bügeleisen los und drehte sich zu mir um. »Was? … Was erzählst du da?«, flüsterte sie mit weit aufgerissenen Augen.

»Ich war bei der Bank. Sie sagen, sie dürfen uns nichts mehr auszahlen.«

»Das kann nicht sein, hörst du?«, ereiferte sie sich und gestikulierte mit den Händen. »Ich weiß genau, dass noch genug auf dem Konto ist.«

»Es geht nicht ums Geld«, erwiderte ich und sah sie direkt an. »Das Konto ist gesperrt worden, verstehst du? Warum, wurde mir nicht erklärt. Anweisung von oben, mehr hat der Bankangestellte nicht gesagt. Dann hat er den Schalter einfach geschlossen.«

Mutter setzte sich neben mich an den Tisch. »Diese Schweine!«, sagte sie. »Sie werden uns ruinieren. Morgen werde ich mich beim Bankdirektor beschweren.«

»Das kannst du versuchen, aber sie werden dir trotzdem nichts mehr auszahlen.« Irgendwo roch es nach Verbranntem. Auf dem Bügelbrett züngelte eine Flamme.

»Himmel! Meine Bluse«, rief ich, sprang auf und riss das heiße Eisen von dem Stoff herunter. Dann nahm ich ein Handtuch und schlug die Flamme aus.

Mutter blieb still am Tisch sitzen, den Kopf in die Hände gestützt.

Ich setzte mich wieder zu ihr. »Wir müssen jetzt einen klaren Kopf bewahren.«

Sie sah auf und verzog ihr Gesicht zu einer spöttischen Grimasse. »Einen klaren Kopf! Du und deine weisen Ratschläge. Hast du denn immer noch nicht kapiert, was los ist?« Sie band sich die Schürze ab und schleuderte sie auf den Tisch. »Pétain will uns vernichten, dieser greise Verräter. Schritt für Schritt. Juden müssen sich melden, Juden dürfen nicht mehr im öffentlichen Dienst, in der Justiz und der Medizin arbeiten. Bald werden sie nirgendwo mehr arbeiten dürfen. Und jetzt entzieht er uns den Zugang zu unserem eigenen Geld.« Sie schlug mit der flachen Hand auf den Tisch. »Verdammt, wovon sollen wir jetzt leben?«

Je mehr sie sich aufregte, desto ruhiger wurde ich. Wie immer, wenn ich Mutter der Ohnmacht nahen spürte, schlüpfte ich mit einem Gefühl von Reife und Überlegenheit aus der Rolle der Tochter in die der verantwortungsvollen Betreuerin. Diesmal fiel es mir leicht. Ich war von Christians unbedingter Loyalität überzeugt und wusste, dass er uns in dieser Notsituation beistehen würde. Ich sprach meine Gedanken aus. »Christian kann uns Lebensmittel besorgen. Er …«

Sie ließ mich nicht ausreden. »Ich höre immer nur Christian, Christian, Christian«, zeterte sie. In ihrem Blick lag leise Verachtung. »Du bist völlig abhängig geworden von diesem Kerl.« Sie griff sich mit beiden Händen ins Haar und schloss für einen Moment die Augen. »Und was machen wir, wenn dein Christian sich morgen entscheidet, dir keinen Bohnenkaffee mehr zuzustecken?«, fuhr sie mit spöttischer Stimme fort. »Wenn er sich in ein anderes Mädchen verliebt? Wenn seine Eltern ihm verbieten, dich weiterhin zu sehen – weil du nicht katholisch bist?« Sie funkelte mich an. »Diese Leute behandeln die Juden wie Abschaum. Für die sind wir nichts als Aussatz.«

Bei der Erwähnung seiner Eltern zuckte ich unwillkürlich zusammen. Obwohl ich ihr nichts davon erzählt hatte, was ich über Christians Vater in Erfahrung hatte bringen können, traf sie mit ihrer giftigen Bemerkung einen wunden Punkt. Betreten senkte ich den Kopf.

»*Arbeit, Familie, Vaterland*«, äffte Mutter Pétains Parole nach und stand auf. »Ich könnte kotzen.«

Wie fremd sie mir in diesem Augenblick war! Eine gealterte, verbitterte Frau, die vom Leben nichts mehr erwartete.

Lily sprang vom Fenstersims herunter und landete genau vor ihren Füßen. Mutter hob die Katze, die widerspenstig mit den Beinen strampelte, vom Boden auf und ging in ihr Zimmer. Ich sah ihr nach, bis sie die Tür hinter sich geschlossen hatte.

Irgendwie musste es weitergehen. Ich überlegte, was ich alles auf dem Schwarzmarkt gegen Nahrungsmittel eintauschen könnte. Die goldene Uhr im Wohnzimmer, die noch von Vater stammte. Das schwere Silberbesteck aus Mutters Aussteuer, das in einer Samthülle im Schrank lag und nie benutzt wurde. Den bronzenen Brieföffner meiner Großmutter. Schweren Herzens beschloss ich, auch mein Abendkleid von Jacques Fath zu opfern, sollte sich die

Lage weiter zuspitzen. Durch das geöffnete Küchenfenster hörte ich, wie ein Akkordeonspieler in schrägen Harmonien *J'en connais pas la fin* anstimmte. Im weißen Sonnenlicht tanzte feiner Staub. Lange hatte ich mich nicht mehr so einsam gefühlt.

Paris, Juni 1941

Eine bedrückende Stille empfing mich, als ich am frühen Abend die Wohnung betrat. Erschöpft legte ich meine Tasche ab. Meine Füße schmerzten, und mein Magen knurrte wie ein tollwütiger Wolf. Den ganzen Nachmittag hatte ich in drückender Hitze vor dem Wäschegeschäft angestanden, um für meine Mutter und mich neue Nachthemden zu ergattern.

Weil alle unsere Rohstoffe an die Deutschen abgeliefert werden mussten und für die französische Bevölkerung kaum mehr etwas übrig blieb, waren Anfang des Sommers *Cartes de vêtements* eingeführt worden. Diese Kleiderkarten waren kleine, abtrennbare Coupons, auf denen verschiedene Punktzahlen standen. Allerdings war es utopisch zu glauben, dass wir mit diesem System unsere Bedürfnisse würden decken können. Bis zum Ende des Jahres hatte ich noch vierzig Punkte zur Verfügung, aber für ein Kleid brauchte ich allein fünfzig Punkte.

Auf Zehenspitzen schlich ich durch den Flur. Seit Mutter vor mehreren Tagen die goldene Wanduhr angehalten hatte, war sie nicht mehr aus ihrem Bett gekommen. Wenn sich die inneren Dämonen ihrer wunden Seele bemächtigten, tat ihr alles weh. Hören und Sehen, Reden und Gehen. Dann ertrug sie nur noch die Stille. Und wie immer, wenn die Uhr plötzlich nicht mehr ticken durfte, wusste ich, dass es das Beste war, wenn ich mich unsichtbar machte.

Lautlos huschte ich in die Küche. Ich fand sie genau so vor, wie ich sie am Morgen verlassen hatte. Auf dem Tisch ein halber Laib Brot, den ich vor mehreren Tagen erstanden hatte. Mittlerweile war er so hart geworden, dass ich Mühe hatte, etwas davon abzuschneiden. Daneben ein Messer und ein paar Krümel. Dann entdeckte ich die Kaffeetasse. Heute Morgen hatte ich sie Mutter mit frisch gebrühtem, echtem Kaffee vor ihre Zimmertür gestellt, in der Hoffnung, der würzige Duft würde sie aus dem Bett locken. Jetzt stand die Tasse mit einem eingetrockneten Rest in der Spüle. Sie war also aufgestanden, dachte ich und freute mich über den kleinen Fortschritt.

Ich füllte ein paar Haferflocken für Lily auf einen Teller, weichte sie mit Wasser ein und stellte sie auf den Boden. Sofort kam die Katze hinter dem Ofen hervorgesprungen und beschnupperte die Flocken. Dann warf sie mir einen vorwurfsvollen Blick zu und verschwand, ohne zu fressen, unter dem Schrank. »Tut mir leid, meine Kleine«, flüsterte ich. »Aber ich habe leider nichts Besseres.«

Solange Mutter nicht an unserem Leben teilnahm, blieb unsere Küche kalt und das Radio ausgeschaltet. Ich verbrachte die meiste Zeit in der Sorbonne, saß mit knurrendem Magen in meinen Vorlesungen oder arbeitete schweigend in der Bibliothek. Wenn ich am späten Nachmittag den Lesesaal endlich verließ, waren die Regale in den Lebensmittelläden wie leergefegt. Manchmal, von guten Vorsätzen angespornt, stand ich morgens ganz früh auf und stellte mich gegen halb sechs beim Bäcker an. Aber selbst dann waren die Warteschlangen schon zum Verzweifeln lang. Die ersten Frauen mussten weit früher eingetroffen sein, einige von ihnen mit schlaffen Kindern im Arm, denen der Schlaf in den Augen klebte.

Gott sei Dank steckte Christian mir weiterhin Proviant zu.

Gestern ein Päckchen Linsen, heute Morgen eine Tüte Kekse und ein Stück Schinken. Die Nahrungsmittelknappheit, mit der die Pariser Bevölkerung seit Beginn der Besatzung zu kämpfen hatte, ging an ihm völlig vorbei. In seiner Wohnung im vornehmen 16. Arrondissement mangelte es an nichts. Die Mädchen vom Schwarzmarkt kamen jeden Morgen zu ihm ins Haus, brachten Fleisch, Kaffee, Butter und Brot im Überfluss und verließen Christians Heim mit einer Stange Zigaretten und einem Stapel ordentlich zusammengebundener Geldscheine, die sie unter karierten Handtüchern in ihren Einkaufskörben versteckten.

Heute Mittag hatte ich ihm von der Sperrung unseres Bankkontos erzählt. Zu meiner Überraschung hatte er nicht mit seiner üblichen Gelassenheit reagiert.

»Ich mache mir Gedanken«, sagte er stattdessen und wirkte mit einem Mal bedrückt. »In letzter Zeit bekommt mein Vater ständig Besuch von Regierungsberatern aus Vichy und von deutschen Offizieren. Von Stülpnagel war auch ein paarmal dabei. Sie schließen sich stundenlang in seinem Büro ein. Ich habe keine Ahnung, worum es in ihren geheimen Unterredungen geht.« Er zog die Stirn in Falten. »Aber wenn mein Vater damit zu tun hat, kann es nichts Gutes sein.«

Seine Worte versetzten mich augenblicklich in höchste Besorgnis. Wir saßen in einer Brasserie am Quai de Bourbon vor kleinen, safrangelben Omelettes und Brot. Vorsichtig schaute ich mich um, aber niemand schenkte uns Beachtung. »Hat von Stülpnagel etwas zu dir gesagt? Hat er mich mit irgendeinem Wort erwähnt?« Zu meiner Erleichterung schüttelte Christian den Kopf. »Kannst du herausbekommen, was sie vorhaben?«, wollte ich wissen. Mein Herzschlag beschleunigte sich. »Warum unser Konto gesperrt worden ist? Wurde das mit allen jüdischen

Konten gemacht? Mutter hat gelesen, dass sie hinter unserem Geld her sind. Irgendwer steckt ihr Zeitungen aus dem Untergrund zu.«

Christian wischte sich mit dem Handrücken über den Mund. »Mein Vater redet grundsätzlich nicht mit mir über seine Geschäfte. Sein Büro ist immer abgeschlossen. Selbst meine Mutter darf nicht hinein.«

Der Hunger war mir vergangen. Lustlos stocherte ich auf meinem Teller herum, dann legte ich die Gabel hin.

»Lass uns abhauen!«, flüsterte Christian, beugte sich dicht zu mir und blickte zärtlich in mein banges Gesicht. »In die italienische Zone. An den Genfer See oder nach Grenoble. Dort wärst du sicher.« Er tupfte sich den Mund mit seiner Serviette ab und strich mir über die Wange. »Ich habe Freunde dort.«

Sein Vorschlag kam so unvermittelt, dass ich ihn eine Weile ungläubig anstarrte. Aber sofort konnte ich mir alles genau vorstellen. Christian und ich am Seeufer. Ein kleines Häuschen nur für uns beide. Vielleicht ein Garten. Ein Apfelbaum. Hinter uns die Alpen. Es klang verlockend. Doch dann holte mich die Wirklichkeit wieder ein. »Ich kann nicht«, sagte ich nüchtern. »Ich muss mich um meine Mutter kümmern.«

»Wir nehmen sie natürlich mit«, gab Christian ohne Zögern zurück.

Wie sehr ich ihn in diesem Augenblick liebte! Seine Idee klang zu schön, um jemals wahr werden zu können.

»Sie wird Paris niemals verlassen«, sagte ich und gab mir keine Mühe, meine Enttäuschung zu verbergen. »Sie hat ihr ganzes mieses Leben hier verbracht.«

»Frag sie trotzdem, ja?«, bat er. »Vielleicht tut sie es doch … für dich.«

Wie wenig er sie kannte! Er wusste ja nichts von ihren Schwächeanfällen und Angstzuständen. Von ihren Albträumen und düsteren Visionen. »Ja, natürlich werde ich sie fragen«, sagte ich betrübt.

Ich schlich zu Mutters Tür, die nur angelehnt war, und lauschte, ob sich in ihrem Zimmer etwas rührte. Nichts. Behutsam schob ich die Tür eine Handbreit auf. Mutter lag, zusammengekrümmt wie ein Säugling, in ihren Kissen und starrte auf die zugezogenen Vorhänge, durch die schwaches Abendlicht fiel. Aus der hohlen Wölbung ihres Bauches lugte Lilys Kopf hervor. Sobald die Katze mich an der Tür stehen sah, hüpfte sie miauend aus dem Bett. Mutter stöhnte und tastete mit der Hand nach ihr.

Ich wollte einen Versuch machen, mit ihr zu reden, und trat ins Zimmer. Es war heiß und roch nach verbrauchter Luft. »Wie geht es dir?«, fragte ich leise.

Als sie meine Stimme hörte, schrak sie zusammen. Dann wandte sie sich mir zu. Die Augen lagen tief in den Höhlen, ihre Haut war grau und verknittert wie altes Zeitungspapier. »Geht so«, krächzte sie und räusperte sich.

Es tat gut, nach so vielen Tagen des Schweigens endlich wieder ihre Stimme zu hören.

»Möchtest du etwas essen?«, fragte ich, ging zum Fenster und öffnete es. Die Vorhänge zog ich nicht auf. So viel Licht hätte sie nicht ertragen.

Mutter schüttelte den Kopf und machte mir Zeichen, zu ihr zu kommen.

Ich setzte mich auf den Rand ihres Bettes.

»Ach Kind …«, seufzte sie und rückte das Kissen unter ihrem Kopf zurecht. »Ich habe furchtbare Angst.« Sie schluckte. »Wie soll es bloß weitergehen? Wir haben keinen Centime mehr. Ich darf nicht mehr arbeiten. Wie …«

»Irgendwann geht auch das vorbei«, unterbrach ich sie in diesem mütterlich zuversichtlichen Tonfall, den ich mir in den letzten Jahren angewöhnt hatte, wenn sie von Schwermut gepackt wurde. »Wir verkaufen ein paar Sachen und schlagen uns irgendwie durch.«

»Irgendwann … irgendwie«, wiederholte sie langsam. Eine Träne lief über ihre Wange. Sie betrachtete das blasslila Blumenmuster auf der Bettdecke. »Judith«, sagte sie schließlich und griff nach meiner Hand. »Es gibt böse Gerüchte.« Sie fuhr sich mit der Hand übers Gesicht. »Es heißt, dass die Polizei jetzt auch französische Juden zusammentreiben will, um sie den Deutschen auszuliefern. Und dann …« In ihren Augen las ich Panik und Entsetzen. »Dann werden sie nach Osteuropa deportiert und vernichtet wie krankes Vieh.«

Ich wusste nicht, ob ich ihr glauben sollte oder ob sie in der Einsamkeit ihres Zimmers zu phantasieren begonnen hatte. »Mutter, das sind Arbeitslager«, sagte ich und drückte ihre Hand. »Keine Vernichtungslager.«

Sie schaute mich eindringlich an. »Ich habe Angst um dich, Judith. Du musst fort von hier.« Ihre Stimme klirrte wie dünnes Glas.

Sofort musste ich wieder an Christians Worte denken. Vielleicht hatte er recht gehabt, vielleicht würde sie mitkommen. Jetzt war ein guter Moment, mit ihr darüber zu sprechen. Wieder sah ich uns am Ufer des Genfer Sees entlangspazieren. »Christian hat mir angeboten, uns beide bei Freunden in der italienischen Zone unterzubringen«, sagte ich und versuchte, aufmunternd zu klingen.

Mutter senkte den Blick. Die Gardinen blähten sich sanft im Wind, der durch das geöffnete Fenster hereinwehte. »Du vertraust ihm, nicht wahr?«, fragte sie und schluckte.

Ich nickte stumm.

»Dann geh mit ihm«, wisperte sie. »Bring dich in Sicherheit.« Sie sagte es ohne zu zögern, so als gäbe es nichts zu überlegen.

»Du meinst … ohne dich?«, fragte ich bestürzt. »Ich kann doch nicht … Ich lasse dich doch nicht hier allein zurück«, fügte ich hinzu, bevor sie etwas erwidern konnte.

Mutter seufzte. »Du hast das Leben noch vor dir. Geh, und mach das Beste draus. Aber ich … Für mich ist es zu spät.«

»Es ist überhaupt nichts zu spät, Mutter«, rief ich und sprang von der Bettkante auf. »Du kommst mit.«

Sie schloss die Augen. »Ich kann nicht. Ich habe keine Kraft mehr, Judith. Ich schaffe es kaum aufzustehen.«

»Und genau deshalb kann ich dich hier nicht zurücklassen«, sagte ich bestimmt und lief im Zimmer umher. Von meinem zuversichtlichen Tonfall war nichts mehr übrig. Ich fühlte mich nur noch überfordert und hilflos.

Mutter legte den Arm über ihre Augen, als blendete sie das wenige Licht, das durch die Vorhänge drang. »Es hat alles keinen Sinn mehr.« Dann drehte sie sich zur Wand. »Ich bin müde, so müde … Ich möchte jetzt ein wenig schlafen.«

Ich stellte mich ans Fußende ihres Bettes und betrachtete ihren borstigen Haarschopf, der wie ein eingerollter Igel aussah. »Entweder gehen wir zusammen, oder ich bleibe auch hier«, erklärte ich.

Sie antwortete nicht.

»Sieh mich an, Mutter!«, verlangte ich.

Aber sie rührte sich nicht.

»Rede mit mir!«

Nichts.

Ich war kurz davor, Mutter an den Armen zu packen und heftig zu schütteln. Doch dann besann ich mich, schluckte meine

Wut hinunter und ging mit gesenktem Kopf aus dem Zimmer. Es war zwecklos, einen kranken Menschen zur Vernunft bringen zu wollen. Meine Entscheidung war getroffen – wir würden in Paris bleiben. Wenn ich sie hier alleine ließ, würde ich mir das mein Leben lang vorwerfen.

8

Den Sportteil einer Tageszeitung und ein paar zerfledderte Zeitschriften. Mehr gab es nicht in dem spärlich eingerichteten Warteraum, um sich die Zeit zu vertreiben. Und die wollte einfach nicht vergehen. Schon seit über zwei Stunden rutschte Béatrice auf einem der orangenen Plastikstühle herum und wartete auf Jacobina. Sie schlug abwechselnd die Beine übereinander, obwohl der Stuhl davon nicht bequemer wurde, inspizierte ihre Fingernägel und googelte auf ihrem Handy Schwangerschaftshosen.

Währenddessen saß Jacobina irgendwo hinter der breiten Milchglastür, die das Wartezimmer von den Behandlungsräumen abtrennte, und bekam ihren ersten intravenösen Chemococktail verabreicht. Sie hatte große Angst vor dieser Infusion gehabt und Béatrice gebeten, sie zu diesem frühmorgendlichen Termin zu begleiten. Aber als Béatrice dann neben ihr im Sprechzimmer gesessen hatte, wollte Jacobina doch lieber alleine sein. »Warte draußen auf mich«, hatte sie ihr mit vor Angst geweiteten Augen zugeflüstert. »Ich heule nicht gern vor anderen.«

Béatrice war die Einzige im Wartezimmer, was ihr mehr als recht war. Sie nahm eine der Illustrierten vom Tisch und blätterte darin herum. Gertenschlanke Hollywood-Schauspielerinnen in extrakurzen Shorts lächelten ihr entgegen. *Es wird ein Junge*, verkündete eine Überschrift auf Seite elf. Béatrice betrachtete den kugelrunden Bauch von Gwyneth Paltrow, die anscheinend kurz vor der Niederkunft stand und aussah, als hätte sie einen Basketball verschluckt. Bisher hatte Béatrice in den Magazinen die Schwagerschaftsnews der Stars immer überblättert. Jetzt verschlang sie gierig jede Zeile. Las, wie viel an Gewicht Gwyneth Paltrow in den vergangenen Monaten zugenommen hatte und wie lange es bei ihrem ersten Baby gedauert hatte, alles wieder zu verlieren.

Zum ersten Mal überkam Béatrice ein zartes Gefühl der Vorfreude auf das werdende Leben, was da in ihr heranwuchs. Sie lächelte. Egal, wie kompliziert ihr Leben mit einem Kind wurde, sie würde es schaffen. Sie betastete ihren Bauch. Noch sah man nichts. Man würde noch lange nichts sehen. Was ihre Mutter wohl sagen würde, wenn sie erfuhr, dass sie Großmutter wurde?

Ihr Blackberry klingelte. Joaquín. Sein Name auf dem Display versetzte Béatrice einen schmerzhaften Stich. Seit er vor über einer Woche fluchtartig aus dem Restaurant gestürmt war, hatten sie nur per SMS kommuniziert. Béatrice legte die Zeitschrift zurück auf den Tisch und nahm zögernd das Gespräch an.

Nach einer kurzen Begrüßung kam er ohne große Umschweife zur Sache. »Béa, ich habe lange nachgedacht … Also, ich glaube, du solltest diese Schwangerschaft abbrechen«.

»Abbrechen? Bist du wahnsinnig?«, entfuhr es ihr. Ein jäher Adrenalinstoß pumpte durch ihren Körper und jagte ihren Puls auf ein schwindelerregendes Tempo. »Und das sagst du mir einfach so am Telefon?« Sie sprang so hastig von ihrem Stuhl auf, dass er nach hinten umkippte. »Hat dir das deine reizende Tochter eingeredet?«

»Nein, Liebling. Beruhige dich doch. Laura hat damit nichts zu tun«, versuchte er, sie zu besänftigen.

Sie ballte ihre freie Hand zur Faust. »Seit Tagen weichst du mir aus. Und jetzt schlägst du mir am Telefon eine Abtreibung vor!« Ihre Stimme überschlug sich vor Wut und Enttäuschung.

Die Sprechstundenhilfe lehnte sich über den Empfangstresen und schaute zu ihr herüber. Béatrice wich ihrem Blick aus und setzte sich in eine Ecke des Warteraums, die nicht in ihrem Blickfeld lag.

»Es tut mir leid«, sagte Joaquín, »Ich habe einfach ein wenig Zeit gebraucht. Das ging mir alles zu schnell im Restaurant.«

»Dir geht es zu schnell, aber wie es mir geht, das kümmert dich überhaupt nicht«, gab sie zurück. »Ich fühle mich von dir total allein gelassen.« Ihr Kopf begann heftig zu schmerzen.

Joaquín holte Luft. »Ich mache mir Sorgen. Eine Geburt in deinem Alter ... Das ist ein großes Risiko.«

Er klang wie ein Fremder. Wie hatte sie nur glauben können, diesen Mann zu kennen? »Das stimmt doch gar nicht«, konterte Béatrice. »Weißt du eigentlich, wie viele Frauen über vierzig heute Kinder bekommen?«

Joaquín ging nicht darauf ein. »Außerdem ist die Wahrscheinlichkeit ziemlich hoch, dass dein Baby mit Down-Syndrom geboren wird.« Er räusperte sich. »Statistisch gesehen, meine ich natürlich.«

»*Unser* Baby, Joaquín. Es ist *unser* Baby, nicht nur meins.« Béatrice legte die Hand auf ihren Bauch. Sie war den Tränen nahe.

Jemand tippte ihr von hinten auf die Schulter. Erschrocken fuhr sie herum und sah direkt in die kajalumrandeten Augen der Sprechstundenhilfe. Die Frau deutete auf ein Schild mit einem durchgestrichenen Telefon.

»Bin gleich fertig«, flüsterte Béatrice.

»Na ja, und ich ... ich bin bald achtundfünfzig«, fuhr Joaquín leise fort. »Ich will nicht mehr von vorne anfangen. Windeln wechseln. Nachts nicht durchschlafen. Ich habe einfach keine Kraft mehr dafür.«

»Warum hast du mir das nicht vorher gesagt?«, fragte Béatrice matt und fühlte sich plötzlich sehr einsam. »Bevor du mit mir ins Bett gegangen bist.« Spielte für Laura ständig den Über-Vater und jetzt, wo es um ihr Kind ging, wollte er sich einfach aus dem Staub machen. So musste es ihrer Mutter ergangen sein, als sie vor 43 Jahren mit Béatrice' Vater ein ähnliches Gespräch geführt hatte.

Die Glastüren glitten zur Seite und eine dunkelhäutige Krankenschwester in einem blauen Kittel führte Jacobina herein. Die alte Dame humpelte stärker als sonst und umklammerte den Arm der Schwester mit beiden Händen.

»Ich bin für ein Kind einfach zu alt«, meinte Joaquín und räusperte sich wieder. »Außerdem bekommen alte Väter viel häufiger autistische Kinder. Die Statistiken sind echt beängstigend.«

»Jetzt hör endlich mit diesem Statistikscheiß auf«, rief Béatrice und erhob sich. Die Krankenschwester half Jacobina, sich auf einen Stuhl zu setzen.

»Geschafft«, murmelte die Freundin und grinste Béatrice zufrieden und erschöpft an.

Doch Béatrice reagierte nicht darauf, sondern ging zum Fenster und betrachtete den lautlosen Berufsverkehr auf der K-Street. »Ich werde dieses Baby nicht abtreiben lassen. Niemals.«

»Aber verstehst du denn nicht, Béa?«, beharrte Joaquín. »Ich liebe dich. Ich möchte mit dir zusammenleben und glücklich sein. Laura soll unsere gemeinsame Tochter werden. Aber ich kann nicht noch ein Kind großziehen … Ich kann nicht.«

Béatrice schossen die Tränen in die Augen. Mit dem Handrücken wischte sie sie fort. »Laura wird nie mein Kind werden. Das weißt du ganz genau«, sagte sie.

»Gibt es hier irgendwo Wasser?«, krächzte Jacobina im Hintergrund. »Mein Hals ist so trocken.«

Béatrice drehte sich zu ihr um, legte die Hand aufs Telefon und flüsterte: »Wir gehen gleich.« Dann hielt sie es wieder ans Ohr. »Ich werde das auch alleine schaffen.«

»Béa, bitte. Lass uns das zusammen entscheiden«, flehte Joaquín.

»Es gibt nichts zu entscheiden«, erwiderte sie mit tränenerstickter Stimme und drückte auf den Knopf, um das Gespräch zu beenden.

»Mistkerl«, schnaubte Jacobina. »Aber ich versichere dir: Wenn das Baby erst mal da ist, wird er seine Meinung ändern. So ist es doch immer. Wart's nur ab.«

Béatrice zog eine Handvoll Papiertücher aus der Pappschachtel, die auf dem Tisch mit den Zeitschriften stand, und schnäuzte sich. »Wer weiß«, sagte sie niedergeschlagen. Sie bückte sich nach ihrer Tasche, nahm eine Flasche Wasser heraus und reichte sie Jacobina. »Hier.«

Dankbar griff Jacobina danach und trank.

»Und? War's schlimm?«, fragte Béatrice, während sie sich ihre Jacke anzog.

Jacobina schüttelte den Kopf. »Besser, als ich dachte. Hab kaum was gemerkt.«

Die Schwester in dem blauen Kittel kam zurück und drückte Jacobina eine Tüte mit Medikamenten und einen Zettel in die Hand. »So, Sweetheart, jetzt gehen Sie schön nach Hause und ruhen sich aus«, sagte sie mit einem breiten Lächeln und strich Jacobina freundschaftlich über die Schulter. »Wenn Ihnen schlecht wird, nehmen Sie zwei von diesen Tabletten. Und wenn's ganz schlimm wird, nehmen Sie ein paar von diesen. Sie können normal essen. Und nicht vergessen, Sweetie: viel Wasser trinken.«

Jacobina nickte gehorsam, hakte sich bei Béatrice unter und ließ sich von ihr zum Ausgang geleiten. »Sweetheart«, wiederholte sie mit verstellter Stimme, als sie zusammen in der Fahrstuhlkabine standen. »So wird man auch nur in Amerika angesprochen.« Dann mussten beide lachen.

Béatrice zog den Deckel von ihrem Joghurtbecher und leckte ihn ab, so wie Laura das immer machte. Eigentlich mochte sie keinen Joghurt. Aber zurzeit war es das Einzige, was sie essen konnte, ohne dass ihr schlecht wurde. Diese Geschichten von Schwangeren, die heißhungrig ihre Kühlschränke attackierten und sich die Bäuche mit sauren Gurken und Schokoladenpudding vollstopften waren völliger Blödsinn. Béatrice schob sich einen Löffel Erdbeerjoghurt in den Mund. Unschlüssig beäugte sie ihr Blackberry. Seit über einer Stunde überlegte sie, ob sie Grégoire anrufen sollte.

Nachdem sie von ihrer Schwangerschaft erfahren hatte, hatte sie sich nicht mehr bei ihm gemeldet. Und er hatte auch nichts von sich hören lassen. Dabei wäre es doch an ihm, sie anzurufen, nachdem sie ihn im Museum besucht hatte. Vom Roten Kreuz in Baltimore war bis jetzt noch keine Antwort gekommen, sie hatte also keinen guten Grund, sich bei ihm zu melden. Warum brauchte sie überhaupt einen Grund? Sie lebte in einem freien Land im 21. Jahrhundert, da konnte eine Frau einen Mann jederzeit anrufen – einfach nur so –, ohne dass es gleich etwas zu bedeuten hatte. Die komplizierten Dating-Spielregeln der Amerikaner, in denen sich Béatrice nicht zurechtfand, galten für sie beide nicht. Grégoire war ja Franzose und kannte sich mit den unspontanen amerikanischen Bräuchen genauso wenig aus. Und die französischen Codes galten zwischen ihnen nicht, entschied Béatrice. Sie befanden sich in den USA, außerhalb ihres kulturellen Umfelds, wie in einem Vakuum. Außerdem hatte er sie zum

Essen eingeladen. Da war es doch nur selbstverständlich, dass sie die Einladung endlich erwiderte. Vielleicht wartete er sogar darauf, dass sie sich bei ihm meldete.

Sie stellte den halbvollen Joghurtbecher auf den Schreibtisch und griff beherzt zum Telefon.

Grégoire war sofort dran.

»Schön, dass du anrufst«, sagte er und plauderte drauflos, als hätten sie sich erst gestern gesprochen.

Wie immer, wenn sie seine Stimme hörte, spürte Béatrice eine Anziehungskraft, die sie vorher noch nie bei einem Mann empfunden hatte. Schließlich gab sie sich einen Ruck und fragte ihn, ob er am Donnerstagabend zu ihr zum Essen kommen wolle. »Ja gern«, antwortete er sofort, und dass er einen guten Wein mitbringen würde. So einfach war das. Beglückt legte sie auf und strahlte das Telefon an.

»Lange Mittagspausen und Privatgespräche. Du meinst wohl, weil du hier alleine bist, kriege ich nichts mehr mit?«, tönte es plötzlich hinter ihr.

Béatrice fuhr auf ihrem Stuhl herum und erblickte Michael, der mit verschränkten Armen im Türrahmen lehnte, seinen Mund zu einem widerlichen Grinsen verzogen.

Wie lange er da wohl schon gestanden hatte? Sie fühlte, wie ihr Gesicht flammendrot anlief.

Michael schloss die Tür und drückte noch einmal dagegen, als wolle er sich versichern, dass sie auch wirklich zu war. Dann setzte er sich auf den Stuhl neben dem alten Röhrenbildschirm. Der Stuhl ächzte und knackte unter seinem Gewicht, Michaels massiger Bauch wölbte sich nach vorn. Er räusperte sich mehrmals, nahm seine Brille ab und rieb sich die Augen. »Die Untersuchung in Haiti ist abgeschlossen«, sagte er und setzte die Brille wieder auf.

Béatrice wippte unruhig mit den Knien auf und ab.

»Sie haben nichts gefunden«, erklärte er, runzelte die Stirn und lehnte sich zurück.

Béatrice verzog den Mund, sie wusste nicht, ob sie sich darüber freuen oder ärgern sollte. Schließlich hatte sie mit den beschönigten Zahlen und dem Zuspielen von internen Informationen an die Presse nichts zu tun gehabt. Sie hatte auf eindeutige Beweise gehofft, um sich von dem falschen Verdacht zu befreien.

Michael stützte seine Ellbogen auf die Armlehnen und legte die Fingerspitzen aneinander. »Das war ja klar. Wir sind nun mal nicht das FBI und haben keinen Zugang zu den privaten E-Mail-Konten unserer Mitarbeiter. Wer weiß, was da abgelaufen ist.«

Béatrice biss sich auf die Lippen und sah zu Boden.

»Aber ich bin wegen etwas anderem gekommen«, fuhr er fort.

Sie blickte auf.

»Wir, also das Senior Management, hatten gestern eine Sitzung, um über das Budget für die nächsten Jahre zu diskutieren.« Er kratzte sich am Kopf. »Es sieht nicht gut aus. Das Exekutivdirektorium hat neue Reformen beschlossen. Damit sollen in den nächsten Jahren mindestens fünfzig Millionen Dollar eingespart werden.« Er betrachtete seine Hände und räusperte sich erneut. »Im Klartext: Es werden Köpfe rollen.«

Béatrice zuckte zusammen und starrte ihn an.

Michael schien die Wirkung seiner Neuigkeiten auszukosten und betrachtete sie schweigend. »Da deine Leistungen im Moment ziemlich zu wünschen übriglassen, liegt es natürlich nahe, bei dir anzufangen«, fuhr er dann fort und strich sich über den Bauch.

Worte wie Faustschläge. Béatrice schloss für eine lange Sekunde die Augen. Sie wusste, dass er eine schwangere Frau nicht einfach rauswerfen konnte. Es gab Regelungen und Verordnungen, die das verbaten. Aber über ihren Zustand würde sie ihn ein anderes Mal aufklären. Erst musste sie mit dem Betriebsrat sprechen.

Michael erhob sich und ging zur Tür. »Ich kann dir nur eins raten: Nimm die Arbeit hier im Archiv ernst. Das ist deine letzte Chance.« Polternd fiel die Tür hinter ihm ins Schloss.

Donnerstagabend. Béatrice stand am Fenster ihres Wohnzimmers und blickte auf die R-Street. Die Sonne stand tief über Georgetown und tauchte die Stadt in warmes Orange. Am Vortag hatte ein heftiger Regen die letzten welken Kirschblüten von den Ästen gepeitscht und damit die Straßenränder bestäubt. Nun fuhren die Autos die nassen Blüten zu Matsch. So schnell ging das, dachte Béatrice wehmütig. Eben noch hatten sich die Bäume unter der üppigen, weiß-rosa Pracht gebogen, und schon war alles wieder vorbei.

Sie warf einen Blick auf ihr Blackberry und sah, dass Jacobina mehrmals versucht hatte, sie zu erreichen. Sie würde morgen früh zurückrufen. Seit die alte Frau mit der Chemotherapie begonnen hatte, rief sie ständig an, um Béatrice zu erzählen, wie schlecht es ihr ging und dass ihr nichts mehr schmeckte. Heute Abend wollte Béatrice das nicht hören.

Sie schaltete ihr Handy aus. Dieser Abend gehörte ihr. Ihr und Grégoire, der jeden Moment eintreffen musste.

Ihre Gedanken schweiften zu dem Sonntagnachmittag, an dem sie mit ihm um das Tidal Basin geschlendert war. Wie er sich über die Vergänglichkeit des Schönen lustig gemacht und ihr die abgerupften Kirschblüten in die Hand gedrückt hatte. Es war ein perfekter Moment gewesen, ein Moment voller Verlangen und Hoffnung. Der Hoffnung, Grégoire würde doch noch ein Ruderboot mieten, sie mitten auf dem See leidenschaftlich küssen und sich dann dafür entscheiden, nicht nach Frankreich zurückzugehen. Flüchtige, dumme Mädchenträume. Jetzt hatte das Schicksal Béatrice' Leben in eine völlig andere Bahn gelenkt, und sie schämte sich für ihre geheimen Grégoire-Phantasien. Sie war schwanger von einem anderen Mann. Von einem Mann, den sie nicht mehr in ihrem Leben haben wollte und der ihr Kind nicht in seinem wollte.

Es klingelte. Béatrice' Herz klopfte schneller. Sie hatte sich fieberhaft auf Grégoires Besuch vorbereitet, die Wohnung geputzt, Kochbücher gewälzt, bei *Whole Foods* französischen Käse eingekauft und ihre störrischen Haare in heiße Wickler gerollt. Nein, sie würde ihm nichts sagen. Noch nicht. Heute Abend wollte sie einfach nur ein unbeschwertes Essen mit ihm genießen. Fernab der Wirklichkeit. Ihn noch einmal dabei beobachten, wie er mit höchster Konzentration den Wein auf seiner Zunge hin und her wiegte. Ihm noch einmal begeistert zuhören, wenn er etwas über die Besonderheiten des Jahrgangs und die Traubenmischung erklärte. Noch einmal ein wenig träumen, bevor dieser Mann für immer aus ihrem Leben verschwand.

Béatrice trug ein enges, schwarzes Kleid von Diane von Furstenberg, das sie sich einen Tag vor ihrem Schwangerschaftstest online bestellt hatte. Nun wollte sie Grégoire darin beeindrucken, bevor ihr Bauch unvorstellbare Dimensionen annehmen würde. Es passte so perfekt, als wäre es für sie geschneidert worden. dachte Béatrice zufrieden, während sie im Vorbeigehen das Bild ihrer schlanken Gestalt im Wandspiegel sah.

Grégoires anerkennender Blick entging ihr nicht, als sie ihm öffnete. Da stand er, so nah und doch unerreichbar, in seinem beigen Mantel. Die schulterlangen Haare lässig zerzaust, in jeder Hand eine Flasche Wein. Béatrice' Magen schnürte sich vor Aufregung zusammen. Er küsste sie rechts und links auf die Wangen, stellte die Flaschen ab und warf seinen Mantel über einen Stuhl. »Schön hast du's hier«, sagte er und ließ sich auf ihr Sofa fallen. Sofort erfüllte seine Präsenz den ganzen Raum.

Béatrice setzte sich neben ihn und schenkte zwei Gläser Wasser ein, die sie auf dem Tisch bereitgestellt hatte.

»Gefällt mir, dass du nicht alles vollgestellt hast«, meinte Grégoire und sah sich neugierig um.

Sie hatte die zwei geräumigen, lichtdurchfluteten Zimmer ihrer Wohnung, die sich im zweiten Stock eines viktorianischen Hauses befand, nur spärlich eingerichtet. Gegenüber des breiten, grauen Sofas stand ein Bücherregal, dazwischen ein kleiner Tisch. Das Wohnzimmer grenzte an eine weiße, offene Küche mit einem riesigen Kühlschrank aus Edelstahl. Von den zwei hohen, oben runden Fenstern auf der Westseite ihres Wohnzimmers hatte man einen weiten Blick über den *Dumbarton Oaks Park*, in dem Béatrice im Frühling gern saß, wenn es noch nicht so schwül war und die Temperaturen im Bereich des Erträglichen lagen.

Eine Traumlage im edelsten Viertel der Hauptstadt, wo sich historische Prachtbauten mit Türmchen und Rosengärten und putzige, bunte Häuschen aneinanderreihten. Georgetown war ein Stück beschauliche, alte Welt, die unter Denkmalschutz stand und keinen U-Bahn Anschluss wollte. Die Wohnung hier ihr Eigen nennen zu können, bedeutete Béatrice alles. Als sie vor ein paar Jahren das erste Mal jubelnd und stolz den Schlüssel in das Schloss zu ihrem neuen Zuhause gesteckt hatte, hatte sie eine Zeitlang geglaubt, endlich angekommen zu sein.

Grégoire legte seinen Kopf schief, um ein paar Buchtitel in ihrem Regal zu entziffern, dann streckte er die Beine von sich und breitete seine Arme über der Sofalehne aus. »Gibt's was Neues zu Judith? Hat sich das Rote Kreuz schon gemeldet?«

»Nein, leider nicht«, antwortete Béatrice und seufzte. »Ich komme im Moment überhaupt nicht weiter. Niemand hat bis jetzt auf meine Nachrichten reagiert. Weder der Rabbi noch das Standesamt, noch der Suchdienst in Deutschland.« Sie stützte den Kopf in die Hände und betrachtete die aufsteigenden Luftbläschen in ihrem Sprudelwasser.

»Lass dich nicht entmutigen. Wie gesagt, so was dauert seine Zeit«, sagte Grégoire und schaute sie von der Seite an. »Sie bekommen sehr viele Anfragen und müssen erst in den Archiven recherchieren, bevor sie antworten. Du kannst dir nicht vorstellen, wie viele Dokumente und Anfragen es gibt. Zigtausende. Ein Drittel der Angestellten in Bad Arolsen ist jetzt dabei, alles zu digitalisieren. Bald wird es einfacher.«

Béatrice nickte abwesend.

Grégoire berührte leicht ihren Arm. »Wie geht's dir sonst so, Béatrice? Du wirkst irgendwie bedrückt.«

Ob es der sanfte, fragende Tonfall war, der eine besondere Wirkung auf sie ausübte, oder die Schwangerschaftshormone, die in ihrem Körper Purzelbäume schlugen – Béatrice wusste es nicht. Aber als sie seine Frage hörte, löste sich irgendetwas in ihr. Noch bevor sie antworten konnte, liefen ihr bereits die Tränen über das Gesicht.

»Hey, was ist denn?«, flüsterte Grégoire, rückte näher heran und legte seinen Arm um sie.

Als sie seine Hand auf ihrer Schulter spürte, brach der ganze angestaute Schmerz in lauten, abgehackten Schluchzern aus ihr heraus.

Grégoire hielt sie fester. »Was ist passiert?«, wiederholte er und streichelte ihren Rücken.

»Das ... ich ... «, brachte Béatrice nur heraus und vergrub das Gesicht in ihren Händen.

»Möchtest du es mir erzählen?«

Béatrice machte eine kaum merkliche Kopfbewegung, die ein Nicken bedeuten sollte, und weinte ungehemmt weiter. Der Duft von Grégoires Aftershave und sein starker Körper dicht neben ihr machten sie ganz benommen.

Mit seiner großen, warmen Hand strich er behutsam über ihr Haar, dann über ihren Nacken. »Béatrice …«, raunte er, umfasste ihren Hals und zog sie an sich.

Béatrice versteifte sich kurz, dann gab sie bebend nach, begleitet vom lauten, heftigen Pochen ihres Herzens.

»Béatrice«, wiederholte er und küsste ihre feuchten Wangen, ihre Augenlider und endlich ihre Lippen.

Ihr war es, als gäbe es keine Schwerkraft mehr. Sie schwebte in seinen Armen, berauscht von seiner Zärtlichkeit und von dieser verwirrend schönen, absurden Phantasie, die plötzlich wahr geworden war. Sie wollte nicht mehr denken und hinterfragen. Sie wusste nur, dass sie dazu bereit war, sich fallenzulassen und sich ihm ganz hinzugeben. Béatrice schloss die Augen und erwiderte seinen Kuss.

Sie küssten sich lange, voller Gier. Dabei umschlangen sie sich so fest, als hätten sie Angst, gleich wieder auseinandergerissen zu werden.

Schließlich löste sich Grégoire von ihr, schaute sie an und strich dabei mit seinem Finger über ihre Wange. »Das klingt jetzt wie in einem schlechten Roman, aber … seit ich dich das erste Mal im Museum gesehen habe, wollte ich dich küssen«, sagte er und lächelte verlegen.

»Das hast du aber ziemlich gut versteckt«, gab Béatrice zurück und versuchte, die verschmierte Wimperntusche unter den Augen wegzutupfen. »Ich hatte nicht die geringste Ahnung.«

»Ich bin eben altmodisch und wollte dich erst mal ein wenig

kennenlernen. Bin ja schließlich nicht mehr zwanzig.« Er nahm ihre Hand. »Erzählst du mir jetzt, was los ist?«

Béatrice wurde ernst. »Ach, weißt du … Mein Chef ist ein fieser, rechthaberischer Macho. Alles, was ich tue, macht er schlecht. Ich habe Angst, dass er meinen Arbeitsvertrag nicht verlängert.«

Grégoire legte die Stirn in Falten. »Soll ich mal ein Wörtchen mit ihm reden?«

Béatrice musste lachen und entschied, dass es jetzt an der Zeit war, das Gespräch auf ein anderes Thema zu lenken. »Kann ich dir ein Glas von deinem Wein einschenken?«, fragte sie und stand auf, um einen Korkenzieher aus der Küche zu holen.

Grégoire sprang ebenfalls auf und nahm sie wieder in seine Arme.

»Vergiss den Wein. Wir müssen uns eine Strategie für deinen Chef überlegen. Du kannst dir doch nicht von so einem Typen deine Karriere ruinieren lassen.«

»Ich werde schon noch eine Lösung finden«, seufzte Béatrice. »Aber nicht jetzt.«

Er küsste sie. »Ich möchte dich nie wieder loslassen.«

Béatrice schmiegte sich an ihn. Dann nahm sie ihn an der Hand und führte ihn ins Schlafzimmer.

Sex mit Joaquín war gut gewesen. Nicht leidenschaftlich, aber so einfühlsam, dass er die ewig kränkelnde Beziehung nach besonders heftigen Auseinandersetzungen wieder eine Zeitlang hatte kitten können. Sex mit Grégoire war umwerfend. Jetzt verstand Béatrice, was es bedeutete, wenn alles stimmte: die Chemie, die Hormone und all die anderen unerklärlichen Dinge, die sonst noch in ihren Körpern herumschwirrten und wilde Glücksgefühle auslösten. Immer wieder flüsterte er ihr ins Ohr, wie sehr er sie begehrte und bewunderte und dass sie einen gemeinsamen

Weg finden würden. Béatrice glühte am ganzen Körper, als sie gegen Morgen erschöpft und überglücklich neben ihm einschlief.

Zwei Stunden später schrak sie hoch, von plötzlicher, panischer Angst erfasst, und setzte sich mit einem Ruck im Bett auf. Hatte sie geträumt? Wo war sie? Was war geschehen? Béatrice hatte das Gefühl, keine Luft mehr zu bekommen, griff sich an den Hals und hustete laut. Durch die Vorhänge fiel blasses Morgenlicht.

Grégoire lag schlafend neben ihr. Er war also wirklich hier. Und es war wirklich passiert. Béatrice fröstelte und zog sich die Decke bis zum Kinn. Was würde aus ihnen werden, wenn sie mit der Wahrheit herausrückte? Er würde sie verachten. Sie nie wieder sehen wollen. Es würde vorbei sein, bevor es richtig angefangen hatte.

Sie betrachtete ihn. Die Haare fielen ihm in losen Strähnen in die Stirn. Sein Oberkörper war unbedeckt, seine Brust hob und senkte sich, während er fast lautlos atmete. Nur ab und zu stieß er die Luft wie einen kleinen Seufzer aus. Béatrice zog ihre Hand unter der Bettdecke hervor und strich zärtlich über seinen Arm, zeichnete die weichen Schatten seiner Muskeln nach.

Sofort bewegte er sich und blinzelte sie müde an. »Komm, lass uns noch ein bisschen weiterschlafen«, murmelte er. Dann schloss er seine Augen und drehte sich um.

Béatrice blieb stumm sitzen und lauschte, bis seine Atemzüge wieder gleichmäßig klangen. Dann klemmte sie ihre Haare hinter die Ohren und kroch vorsichtig aus dem Bett. Auf Zehenspitzen tapste sie über das knarrende Parkett bis in die Küche. Sie füllte den Kessel mit Wasser und setzte ihn auf den Herd. Auf der Arbeitsfläche stand noch die unberührte Käseplatte vom Vorabend. *Petit Basque*, *Saint Nectaire* und *Brillat-Savarain* waren wie eingetrocknete Tortenstücke nebeneinander aufgereiht. Daneben lag ihr Blackberry. Sie schaltete es ein. Sechs Uhr.

Béatrice biss sich auf die Lippe. Sie hatte jetzt genau eine Stunde Zeit, um Grégoire die Wahrheit zu erzählen und ihn dann für immer zu verabschieden.

Mit dem blinkenden Telefon in der Hand hockte sie sich auf den Stuhl neben dem Backofen und hörte, wie sich das Wasser rauschend erhitzte. Sobald sie es durch den altmodischen Kaffeefilter gegossen hätte, so wie sie es von ihrer Mutter gelernt hatte, würde sie Grégoire wecken. Sie klickte ihr Telefon an und erschrak. Siebzehn verpasste Anrufe von Jacobina und zwölf Nachrichten. Béatrice presste das Handy ans Ohr, um alle abzuhören.

Die ersten Nachrichten ihrer Freundin klangen lallend, als habe sie getrunken. Sie redete lauter wirres Zeug. Es ginge ihr plötzlich sehr schlecht, haspelte sie, sie wolle ihren Vater sprechen. Sie wüsste, dass er da sei. Dabei verschluckte sie sich mehrmals und hustete. Dass alles keinen Sinn mehr habe, sagte sie dann und legte auf. Ab der dritten Nachricht wurde Jacobinas Stimme drängender und verzweifelter. Das sei die Strafe, kreischte sie, gefolgt von einem wimmernden »Alles, alles umsonst«. Mehrmals war nur kurzes Gebrabbel zu hören, dann ein ungeschicktes Auflegen. Einmal klang es, als sei Jacobina der Hörer aus der Hand gefallen, Béatrice hörte lautes Klappern und Rascheln. Die letzte Nachricht kam von einer Männerstimme: »Emergency Room, George Washington Hospital. Ihre Tante wurde soeben hier eingeliefert. Sie muss noch heute Nacht operiert werden. Bitte melden Sie sich umgehend bei uns.«

Béatrice rannte zurück ins Schlafzimmer und rüttelte Grégoire an der Schulter. »Wach auf! Jacobina liegt im Krankenhaus. Ich muss sofort hin«, rief sie, als er die Augen aufschlug und sich streckte.

Béatrice zupfte an ihrem Nachthemd. Auf einmal wurde ihr bewusst, dass Grégoire der erste Mann war, der hier in Washington in ihrem Bett geschlafen hatte. Obwohl sie Joaquín oft darum gebeten hatte, hatte er sich nie dazu überreden lassen, aus Angst, Laura würde sich allein zu Hause fürchten.

Béatrice lächelte und setzte sich auf die Bettkante.

Grégoire streckte seine Hand nach ihr aus. »Guten Morgen, meine Schöne«, flüsterte er mit schläfriger Stimme. »Komm zurück ins Bett, zu mir.« Er zog sie zu sich und küsste sie.

Sie kuschelte sich an ihn, und eine Weile verharrten sie schweigend.

»Gibt's hier auch Kaffee?«, fragte er leise. »Ohne Koffein kann ich keinen klaren Gedanken fassen.«

Seine Frage katapultierte Béatrice sofort wieder in die Wirklichkeit zurück. Schnell befreite sie sich aus seiner Umarmung. »Jacobina wurde gestern Nacht operiert. Ich muss gleich los und nach ihr sehen.«

Grégoire wurde augenblicklich ernst. »Ich komme mit.«

Béatrice sah ihn verblüfft an. Sie war es nicht gewohnt, einen Mann mit Zeit neben sich zu haben. Joaquín stieg morgens lange vor ihr aus dem Bett, kochte für Laura Kakao und bereitete sich geschäftig auf seinen Tag vor. Oft rief ihn seine Sekretärin schon vor acht Uhr an.

»Musst du nicht arbeiten?«, fragte Béatrice und hätte sich am liebsten wieder neben Grégoire ins Bett gerollt.

»Das Museum ist jetzt egal. Das ist ein Notfall. Und heute ist Freitag. Da ist eh weniger los. Ich brauche nur einen Kaffee, dann bin ich bereit«, sagte er, kratzte sich am Kopf und wälzte sich aus dem Bett. »Hast du eine Zahnbürste für mich?«

Für die große Aussprache war jetzt definitiv nicht der richtige Moment. Das würde sie später nachholen. Béatrice ging ins Bad und kramte in ihrer Kosmetiktasche nach einer Reisezahnbürste. Als sie sich umdrehte, stand Grégoire im Türrahmen.

Er fasste sie an beiden Schultern und schaute ihr liebevoll in die Augen. »Es war wunderschön mit dir«, flüsterte er. Dann grinste er schelmisch. »Obwohl du mich fast hast verhungern lassen.«

Paris, Juli 1941

»Es tut mir wirklich leid, Mademoiselle Goldemberg ...«, Monsieur Hubert blickte mich aus seinen runden Brillengläsern bekümmert an, »aber ich darf Sie nicht länger hier beschäftigen.« Der ältere Herr, der immer großen Wert auf seine äußere Erscheinung legte, sah heute anders aus. Schlecht rasiert, mit zerzaustem Haar und dunklen Ringen unter den Augen, saß er in seinem dunkelroten Ledersessel. Seine knochigen, weißen Hände spielten mit einem Blatt Papier, rollten es ein und aus.

Ich legte die Bücher, die ich in den Armen hielt, auf den Tisch. »Ich verstehe nicht ganz«, stammelte ich. »Habe ich etwas falsch gemacht?«

Monsieur Hubert, der meine Arbeit vor anderen so lobte, dass ich rot wurde. Der immer ein Auge zudrückte und mich vor Dienstschluss nach Hause gehen ließ, wenn Mutter einen ihrer Depressionsschübe hatte. Monsieur Hubert, der mir noch nie einen Verweis erteilt hatte, obwohl es schon des Öfteren vorgekommen war, dass ich meine Bücher lange nach Ablauf der Ausleihfrist zurückgebracht hatte. Monsieur Hubert, der mir aufmerksam zuhörte, wenn ich mich über die Unachtsamkeit der Studenten im Lesesaal beschwerte, und dessen Sehnsucht nach Geistestiefe mich irgendwie an den schönen Lucien Chardon aus Balzacs *Verlorene Illusionen* erinnerte. Er hatte immer mit väterlichem Wohlwollen über mich gewacht. Und jetzt wollte er mich entlassen? Einfach so?

Seufzend rollte er das Blatt in seinen Händen aus und glättete es. »Nein, nein. Ihre Arbeit ist hervorragend. Aber …« Er hielt mir das Papier entgegen. »Hier. Lesen Sie selbst. Ich … Ich darf keine jüdischen Angestellten mehr haben.«

Mir wurde schwindelig. Plötzlich war alles klar. Das Arbeitsverbot meiner Mutter. Die Polizisten frühmorgens in unserer Straße. Die Sperrung unseres Kontos. Jetzt hatte es mich getroffen. *Wir sind nichts als Abschaum für diese Leute*, hörte ich Mutter im Geiste wieder sagen. *Nichts als Dreck.* Lange hatte ich es nicht wahrhaben wollen. Aber jetzt fügte sich das Bild zusammen. Mutter hatte recht gehabt.

»Ich verstehe«, flüsterte ich. Kalter Schweiß bildete sich auf meinen Handflächen. Mit zitternden Fingern griff ich nach dem Papier. Ein offizielles Schreiben, das sah ich sofort. Ich taumelte auf den Stuhl neben dem Schreibtisch und starrte auf die Zeilen. Oben links das Wappen der Sorbonne, darunter der Name des Generaldirektors. Im Text sah ich immer wieder das Wort *Jude*, jedes Mal unterstrichen. »Warum?«, flüsterte ich, ohne eine Antwort zu erwarten. Nicht von ihm. Was wusste Monsieur Hubert schon von unserem Schicksal? Von unserem stetig fortschreitenden gesellschaftlichen Abstieg?

Vor knapp einem Jahr waren wir noch ehrenwerte Bürger gewesen. Franzosen, so wie alle anderen, und wurden als solche behandelt und geachtet. Jetzt waren wir plötzlich nichts als schmutzige Juden. Verfolgte. Bettler, die nur dank der Lebensmittel überlebten, die Christian aus seiner verdammten Küche schmuggelte, weil seine Eltern so viel davon hatten, dass es ihnen selbst in Kriegszeiten nicht auffiel, wenn etwas fehlte. *Arbeit, Familie, Vaterland.* Zum Teufel mit Pétain und seinen Propagandasprüchen! Meine Arbeit und meine Familie hatte ich verloren. Mein Vaterland hatte mich verraten.

»Mademoiselle«, sagte Monsieur Hubert und riss mich aus meinen Gedanken.

Ich ließ den Brief sinken. Mit einem Mal richtete sich mein geballter Zorn gegen ihn. Denn plötzlich verstand ich, dass Monsieur Hubert gar nicht diese gute, beschützende Vaterfigur war, für die ich ihn gehalten hatte. Nein, er gehörte zu denen, die diese willkürlichen Regeln befolgten, ohne sie zu hinterfragen. Er gehörte zu denen, die diesen ganzen Wahnsinn ermöglichten. Er war nichts anderes als ein Mitläufer.

Monsieur Hubert kratzte sich am Kopf und rückte seine Brille zurecht. »Es gibt ein neues Gesetz«, sagte er mit wankender Stimme. »Ein Judenstatut ...«

»Ich habe verstanden«, zischte ich.

»Mademoiselle, jetzt hören Sie mir doch zu«, flehte er. »Ich ... ich kann dagegen nicht angehen. Sonst ...«

»Was sonst?«, rief ich, stand auf und stemmte die Arme in die Hüften.

»Ich habe eine Frau ...«, stotterte er, »und drei Kinder.«

»Und ich?«, fauchte ich. Ich hatte Lust, ihn anzuspucken, diesen Feigling. »Was bleibt mir jetzt noch?« Ich zerriss den Brief und ließ die Schnipsel vor ihm auf den Boden fallen.

Er stützte seinen Kopf in die Hände und seufzte leise. »Bitte ...« Er schaute mich aus seinen wässrigen, braunen Augen an. »Bitte hören Sie mir doch zu.«

Ich empfand nur noch Enttäuschung und Wut auf den alten Mann.

»Ich habe alles versucht ...«, jammerte er und wischte sich mit dem Hemdsärmel über den Mund. »Ich habe den Direktor um Erlaubnis gebeten, Sie hinten im Archiv arbeiten zu lassen. Da, wo niemand Sie sieht. Bis das mit den Deutschen endlich alles vorbei ist. Aber er hat meine Bitte abgelehnt.«

»Da, wo mich niemand sieht?«, wiederholte ich. »Sie schämen sich für mich?«

»Nein, Mademoiselle, ganz bestimmt nicht.« Er atmete tief durch, lehnte sich in seinen Sessel zurück und nahm die Brille ab. »Und leider ist das noch nicht alles. Ich muss Ihnen noch etwas sagen.«

»Noch nicht alles?«, fragte ich tonlos.

Er räusperte sich. »Bitte, setzen Sie sich wieder.«

Ich riss mich zusammen, ging zum Stuhl zurück und setzte mich.

»Dieses Zweite Judenstatut ... dieses neue Gesetz ...« Er räusperte sich erneut und schluckte. »Also ...«

Ich stierte auf die kleinen, geflochtenen Stränge im Teppich und hörte ihn wieder seufzen.

»Mademoiselle, Sie dürfen auch nicht länger an der Sorbonne studieren.«

Es war, als schütte mir jemand siedend heißes Wasser über. Alles tat weh, brannte, drehte sich. »Wie bitte?«, flüsterte ich und schaute ihn an.

Er zog ein Tuch aus seiner Hosentasche und putzte damit umständlich seine Brillengläser. Dann hielt er die Brille kurz gegen das Licht und setzte sie wieder auf. Als er endlich zu mir sah, hatte er Tränen in den Augen. »Der Direktor hat einen Numerus clausus eingeführt. Ich meine ... er musste. Er hatte keine Wahl. Gesetz ist Gesetz. Ab sofort dürfen nur noch drei Prozent unserer Studenten Juden sein.« Er schniefte laut und wischte sich mit dem Tuch über die Nase. »Glauben Sie mir, ich habe versucht, mich für Sie einzusetzen. Aber Ihre Noten in den vergangenen Monaten waren ...« Er hustete in sein Taschentuch. »Na ja, es gibt jüdische Studenten, die besser sind als Sie.« Er steckte das Tuch weg und stützte die Ellbogen auf die Sessellehnen. »Für mich bleiben Sie immer die Beste. Ich weiß, dass Sie zu Hause Probleme haben.« Er ließ seine Hand durch sein schütteres Haar gleiten.

Ich sprang vom Stuhl auf. »Zu Hause? Was reden Sie denn da?« Es war nicht meine Art, Vorgesetzten zu widersprechen. Aber meine Verzweiflung und mein Schmerz waren so groß, dass es aus mir herausbrach. »*Jetzt* habe ich ein Problem. Jetzt! Ich darf nicht mehr arbeiten, nicht mehr studieren. Was mache ich denn jetzt? Mein Leben ist zu Ende.« Dann versagte meine Stimme. Mein Mund war wie ausgetrocknet, mein Hals so geschwollen, dass ich kaum schlucken konnte. Tränen schossen mir in die Augen. Es war, als hätte Monsieur Hubert mein Leben einfach weggeworfen, und jetzt wurde es wie ein Stück Treibholz fortgeschwemmt. Wie gelähmt stand ich mitten im Raum. Dann fühlte ich Monsieur Huberts Arm auf meinen Schultern. Ich wollte ihn wegschieben, aber ich hatte keine Kraft.

»Mademoiselle …« Ich hörte, dass auch er weinte. »Es tut mir so leid … Wenn ich Ihnen nur irgendwie helfen könnte! Aber gegen den Numerus clausus bin ich machtlos.«

Machtlos, dachte ich voller Verachtung. Es gab immer einen Weg. Ich strich mir mit der Hand über das Gesicht und rieb die Tränen fort. Dann streckte ich meinen Rücken und befreite mich aus seinem Arm. Mit energischen Schritten ging ich zur Tür und öffnete sie. Dann drehte ich mich noch einmal zu ihm um. Hilflos wie ein Blinder, der seinen Stock verloren hatte, stand er vor seinem Sessel. Seine Brillengläser waren beschlagen, die Schultern eingesackt.

»Leben Sie wohl, Monsieur.« Dann ging ich hinaus.

***

Kurz nach sieben Uhr erreichten Béatrice und Grégoire das Krankenhaus am betriebsamen Washington Circle, Ecke 23rd Street. Der Himmel war grau verhangen und kündigte ein regnerisches Wochenende an. Auf dem Circle stauten sich bereits die Pendler, die aus Virginia kamen, und ein paar vereinzelte Jogger trabten die 23rd Street entlang in Richtung der *Watergate Steps*, die hinunter zum Flussufer führten. Grégoire und Béatrice hatten sich hastig geduscht und im Stehen einen Kaffee getrunken.

Auf dem Weg zum George Washington Hospital war Grégoire kurz in einem Starbucks verschwunden und mit einem weißlichen, zerdrückten Croissant wieder herausgekommen. »Sorry, aber ich muss was zwischen die Zähne kriegen«, entschuldigte er sich. Er riss das Croissant in zwei Teile und reichte ihr eine Hälfte.

Béatrice verzog den Mund und lehnte ab.

Grégoire lächelte. »Na komm, mach dir nicht solche Sorgen. Jacobina ist in guten Händen. Nachher gehen wir irgendwo zusammen frühstücken, ja? Vielleicht können wir ihr auch etwas mitbringen.« Er legte seinen Arm um Béatrice. »Es wird ihr bestimmt bald bessergehen.«

Sie betraten die Lobby und fragten den jungen Mann am Empfang nach Jacobinas Zimmer. Unwillig schaute er von seiner Zeitung auf, tippte etwas in seinen Computer und schüttelte den Kopf. »Ist hier nicht eingetragen.« Er zog einen Donut aus einer Papiertüte und biss hinein.

Krümel rieselten auf die Tastatur seines Computers.

»Sie muss aber hier sein«, beharrte Béatrice.

Der Mann kaute genüsslich, blickte auf seinen Bildschirm und schüttelte den Kopf. Dann legte er den Donut auf die Tüte und ließ sich Jacobinas Namen nochmal buchstabieren.

»Ah. Grunberg, nicht Greenberg«, nuschelte er. »Zimmer 812.« Er fragte nach ihren Führerscheinen und prüfte sie eingehend. Dann gab er ihnen rechteckige Sticker mit der Aufschrift *Visitor*.

Als Grégoire und Béatrice im achten Stock aus dem Fahrstuhl stiegen, kam ihnen eine Schwester entgegen. Béatrice blieb sofort stehen und fragte sie nach Jacobina.

»Misses Grunberg? Ja, die liegt gleich hier«, sagte die Frau und zeigte auf die gegenüberliegende Seite des Gangs. »Aber sie ist momentan nicht ansprechbar. Wir haben ihr starke Schmerzmittel verabreicht.«

»Was ist mit ihr passiert?«, fragte Béatrice und trat einen Schritt zur Seite, um einen älteren Mann in einem Rollstuhl vorbeizulassen.

»Sorry, das kann ich Ihnen nicht genau sagen«, antwortete die Schwester. »Das müssen Sie den Doktor fragen. Der ist noch nicht da, aber wenn Sie hier warten wollen, dann sage ich ihm Bescheid, sobald er kommt.«

Béatrice nickte, und die Schwester verabschiedete sich.

Als sie außer Sichtweite war, öffnete Béatrice die Tür. Warme, abgestandene Luft schlug ihr entgegen. Sie ging ein paar Schritte in das Zimmer hinein, in dem drei Betten standen. Das erste war leer. Die Frau, die in der Mitte lag, trug Kopfhörer und schaute in einen winzigen Fernseher, der an der Decke befestigt war. Auf ihrem Nachttisch stand ein Tablett mit einem halb aufgegessenen Bagel. Weiter hinten, direkt neben dem Fenster, glaubte Béatrice, Jacobinas schwarzen Lockenkopf zu erkennen. Sie nickte der Frau mit den Kopfhörern zu und ging zu dem Bett am Fenster.

Tatsächlich, hier lag Jacobina. Kreidebleich, die Mundwinkel zu einer mürrischen Grimasse verzogen, als spüre sie die Schmerzen auch im Schlaf. Ob sie wohl jemals glücklich gewesen war, fragte sich Béatrice, als sie die winzige Frau in dem riesigen Bett betrachtete. Mehrere Blutergüsse zeichneten ein bizarres Muster auf Jacobinas Arm, der an einem Tropf hing. Sie war an eine Maschine angeschlossen, die regelmäßige Pieptöne von sich gab.

Béatrice verließ das Zimmer, schloss leise die Tür und setzte sich neben Grégoire, der im Flur auf sie gewartet hatte.

»Lass uns frühstücken gehen und nachher wiederkommen«, schlug er vor und legte seine Hand auf ihr Bein.

»Ich möchte lieber hierbleiben und auf den Arzt warten«, antwortete Béatrice, der schon bei dem bloßen Gedanken an Rühreier auf Toast schlecht wurde.

»Dann warte ich mit dir«, meinte Grégoire und schlug seine langen Beine übereinander.

Béatrice schaute auf seine braunen Schuhe, an deren Spitzen das Leder leicht abgestoßen war. Jetzt oder nie! Es hatte keinen Sinn, das, was sie zu sagen hatte, noch länger aufzuschieben. Unruhig rutschte sie auf ihrem Stuhl hin und her. Sie kannte ihn kaum. Sie hatte Angst vor seiner Reaktion.

»Fahren wir am Wochenende zusammen nach New York?«, unterbrach Grégoire ihre Gedanken und legte seinen Arm um ihre Schulter. »Ich habe Lust, richtig groß mit dir auszugehen.«

Béatrice sah ihn mit zusammengezogenen Augenbrauen an.

»Geht dir das zu schnell?«, fragte er und zog seinen Arm zurück.

»Grégoire, ich …« Was war sie nur für ein Feigling! Er tat ihr leid. Aber am meisten tat sie sich selbst leid. »Ich …«

»Mach dir keine Sorgen«, versuchte er sie zu beruhigen. »Wir müssen nirgendwo hinfahren. Es ist mir egal, was wir machen. Hauptsache, wir verbringen Zeit miteinander.«

Béatrice starrte auf Jacobinas Zimmertür. »Ich bin … Ich meine, ich war mit einem anderen Mann zusammen.« Sie spürte, wie Grégoire neben ihr leicht zusammenzuckte.

Stille. Die Schwester, mit der sie vorhin gesprochen hatten, schob einen Essenswagen vor die 812 und verschwand darin.

Béatrice wagte es nicht, ihn anzusehen, und umklammerte die Armlehnen des Stuhls so fest, dass ihre Handknöchel weiß hervortraten. Dann holte sie tief Luft und sagte den zweiten Teil der Wahrheit. »Und ich bin schwanger.«

Ihre Handtasche, die sie an die Lehne gehängt hatte, fiel zu Boden, und ihre Lippenstifte rollten heraus. Weder Béatrice noch Grégoire bückten sich danach.

Die Schwester kam mit einem Tablett zurück, stellte es auf den Wagen und schob ihn zum nächsten Zimmer.

»Aber wir sind nicht mehr zusammen«, fügte Béatrice leise hinzu. Jedes Wort kostete sie größte Überwindung. Es war schlimmer, als vor Michael zu stehen. Es war, als stünde sie sich selbst gegenüber. »Ich ... ich habe ihn nie geliebt.«

Sie wusste, dass sie das zuvor Gesagte mit dieser nachgeschobenen Bemerkung nicht abschwächen konnte. Doch bedeutete ihr dieser zweite Satz alles, denn erst durch Grégoire hatte sie verstanden, in welchem Irrtum sie gelebt hatte. Aus den Augenwinkeln schielte Béatrice zu ihm hinüber und versuchte, seinen Gesichtsausdruck zu deuten.

Er wirkte wie versteinert und sagte noch immer nichts.

Béatrice erhob sich und las die Lippenstifte auf. Als sie sich umdrehte, trafen sich ihre Blicke. Jegliches Leben schien aus seinen grünen Augen gewichen zu sein. Sein Gesicht war fremd und abweisend. Schnell beugte sich Béatrice zu ihrer Tasche hinunter. Sobald sie sich wieder gesetzt hatte, stand Grégoire auf.

»Warum hast du mir das nicht früher gesagt?«, fragte er, steckte die Hände in die Hosentaschen und ging vor ihr auf und ab. Er klang weder vorwurfsvoll noch wütend, sondern gefasst. Beinahe freundlich.

Sein Ton machte Béatrice Hoffnung. »Ich weiß, ich hätte es dir sagen müssen. Aber ich habe mich nicht getraut.«

Grégoire blieb stehen und schaute kurz aus dem Fenster. Dann wandte er sich zu ihr. »Das ändert alles. Du bist dabei, eine Familie zu gründen ...«

»Nein, Grégoire. Nein«, rief Béatrice und sprang auf. »Das Baby war doch gar nicht geplant.«

»Ruhe bitte!« ertönte es irgendwo laut hinter ihr.

Sofort senkte sie ihre Stimme. »Lass es mich bitte erklären«, flehte sie.

Grégoire verzog keine Miene. »Das brauchst du nicht«, sagte er. »Du weißt ja, dass ich sowieso bald wieder zurück nach Frankreich gehe.«

»Bitte lass uns reden«, rief Béatrice. Schon wieder konnte sie die Tränen nicht zurückhalten.

Wie aus dem Nichts kam eine Schwester auf sie zugelaufen. »Wenn Sie sich streiten wollen, dann machen Sie das bitte draußen auf der Straße«, schimpfte sie. »Sie sind hier in einem Krankenhaus.«

»Tut uns leid, wir gehen schon«, beschwichtigte Grégoire die Schwester schnell. Bevor sie eine weitere Bemerkung machen konnte, nahm er Béatrice' Hand und zog sie den Gang hinunter. Vor den Aufzügen ließ er sie wieder los. Sein Blick war düster.

»Die Beziehung ist vorbei«, wiederholte Béatrice verzweifelt.

Mit einem lauten Klingeln öffneten sich die Fahrstuhltüren. Eine Frau humpelte heraus und schob einen Metallständer vor sich her, an dem ein Infusionsbeutel baumelte. Béatrice und Grégoire traten zur Seite, um der Frau Platz zu machen.

»Du bist schwanger, Béatrice!«, sagte Grégoire. »Da ist gar nichts vorbei. Im Gegenteil – für dich und den Vater deines Kindes fängt es gerade erst an.«

Vater deines Kindes. Bei diesen Worten erschauderte sie. Sie wischte sich die Tränen aus dem Gesicht und nahm seine Hand. »So glaub mir doch, es ist aus. Er will das Kind nicht. Ich …«

Grégoire machte sich von ihr los. »Ich muss jetzt gehen. Kümmere dich um deine Familie!«

Béatrice schluchzte laut auf. »Bleib hier«, flehte sie und streckte ihre Arme nach ihm aus. »Lass uns reden.«

»Nein, Béatrice. Du musst deinen Weg gehen.«

Als sie sah, wie Grégoire in die Kabine stieg, strömten heiße Tränen über ihre Wangen. Eine unsichtbare Kraft hielt sie davon ab, ihm zu folgen.

Dann schlossen sich die Türen.

Wenn es regnet, dann in Strömen, lautete eine amerikanische Redensart. Béatrice taumelte durch den Gang zurück auf die Stuhlreihe zu und ließ sich fallen. In dem Speicher ihres Telefons suchte sie nach Grégoires Nummer und drückte sie. Doch wie erwartet, nahm er das Gespräch nicht an. Béatrice stammelte ein paar holprige Sätze, und während sie noch nach Worten rang, beendete seine Mailbox den Anruf automatisch. Sofort rief sie wieder an und bat ihn umständlich, sie zurückzurufen.

Ein großer Mann mit schütterem Haar und weißem Kittel kam auf sie zu. *R. W. Adams, M. D.* war auf der Brusttasche eingestickt. Um seinen Hals hing ein Stethoskop. Er begrüßte Béatrice kurz, fragte, ob sie zu Jacobina gehöre, und setzte sich neben sie. »Ihrer Tante geht es den Umständen entsprechend gut«, sagte er freundlich. »Mechanischer Darmverschluss. Passiert sehr selten, ist aber nicht ungewöhnlich nach ihrer OP. Manchmal bilden sich Narbenstränge im Bauch, die im schlimmsten Fall den Darm von außen zusammendrücken können. Man hätte mit der Chemotherapie sehr viel länger warten sollen.«

Er redete schnell und benutzte Worte, die Béatrice nicht verstand. Obstruktion des Dünndarms. Spiral-CT. Leukozytenwerte. Sie hatte Mühe, ihm zu folgen. In ihrem Kopf spielte sich immer wieder die letzte Szene mit Grégoire ab, und sie sah, wie sein Gesicht im Fahrstuhl hinter den sich schließenden Türen verschwand.

Der Arzt reichte ihr die Hand. »Kümmern Sie sich gut um sie. Das wird wieder.«

Und während Béatrice weiter darüber nachdachte, was Grégoire vorhin zu ihr gesagt hatte, war Dr. Adams bereits unterwegs zu seinem nächsten Patienten.

Béatrice lag im Bett und starrte auf die Risse an der Decke. Seit Grégoire am Freitagmorgen in den Aufzug gestiegen war, hatte sie, wie erwartet, nichts mehr von ihm gehört. Über ihr polterte der Nachbar mit dem Staubsauger durch die Wohnung und stieß ständig irgendwo an. Béatrice war zu niedergeschlagen, um sich darüber, wie sonst immer, aufzuregen. Erneut wählte sie Grégoires Nummer. Nach einer schier endlosen Anzahl von hoffnungsvoll tönenden Freizeichen schaltete sich aber nur wieder der Anrufbeantworter ein. Sie legte sofort auf.

Morgens hatte sie Jacobina kurz im Krankenhaus besucht. Ihre alte Freundin nahm jetzt wieder am Geschehen teil und meckerte lautstark über den Schlauch in ihrer Nase, der sie künstlich ernährte, und die angeblich rabiaten Schwestern. In fünf, sechs Tagen, wenn sie wieder richtig essen durfte und die Blutwerte gut genug waren, könne sie nach Hause gehen, hatte man ihr versprochen.

Auf dem Rückweg war Béatrice bei Grégoires Haus vorbeigegangen und hatte minutenlang geklingelt. Keine Reaktion. Sie hatte versucht, durch das Fenster am Eingang zu spähen, hatte aber nichts erkennen können. Dann war sie nach Hause gelaufen, hatte ihre Kleider abgestreift, das Nachthemd übergezogen und sich auf ihr Bett geworfen.

Sie hatte keine Kraft mehr, sie konnte nicht einmal mehr weinen. Das Kopfkissen roch noch leicht nach Grégoire und seinem Aftershave. Der Duft ließ sie beinahe wahnsinnig werden vor Sehnsucht und Kummer. Langsam zog sie den Bezug ab und ließ ihn auf den Boden fallen. Morgen würde sie ihn waschen.

Oben schaltete ihr Nachbar seinen Staubsauger aus und den Fernseher an. Sofort drangen unverständliche Wortfetzen zu ihr hinunter ins Schlafzimmer. Entnervt presste sie sich das Kissen über ihren Kopf. Irgendwann, viel später, schlief sie endlich ein.

Die nächsten Tage zogen sich dahin. Morgens ging Béatrice über eine Stunde früher als sonst ins Büro, da sie dann sicher war, keinem ihrer Kollegen über den Weg zu laufen und dumme Fragen beantworten zu müssen. Fragen wie »Na, wann kommst du denn zurück von deinem Sondereinsatz?« oder »Hast du schon gehört? Ricardo hat sich einen Topjob bei Cecil geangelt«.

Die Woche verlief ruhig. Niemand verirrte sich in ihre Abstellkammer, und auch Michael belästigte sie nicht. Aber als sie sich am Donnerstag gegen siebzehn Uhr auf den Weg nach Hause machen wollte, hörte sie plötzlich doch das nur allzu verhasste Klick-klack, Klick-klack. Der Korridor, der zu den Aufzügen führte, war mit dünnem Teppichboden ausgelegt und dämpfte die Schritte der Vorbeigehenden. Aber Béatrice hatte im Laufe der Zeit gelernt, Michaels hastigen Gang zu erkennen, der überhaupt nicht zu seiner behäbigen Figur passte, und hörte sofort, wenn er sich näherte.

Schon riss er die Tür auf. »Du bist im Mantel? Wolltest du dich etwa vor Dienstschluss vom Acker machen?«

Béatrice stieß den Atem aus. »Ich bin heute sehr früh gekommen.«

Michael steckte sein Handy weg und blickte mit grimmiger Miene durch den Raum. »Hier hat sich ja immer noch nichts getan. Du scheinst es wirklich drauf anzulegen. Hast du vergessen, was ich dir neulich gesagt habe?« Er roch stark nach einem herben Parfum, das aber die Zigarette, die er wohl eben geraucht hatte, nicht überdeckte. »Ich fliege nachher mit dem VP für eine Woche nach Ekuador. Sobald ich wieder zurück bin, reden wir über deine miserable Performance. In der Zwischenzeit erwarte ich einen ausführlichen Bericht von dir über die Reorganisation des Archivs.«

Sie nickte gehorsam. »Wird gemacht, Michael. Den Bericht hast du spätestens am Montag.«

Michael schnaufte laut und verschwand.

Béatrice hatte sich bereits einen Plan zurechtgelegt. Während ihr Boss unterwegs wäre, würde sie mit dem Betriebsrat, der *Staff Association*, sprechen und ihre Schwangerschaft bekanntgeben. Mutterschutz nahm die Bank ernst. In solch einer Situation würde ihr niemand etwas anhaben können.

Sie streifte ihren Mantel ab und schaltete den Laptop ein. Da klingelte ihr Handy. Grégoire! Endlich. Schnell schnappte sie sich ihr Blackberry. Aber es war nicht Grégoire, sondern Joaquín. Seinen Anruf hatte sie am wenigsten erwartet. Enttäuscht ließ Béatrice das Telefon ein paarmal klingeln, dann nahm sie das Gespräch an.

»Hey, ich bin unten bei dir, in der Lobby. Hast du eine halbe Stunde Zeit?«, fragte er.

»Was willst du?«, fragte sie kühl.

»Ich möchte dir etwas sagen.«

Widerstrebend willigte sie ein, zog den Mantel wieder an, nahm ihre Tasche und fuhr ins Erdgeschoss.

Joaquín stand am Eingang. Er trug einen dunkelbraunen Anorak und den karierten Schal, den er während der kälteren Jahreszeiten immer anhatte und nur zum Schlafen ablegte. An seiner Schulter hing die schwere, ausgebeulte Ledertasche, in der er sein Allerheiligstes herumtrug: Laptop und Notizbuch.

Béatrice ging auf ihn zu und erschrak. Er schien um Jahre gealtert zu sein, seit sie ihn das letzte Mal gesehen hatte. Er wirkte müde, hatte dunkle Ringe unter den Augen und war schlecht rasiert. Als er sie anlächelte und auf die Wange küsste, war es Béatrice, als stiege sie in ein altes Auto, das sie irgendwo auf dem Weg stehen gelassen hatte, weil es plötzlich nicht mehr funktionierte. Ihr altes Leben.

Sie gingen ins Starbucks auf der I-Street. Überall saßen junge Menschen vor aufgeklappten Laptops und tranken *Venti-Latte-Macchiatos* aus Pappbechern, die so groß wie Kaffeekannen waren. Béatrice und Joaquín holten sich einen Tee und setzten sich nach draußen auf die zerkratzten Metallstühle.

Sie tunkten ihre Teebeutel mit synchronen Bewegungen in das heiße Wasser, und Béatrice wusste, dass Joaquín seinen Beutel gleich auf einen Löffel legen und dann den Faden ganz eng drumherum wickeln würde, um auch die letzten Tropfen herauszupressen. Sie wusste nicht weshalb, aber sie hatte dieses Ritual immer als fürchterlich spießig empfunden.

Ein paar Sekunden später tat er genau das, was sie befürchtet hatte, und legte danach Löffel und Beutel vorsichtig auf eine Papierserviette. In stummem Trotz zog sie ihren Beutel aus dem Becher und klatschte ihn, vollgesogen, wie er war, auf den Tisch.

»Alles okay?«, fragte Joaquín und wischte die Spritzer mit einer Serviette auf.

»Was soll diese bescheuerte Frage?«, schoss Béatrice zurück und bereute, sich auf dieses Gespräch überhaupt eingelassen zu haben. »Du weißt genau, dass absolut nichts okay ist.« Sie riss zwei Tüten Zucker auf einmal auf und schüttete den Inhalt in ihren Becher.

»Ich habe nachgedacht, Béa«, sagte Joaquín in diesem weichen Ton, der immer so erwachsen und überlegen rüberkam, dass Béatrice sich am liebsten die Ohren zugehalten hätte. »Bitte verzeih mir. Ich habe wie ein Idiot reagiert. Natürlich bekommen wir dieses Kind gemeinsam.«

Sie war sprachlos. Zum ersten Mal sagte er nicht das, was sie erwartet hatte.

»So ein Kind großzuziehen, das ist zwar eine riesige Verantwortung … aber auch das Allerschönste, was einem im Leben passieren kann.« Er trank einen Schluck. »Und ich möchte, dass wir das gemeinsam erleben.« Er lächelte zaghaft.

»Und … Laura?«, fragte Béatrice, die kaum glauben konnte, was sie da hörte.

Joaquín machte eine wegwerfende Handbewegung. »Ach, Laura. Das war eine totale Kurzschlussreaktion neulich im Restaurant. Sie ist in einer schwierigen Phase. Das Mädchen wird langsam erwachsen, ist in der Pubertät, schlecht in der Schule. Und letzte Woche hatte sie fürchterlichen Liebeskummer. Jeden Tag was Neues. Das darfst du nicht so ernst nehmen.«

»Sie hasst mich.« Béatrice wollte diesem plötzlichen Sinneswandel nicht so einfach trauen.

»Tut sie nicht. Sie ist dickköpfig. Und ein bisschen eifersüchtig. Hat Angst, dass du ihr den Platz in meinem Herzen wegnimmst. Ist doch normal, oder? Aber das gibt sich. Es tut ihr leid. Das hat sie neulich selbst gesagt.« Joaquín rückte seinen Stuhl näher an den von Béatrice heran und strich ihr über die Wange. »Sie wird sich schnell daran gewöhnen, dass wir bald zu viert sind. Es wird gut für sie sein, nicht mehr so viel allein zu Hause zu sitzen.« Er wollte Béatrice küssen, doch sie wich ihm aus.

»Und wie stellst du dir das vor? Zu viert?«, fragte sie stattdessen.

»Ganz einfach, du verkaufst deine Möbel und ziehst zu uns. Das Gästezimmer wandeln wir in ein kleines Kinderzimmer um. Du wirst dich natürlich einschränken müssen, sowohl platzmäßig als auch finanziell. Und du wirst weniger arbeiten können. Ich bin ja schließlich viel unterwegs, jemand muss sich zu Hause um die Kinder kümmern. Aber, wenn wir es wirklich wollen, kriegen wir das hin.« Er seufzte und rührte in seinem Tee. »Mit einem Kind ändern sich die Prioritäten im Leben, Béatrice, das wirst du noch sehen. Klamotten, Schuhe, Reisen … wird alles unwichtig.«

Béatrice zog die Augenbrauen hoch, kommentierte seine Aussage aber nicht. »Warum muss es denn McLean sein?«, fragte sie dann, wider Willen von Joaquíns Familienplanungsgedanken mitgerissen. »Warum können wir nicht ein Haus hier in D. C. suchen?«

Er seufzte. »Erstens, weil ich das nicht bezahlen kann. Die Preise sind explodiert. Zweitens, weil die öffentlichen Schulen hier im Distrikt miserabel sind. Das wäre nicht gut für Laura. Und außerdem kann ich sie doch jetzt nicht einfach aus ihrem Freundeskreis rausreißen.«

Zu Joaquín ziehen. Ihr eigenes Leben mitsamt Wohnung und Möbeln aufgeben. Laura zu Partys und Freunden kutschieren. Im Safeway in McLean einkaufen gehen. Jeden Abend ein Essen zubereiten. Die Wochenenden mit Leuten wie Mrs. Parker in irgendwelchen Vororten verbringen. Am Memorial Day in Joaquíns kleinem Garten Hotdogs grillen. Die Bilder zuckten wie ein Blitzlicht-

gewitter durch Béatrice' Kopf. Aber – gefiel ihr, was sie da sah? Ja, es war gut für ihr Kind. Nur darum ging es. Das hatte Jacobina auch gesagt. *Gut für ihr Kind.* Es war dieser Satz, an den sie sich gewöhnen musste. Das kleine, bürgerliche Leben, vor dem sie in Frankreich davongelaufen war, jetzt hatte es sie wieder eingeholt. Sie nickte. »Hm.«

Joaquín drückte sie an sich. Béatrice wehrte sich nicht. »Gut, dass wir uns ausgesprochen haben«, sagte er. »Ich habe dich schrecklich vermisst, mein Liebling.« Dann schaute er auf seine Armbanduhr. »Himmel, ich muss los. Gleich ist Redaktionskonferenz.« Er stand auf und hängte sich seine Ledertasche um. »Wir sehen uns am Wochenende, ja? Dann setzen wir uns mit Laura zusammen und besprechen alles.« Er küsste sie auf die Stirn und zog den Reißverschluss seines Anoraks zu. Dann lief er vor an den Straßenrand, hob den Arm, und schon hielt ein Taxi an. Beim Einsteigen winkte er ihr noch mal kurz zu. Mit quietschenden Reifen brauste der Wagen davon.

Nach Joaquíns Überraschungsbesuch versuchte Béatrice nicht mehr, mit Grégoire in Kontakt zu treten. Sie hatte sich für das Baby entschieden. Und ihr Baby brauchte seinen Vater. Also musste sie jetzt auch die Konsequenzen tragen und nicht weiter einem Traum hinterherrennen.

Aber wie zum Teufel sollte sie diese alles verzehrende Sehnsucht nach Grégoire abstellen? Wie konnte sie die ständigen Gedanken an ihn loswerden? Das Bild seines ebenmäßigen Gesichts mit den meergrünen Augen hatte sich in ihrem Gehirn festgesetzt. Er war überall in ihrer Wohnung. Auf ihrem Sofa mit ausgestreckten Beinen, schlafend neben ihr auf der linken Seite des Bettes, barfuß in ihrer Küche mit einer Tasse Kaffee. Sie nahm die zwei Weinflaschen, die er damals mitgebracht hatte, aus dem

Kühlschrank und räumte sie in die hinterste Ecke ihres Kleider-
schranks, dahin, wo sie nie hinschaute. Sie wegzugießen brachte
sie nicht übers Herz.

Als sie am Samstagmorgen aufwachte, spürte Béatrice ein merk-
würdiges Ziehen im Unterleib. Es kam und ging und fühlte sich
an wie der Beginn ihrer Regelblutung. Sie brauche sich keine Sorgen zu machen, sagte ihre Ärztin, als sie sie endlich ans Telefon
bekam. Das sei normal. Nach ein paar Stunden wurde es tatsächlich besser, und beruhigt verließ Béatrice ihre Wohnung, um einkaufen zu gehen.

Ihr grauste vor dem bevorstehenden Abend in Joaquíns Haus
mit Familiendinner am Küchentisch und anschließendem Ver-
söhnungssex. Danach würde er schwören, sich mehr Zeit für sie
zu nehmen, und dann würde wahrscheinlich alles beim Alten
bleiben. Eine Zeitlang könnte sie sich mit Schwangerschaftsübel-
keit und Müdigkeit herausreden. Und dann?

Béatrice stand mit zwei vollen Tüten in der Hand vor dem
Whole-Foods-Supermarkt auf der Wisconsin Avenue und sah
sich nach einem freien Taxi um. Sie hatte so eingekauft, wie ihre
Ärztin es ihr empfohlen hatte: viel Obst und Gemüse, und alles
biologisch, damit das werdende Leben in ihr richtig versorgt
würde. Plötzlich fuhr ihr ein höllischer Schmerz durch den Unterleib. Erschrocken ließ sie die Tüten fallen, beugte sich nach
vorn und hielt sich die Hände an den Bauch. Sie hatte über
Krämpfe und Stiche im Internet gelesen und dass sie ein Teil der
ersten Schwangerschaftsphase seien. Aber so schlimm?

Béatrice verharrte in gekrümmter Haltung, bis der Schmerz
langsam nachließ. Eine Packung Kekse und ein paar lose Kartoffeln waren aus den Tüten gefallen. Sie steckte die Sachen zurück
und wollte ein paar Schritte laufen. Da schoss ein weiterer Stich

mitten durch ihren Bauch. Béatrice schrie auf, setzte die Tüten wieder ab und presste die Hände an ihren Bauch. Dann verebbte der Schmerz wieder. Kurz darauf erneutes Ziehen, Stechen und Reißen. Béatrice stöhnte laut. Einige Passanten drehten sich nach ihr um. Eine ältere Dame blieb stehen und fragte: »Alles okay, Honey?«

Béatrice nickte stumm und beugte sich mit schmerzverzerrtem Gesicht nach vorne, bis sie nur noch den Asphalt vor sich sah. Die Krämpfe wurden stärker, und es dauerte länger, bis sie abschwollen. Noch nie hatte sie derartig schneidende Schmerzen verspürt.

Auf einmal fühlte sie etwas Feuchtes in ihrer Hose. Sie fasste sich zwischen die Schenkel. Als sie ihre Jeans berührte, färbten sich ihre Finger rot. Béatrice stieß einen spitzen Schrei aus. Dabei trat sie gegen die Einkaufstüten. Zwiebeln, Äpfel, Kartoffeln und Brokkoli kullerten über den Bürgersteig bis auf die Straße. Eine heftige Wehe durchzuckte sie, stärker als alle vorherigen. Béatrice bog sich vor Schmerzen. Es war, als risse eine innere Kraft ihren Unterleib in Stücke. *Mein Baby*, hämmerte es in ihrem Kopf, *ich verliere mein Baby!*

Sie fühlte, wie eine feuchte Masse aus ihr herausquoll und an ihren Beinen hinunterrann. Béatrice heulte auf. Blut! Überall war Blut. Neue Krämpfe. Die Qual steigerte sich ins Unermessliche. Jaulend glitt sie zu Boden und rollte sich auf dem Pflaster zusammen.

Der nächste Schwall Feuchtes strömte in ihre Hose. Béatrice zitterte am ganzen Körper. Alles um sie herum begann sich zu drehen.

Ein Mann beugte sich zu ihr herunter. »Ma'am, Ma'am. Was ist mit Ihnen? Soll ich einen Krankenwagen rufen?«

»Ja«, stieß sie unter Tränen hervor.

Danach ging alles sehr schnell. Irgendwann kam ein Krankenwagen und brachte sie ins Georgetown Hospital.

Der Notarzt stellte viele Fragen und erklärte ihr dann die Prozedur. »Sie hatten eine Fehlgeburt. Wir werden jetzt einen kleinen Eingriff vornehmen und das restliche Gewebe, das noch in Ihrer Gebärmutter ist, ausschaben. Damit verhindern wir eine mögliche Infektion.«

Béatrice schloss stöhnend die Augen und nickte. Es war ihr gleich, was jetzt mit ihr geschah. Hauptsache, die Krämpfe hörten endlich auf. Mit zittriger Hand unterschrieb sie mehrere Papiere und reichte der Schwester ihre Kreditkarte.

»Wen können wir anrufen?«, fragte die Schwester. »Jemand muss Sie nachher abholen.«

Béatrice gab ihr Joaquíns Nummer.

Sie musste sich ausziehen, dann wurde sie auf ein Bett gelegt und durch einen Gang in einen eiskalten Raum geschoben. Endlich kam die erlösende Betäubung, die sie in einen tiefen Schlaf fallen ließ.

Als sie wieder aufwachte, lag sie in einem Krankenbett. Joaquín saß neben ihr. Die Schmerzen waren weg.

»Mensch, Béa, wie ist das passiert?«, fragte er und klang aufrichtig besorgt.

»Einfach so«, sagte sie leise. Die Tortur war vorüber. An diesem tröstenden Gedanken wollte sie sich festhalten. Ihre Zunge fühlte sich geschwollen und trocken an. »Kann ich was zu trinken haben?«, röchelte sie.

»Natürlich. Hier.« Er reichte ihr ein Glas Wasser.

Sie trank ein paar Schlucke, dann gab sie ihm das halbvolle Glas zurück. »Ich habe mein Baby verloren«, flüsterte sie und starrte an die Wand. »Verstehst du? Verloren.« Dann drehte sie sich von ihm weg und weinte in ihr Kopfkissen. Weinte um ihr Kind, das sie nicht mit der schützenden Zuwendung angenommen hatte, die es gebraucht hätte, um in ihrem Leib zu wachsen. Plötzlich und zum ersten Mal in ihrem Leben spürte Béatrice so etwas wie Muttergefühle in sich aufkeimen. Es waren warme, überwältigende Gefühle für dieses Wesen, das sie nicht gewollt, aber doch schon irgendwie geliebt hatte.

Joaquín strich wortlos über ihren Rücken.

»Bring mich nach Hause«, flüsterte sie. »Ich will hier weg.«

Die Tür öffnete sich, und eine Schwester kam herein. »Wie geht es Ihnen?«, fragte sie und lächelte freundlich.

»Gut«, log Béatrice, zog die Nase hoch und tupfte sich mit der Bettdecke die Tränen ab.

»Sie können jetzt nach Hause gehen. In den nächsten Wochen bitte nichts Schweres tragen, damit die Wunde gut verheilen kann.« Die Schwester öffnete den Verband, der um Béatrice' Handgelenk gewickelt war, zog die Nadel heraus und klebte ein Pflaster über den Einstich. »Nehmen Sie es sich bitte nicht zu sehr zu Herzen«, sagte sie und klopfte beruhigend auf Béatrice' Arm. »Sie beide dürfen nicht den Mut verlieren. Eine Fehlgeburt bedeutet auf keinen Fall, dass Sie nicht mehr schwanger werden können.«

»Soll ich etwas zu essen holen?«, fragte Joaquín, als sie kurze Zeit später mit seinem Auto in die R-Street einbogen. Er hatte bis dahin kaum etwas gesagt, und Béatrice war dankbar dafür, nicht reden zu müssen.

»Ich habe keinen Hunger«, antwortete sie und blickte starr aus dem Fenster.

»Du musst was essen. Komm, ich fahre bei Lucío vorbei.«

»Nein«, rief Béatrice. »Ich will nichts essen.«

Er hielt vor ihrer Wohnung an und schaltete den Motor aus. Sofort erloschen die Scheinwerfer. Ein Fahrradfahrer fuhr an ihnen vorbei. »Kann ich denn noch mit hochkommen? Da vorne ist ein freier Parkplatz.«

Béatrice antwortete nicht gleich. »Wir gehören nicht zusammen, Joaquín«, sagte sie schließlich.

Er seufzte laut und schwieg. »Ich weiß«, flüsterte er nach einer Weile, die Béatrice wie eine Ewigkeit vorkam. »Ich weiß es schon lange.«

Sie schwiegen wieder und schauten auf die Straße.

»Es … es ist besser, wenn wir uns nicht mehr sehen.« Im schwachen Licht der Straßenbeleuchtung sah sie, wie Joaquín nickte.

»Okay …«, raunte er mit gebrochener Stimme.

Minutenlang saßen sie regungslos nebeneinander.

»Ich geh dann mal«, sagte Béatrice endlich. Sie öffnete die Wagentür. Ohne sich noch einmal nach ihm umzudrehen, stieg sie aus und warf die Tür hinter sich zu.

Joaquín ließ den Motor an und fuhr los.

Béatrice sah seinem Wagen nach, wie er die R-Street hinunterrollte und zusammen mit drei Jahren ihres Lebens in der Dunkelheit verschwand.

9

Paris, August 1941

Es war früher Abend. Die Stadt war genauso heiß und still wie die Bouillon, die ich gierig in mich hineinlöffelte. Meine erste richtige Mahlzeit seit Tagen.

Christian und ich saßen auf der Terrasse des *Mille Couverts*, einer beliebten Brasserie auf der Rue du Commerce im 15. Arrondissement. Das dreistöckige Restaurant, das zu Anfang des Jahrhunderts ein großes Modehaus für Damen gewesen war, war eines der wenigen Etablissements, das der Pariser Bevölkerung trotz Lebensmittelknappheit und sonstiger Beschränkungen noch ein erschwingliches Menü anbot. Früher waren vor allem die Arbeiter aus der Automobilindustrie zum Essen hierher gekommen. Jetzt kamen alle, die es in der bleiernen Einsamkeit ihrer Wohnungen nicht mehr aushielten. Ich mochte diesen Ort lieber als die feinen Restaurants, in denen Christian gern verkehrte. Wo man gestärkte weiße Servietten gereicht bekam und in ständiger Angst lebte, dass sich plötzlich eine Gruppe deutscher Offiziere an den Nebentisch setzte.

Die Bouillon schmeckte köstlich. Statt des saftigen Rindfleischs, das sonst in den traditionellen *Consommés* mitgekocht wurde, schwammen in meinem Teller zwar nur ein paar vereinzelte Karotten- und Kartoffelstücke, aber die salzige Brühe wirkte wunderbar belebend und ließ mich für einen Augenblick meine Sorgen vergessen.

Christian rauchte und trank Wein. Durch den blauen Dunst seiner Zigarette lächelte er mir zu.

Schon lange hatte er nicht mehr nach meiner Mutter gefragt. Er wusste, dass es mir unangenehm war, über sie zu reden, denn ich hatte nie etwas Gutes zu berichten. Mutter lag den ganzen Tag bleich und abgemagert in ihrem Bett und verließ es nur, um auf die Toilette zu gehen. Die Butterbrote und kleinen Leckereien, mit denen Christian uns weiterhin regelmäßig versorgte, rührte sie selten an. Und wenn, dann legte sie sie nach wenigen Bissen wieder weg. Seit dem Abend, an dem ich ihr vorgeschlagen hatte, gemeinsam zu fliehen, hatte ich kein einziges richtiges Gespräch mehr mit ihr führen können. Sie hörte nicht zu, schaute durch mich hindurch und fing Sätze an, die sie nicht zu Ende führte. Am wohlsten fühlte sie sich, wenn Lily neben ihr lag und ihren weichen Nacken an ihr Gesicht presste. Dann summte sie manchmal eine kleine Melodie, lachte in sich hinein und flüsterte der Katze etwas ins Ohr.

Ihr Zustand machte mich traurig, wütend und hilflos zugleich. Vor ein paar Wochen war ich kurz davor gewesen, den Notarzt herzubitten, aber Mutter hatte so lange gefleht und gebettelt, bis ich von meinem Vorhaben wieder abgelassen hatte. Zugegeben, ein Arzt hätte sicherlich nicht viel ausrichten können. Die blauen Beruhigungspillen, die Docteur Fabri, unser Hausarzt, ihr früher immer verschrieben hatte, hatten sie zwar in einen mehrstündigen Tiefschlaf versetzen können, waren aber keineswegs in der Lage gewesen, ihre Depressionen zu heilen.

Manchmal hatte ich das Gefühl, von Mutter mit in dieses tiefe, dunkle Loch gerissen zu werden, aus dem sie nicht mehr heraus-

fand. Seit meiner Entlassung aus der Sorbonne umgab mich eine
bedrohliche Leere. Ich stand morgens um halb sechs Uhr auf, so
wie immer, und im ersten Augenblick erschien alles normal zu
sein. Es war hell in meinem Zimmer, und ich freute mich auf die
erste Tasse Kaffee. Aber dann, spätestens auf dem Weg in die
Küche, fiel mir alles wieder ein: Dass ich kein Einkommen mehr
hatte, keine Pläne, keine Ziele und keine Aufgaben. Dass es egal
war, ob ich aufstand oder liegen blieb. Manchmal machte ich
dann auf dem Absatz kehrt und legte mich wieder ins Bett. Starrte
die Decke an, guckte den Fliegen zu, die in großen Bögen durch
die Luft schwirrten, und rauchte eine Zigarette nach der anderen.
Oder ich zog mir noch einmal die Decke über den Kopf und versuchte, ein wenig zu schlafen, was mir allerdings nur selten gelang.

In diesen stillen Momenten, wenn sich die Sinnlosigkeit meiner Existenz und die Ausweglosigkeit meiner Situation wie ein
schwarzer, dicker Mantel über mich legte, wenn meine Atemzüge
länger und die Herzschläge langsamer wurden, dann konnte ich
Mutters Leiden nachempfinden. Dann hatte ich Erbarmen mit
ihrer verletzten Seele und wünschte mir, ich könnte sie und mich
vom Übel dieser Welt befreien.

Vor einem Jahr, als die Deutschen hier einmarschiert waren,
hatte ich keine Angst gehabt. Was sollte uns schon passieren,
hatte ich gedacht. Frankreich war ein freies Land. Eine Republik,
die Tausenden von Juden, die Anfang dieses Jahrhunderts vor
den Pogromen in Osteuropa geflüchtet waren, das Leben gerettet
und viele von ihnen zu Franzosen gemacht hatte. Frankreich
würde uns beschützen. Das hatte ich wirklich geglaubt. Wie
dumm und naiv ich gewesen war! Jetzt hatten wir alles verloren.
Selbst unser Radio, meine letzte Verbindung zur Außenwelt, hatten wir vor ein paar Tagen abgeben müssen. Juden durften keine

Radiogeräte mehr besitzen. Was für ein aberwitziges System das war, dem wir uns beugen mussten!

Meine Tage schleppten sich mühsam dahin, lang und unausgefüllt. Ich saß mit dumpfen Gedanken in der Wohnung herum, räumte Sachen hin und her, ohne zu wissen, was ich tat. Um der Grabesstille zu entkommen und etwas Zeit totzuschlagen, lief ich manchmal ziellos in den Straßen umher. Aber auch das brachte keine Erleichterung. Ständig drehte ich mich um, hatte das Gefühl, dass mich jemand beobachtete. Die Angst war so allgegenwärtig, dass ich mich vor dem Klappern meiner eigenen Holzsohlen auf dem Asphalt fürchtete.

Christian war der einzige Lichtblick in meinem Leben. Seine Liebe trug und erhielt mich. Heute Abend hier mit ihm im *Mille Couverts* zu sitzen, ihn anzuschauen, zu wissen, dass unsere Liebe lebendig war, gab mir Mut, später wieder in die kranke Abgeschiedenheit meiner Wohnung zurückzukehren.

Christian berührte meine Hand. »Die Suppe scheint dir zu schmecken, mein Engel«, sagte er und strich über meine Finger.

Ich nickte eifrig, löffelte den letzten Rest aus meinem Teller und lehnte mich zufrieden zurück. Eine unbeschwerte Sommerstimmung lag in der Luft. Liebespaare schlenderten an uns vorbei. Zwei Kinder stolperten einem Ball hinterher. Ein Zeitungsjunge schwenkte die neueste Ausgabe des *Paris Soir* durch die Luft. »Deutscher Vormarsch in der Ukraine«, brüllte er. »Deutsche Truppen besetzen den Hafen von Cherson.«

»Bleib heute Abend bei mir«, sagte Christian.

Ich schaute ihn überrascht an. Das hatte er noch nie vorgeschlagen.

»Meine Eltern sind in Vichy, das Personal hat frei … Wir sind ungestört.«

Ich richtete mich auf, fühlte die Suppe schwer in meinem Magen. »Du meinst …«

Er nahm meine Hand und sah mir tief in die Augen. »Ja«, sagte er. »Ich möchte, dass wir heute Nacht zusammenbleiben.«

Es war, als würde mein Herz vor Liebe zerspringen.

»Ich möchte nicht nur immer an dich denken«, wisperte er. »Ich möchte neben dir liegen und dich atmen hören.«

Eine geschmeidige Wärme breitete sich in meinem Körper aus. Alles in mir sehnte sich danach, ganz alleine mit ihm zu sein. Wie oft hatte ich davon geträumt, neben ihm einzuschlafen, seine Stimme in meinem Ohr und seine Lippen auf meinem Haar. Ihn zu sehen, wenn ich morgens die Augen öffnete. Was war schon eine Nacht, überlegte ich. Mutter würde gar nicht merken, wenn ich nicht nach Hause kam. Und morgen früh um sechs Uhr, sobald die Sperrstunde aufgehoben wäre, würde ich nach Hause gehen. Die Nachbarn würden denken, ich käme vom Bäcker.

»*Paris Soir*«, schrie der Zeitungsverkäufer. »Deutscher Sieg in der Ukraine! Nur einen Franc, Messieurs Dames.« Passanten scharten sich um ihn, hielten ihm Münzen entgegen und streckten ihre Hände nach den Zeitungen aus.

»Ich möchte auch bei dir sein«, flüsterte ich.

Christian drückte meine Hand, winkte dem Kellner und legte ein paar Essensmarken auf den Tisch. Kurz darauf brausten wir in seinem dunklen Traction Avant am Eiffelturm vorbei, über den Pont de Passy und die Seine durch das 16. Arrondissement auf die elegante Avenue Victor Hugo, wo sich die Wohnung seiner Eltern befand.

Christian zog eine Tasche unter dem Sitz hervor und holte einen Hut, eine dünne Seidentunika, ein paar Schuhe und eine Sonnenbrille heraus. »Hier, zieh dir das über«, sagte er. Ich bemerkte, wie Jean-Michel, sein Fahrer, mich im Rückspiegel ansah. Was wusste er? Würde er dichthalten?

»Was soll das?«, fragte ich beunruhigt.

»Das gehört meiner Mutter. Nur zur Sicherheit, falls uns jemand begegnet.«

Ich schluckte. Auf was hatte ich mich da eingelassen? Jean-Michel parkte den Wagen. Draußen wurde es dunkel.

»Es kann wirklich nichts passieren«, versicherte Christian. »Die Concierge hat heute frei und ist aufs Land gefahren.« Er setzte mir den Hut seiner Mutter auf und rückte ihn zurecht. Der Hut war steif und schwer und hatte eine ausladende Krempe, die mit großen, roten Federn dekoriert war und mein halbes Gesicht verdeckte. Christian zwinkerte mir zu. »Voilà, Madame. Steht dir ausgezeichnet.«

Dann nahm ich die Tunika und ließ meine Hände durch die weiten Ärmel gleiten. Noch nie hatte ich so etwas Weiches auf meiner Haut gespürt. Der Stoff duftete nach einem fruchtig-süßen Parfum, nach Rosen, Jasmin und Aprikosen.

Christian beobachtete meine sekundenschnelle Verwandlung und nickte. »Perfekt! Jetzt nur noch die Brille und die Schuhe. Ich gehe schon mal vor und schaue nach, ob auch niemand in der Eingangshalle ist. Sobald ich dir ein Zeichen gebe, kommst du nach.« Er zwinkerte mir zu. »Keine Angst, Judith. In diesem Monat sind die meisten in den Ferien. Und die, die noch da sind, wohnen weiter oben und benutzen den Fahrstuhl.«

Während ich versuchte, mich in die engen Schuhe seiner Mutter zu zwängen, kletterte Christian aus dem Wagen und hinkte zum Hauseingang. Ich setzte die Sonnenbrille auf und sah ihm hinterher. Nervös biss ich mir auf die Lippen. Es war weniger das Risiko, auf andere Bewohner zu treffen, das mir Angst machte, sondern die Tatsache, dass ich in wenigen Minuten die Höhle des

Löwen betreten würde, das Heim eines der einflussreichsten Antisemiten unserer Republik. Eines Mannes, der es sich zum Ziel gemacht hatte, Menschen wie mich zu vernichten.

Christian erschien wieder am Eingangsportal und winkte mir zu. Sofort sprang Jean-Michel vom Fahrersitz, hechtete um den Wagen herum und öffnete mir die Tür. Es war unmöglich, meine Fersen in diese schmalen Lackschuhe zu drücken. So tapste und stolperte ich auf Zehenspitzen über den Bürgersteig zu Christian.

»Niemand da«, zischte er und ging voran.

Die Eingangshalle war ein großzügiger, ovaler Raum. Elegant und sauber. Die Wände waren mit graugeädertem Marmor verkleidet, ebenso der Fußboden. Die Logenfenster der Concierge waren verdunkelt.

»Ich nehme den Fahrstuhl und du die Treppe«, flüsterte Christian und stieg in die mit blattförmigen Ornamenten verschnörkelte, schmiedeeiserne Aufzugskabine, die mich an einen Vogelkäfig erinnerte. Rechts und links um den Fahrstuhl wanden sich zwei breite Treppen wie beschworene Schlangen nach oben. Die Stufen waren mit dunkelroten Läufern ausgelegt. »Wir wohnen im zweiten Stock«, flüsterte Christian. »Bis gleich.« Dann begann der Vogelkäfig, langsam nach oben zu rattern.

Ich streifte die Schuhe ab, stopfte sie in meine Tasche und rannte die Treppe hinauf, immer zwei Stufen auf einmal. Als ich unbemerkt den zweiten Stock erreicht hatte, stieg Christian gerade aus der Kabine.

»Siehst du, wie einfach das war?« Er zog triumphierend den Schlüssel aus seiner Hosentasche und öffnete die Tür.

Mit klopfendem Herzen trat ich ein. Der Geruch von kaltem Zigarrenrauch und Damenparfum schlug mir entgegen. Ich nahm Hut und Sonnenbrille ab, zog die seidene Tunika aus und legte die Sachen auf die schmale Bank, die gleich neben der Eingangstür stand. Dann folgte ich Christian barfuß über das leicht nach Bohnerwachs riechende Holzparkett in den Empfangssaal. Seine imposante Weitläufigkeit und die herrschaftlichen Möbel verschlugen mir den Atem. Das war keine Wohnung, das war ein Palast! Riesige Kronleuchter, die an dünnen Ketten hingen, verbreiteten eine festliche Atmosphäre. An den Wänden prangten schwere Gobelins, auf denen Jagdszenen mit Pferden und Hunden abgebildet waren. Ich warf einen Blick auf die dazugehörige dunkelgrüne Sitzgruppe. Um ein Rauchertischchen im Stil Louis XV standen sechs Stühle im selben Abstand voneinander. Weiter hinten befand sich ein weißer Wandkonsolentisch mit vergoldeten Schnitzereien, auf dem Kristallkaraffen mit Wein, Likör und Cognac sowie Gläser in verschiedenen Größen angerichtet waren.

Christian deutete auf eine dunkle Eichentür. »Das Büro meines Vaters«, sagte er. »Abgeschlossen.«

Wir gingen in den Salon. Ehrfurchtsvoll betrachtete ich die Ölporträts aus dem 18. Jahrhundert. Aufgedunsene Männergesichter und feiste, weißgepuderte Damen in langen Roben starrten mich an. Auf der anderen Seite des Salons, zwischen breiten Flügelfenstern, standen kunstvoll gearbeitete Nussbaumkommoden im höfischen Rokokostil, mit Intarsien und vergoldeten Beschlägen verziert. Neugierig näherte ich mich dem Kamin und betrachtete die bronzenen Kerzenständer, die auf dem Sims standen. Vorsichtig strich ich mit dem Finger über den Schaft eines Leuchters.

»Sag lieber nichts«, bemerkte Christian trocken und setzte sich auf eine graue, nierenförmige Chaiselongue, die mitten im Raum stand. »Es ist peinlich, wie viel Gier und Geld hier drinsteckt.«

Ich ging über den dicken Teppich und setzte mich neben ihn. Die zierliche Empire-Chaiselongue stieß einen schnarrenden

Seufzer aus. Sofort wollte ich wieder aufstehen. Doch Christian legte seinen Arm um mich.

»Bleib bei mir, mein Engel«, flüsterte er und küsste mein Haar.

Lange verharrte ich so, meinen Kopf an seine Schulter geschmiegt und glücklich über diesen Moment in unserer kleinen, herbeigeträumten Wirklichkeit.

Durch die geschlossenen Fenster hinter den elfenbeinfarbenen Seidenvorhängen drang kaum ein Geräusch herein. Es war, als hätte die Außenwelt einfach aufgehört zu existieren. Krieg, verdunkelte Straßen, Sperrstunden, Passkontrollen, Angst und Entbehrung fanden irgendwo anders statt, in Zeitungen und im Radio, zwischen Chansons von Maurice Chevalier und Tino Rossi. Aber hier, in diesem kleinen Versailles auf der Avenue Victor Hugo, herrschte eine Welt von gestern. Eine Welt, deren Glanz, Fülle und Verschwendung mich gleichzeitig anzog und abstieß.

Christian erhob sich und hinkte zurück in den Empfangsraum. Kurz darauf kam er mit zwei gefüllten Weingläsern zurück und reichte mir eins. Wir tranken schweigend. Verlegen drehte ich das Glas in meinen Händen. Ich wusste nicht, warum uns auf einmal die Worte abhandengekommen waren. War es, weil wir uns auf verbotenem Terrain befanden? Weil er glaubte, ich fühlte mich in dem protzigen Palast nicht wohl? Weil wir Angst hatten, dass seine Eltern unerwartet zur Tür hereinspazierten? Oder war es vielleicht, weil wir zum ersten Mal, seit wir uns kannten, ganz allein miteinander waren?

Ich betrachtete die unglücklich dreinschauenden Fratzen auf den Ölgemälden und spürte, wie Christians Augen auf mir ruhten. Eine eigenartige Spannung hatte sich zwischen unseren Körpern aufgebaut. Eine knisternde, erotische Energie, von deren Existenz ich eine erste leise Ahnung bekommen hatte, als wir im

Winter nebeneinander im dunklen Kino gesessen und uns stundenlang geküsst hatten. Aber jetzt … jetzt war dieses Gefühl noch viel stärker und aufregender. Es prickelte und kribbelte in meinem Körper, als wäre jede einzelne meiner Zellen elektrisch geladen. Mein Herzschlag wurde immer schneller. Mit bebender Hand führte ich das Glas zum Mund und trank noch etwas Wein.

Christian stellte sein Glas auf den gläsernen Beistelltisch und legte seine Hand auf meinen Arm. »Komm«, sagte er leise. »Lass uns in mein Zimmer gehen.«

Ich verschluckte mich und musste husten. Dann stellte auch ich mein Glas zitternd ab und schaute ihm in die Augen.

Sein Blick war warm und liebevoll. »Hast du Angst … vorm ersten Mal?«, fragte er.

Ich nickte stumm.

»Ich auch«, gab er zu, stand auf und nahm mich an der Hand.

Schweigend durchquerten wir erst den Salon und dann den Empfangsraum – gepuderte Damen, Weinkaraffen und Jagdszenen zogen an mir vorbei. Ich sah ein galoppierendes Pferd, grasende Hirsche und plötzlich wieder die kleine Bank, auf die ich vorhin den Hut von Christians Mutter gelegt hatte. Überall fremde Farben und Gerüche. Mir wurde schwindelig.

Christian schob mich sanft durch eine Tür. In seinem Zimmer war es dunkel.

»Bitte mach kein Licht«, flehte ich mit tonloser Stimme. Ich wollte nicht, dass er mich sah, und ich wollte auch ihn nicht sehen müssen. Ich wollte meine Scham in der Dunkelheit verbergen.

Christian legte seine Hände auf meine Hüften und seine Lippen auf meinen Mund. Es war, als entlade sich durch diese Berührung die gesamte Spannung unserer Körper in die Finsternis.

»Judith …«, keuchte er, »Judith.« Während er mich küsste,

knöpfte er umständlich meine Bluse auf. Seine Lippen wanderten meinen Hals entlang bis zu meinen Brüsten.

Mir wurde heiß, mein Blut schäumte. Ich hatte Angst vor dieser Nähe. Sie war so neu und fremd. Auf einmal ging alles viel zu schnell. Gleichzeitig verzehrte ich mich nach seinem Körper wie nach nichts anderem auf dieser Welt. Ich wusste, dass das, was ich jetzt tun würde, kein unüberlegter Leichtsinn war.

»Judith«, flüsterte Christian immer wieder. »Ich liebe dich.«

Meine Befangenheit verflüchtigte sich wie morgendlicher Nebel über den Feldern, bis ich nur noch mein tiefes, brennendes Verlangen spürte. Mein Kopf und mein Herz gehörten ihm schon lange. Jetzt würde ich ihm auch jede Faser meines Körpers schenken. Und dann hörte ich auf zu denken.

***

Als Béatrice am nächsten Morgen erwachte, schien im ersten Augenblick alles wieder wie vorher. Doch dann fühlte sie die dicke Wattebinde zwischen ihren Beinen, und die Bilder kamen zurück. Das Blut. Die Krämpfe. Die Schmerzen. Ihr Kind war weg. Lange konnte Béatrice nicht aufstehen. Ihre Glieder waren schwer wie Blei.

Endlich fand sie die Kraft, ihr Bett zu verlassen. Langsam schlurfte sie ins Bad und spritzte sich kaltes Wasser ins Gesicht. Dabei wagte sie nicht, in den Spiegel zu schauen. Dann ging sie in die Küche, kochte einen starken Kaffee und meldete sich für eine Woche krank. Das trostlose Archiv würde sie in ihrem gegenwärtigen Zustand einfach nicht ertragen können.

Etwas später rief sie Jacobina an, um sich nach ihrem Befinden zu erkundigen, und um ihr zu erzählen, was geschehen war.

»Ach du meine Güte«, murmelte ihre alte Freundin voller Anteilnahme in den Hörer. »Das ist ja furchtbar! Und ich kann gar nichts für dich tun. Das tut mir so leid.«

Danach rief Béatrice ihre Mutter an und erzählte auch ihr von der Fehlgeburt. Ihre Mutter reagierte wie eine richtige Mutter. Statt sie vorwurfsvoll zu fragen, warum sie ihr nicht schon früher davon erzählt habe, war sie mitfühlend und wusste zu trösten. Es tat so gut, eine Stunde lang wieder Kind zu sein und alles loszuwerden. Wie so oft bereute Béatrice, dass zwischen ihrer Mutter und ihr Tausende von Kilometern lagen. Da sorgte sie sich wie eine Tochter um Jacobina, kümmerte sich um die alte Frau und leistete ihr Gesellschaft, aber für ihre eigene Mutter, die bestimmt genauso einsam war, konnte sie nichts tun.

Mehrere Tage lang blieb Béatrice in ihrer Wohnung. Sie brachte nicht die Energie auf, sich anzuziehen und einkaufen zu gehen. Im Schrank fand sie ein paar Päckchen Nudeln und ein Glas Apfelmus, dessen Haltbarkeitsdatum vor mehreren Wochen abgelaufen war. Egal. Sie würde es trotzdem essen.

Sie hatte erwartet, Joaquín würde anrufen, um sich nach ihrem Befinden zu erkundigen und sie zu fragen, ob er ihr etwas bringen könne. Aber er rief nicht an. Einerseits enttäuschte Béatrice seine Gleichgültigkeit, und des Öfteren erwischte sie sich dabei, wie sie ein verbittertes »Typisch« in die Stille fauchte. Andererseits wuchs mit jeder Minute, die verstrich, ein Gefühl der Erleichterung, dass sie es endlich geschafft hatte, diesen Mann aus ihrem Leben zu schieben. Wenn sie ehrlich war, hatte sie von Anfang an gewusst, dass er nicht der Richtige war. Aber die Angst vor dem Alleinsein und die vage Hoffnung, ihre Gefühle würden sich noch entwickeln, hatten sie dennoch in seine Arme getrieben. Und dann hatte sie drei lange Jahre und die Begegnung mit Grégoire gebraucht, um sich aus dieser Beziehung wieder zu befreien.

Grégoire. Ihre Gedanken kreisten oft um ihn. Ständig fragte sie sich, wo er wohl gerade war und was er machte. Ob er an sie dachte?

Am dritten Tag wühlte sie in ihrem Kleiderschrank und kramte eine der beiden Weinflaschen hinter ihren Skistiefeln hervor. Sie schenkte sich ein Glas ein und trank es. Nicht bedächtig und genießerisch, wie er ihr das gezeigt hatte, sondern schnell und durstig. Der Alkohol stieg ihr sofort zu Kopf, nach ein paar weiteren Schlucken begann das Wohnzimmer, sich vor ihren Augen zu drehen. Von dem Rausch angespornt, rief sie im Holocaust-Museum an und fragte nach Grégoire. Er sei nicht da, wurde ihr mitgeteilt. Auch an sein Telefon ging er nach wie vor nicht. Und wenn etwas passiert war? Später schrieb sie ihm eine E-Mail, deutete darin an, dass sich einiges in ihrem Leben geändert hätte, und bat ihn um ein Treffen. Doch ihre Nachricht blieb unbeantwortet.

Zwei Tage später, am Donnerstagmorgen, wich der regnerische Frühling einem plötzlichen, schwülen Sommeranfang. In Washington konnten sich die Jahreszeiten abrupt ändern. Als Béatrice aus der Haustür trat, schlug ihr warme, feuchte Luft entgegen. Sie zog ihre Jacke aus und knotete sie sich um die Taille. Bald würden überall an den Hauswänden die sperrigen Klimaanlagen rattern, junge Mädchen in Flipflops durch die Gegend laufen und schweißüberströmte Jogger mit hochroten Köpfen an ihr vorbeitraben.

Heute sollte Jacobina entlassen werden, und Béatrice hatte ihr versprochen, sie abzuholen und nach Hause zu bringen.

Jacobina sah noch schmächtiger und jämmerlicher aus als sonst. Sie hatte viel Gewicht verloren, was am deutlichsten in ihrem Gesicht zu sehen war. Die Wangen waren eingefallen, und ihre Augen wurden von den Höhlen fast verschluckt. Der schwarze Trainingsanzug schlabberte um ihre Beine, als sie, auf einen Rollator gestützt, durch den Ausgang des Hospitals schlurfte. Béatrice hielt sie am Arm und half ihr in ein Taxi.

»Dieser Fencheltee, den die mir jeden Morgen gebracht haben – was für ein widerliches Gesöff«, schimpfte Jacobina.

»Wenn wir gleich zu Hause sind, mach ich dir einen richtig guten Kaffee«, sagte Béatrice.

»Darf ich nicht. Fürs Erste haben die mir fast alles gestrichen.«

»Gut, dann finden wir etwas anderes, was dir schmeckt«, meinte Béatrice aufmunternd.

Jacobina drückte ihre Hand. »Wie geht's dir denn, meine Große? Du hast ja ganz schön was mitgemacht.«

Béatrice zuckte mit den Schultern. »Geht so.«

»Gut, dass dieser komische Mexikaner endlich aus deinem Leben verschwunden ist«, meinte Jacobina. »Ich sag's ja: Auf die Männer ist kein Verlass.«

»Na, na«, warf Béatrice ein. »Ich glaube eher, dass er einfach restlos überfordert war.«

»Verteidigst ihn immer noch. Dir ist nicht zu helfen.« Jacobina wies den Taxifahrer an, auf keinen Fall die Route über den Dupont Circle zu nehmen, denn das sei ein Umweg, der mindestens zwei Dollar mehr kosten würde. Dann wandte sie sich wieder an Béatrice. »Und dein schöner Winzer? Was ist mit dem?«

»Keine Ahnung. Hat sich nicht mehr gemeldet.«

Jacobina seufzte. »Männer. Ich bin immer besser ohne sie zurechtgekommen.«

Die Wohnung in der U-Street war dunkel. Ein säuerlicher Geruch hing in der Luft, als hätte jemand vor ein paar Wochen irgendwo einen Liter Milch verschüttet. Béatrice hielt sich die Nase zu und steuerte direkt ins Wohnzimmer, um die Rollläden hochzuziehen und die Fenster zu öffnen.

»Aber mach es nicht zu weit auf«, befahl Jacobina sofort, während sie sich, auf ihren Rollator gestützt, auf den Sessel zubewegte. »Ich hasse es, wenn diese stickige Hitze von draußen reinkommt.«

»Nur einen Moment. Man kann hier kaum atmen«, erwiderte Béatrice.

Jacobina setzte sich murrend und zog die Medikamente, die sie im Krankenhaus erhalten hatte, aus der Plastiktüte. »Ach du meine Güte.« Sie stellte die Döschen vor sich auf den Tisch. »Was ich alles schlucken muss.«

Béatrice machte sich an die Arbeit. Die Wohnung war in einem schlimmen Zustand. Im Bett zwischen den Laken steckten feuchte, schimmlige Handtücher, überall auf dem Boden lagen Anziehsachen verstreut und zerknüllte Papiertücher. Als sie ins Bad trat, entdeckte sie die Quelle des üblen Geruchs: Auf dem Toilettenrand klebte eine dicke Kruste Erbrochenes, das bis auf den Boden hinuntergeflossen und eingetrocknet war. »Igitt, was ist denn hier passiert?«, fragte sie und hielt sich die Nase zu.

»Du hast keine Ahnung, wie beschissen es mir ging. Musste ständig kotzen. Die Schmerzen waren so heftig, ich dachte, mein letztes Stündchen hätte geschlagen«, rief Jacobina aus dem Wohnzimmer zurück.

Béatrice schlug die Hand vor den Mund. »O Gott! Und ich hatte auch noch mein Telefon abgestellt.« Jetzt erst begriff sie, was in der Nacht, als Grégoire mit ihr geschlafen hatte, bei Jacobina passiert war.

»Mach dir keine Vorwürfe. Es ist vorbei«, sagte ihre Freundin gelassen und schaltete den Fernseher ein.

Béatrice lud die Waschmaschine voll, putzte das Klo und bezog das Bett mit frischen Laken. Dann faltete sie die Anziehsachen und wischte die Kochecke. Sie hatte gehofft, diese Beschäftigung würde sie ablenken. Aber sosehr sie es auch versuchte – nach wenigen Minuten kreisten ihre Gedanken wieder ausschließlich um Grégoire.

»Ich bin noch nicht wieder ganz in Form, Jacobina«, erklärte Béatrice nach einer Stunde und warf den Putzlappen in das Waschbecken. »Aber nächste Woche werde ich hier gründlich wischen. Versprochen.«

Jacobina winkte ab. »Hat keine Eile, Béa. Bitte bleib doch noch ein wenig bei mir, ja?«

Béatrice bereitete einen Kräutertee zu und kam mit zwei vollen Tassen zu Jacobina zurück. »Was hast du eigentlich gemacht, als du damals nach New York gezogen bist?«, fragte sie.

Jacobina fischte mehrere Tabletten aus der Kollektion ihrer kleinen, grünen Döschen und schluckte sie mit etwas Tee hinunter. »Erst hab ich ein bisschen gejobbt. Gekellnert und so. Dann habe ich immer wieder als Aushilfe in verschiedenen Büros gearbeitet. Bis ich irgendwann einen festen Vertrag als Sekretärin in einer Anwaltskanzlei bekam.«

»Hat dir das Spaß gemacht?«

»Ohne Diplom hatte ich keine große Wahl. Mein Vater hatte den Geldhahn abgedreht. Er war stinksauer, als ich mein Studium abbrach und nach New York ging. Aber das Studieren war einfach nichts für mich.« Sie lachte krächzend und hielt sich sofort den Bauch.

»Und warum bist du dann nach Washington gezogen?«

»Die Kanzlei, bei der ich gearbeitet habe, hat mich hierher versetzt. Ich fand das okay. New York ging mir nach all den Jahren sowieso auf die Nerven. Der Krach, der Verkehr. Und alles war so teuer.« Sie nahm die Fernbedienung und schaltete den Fernseher ab. »Irgendwann hat das Büro hier dichtgemacht, und in New York wollten sie mich auch nicht mehr haben. Tja, dann war ich

313

arbeitslos.« Jacobina stupste ihren Fuß gegen den Rollator. »Scheißleben.«

Béatrice wollte etwas Aufmunterndes sagen, aber sosehr sie auch nachdachte, an Jacobinas Leben gab es nichts zu beschönigen. Davon abgesehen, entsprach »Scheißleben« genau ihrer eigenen gegenwärtigen Verfassung. »Du sagst es«, gab sie schließlich zurück und entsperrte ihr Blackberry, das seit ein paar Minuten rot blinkte. Sie überflog die Absender der neu eingegangenen E-Mails. Eine Werbung für Gesichtscreme, die neuen Sondertarife von Air France und – O Gott! – das Rote Kreuz. Ihr Herz begann, schneller zu schlagen. »Jacobina! Stell dir vor. Baltimore hat geantwortet.«

»Wer?«

»Der Suchdienst in Baltimore. Endlich.« Béatrice öffnete die Nachricht und las sie laut vor:

Liebe Frau Duvier,
wir beziehen uns auf Ihre Anfrage bezüglich Judith Goldemberg und Ihre Vermutung, sie habe den Holocaust überlebt. Leider müssen wir Ihnen mitteilen, dass hier ein Irrtum vorliegt. Mrs. Goldemberg hat das Konzentrationslager Auschwitz nicht überlebt. Sie ist also keine »Rescapée«, entgegen der Behauptung von George Dreyfus, dessen Arbeit Sie in Ihrem Schreiben zitieren.

Mrs. Goldembergs Name ist auf der Liste der Juden aufgeführt, die am 17. Dezember 1943 im Convoy 63 nach Auschwitz deportiert worden sind. Im Anhang senden wir Ihnen eine Kopie von Seite 473 aus Serge Klarsfelds Buch *Chronik der aus Frankreich deportierten Juden*. Wie Sie daraus ersehen können, hat Klarsfeld bei den Überlebenden einen kleinen Punkt hinter den jeweiligen Namen gesetzt. Leider ist hinter Judith Goldembergs Name kein Punkt.

Béatrice ließ das Handy sinken und schaute beklommen zu Jacobina. »Das tut mir leid. Ich hatte wirklich gehofft, dass wir sie finden.«

Jacobina erwiderte nichts und trat wieder gegen den Rollator.

»Ich verstehe nicht, warum Grégoire das nicht gewusst hat«, sagte Béatrice enttäuscht, stand auf und ging zum Fenster. »Er hat mir beide Bücher im Holocaust-Museum gezeigt. Erst haben wir lange über Klarsfeld gesprochen. Dann kam er mit der Dreyfus-Liste und hat behauptet, Judith hätte überlebt.«

»Dein Grégoire kann doch nicht alles wissen«, meinte Jacobina und spielte mit dem Gürtel ihres Bademantels. »Die Nazis haben sechs Millionen Juden auf dem Gewissen. Sechs Millionen! Und wir suchen nach einer einzigen Person. Ist doch klar, dass es da unterschiedliche Ergebnisse gibt. Ich bin überrascht, dass wir überhaupt etwas herausgefunden haben nach so langer Zeit.«

Béatrice setzte sich wieder.

»Und … was das Rote Kreuz sagt, das leuchtet mir ein«, redete Jacobina weiter. »Wir wissen genau, wann Judith nach Auschwitz deportiert worden ist. Aber wir haben nichts, was uns beweist, dass sie befreit wurde.«

Béatrice musste zustimmen, obwohl es ihr schwerfiel, diesen jähen Schlussstrich zu akzeptieren.

»Die Mail ist noch nicht zu Ende«, bemerkte sie und las Jacobina den Rest vor.

Selbstverständlich ist Ihre Suche damit nicht abgeschlossen. Bitte bedenken Sie, dass wir immer noch neue Dokumente aus der Nazizeit entdecken und auswerten. Wir haben Ihre Anfrage an andere Stellen des Roten Kreuzes weitergeleitet, und sollte es neue Forschungsergebnisse geben, werden wir Sie unverzüglich informieren.

Mit freundlichen Grüßen
Linda Evans

»Ich bin froh, dass ich jetzt endlich Klarheit habe«, meinte Jacobina nach einer Weile. »Jetzt weiß ich, was mit Judith passiert ist.« Sie lächelte und legte ihre Arme auf die Sessellehnen. »Dank dir und deiner Hilfe habe ich das Versprechen, das ich meinem Vater gegeben habe, gehalten – nur darauf kommt es an.«

Béatrice nickte betrübt. »Ich hatte nur gehofft …«

»Es ist gut, Béatrice«, unterbrach sie Jacobina. »Es ist alles gut.« Sie legte die Hände übereinander und betrachtete die braunen Flecken auf ihrem Handrücken. »Heute Abend werde ich eine Kerze anzünden und für Judith das Kaddisch-Gebet sprechen. Dann hat wenigstens einer aus unserer Familie die Tote gesegnet.«

Am nächsten Tag ging Béatrice wieder ins Büro. Die Ungewissheit ihrer beruflichen Zukunft machte ihr Sorgen. Wenn Michael es tatsächlich schaffte, sie im Rahmen des neuen Einsparungsprogramms mit einer kleinen Abfindung und ein paar Monaten Kündigungsfrist loszuwerden, musste sie sich schnellstens nach einem neuen Job umsehen. *Es werden Köpfe rollen*, hatte er gesagt. Und ihrer würde ganz bestimmt dabei sein. Jacobina hatte recht. Sie musste außerhalb der Bank suchen. Bei den Vereinten Nationen, zum Beispiel, in New York, Genf oder Rom. Es gab so viele internationale Organisationen und Unterorganisationen, und jede hatte eine Presseabteilung. Ab jetzt würde sie sich wieder ausschließlich auf ihre Karriere konzentrieren.

Als sie in den Aufzug stieg, traf sie Veronica. Die quirlige Brasilianerin trug einen rechteckigen Karton in der Hand, den man in der Cafeteria für das Carry-out-Frühstück bekam. Neugierig musterte sie Béatrice. »Na, bist du wieder gesund?«

Béatrice nickte. »Ja, alles in Ordnung.«

»Was hattest du denn?«

»Einen richtig fiesen Grippevirus«, schwindelte Béatrice, denn was in ihrem Privatleben los war, ging Veronica nun wirklich nichts an. »Mir ging's richtig mies.«

»Hier war die Stimmung auch nicht viel besser«, meinte Veronica und pustete sich eine Strähne aus dem Gesicht. Aus dem Karton strömte der Duft von getoastetem Brot.

»Wieso? Was ist denn los?«

»Ach, diese bescheuerte Reform. Ständig wird was gekürzt. Bald streichen sie uns noch die Mittagspause. Diese E-Mail, gestern. Hast du die gelesen?«

Béatrice verneinte.

»Sie suchen jetzt zweihundertfünfzig Mitarbeiter, die bis zum Ende des Steuerjahres bereit sind, freiwillig zu gehen. Das ist in zwei Monaten! Ihre Jobs werden dann einfach gestrichen.« Sie schüttelte entrüstet den Kopf. »Freiwillige! Wenn ich das höre! Wer soll denn die ganze Arbeit hier machen?«

»Und wie sieht's bei uns aus?«

Veronica stieß einen Pfiff aus. »Seit Michael aus Ekuador zurück ist, rennt er von einer Reform-Sitzung in die nächste.« Bei dem Wort »Reform« gestikulierte sie wild mit ihrer freien Hand. »Überall sind diese Consulting-Heinis, die uns jetzt sagen sollen, wo es strategisch langgeht.« Sie lachte höhnisch. »Dabei sind die es doch, die uns das ganze Geld abknöpfen.«

»Wie meinst du das?« Béatrice wurde bewusst, wie wenig sie in den vergangenen Wochen mitbekommen hatte.

»Ha, was die an Geld für ihre Power-Point-Präsentationen einstreichen, da wird mir speiübel. Und von Entwicklungsländern haben die schon mal gar keine Ahnung.« Der Aufzug wurde langsamer und hielt an. Veronica hatte sich in Fahrt geredet. »Ich bin jetzt seit fünfzehn Jahren hier. Alle paar Jahre gibt es eine neue interne Reform. Jedes Mal steht die ganze Organisation monatelang Kopf.« Sie pustete sich die widerspenstige Strähne, die wieder zurückgerutscht war, erneut aus der Stirn. »Gott sei Dank habe ich einen unbefristeten Vertrag. Also, mir kündigen die nicht so schnell.« Dabei deutete sie mit dem Zeigefinger auf sich. Dann winkte sie. »Ich muss rennen. Bis bald, Béa.«

Béatrice sah ihr kurz nach, dann ging sie ins Archiv.

Kaum hatte sie die Tür hinter sich geschlossen, da ging sie mit einem Ruck wieder auf, und Michael stand vor ihr. Er wirkte abgespannt und ungepflegt. Die Haut auf seinen Wangen schuppte sich, seine Stirn glänzte. Die Krawatte baumelte ihm schief am Hals. »Da bist du ja«, schnaufte er, zerrte ein Taschentuch aus der Hose und wischte sich über die Stirn. Michaels Augen blitzten giftig. »Ich mag es nicht, wenn man mich verarscht«, zischte er. »Vor einer Ewigkeit habe ich dich darum gebeten, mir einen Bericht über die Reorganisation des Archivs zu schicken. Bis zum heutigen Tag habe ich nichts gesehen.«

Béatrice schluckte und presste ihre Handtasche an den Bauch. »Ich war krank.«

Michael zog geräuschvoll die Nase hoch. »Dass ich nicht lache.« Er kniff die Augen zusammen. »Blaugemacht hast du, sonst nichts.« Dann trat er so dicht an sie heran, dass sie die feinen, rissigen Äderchen auf seiner Nase erkennen konnte. »Du hast deine Chance verspielt, Mademoiselle.«

Béatrice wich einen Schritt zurück. Seine Nähe und der bedrohliche Unterton in seiner Stimme verunsicherten sie. »Ich kann dir gern ein ärztliches Attest bringen«, meinte sie knapp. Es kostete sie Kraft, gleichmütig zu klingen.

»Lenk nicht ab. Du hast stümperhaft gearbeitet und den Ruf der Bank massiv gefährdet.« Michaels Handy klingelte. Sofort zog er es aus der Hosentasche. »In ein paar Monaten läuft dein Vertrag aus. Spätestens dann verschwindest du von hier.« Er drückte das Telefon an sein Ohr, drehte sich um und ging zur Tür.

Béatrice hatte einen neuen Tiefpunkt erreicht. Die Tage krochen genauso langsam voran wie die einsamen Abende und Nächte zu Hause. Tagsüber überarbeitete Béatrice ihren Lebenslauf, verfasste Bewerbungsschreiben und suchte im Internet nach Stellen im Pressebereich. Viele Angebote entdeckte sie allerdings nicht, und bei den meisten würde sie sich mit einem deutlich niedrigeren Gehalt zufriedengeben müssen. Abends lag sie lustlos im Bett, trank Wein und trauerte. Sie hatte alles verloren. Grégoire, ihr Baby und bald auch ihren Job.

Jeden zweiten Tag schaute sie auf dem Nachhauseweg bei Jacobina vorbei und brachte ihr etwas zu essen. Schonkost. Nichts Fettes, nichts Rohes, keine Nüsse, kein Gemüse. Die alte Freundin hatte immer noch Schmerzen und saß den ganzen Tag apathisch vor dem Fernseher. Sie freute sich wie ein Kind, wenn Béatrice abends mit Zwieback und Joghurt vorbeikam.

In der Hoffnung, ihrer Einsamkeit mit der Wiederbelebung alter Kontakte entgegenzuwirken, verabredete sich Béatrice mit einer Freundin aus der Bank zum Essen. Aber ein paar Stunden später sagte die wieder ab, weil sie noch zu viel zu erledigen hatte, bevor sie zu einer Konferenz nach Afrika fliegen musste. Während die Klimaanlage im Archiv Béatrice einen eisigen Zukunftswind in den Nacken blies, wurde es draußen mit jedem Tag wärmer und schwüler.

Den Freitagnachmittag hatte sich Béatrice freigenommen, um Jacobina zu ihrer ersten Nachuntersuchung zu begleiten. Außerdem hatte sie sich vorgenommen, danach endlich die Wohnung ihrer Freundin sauber zu machen.

Als die beiden vom Arztbesuch zurückgekehrt waren und Béatrice ihrer Patientin ein Glas Wasser serviert hatte, zog sie sich mit fest entschlossener Miene die Putzhandschuhe über.

»Hast du was Größeres vor?«, fragte Jacobina.

»Allerdings. Heute wird hier ausgemistet und geputzt. Ich kann diesen Dreck nicht mehr sehen.«

Béatrice öffnete einen großen Plastiksack und stopfte alles hinein, was ihr in die Quere kam: die alten Zeitschriften, die sich auf dem Fußboden stapelten, leere Schachteln, verstaubte Trockenblumen, Kerzenstummel, zerbrochene Gläser und was sich sonst noch so in den vergangenen fünfzehn Jahren auf Regalen, Schränken und in anderen dunklen Ecken angesammelt hatte.

Jacobina protestierte. »Du kannst doch nicht alles einfach wegschmeißen!«

»Doch. Das ist Müll. Am besten schaust du mir gar nicht zu.«

Jacobina grummelte ein paar unverständliche Worte und zog sich schmollend in ihren winzigen Schlafraum zurück.

Die Nachmittagssonne schien mit voller Kraft durch das Wohnzimmerfenster, und obwohl die Klimaanlage auf Hochtouren rauschte, wurde es in der Wohnung einfach nicht kühler. Béatrice rann der Schweiß den Rücken hinunter, und sie wischte sich mit dem Arm über die feuchte Stirn. Dann verrückte sie das Sofa, um das Dickicht aus Spinnenweben und Staubnestern aufzusaugen, das sich dort ungestört ausgebreitet hatte. Ihr Blick fiel auf einen gelblichen Umschlag. Sie zog ihn hervor und wollte ihn in einen der Säcke zum Altpapier geben. Da erkannte sie den geschwungenen, großzügigen Schriftzug, den sie schon einmal gesehen hatte. Der Brief war an »Mademoiselle Judith Goldemberg« adressiert. Darunter stand eine Anschrift in Galatz, Rumänien.

Der Umschlag, den sie damals nicht hatte finden können! Beim Ausleeren von Licas Kiste musste er unter das Sofa gerutscht sein.

Als Béatrice das Kuvert umdrehte, setzte ihr Herz vor Schreck einen Schlag aus. Ihre Fingerspitzen wurden taub. Das war unmöglich. Solche Zufälle gab es nicht!

»Jacobina«, brüllte sie und stürzte zum Bett hinüber. »Ich habe den Absender gefunden.«

Jacobina lugte verwirrt zwischen ihren Kopfkissen hervor. »Welchen Absender?«

»Ich weiß, wer den Brief an Judith geschrieben hat.« Aufgeregt wedelte Béatrice mit dem Umschlag in ihrer Hand. »Ich habe den Namen von C.! Das glaubst du nicht, er …«

»Moment, Moment«, unterbrach Jacobina sie, »ich muss mich erst mal setzen.« Ächzend zog sie ihre Beine unter der Decke hervor und richtete sich auf.

»Er heißt Christian«, rief Béatrice und lief im Zimmer herum wie ein aufgescheuchtes Huhn. »Christian Pavie-Rausan.«

Jacobina fuhr sich durch ihre Locken und gähnte. »Kenn ich nicht.«

»Stell dir vor, so heißt auch Grégoire mit Nachnamen!« Béatrice drückte Jacobina das Kuvert in die Hand. »Was, wenn er mit Grégoire verwandt ist? Gar nicht auszudenken, wenn das stimmt.« Sie blickte Jacobina erwartungsvoll an.

Doch die ließ sich von Béatrice' Euphorie nicht beeindrucken und runzelte nur die Stirn. »Mit deinem Winzer? Wieso denn das?«

»Grégoires Familie kommt aus Paris, hat er mir erzählt.«

»Paris ist eine große Stadt, Béatrice.«

»Aber diesen Namen, den gibt es nicht oft«, beharrte Béatrice. Fieberhaft dachte sie darüber nach, welche möglichen Zusammenhänge es geben konnte, durch die Grégoires und Jacobinas

Familien miteinander verflochten waren. Und die sie, Béatrice Duvier, jetzt, dreiundsechzig Jahre später, aufdecken würde.

Jacobina gähnte erneut und gab ihr den Umschlag zurück. »Mein Kind, der Mann hat dir wirklich den Kopf verdreht. Du beziehst alles nur noch auf diesen Grégoire.«

»Ich muss sofort zu ihm und ihm den Brief zeigen. Meine Anrufe nimmt er ja nicht an.« Sie bückte sich, zog Licas Kiste unter dem Bett hervor und durchwühlte sie nach Christians Brief. Dann steckte sie ihn in den Umschlag und hielt ihn triumphierend in die Höhe. »Passt.« Sie rannte zurück ins Wohnzimmer und packte ihre Sachen zusammen. »Den Rest räume ich morgen auf. Erst muss ich herausfinden, ob Grégoire und Christian miteinander verwandt sind.«

»Tu, was du nicht lassen kannst«, meinte Jacobina und legte sich wieder hin. »Gegen Liebeskummer ist eben kein Kraut gewachsen.«

Paris, August 1941

Irgendwann wachte ich auf. Es roch anders als gewohnt, nach sehr süßen Blumen und kaltem Rauch. Wo war ich? Ich öffnete die Augen und blinzelte in die Morgensonne, die durch das geöffnete Fenster direkt auf mein Gesicht fiel. Als ich mich an das Licht gewöhnt hatte, erkannte ich Möbel, die ich vorher noch nie gesehen hatte. Einen Sekretär mit geschwungenen Beinen, auf dem ein Strauß weit aufgeblühter Lilien stand. Daneben ein grauer Sessel mit dicken, eingedrückten Kissen. Und überall aufgeschlagene Bücher.

Dann fiel mir alles wieder ein. Die Nacht. Christians Atem dicht über mir. Seine Lippen auf meinen Schultern. Der Schmerz, der mich zur Frau gemacht und die Sterne im Universum neu geordnet hatte. Ein köstlicher Schauer überlief mich bei der Erinnerung an das, was in dieser Nacht passiert war.

Ich setzte mich auf und rieb mir die Augen. Erst jetzt bemerkte ich, dass ich nackt war, und zog mir beschämt die Decke bis zu den Schultern. Christian lag neben mir und schlief. Das dunkelblonde Haar fiel in langen Strähnen über seine Stirn, mit seinem sehnigen Arm drückte er die Bettdecke an sich, als wollte er sich daran festhalten.

Mein Blick fiel auf seine goldene Armbanduhr, die auf dem Nachttisch lag. Kurz nach sieben Uhr. Um diese Zeit hatte ich doch längst wieder zu Hause sein wollen. Erschrocken sprang ich aus dem Bett und sammelte meine Sachen auf, die überall auf dem Fußboden verstreut lagen. Ich schlüpfte eilig in Rock und Bluse und schaute mich nach meinen Schuhen um. Doch ich konnte sie nirgends finden. Dann fiel mir wieder ein, dass ich sie gestern Abend in meine Tasche gesteckt hatte. Ich griff nach dem lackierten Holzkamm, der neben der Uhr lag, und ging zügig durch meine Haare.

Plötzlich raschelte hinter mir die Bettdecke. »Guten Morgen, mein Engel«, sagte Christian mit kratziger Stimme. Ich drehte mich um und verlor mich sofort in den weichen, beinahe kindlichen Zügen seines schönen Gesichts. Seine Augen waren halb geschlossen, sein Haar leuchtete rötlich in der aufgehenden Sonne.

»Wie lange bist du schon wach?«, fragte ich lächelnd. Hoffentlich hatte er mich nicht dabei beobachtet, wie ich splitternackt im Zimmer auf und ab gegangen war.

»Wieso bist du schon angezogen?«, fragte er träge zurück und gähnte hinter vorgehaltener Hand. »Kaffee?«

»Nein, es ist schon spät. Ich muss sofort nach Hause. Mutter wird sich Sorgen machen.«

»Warte kurz.« Er setzte sich auf. Die Decke verrutschte, und ich sah seinen glatten, jugendlichen Oberkörper. »Ich ziehe mich schnell an und bringe dich nach Hause.«

»Nein, lass nur. Ich nehme die Metro.«

»Kommt gar nicht in Frage«, protestierte er und wälzte zuerst das gesunde, dann das kranke Bein aus dem Bett. »Reichst du mir bitte meinen Morgenmantel? Er hängt hinter der Tür.«

Als ich ihm den Mantel geben wollte, zog er mich an den Handgelenken zu sich. »Judith …« Er hielt inne und räusperte sich.

Ich spürte, dass er etwas Wichtiges zu sagen hatte, und setzte mich neben ihn.

Er schaute mir ernst in die Augen. »Das ist jetzt vielleicht nicht der richtige Moment, aber …« Er blinzelte. »Möchtest du meine Frau werden?«

Die Worte durchdrangen meinen ganzen Körper. Eine unbeschreibliche Glückseligkeit durchflutete mich, und meine Augen wurden feucht. Ich versuchte, ruhig zu atmen, bevor ich antwortete, um meinen Worten Gewicht zu verleihen. Aber dann kam doch nur ein einziges Wort heraus. »Ja …«, flüsterte ich.

Zärtlich fuhr Christian mit seinem Daumen über meine Unterlippe. »Wir gehören zusammen, mein Engel«, sagte er und küsste mich.

20 Minuten später saßen wir händehaltend hinter einem fröhlich pfeifenden Jean-Michel auf dem Rücksitz des Traction Avant und rollten durch die leeren Straßen.

Ein herrlicher Spätsommertag kündigte sich an. Es war warm, die ersten Blätter färbten sich gelb, Kellner in langen, weißen Schürzen schoben Stühle auf den Bürgersteigen zurecht und wischten Tische ab. Christian kurbelte das Fenster ein Stück herunter, und frische Morgenluft strömte uns entgegen. Ich war so glücklich, ich hätte die ganze Welt umarmen können.

Wir fuhren an Bäckereien und Lebensmittelgeschäften vorbei, vor denen Frauen und Kinder mit hungrigen Augen standen. Ich hatte Mitleid mit diesen Menschen, wusste ich doch nur zu gut, wie es sich anfühlte, mit leerem Magen stundenlang in einer Schlange zu warten.

Endlich bog der Wagen in die Rue du Temple ein. Beim vertrauten Anblick der Häuser überfiel mich ein schlechtes Gewissen. Ich hatte Mutter noch nie so viele Stunden alleine gelassen. Hoffentlich schlief sie noch. Aber eigentlich hatte sie gar keinen Grund, sich Sorgen zu machen.

Ich schaute auf meinen zerknitterten Rock und sehnte mich nach einem feuchten Waschlappen und frischen Kleidern. Christian drückte meine Hand und lächelte mich an. Er hatte Brot, Butter und Marmelade eingepackt. Gleich würden wir in aller Ruhe frühstücken, uns danach vielleicht irgendwo an die Seine setzen und am späten Nachmittag eine Lesung in Sylvia Beachs Buchladen auf der Rue de l'Odéon besuchen. Ich merkte, wie hungrig ich war, und freute mich auf den ersten Schluck Kaffee.

Kurz vor unserem Wohnhaus hielt Jean-Michel den Wagen an und wandte sich zu uns um. »Monsieur, Mademoiselle. Ich kann nicht mehr weiterfahren. Die Straße ist gesperrt. Darf ich Sie bitten, schon hier auszusteigen?«

Ich schaute aus dem Fenster. Eine Menschentraube hatte sich vor unserem Haus gebildet und machte es unmöglich, etwas zu erkennen.

»Was ist denn los?«, fragte ich und hatte mit einem Mal ein banges Gefühl. Sofort kamen die gespenstischen Bilder des Morgens zurück, an dem die französische Polizei Männer aus den umliegenden Wohnhäusern getrieben und in Bussen abtransportiert hatte. Ein Vorfall, über den danach in unserer Straße niemand ein einziges Wort verloren hatte.

Noch bevor Jean-Michel aussteigen und mir die Tür öffnen konnte, sprang ich aus dem Wagen. »Warte hier!«, rief ich Christian zu. »Bin gleich wieder da.« Ich ging um die hölzerne Absperrung herum und lief auf unser Gebäude zu. Irgendein dunkler Instinkt sagte mir, dass Mutter etwas zugestoßen war.

Langsam arbeitete ich mich durch die Menschenmenge. Überall betretene Gesichter, manche flüsterten sich mit vorgehaltener Hand etwas zu. Ich fragte eine junge Frau, die ich schon öfters in der Bäckerei gesehen hatte, was passiert war.

Sie schaute mich kurz an, dann senkte sie den Blick. »Jemand … Jemand …«

»Was? Sagen Sie es mir!«, drängte ich sie mit schriller Stimme.

Doch die Frau schüttelte nur den Kopf, presste die Lippen aufeinander und verschwand in der Menge.

Ich kämpfte mich weiter an Schultern und Armen vorbei, bis ich das Eingangsportal unseres Hauses erreicht hatte. Von weitem sah ich Jeanne, unsere Concierge. Endlich ein bekanntes Gesicht! Ich winkte ihr aufgeregt zu. Aber sie sah mich nicht.

Mit verschränkten Armen stand sie in ihrem grauen Arbeitskittel vor der Loge und redete mit einem Polizisten. Er stellte eine Frage. Sie wiegte den Kopf hin und her, bevor sie antwortete. Der Polizist schrieb etwas auf seinen Notizblock. Da fiel ihr Blick auf mich. Entsetzt riss sie die Augen auf, und während der Gendarm noch mit seinem Protokoll beschäftigt war, machte Jeanne mir mit einer verstohlenen Handbewegung Zeichen, zu verschwinden. Ich verstand nicht, was sie meinte, und deutete mit dem Finger auf mich. Sofort nickte sie heftig und wies mit der Hand Richtung Straße. Ihr Mund formte lautlos irgendwelche Worte, die ich nicht deuten konnte. Da sah der Polizist von seinem Block auf, und sofort tat Jeanne wieder so, als wäre sie ins Gespräch vertieft.

Mit klopfendem Herzen zog ich mich von der Tür zurück und tauchte in die Menge ein. Was sollte ich bloß tun? Wo war Mutter? Da legte jemand seine Hand auf meine Schulter. Erschrocken fuhr ich herum. Madame Berthollet stand vor mir, die ältere Dame aus dem fünften Stock. Ich hatte sie schon seit längerer Zeit nicht mehr gesehen. Bevor die Deutschen in Paris eingefallen waren, war sie mit meiner Mutter befreundet gewesen und hatte uns regelmäßig besucht. Aber dann waren die Treffen zwischen den beiden immer seltener geworden.

»Gütiger Gott, Judith«, rief sie, nahm mich an die Hand und zog mich, ohne ein weiteres Wort zu verlieren, hinter sich her durch das Gewimmel. Für ihr Alter war sie erstaunlich flink. Sobald wir die andere Straßenseite erreicht hatten, schob sie mich durch eine geöffnete Toreinfahrt in einen kleinen Innenhof. Ihr Gesicht war gerötet, aus ihrem Haarknoten hatten sich Strähnen gelöst. »Judith …«, keuchte sie und schnappte nach Luft. Ihre Augen waren glasig, die Lider zuckten. »Heute Morgen sind sie gekommen … Ganz früh.«

Ich lehnte mich gegen die Hauswand und starrte sie verständnislos an. Dann begriff ich: Mutter! Sie hatten Mutter mitgenommen. Es war, als bohrte sich ein Messer in mein Herz.

Madame Berthollet schaute sich um. Niemand war uns gefolgt. »Eine von diesen Razzien, die sie jetzt öfters machen«, sagte sie. Ihr Atem hatte sich wieder beruhigt. »Das war gegen sechs. Ich glaube, sie wollten euch holen. Aber dann …«

Meine Augen hingen an ihren Lippen. Hatte ich richtig gehört? Ein Funken Hoffnung glomm in mir auf. »Aber Mutter war verschwunden, nicht wahr? Sie haben sie nicht gefunden.«

Sie wich meinem Blick aus.

»So sagen Sie doch was!«, rief ich und packte sie bei den Schultern. »Wo ist meine Mutter jetzt? Ich muss sofort zu ihr.«

Madame Berthollet stieß einen tiefen Seufzer aus. Als sie mich wieder ansah, merkte ich, dass sie weinte. »Deine Mutter … Sie …« Ein unterdrückter Schluchzer drang aus ihrer Kehle. »Sie ist vor ihnen aus dem Fenster gesprungen. Sie war sofort tot.«

Ein dunkler Schleier legte sich über mich. Madame Berthollets Gesicht verblasste, dann sah ich sie gar nicht mehr. Mutter war tot. Und ich war nicht bei ihr gewesen. Ich, die Einzige, die ihren Todessprung hätte verhindern können, hatte mich stattdessen mit Christian im Bett herumgetrieben.

Mein Magen krampfte sich zusammen, ich bekam keine Luft mehr und stieß ein würgendes Husten aus. Schon vor Wochen hätten wir in aller Ruhe an den Genfer See fliehen können. Christian hätte alles organisiert. Aber als ich mich bei ihr nicht gleich durchsetzen konnte, hatte ich einfach aufgegeben.

Benommen taumelte ich an der Hauswand entlang und rang nach Luft. Der Brechreiz wurde stärker. Ich beugte meinen Kopf nach vorne und spuckte Gallenflüssigkeit. Gelbliche Tropfen rannen in langen Fäden über mein Kinn. Sie schmeckten nach Essig. Mein Rücken glitt an der Wand hinunter, bis ich auf dem Boden hockte. Ich legte das Gesicht in meine Hände und schloss die Augen. *Sie war sofort tot*, hörte ich die alte Dame wieder und wieder sagen. Tot. Woher wollte sie das wissen? Woher wollte sie verdammt nochmal wissen, dass Mutter nicht fürchterlich gelitten hatte, während sich der Tod langsam und qualvoll durch das aufgeplatzte Fleisch, die herausquellenden Eingeweide und zertrümmerten Knochen fraß? Bis sie endlich in ihrem eigenen Blut verrecken musste? Mutters Tod war meine verdammte Schuld. Gott, ich wollte auch sterben!

Jemand berührte meine Schulter. Ich vergrub den Kopf in meinen Armen und zog die Schultern hoch. Sollten sie mich doch alle in Ruhe lassen.

»Judith«, rief eine Stimme, wie aus weiter Ferne.

Mutter, dachte ich und sah sie wieder vor mir, wie sie mit bleichem Gesicht im Bett lag und die Katze streichelte. *Ich habe keine Kraft mehr*, hörte ich sie sagen.

»Judith«, rief die Stimme.

Es war nicht die meiner Mutter. Ich öffnete die Augen und sah Madame Berthollet neben mir knien. Sie rückte dicht an mich heran. »Du musst hier weg«, flüsterte sie. »Die werden wiederkommen. Und dann werden sie dich mitnehmen.«

Ich stieß die alte Dame von mir. »Ich will sie sehen«, schluchzte ich und starrte auf die breiten, ockergelben Steine, mit denen der Innenhof gepflastert war. »Ich will meine Mutter sehen.«

»Verstehst du nicht, Judith?«, zischte Madame Berthollet, griff mit beiden Händen nach meinem Kopf und drehte ihn unsanft zu sich. »Du musst hier verschwinden. Sofort! Du bist in höchster Gefahr.«

»Meine Mutter ist tot«, erwiderte ich tonlos und schloss die Augen. »Ich will nach Hause.«

»Judith, sieh mich an!«, befahl sie.

Widerstrebend schlug ich die Augen auf. »Die Polizei war in eurer Wohnung«, erklärte sie mit zitternder Stimme. »Da kannst du jetzt unter keinen Umständen hinein. Hörst du? Sobald dich da drüben jemand sieht, bist du verloren.«

»Wo soll ich denn sonst hin, um Himmels willen?«, fauchte ich und funkelte sie an, obwohl ich wusste, dass sie mir nur helfen wollte.

»Kannst du irgendwo untertauchen?«, fragte sie zurück.

Ich holte tief Luft. Langsam begann ich zu begreifen, was sie mir sagen wollte. Dann dachte ich an Christian. Er saß sicherlich noch immer in seinem Auto und wartete auf meine Rückkehr. Ich wollte sofort zu ihm und ihm alles erzählen. Mit knackenden Gliedern stand ich auf. »Wo haben sie Mutter hingebracht?«

»Ich weiß es nicht«, flüsterte Madame Berthollet und erhob sich ebenfalls. »Ein Leichenwagen hat sie vorhin abgeholt.«

Tapfer sein. Ich musste jetzt tapfer sein. Ich atmete langsam ein und wieder aus und schluckte einen angestauten Tränenschwall hinunter. Dann ging ich zurück zur Toreinfahrt und spähte nach draußen. Die Straße war weiterhin abgesperrt. Aber die Menge hatte sich gelichtet, und ich konnte einen Teil des Bürgersteigs sehen, der vorhin hinter den Menschen verborgen gewesen war. Mein Blick fiel auf eine dunkelrote Lache, die bis auf die Straße geflossen war. Sofort wurde mir erneut übel, und ich musste mich übergeben.

Als ich wieder in der Lage war, auf die Straße zu schauen, sah ich Anwohner, Nachbarn und Schaulustige in kleinen Gruppen zusammenstehen. Sie unterhielten sich leise. Den Polizisten, der Jeanne befragt hatte, konnte ich nirgends entdecken. Ich lehnte mich etwas weiter vor. Der Traction Avant stand noch genau an derselben Stelle, wo ich ihn verlassen hatte.

Du hast das Leben vor dir, hörte ich Mutter sagen. *Geh, und mach das Beste draus.* Ich schluckte den sauren Geschmack hinunter und wischte mir die Magenflüssigkeit aus den Mundwinkeln. Dann drehte ich mich um, ging ein paar Schritte zurück zu Madame Berthollet und umarmte sie. »Danke für alles«, wisperte ich.

»Jetzt geh schon, mein Kind«, gab sie mit weicher Stimme zurück und schob mich auf die Straße.

Im Schatten der Hauswände tappte ich die Rue du Temple entlang. Mein Herz hämmerte wie verrückt gegen meine Brust. Ich durfte nicht zu langsam gehen, dann machte ich mich verdächtig.

Aber ich durfte auch nicht zu schnell werden, denn das würde ebenfalls auffallen. Ich wagte es nicht, mich noch einmal umzudrehen. Jede unnötige Bewegung konnte zum Verhängnis werden.

Plötzlich stand Christian vor mir. Ich fuhr zusammen.

»Was ist passiert?«, flüsterte er und schaute mich mit weit aufgerissenen Augen an. »Ich habe gesehen, wie du mit einer Frau über die Straße gegangen bist.«

Sofort füllten sich meine Augen wieder mit Tränen. »Mutter«, stammelte ich und fiel ihm in die Arme. »Sie ist tot.«

»O Gott«, wisperte er und drückte mich an sich. Dann nahm er meine Hand. »Wir müssen von hier verschwinden«, sagte er geistesgegenwärtig. »Schnell!«

Ich war dankbar, dass er alle weiteren Fragen auf später verschob, ließ seine Hand los und hastete zum Auto. Christian blieb hinter mir zurück. Sobald ich den Traction Avant erreicht hatte, riss ich die Tür auf und ließ mich auf die Rücksitzbank fallen. Jean-Michel sprang auf die Straße und half dem keuchenden Christian in den Wagen.

»Fahren Sie los!«, rief ich Jean-Michel zu, als der wieder auf dem Fahrersitz Platz genommen hatte. »Wir müssen hier weg.« Dann drehte ich mich zu Christian um. »Mach das Fenster zu«, bat ich mit erstickter Stimme und drückte mich tief in die Ledersitze.

Während Jean-Michel den Wagen wendete, kurbelte Christian die Fensterscheibe hoch.

»Wo soll's denn jetzt hingehen?«, fragte Jean-Michel.

»Einfach nur weg«, sagte ich und drückte mein Gesicht an Christians Brust. Dann ließ ich meinem Schmerz und meinen Tränen freien Lauf.

***

Béatrice rannte hinunter auf die Straße in die sengende Hitze. Sie hielt ein Taxi an und ließ sich so, wie sie war, in Jeans und verklebtem T-Shirt, zum Holocaust-Museum fahren. Alle paar Minuten warf sie einen Blick auf die Uhr. In einer Stunde würde das Museum schließen. Wenn der einsetzende Wochenendverkehr auf der 14th Street nicht zu schlimm war, hatte sie genügend Zeit.

Als sie das Museum erreichte und die Sicherheitskontrolle am Eingang passieren wollte, sagte man ihr, dass das Museum heute ausnahmsweise früher schließen würde. In weniger als einer Viertelstunde müssten alle Besucher die Ausstellungsräume verlassen. Sie habe einen dringenden Termin, behauptete Béatrice und legte ihre Handtasche auf das Fließband des Röntgengeräts. Nervös tippelte sie von einem Fuß auf den anderen, während sie beobachtete, wie die Tasche langsam in dem Apparat verschwand. Sobald man sie durchgewunken hatte, rannte sie durch die Halle, die Treppe hoch und in den zweiten Stock zu Grégoires Arbeitsplatz.

Schon von weitem sah sie, dass sein Schreibtisch leergeräumt war. Verwirrt blieb sie stehen und sah sich um. Anstelle von Julia, die sie hier sonst gesehen hatte, gab heute ein glatzköpfiger Mann mittleren Alters den Besuchern Auskunft.

»Entschuldigung«, murmelte Béatrice. »Ich suche Grégoire.«

»Gregory?«, wiederholte der Mann. »Der arbeitet nicht mehr hier.«

Seine Worte waren wie eine schallende Ohrfeige. Béatrice starrte ihn mit solcher Bestürzung an, dass er einen Schritt zurückwich.

»Ist Ihnen nicht gut?«, fragte er besorgt.

»Wieso ... Wieso arbeitet er nicht mehr hier? Ich muss ihn unbedingt sprechen. Wo ist er?« Der Raum begann, sich vor Béatrice zu drehen. Die Hitze auf der Straße, die Kälte im Museum, der wiedergefundene Umschlag und die Nachricht von Grégoires Verschwinden – auf einmal war ihr alles zu viel. Der Mann vor ihr verschwamm, und einen Augenblick fühlte sie sich wie in freiem Fall.

Da packte sie jemand bei den Schultern und drückte sie auf einen Stuhl. Als sich ihr Blick wieder klärte, sah sie den Glatzkopf vor sich stehen.

Seine Hand ruhte noch immer auf ihrer rechten Schulter. »Ich hole Ihnen ein Glas Wasser«, sagte er, entfernte sich und kam Sekunden später mit einem kleinen Plastikbecher zurück.

Dankbar trank Béatrice ihn in einem Zug leer.

»Soviel ich weiß, musste Greg vorzeitig nach Frankreich zurück«, sagte der Mann. »Er ist schon vor über einer Woche abgereist.«

Béatrice' Hals war wie zugeschnürt. Tränen traten ihr in die Augen. Beschämt senkte sie den Kopf und wischte sich über das Gesicht.

»Fühlen Sie sich besser?«, fragte der Mann, nahm ihr den Becher ab und warf ihn in einen Papierkorb.

Eine Museumsangestellte forderte die Besucher laut auf, das Gebäude zu verlassen.

»Sie müssen jetzt leider gehen«, sagte er, ohne ihre Antwort abzuwarten. »Wir schließen in wenigen Minuten.«

Béatrice blickte ihn aus wässrigen Augen an. »Warum machen Sie heute so früh zu?«, fragte sie. Eigentlich war es ihr egal, sie wollte nur irgendetwas sagen, um diesen Mann, der sich in der Gegenwart einer weinenden Besucherin sichtlich unwohl fühlte, von ihren Tränen abzulenken.

»Wir haben eine kleine Gedenkfeier für eine Mitarbeiterin, die vor ein paar Tagen verstorben ist. Sie hat übrigens mit Grégoire zusammengearbeitet.«

»Meinen Sie etwa Julia? Die alte Dame?«

»Ja, Julia. Eine bewundernswerte Frau, wenn man bedenkt, was sie alles durchgemacht hat. Ihr plötzlicher Tod hat uns alle schockiert.« Der Mann drehte sich um und nahm einen Zettel von seinem Schreibtisch. »Hier. Das ist ein Nachruf auf Julia, den wir heute im Museum ausgelegt haben.«

Béatrice nahm das Blatt entgegen, auf dem Julia ihr mit geschlossenen Lippen entgegenlächelte, und sah auf den Text, ohne ihn zu lesen. Kurz dachte sie zurück an ihre Begegnung mit dieser eleganten Frau, die eine so außergewöhnliche Ausstrahlung gehabt hatte. Dann steckte sie den Zettel in die Tasche und erhob sich. »Ich werde mich mal auf den Weg machen. Danke für Ihre Hilfe.« Béatrice reichte dem Mann zum Abschied die Hand und ging zum Ausgang. Als sie an Grégoires Schreibtisch vorbeikam, blieb sie stehen und betrachtete die aufgeräumte Arbeitsfläche. Nichts erinnerte mehr daran, dass er noch vor kurzem hier gesessen hatte.

Beklommen trat sie auf die Straße. Die Luft war schwül und stickig. Der Verkehr bewegte sich im Schritttempo voran. Von weitem waren Sirenen zu hören, die schnell lauter wurden. Die Autos fuhren zur Seite, so dass sich in der Mitte der Straße eine Gasse bildete. Wenige Sekunden später brausten drei schwarze Limousinen, die von mehreren Polizeiautos eskortiert wurden, zwischen ihnen hindurch in Richtung des Weißen Hauses. Dann wurde es still, und die Autos reihten sich wieder in den Verkehr ein.

Béatrice stellte sich an den Straßenrand und streckte den Arm aus. Ein paar Taxis rauschten an ihr vorbei, aber keines hielt an. Nach ein paar Minuten gab sie auf, überquerte die Straße und betrat die helle Kiesallee der *National Mall*. Schwitzende Jogger hechelten an ihr vorbei, und etwas weiter entfernt sah sie eine Gruppe, die johlend auf Segways den Weg entlangrollte.

Béatrice setzte sich auf eine Bank. Ein dumpfes Gefühl der Verlorenheit überkam sie. Sie hatte sich die ganze Zeit an der Hoffnung festgehalten, Grégoire würde sich nach ein paar Wochen Auszeit wieder bei ihr melden. In Wirklichkeit war er schon längst in Frankreich. Und sie saß hier, Tausende von Kilometern von ihm entfernt. Eine Fremde unter Fremden. Béatrice schaute den lärmenden Touristen zu, die sich schwankend an den Lenkstangen ihrer Roller festhielten.

Sicher, am Anfang hatte sie geglaubt, sie könne hier glücklich werden und sich ein neues Leben aufbauen. Aber es war ihr nie gelungen, sich in Washington heimisch zu fühlen. Joaquín hatte dieses Gefühl in ihr nur verstärkt, und nach ihrer Trennung von ihm war es, als hätte ihr jemand eine schwere Last von den Schultern genommen. Doch die tiefe, schwarze Leere, die Grégoire hinterließ, war unerträglich. Wie hatte es dieser charmante Franzose bloß geschafft, den Schutzwall, den sie sich mit großer Mühe aufgebaut hatte, einfach zu durchbrechen und solche Gefühle in ihr auszulösen?

Ein lauter Schrei riss Béatrice aus ihren Gedanken. Sie sah, dass einer der Touristen auf der Parkallee von seinem Segway gestürzt war. Der Mann richtete sich fluchend auf und klopfte den Staub von seiner Jacke. Der Tourguide hob den umgefallenen Roller auf und wollte ihn dem Mann wieder in die Hand drücken. Doch der winkte wütend ab, rieb sich den Kopf und humpelte zur nächsten Bank.

Plötzlich wusste Béatrice, was sie zu tun hatte. Sie musste zu Grégoire! Sie musste um ihre Liebe kämpfen!

Schnell stand sie auf und verließ mit langen Schritten die Mall. Diesmal hatte sie Glück. Als sie die 14th Street erreichte, hielt auch schon ein Taxi, fast direkt neben ihr. Hinten saßen ein Mann und eine Frau. Ungeduldig wartete Béatrice, bis das Paar bezahlt hatte und ausgestiegen war. Dann sprang sie in den Wagen und ließ sich zu ihrer Wohnung fahren.

Die Air France Maschine nach Paris mit der Flugnummer AF55 flog um 19.40 Uhr ab. Die würde sie nicht mehr schaffen. Es war schon fast siebzehn Uhr. Aber den United-Flug um 22.20 über Dublin, den konnte sie problemlos erreichen. Béatrice hatte den Atlantik so oft überquert, dass sie die Paris-Verbindungen der großen Airlines auswendig kannte. Und von Paris gingen die Anschlussflüge beinahe stündlich weiter nach Bordeaux. Noch im Taxi buchte sie ihren Flug. Jacobina würde sie später anrufen und alles erklären. Jetzt musste sie nur noch Lena darum bitten, jemanden zu finden, der sich ein paar Tage um ihre alte Freundin kümmerte.

Ihre Sachen waren schnell gepackt. Jeans, Blusen, ein dünner Mantel, ein schwarzes Kleid. Seit Grégoires Verschwinden und ihrer Fehlgeburt war es Béatrice egal, was sie trug und wie sie aussah. Es gab Wichtigeres im Leben. Ihre Mutter würde Augen machen, wenn sie nach erfüllter Bordeaux-Mission in Paris vor ihrer Tür stand.

Als sie ein paar Stunden später mit Reisepass und Ticket in der Hand am Abflug-Gate saß, fühlte sich Béatrice zum ersten Mal seit langer Zeit wieder zuversichtlich. Sie sprach kurz mit Jacobina, teilte ihr mit, dass sie auf dem Weg zu Grégoire nach Frankreich sei und dass Lena nach ihr schauen würde. Jacobina klang verwirrt, hörte nicht richtig zu und fragte dauernd, ob sie sie morgen besuchen käme. Ständig wurden Béatrice' Erklärungen von lauten Durchsagen übertönt. Sie musste alles mehrmals wiederholen, bevor Jacobina endlich zu verstehen schien.

Nachdem sie das Gespräch beendet hatte, lehnte sich Béatrice zurück und betrachtete das geschäftige Treiben um sich herum. Mütter mit Kinderwagen, in denen wimmernde Babys lagen, junge Menschen mit sperrigen Rucksäcken und Männer in Anzügen, die kleine Rollkoffer hinter sich her in die Business-Lounge zogen.

Béatrice hatte ein wenig Angst, einfach so vor Grégoires Tür zu erscheinen, obwohl sich alles in ihr nach ihm verzehrte. Aber unter der Angst verbarg sich noch ein anderes Gefühl. Eine dunkle Vorahnung, dass diese Reise nicht nur der verzweifelte Versuch war, das Glück, das sie mit Grégoire empfunden hatte, wiederzubeleben. Nach dem heutigen Tag, an dem sie den Briefumschlag gefunden hatte, glaubte sie, ihre Reise nach Bordeaux könnte auch dazu beitragen, ein weiteres Geheimnis zu lüften: das Geheimnis von Grégoires Familie. Etwas, das so entsetzlich gewesen sein musste, dass Grégoires Vater es seinem Sohn sein ganzes Leben lang verschwiegen hatte.

Béatrice rutschte unruhig auf ihrem Sitz hin und her. Die unterschiedlichsten Vermutungen kamen ihr in den Sinn. Sie musste wieder an Jacobina denken, die gesagt hatte, dass Paris groß sei und es viele Menschen mit diesem Nachnamen gab. Aber vielleicht verhielt sich alles auch ganz anders, und Christian Pavie-Rausan war tatsächlich ein entfernter Verwandter von Grégoire, der sich als junger Student in die schöne Judith verliebt hatte. Eine leichte Gänsehaut überzog Béatrice' Arme bei diesem Gedanken. Doch was war zwischen Grégoires Vater und seinem Großvater vorgefallen? Und hatte es etwas mit Christian und Judith zu tun?

Erst lange nachdem die Maschine abgehoben hatte, die Anschnallzeichen erloschen waren und das Flugzeug in zehntausend Metern Höhe über dem Ozean dahinsauste, ließ Béatrice ihre Gedanken los und fiel in einen kurzen, unruhigen Schlaf.

10

Paris, Oktober 1941

Sechs Quadratmeter. Eine Matratze, ein Tisch und ein Stuhl. Mehr gab es nicht. Ich war untergetaucht – so wie Madame Berthollet es mir geraten hatte. Seit sechs Wochen versteckte ich mich in der winzigen Dachkammer im sechsten Stock von Christians Haus auf der Avenue Victor Hugo. Die Entscheidung, hierherzukommen, war schnell getroffen.

»Bei uns bist du sicher«, hatte Christian gesagt, gleich nachdem ich ihm von der Razzia und dem Selbstmord meiner Mutter erzählt hatte. »Die Nazis und die Polizei gehen hier ein und aus. Hier vermutet man dich am wenigsten.«

Jean-Michel hatte auf der Stelle kehrtgemacht und uns zurück in die Wohnung von Christians Eltern gefahren. Nie hätte ich geglaubt, so schnell an diesen Ort zurückzukehren. Alles war genau so, wie wir es vor rund einer Stunde verlassen hatten, als das Leben noch voller Liebe und Zärtlichkeit gewesen war. Die zerwühlten Kissen und Laken, die beiden halb gerauchten Zigaretten im Aschenbecher. Der lackierte Kamm auf dem Nachttisch. Ich setzte mich auf Christians Bett und strich mit der Hand über die Decke. Vor wenigen Stunden hatten wir uns hier glücklich in den Armen gelegen. Eine Ewigkeit schien seitdem vergangen zu sein.

Was hätte ich in diesem Augenblick darum gegeben, die Uhr zurückdrehen zu können, um Mutter zu retten! Doch für Trauer und Reue blieb keine Zeit. Die Hausangestellten würden jeden Moment eintreffen, sagte Christian, um die Wohnung für die Rückkehr seiner Eltern aus Vichy vorzubereiten.

Rasch packte er etwas Proviant zusammen, Kerzen, Streichhölzer, Wasserflaschen, Teller, Besteck, eine Decke und ein paar Kissen. Dann folgte ich ihm die Treppe hoch bis in den sechsten Stock, vor die Tür meiner Einzelzelle. Die danebenliegenden Zimmer waren alle mit dicken Vorhängeschlössern verriegelt. Sie wurden von den anderen Wohnungsbesitzern als Abstellkammern benutzt. Ein scharfer Geruch nach Mottenpulver und Katzenurin durchzog den Gang. Staub kitzelte mir in der Nase.

»Bist du sicher, dass wir Jean-Michel vertrauen können?«, raunte ich. Der Gedanke, was der Fahrer alles über mich wusste, beunruhigte mich.

»Unbedingt«, gab Christian zurück, zog einen silbernen Ring, an dem mehrere Schlüssel baumelten, hervor und steckte sie nacheinander ins Türschloss. »Er hasst meinen Vater genauso wie ich. Mein Vater wollte ihn schon vor Jahren rausschmeißen. Aber ich habe mich für ihn eingesetzt, und er durfte bleiben. Das hat er mir nie vergessen.«

»Bist du dir wirklich sicher?«, wiederholte ich und sah ängstlich den Gang hinunter.

Christian küsste mich auf die Nasenspitze. »Absolut sicher, mein Engel.«

Der vierte Schlüssel passte, und von diesem Moment an machte ich mich unsichtbar. Ich war gut darin, hatte ich doch durch Mutters Krankheit jahrelange Übung im lautlosen Bewegen.

Eine Etage unter mir wohnten die Hausmädchen. Derzeit waren nicht alle Zimmer belegt, hatte Christian von der Concierge in Erfahrung bringen können. Trotzdem musste ich ständig auf der Hut sein, damit sie keinen Verdacht schöpften. Tagsüber, wenn sich die Angestellten ein paar Stockwerke weiter unten in den prächtigen Wohnungen ihrer Arbeitgeber befanden, war ich am sichersten. Dann konnten sie meine Schritte nicht hören.

Draußen, am Ende des Gangs, in einem winzigen Verschlag ohne Tür, stand ein hölzerner Bottich mit Deckel, den ich als Klo benutzte. Schnell lernte ich, über welche der morschen Holzdielen ich schleichen musste, um das verräterische Knarren und Knacken zu vermeiden. Rechts, links, geradeaus, Mitte und rechts, hieß der Code. Das bedeutete, dass ich zuerst den rechten Fuß auf die schmale Bohle gleich neben der Tür zu meinem Zimmer setzen musste. Dann ging ich mit dem anderen Fuß einen großen Schritt nach links und zog das rechte Bein nach. Die beiden mittleren Dielen zwischen meiner und der nächsten Tür waren am gefährlichsten. Sobald man sie betrat, sanken sie ächzend ein. Ich musste beinahe springen, um das übernächste Brett zu erreichen. Danach ging es zwei Schritte geradeaus, dann leicht schräg in die Mitte und wieder rechts bis in den Verschlag.

Einmal pro Woche schlich sich Jean-Michel ganz früh morgens, wenn im Haus noch alles schlief, hoch zu mir, schleppte den Bottich nach unten und leerte ihn irgendwo aus. Ich schämte mich vor ihm in Grund und Boden und hatte jedes Mal fürchterliche Angst, es könnte etwas passieren. Was, wenn ihn jemand sah? Oder wenn er auf den engen Stiegen ausrutschte? Gar nicht auszudenken. Doch Jean-Michel ließ sich weder Angst noch Ekel anmerken. Eine Stunde später stand der Bottich wieder an seinem Platz, und ich nutzte die Gelegenheit, meine Haare mit einer Flasche Wasser und etwas Knochenseife darüber auszuwaschen. Was hätte ich darum gegeben, meinen Körper in ein heißes, duftendes Bad zu legen!

Es war einsam hier oben. Ich hatte keine Uhr und kein Radio und wusste nicht, was draußen vor sich ging. Aber die Einsamkeit war mein Freund, sie allein konnte mich vor den Deutschen und den judenfeindlichen Dekreten aus Vichy bewahren.

Anfangs weinte ich fast ununterbrochen. Um meine Mutter, manchmal auch um meinen Vater. Um mein Studium und mein verlorenes Leben. Irgendwann wurden die Tränen seltener, und ich trug meine Angst und meine Trauer still in meinem Herzen.

Vom Einfall des Lichts, das durch das winzige, halbrunde Fenster drang, konnte ich die ungefähre Tageszeit abschätzen. Ich durfte mich nicht ans Fenster stellen und hinausschauen. Jemand auf der anderen Straßenseite hätte mich sehen, Verdacht schöpfen und die Polizei alarmieren können. Deshalb zog ich tagsüber den Vorhang nur einen Spaltbreit auf, gerade so viel, um etwas Sonne hereinzulassen. Erst lange nach Einbruch der Dunkelheit knipste ich die mit einem schwarzen Tuch verhüllte Tischlampe aus, schob den Vorhang ganz auf und betrachtete den nächtlichen Himmel. Manchmal öffnete ich das Fenster und atmete den feuchten Geruch des Herbstes ein. Dann stellte ich mir vor, wie es gewesen war, als ich noch frei durch die Straßen spazieren konnte, und dachte wehmütig an die Rue du Temple, an unser kleines Heim und unser Leben von früher. Rückblickend erkannte ich, dass selbst die zermürbenden Tage, die ich in unserer Wohnung mit meiner schweigenden, kranken Mutter verbracht hatte, schöner gewesen waren, als das, was ich jetzt durchmachte.

Nachts kroch die Angst in mir hoch und schüttelte mich. Wenn draußen Ratten und Mäuse den Gang entlangsausten, hielt ich ihr Trippeln für die Schritte von Polizisten, die gekommen waren, um mich zu holen. Mit klopfendem Herzen und angezogenen

Knien verharrte ich in der Dunkelheit, lauschte und wartete darauf, dass sie in meine Kammer stürmten, mich im Nachthemd auf die Straße zerrten und dann in einen dieser Busse trieben. So, wie sie es mit den Männern damals gemacht hatten. Sobald die Tiere sich in der Morgendämmerung wieder in ihre Löcher verkrochen hatten, wurde es still, und ganz langsam sank ich in mein Kissen zurück und wartete, dass ein weiterer schmerzhaft endloser Tag an mir vorüberzog.

Tagsüber lag ich apathisch auf der Matratze, rauchte und beobachtete den Wechsel des Lichts. Christian meinte, ich sollte hier oben lieber nicht rauchen. Der Geruch könnte bis hinunter in den fünften Stock dringen und die Hausmädchen auf mich aufmerksam machen. Aber das war mir egal. Ich rauchte dennoch. Wenn der kratzende Qualm langsam meinen Hals hinunterkletterte und das Nikotin meinen Herzschlag antrieb, empfand ich für ein paar Sekunden eine schwindelerregende Leichtigkeit. Nein, dieses Glücksgefühl würde ich mir nicht nehmen lassen.

Sobald eine Zigarette als Stummel auf meinem Teller verendete, wurden meine Gedanken wirr und meine Lider wieder schwer. Ich griff dann meist nach einem der Bücher, die Christian mir gebracht hatte. Meinen geliebten *Vater Goriot* von Balzac. Aber ich schaffte es selten, mich auf die Lektüre zu konzentrieren. Die Buchstaben verschwammen vor meinen Augen, und meine Gedanken schweiften ab – zurück in den großen Lesesaal der Sorbonne, zu meinen Vorlesungen und zu Monsieur Hubert.

Oft lag ich mit geschlossenen Augen da, aber ich fand keine Ruhe. Unzusammenhängende Bilder und Gefühle schwirrten durch meinen Kopf. Mal fühlte ich Schwermut, mal Panik. Und dann fühlte ich lange Zeit einfach gar nichts, als wäre meine Lebenskerze ausgelöscht worden.

An guten Tagen, an denen ich genug Kraft verspürte, schrieb

ich in das Tagebuch, das Christian mir bei einem seiner Besuche geschenkt hatte. Ein dickes, in Leder gebundenes Notizbuch, um das eine braune Kordel geknotet war.

»Was soll ich damit?«, hatte ich gefragt, als er es mir überreichte, und mit dem Daumen durch die leeren Seiten geblättert.

»Schreib einfach auf, was dir in den Sinn kommt«, hatte er vorgeschlagen, einen goldenen Cartier-Füllfederhalter aus seiner Tasche gezogen und auf den Tisch gelegt. Ich hatte den Mund verzogen und das Buch zur Seite gelegt.

Aber dann, während einer dieser schlaflosen Nächte, in denen ich mich stundenlang hin und her wälzte, kam mir die Idee, Christians und meine Geschichte aufzuschreiben. Als das Geraschel der Ratten und Mäuse endlich verebbt war, knipste ich die verdunkelte Lampe an, schraubte den Füllfederhalter auf und erinnerte mich daran, wie alles begonnen hatte.

Schnell stellte ich fest, dass mir das Schreiben gefiel und guttat. Es war ein besserer Zeitvertreib als das Lesen. Während mir beim Lesen die Gedanken entwischten wie ein Stück nasse Seife, war das Formulieren von Sätzen wie eine Medizin. Dabei gelang es mir, mich so intensiv in alle Einzelheiten unserer Liebesgeschichte zurückzuträumen, dass ich in einer Art Delirium alles noch einmal durchlebte, so als geschähe es wirklich im selben Moment. Dann überquerte ich plötzlich wieder mit gesenktem Blick die Straße, um ins *Café de la Joie* zu unserem ersten Rendezvous zu gehen. Oder ich sah Christians Gesicht vor mir im Kerzenschein, während er mir erklärte, dass es ein rotes und ein schwarzes Menü gab. Die Vergangenheit wurde wieder zur Gegenwart und betäubte meine Einsamkeit. Eine köstliche Droge. Eine köstliche Flucht.

Manchmal flatterten mittags ein paar Tauben heran und unterbrachen die Stille. Ich konnte ihre zuckenden Köpfe nicht sehen, aber ich hörte, wie sie auf dem Fenstersims hin und her hüpften. Ihr zufriedenes Gurren erinnerte mich an eine längst vergangene Zeit, als Charles Trenet im Radio unbeschwerte Lieder trällerte, während ich barfuß in unserer Küche stand und den Vögeln Brotkrumen auf die Fensterbank streute. Wenn die Tauben wieder wegflogen, hörte ich nur noch meinen eigenen Atem. Dann betrachtete ich das Muster der Risse an der Wand, das sich wie ein feines Spinnennetz durch den gelblichen Putz fraß. Sah die Ecke, wo ich die Farbe abgeschabt hatte. Zu Beginn hatte ich mit Bleistift kleine Striche an diese Stelle gemalt. Für jeden Tag in dieser Hölle einen Strich. Aber als es zu viele Striche wurden, kratzte ich sie mit einem Messer wieder von der Wand. Es tat weniger weh, Zeit zu verlieren, wenn man sie nicht berechnete.

In den ersten Wochen hier oben kauerte ich verstört auf der Matratze und konnte es kaum erwarten, bis Christian und Jean-Michel die Stiegen heraufkamen.

Zu Beginn besuchten sie mich oft, fast täglich, und versorgten mich rührend. Sie brachten Flaschen mit frischem Wasser, saubere Teller und gewaschene Laken, Brot, Äpfel, Käse, manchmal auch ein kaltes Stück Huhn und dazu eine Flasche Wein. Sie dachten sogar an feuchte Lappen und Seife, damit ich mich notdürftig reinigen konnte. Richtig sauber fühlte ich mich danach natürlich nicht, aber es war besser als nichts.

Jean-Michel half beim Tragen und verschwand sofort wieder.

Wenn Christian den Proviant auf den kleinen, wackeligen Holztisch gestellt hatte, sah er mich jedes Mal erwartungsvoll an. Er wollte mich so gern wieder lächeln sehen. Aber ich verspürte nicht mehr dieses Verlangen, mich auf ein Stück Brot zu stürzen, so wie damals, als Christian mitten im Winter mit einem Rucksack voller Delikatessen vor unserer Tür gestanden hatte und ich mir die klebrig-süße Bûche von den Fingern geleckt hatte, um keinen Krümel zu vergeuden.

Christian ließ auch meinen Rock und die Bluse reinigen und brachte sie mir frisch gebügelt zurück. Der Anblick dieser Kleidungstücke löste eine krampfartige Übelkeit in mir aus. Sofort hatte ich wieder den Geschmack von Gallenflüssigkeit im Mund, und die rote Blutlache meiner Mutter flimmerte vor meinen Augen auf. Ihr Tod war meine Schuld, hämmerte es in meinem Kopf. Ich wandte mich ab und versuchte, den Brechreiz zu unterdrücken.

Christian packte die Sachen wieder ein. »Tut mir leid«, flüsterte er. »Ich dachte … Ich dachte, dass du vielleicht etwas haben willst, was dir gehört.«

Ich schüttelte wortlos den Kopf.

Am nächsten Tag brachte er mir etwas anderes zum Anziehen. Elegante Roben und Nachthemden aus dem Kleiderschrank seiner Mutter, die kaum etwas Normales, Bequemes zu besitzen schien. »Das sollte dir passen«, sagte er. »Mutter ist genauso groß wie du, nur ein bisschen rundlicher.«

»Und du glaubst nicht, dass sie die Sachen vermissen wird?«, fragte ich, als ich nacheinander einen Seidenrock, ein eisgraues Nachthemd, eine Hose und ein dunkelblaues Jerseykleid von Coco Chanel und Unterwäsche aus weißer Spitze aus seiner Tasche zog.

»Du kennst meine Mutter nicht«, erwiderte er augenzwinkernd. »Ihre Schränke platzen aus allen Nähten. Und wenn sie etwas nicht finden kann, dann kauft sie sich einfach etwas Neues.«

Die Sachen von Chanel gefielen mir am besten. Ihre Hosen und Blusen waren weit geschnitten und fühlten sich angenehm auf der Haut an. So saß ich in den edlen Stoffen, die Christian seiner Mutter gestohlen hatte, in einer heruntergekommenen Dachkammer vier Stockwerke über Christians Vater, einem Kollaborateur und Judenfeind, und wartete auf einen Tag in einer fernen Zukunft. Wie absurd und grausam das Leben doch war!

Kurz darauf reduzierte Christian seine Besuche bei mir und kam nur noch zwei-, höchstens dreimal pro Woche. »Ich muss vorsichtiger sein«, sagte er. »Neulich hat mich die Concierge auf der Treppe gesehen. Sie hat mir gleich lauter dumme Fragen gestellt.«

Ich stimmte ihm sofort zu. Die Concierge durfte auf keinen Fall Verdacht schöpfen. Doch in den langen, leeren Tagen, die seinem Entschluss folgten, begann ich mißtrauisch zu werden. »Warum kommst du so spät heute?«, wollte ich einmal wissen.

Er setzte seinen Rucksack ab und küsste mich. »Tut mir leid, mein Engel, ich habe es nicht früher geschafft.«

»Was hattest du denn so Dringendes zu erledigen?«, bohrte ich weiter. Ständig fragte ich mich, was Christian die ganze Zeit ohne mich machte. Ging sein Leben einfach normal weiter? Frühstückte er ein paar Etagen unter mir gemütlich mit seinen Eltern, während ich mich hier oben jede Sekunde nach ihm verzehrte? Oder saß er, so wie früher, stundenlang in Cafés und las Zeitung?

»Nichts Besonderes«, gab er ausweichend zurück. »Erst hatte ich eine Vorlesung, und dann musste ich in die Bibliothek.«

Ich runzelte die Stirn. »Heute ist doch Sonntag. Heute sind doch keine Vorlesungen.«

Er strich mir über die Wange. »Nein. Heute ist Mittwoch.«

Ich schwieg ein paar Sekunden. Wie konnte ich mich in meiner Zeitrechnung so geirrt haben! Dann gab ich mir einen Ruck und sprach das aus, was mir seit Tagen auf der Zunge brannte. »Du triffst dich mit anderen Frauen, nicht wahr?«

Seine Augen weiteten sich. »Wie kommst du denn darauf?«

Ich rückte das Tuch zurecht, das ich mir um die Haare gebunden hatte, um meine fettigen Strähnen zu verbergen. »Ich meine, jetzt, wo ich hier oben festsitze.«

Er legte seine Hände auf meine Schultern. »Was denkst du denn für dumme Sachen? Es gibt keine anderen Frauen für mich.«

Doch seine Worte konnten meine Ängste und Zweifel nicht beruhigen. Ich brach in Tränen aus, sank zu Boden und umfasste seine Knie. »Ich vermisse dich so«, stammelte ich. »Ich habe Angst, dich zu verlieren. Wenn du mich nicht mehr liebst, werde ich sterben.«

Es war das erste Mal seit meiner Ankunft hier oben, dass meine Angst vor der Polizei von der Angst, Christian zu verlieren, verdrängt wurde. Ich war völlig auf ihn angewiesen. Er war mein einziger Kontakt zum Leben und zu einer Welt, die ich verloren hatte. In meine Liebe zu ihm hatte sich eine Abhängigkeit und Verzweiflung gemischt, die nichts mehr mit dem aufgeregten Kribbeln im Bauch von früher zu tun hatte.

Christian packte mich an den Schultern, zog mich wieder hoch und schlang seine Arme um mich. »Bitte denke so etwas nie wieder, mein Engel. Hörst du? Ich lebe für dich. Du bist mein ganzes Glück, meine Sonne, mein Ein und Alles.«

Ich presste mein Gesicht an seine Brust und schluchzte in den Stoff seines steifen, frisch gebügelten Hemds.

»Ich werde dich niemals verlassen«, sagte er und strich über meinen Rücken. »Niemals.«

»Aber ich bin so hässlich geworden«, brachte ich zwischen zwei Schluchzern hervor. »Ich schäme mich so.«

»Das musst du nicht. Du bist immer noch wunderschön.« Er drückte mich noch fester an sich. »Glaubst du etwa, mit meinem lahmen Bein habe ich keine Angst, dass du aufhörst, mich zu lieben?«

Ich schloss die Augen und klammerte mich an ihn. Wenn er da war, war alles gut. Seine Liebe war das Einzige auf der Welt, was mir geblieben war. Und so, wie ich mich an den Gestank von Katzenurin und Mottenpulver gewöhnt hatte, würde ich auch lernen, die Stille und das endlose Warten zu akzeptieren.

Doch bald nachdem er fortgegangen war, wurden die zerstörerischen Gedanken wieder lauter und kreisten über mir wie Aasgeier über ihrer Beute. Wäre es nicht besser zu sterben, als in dieser Kammer in gestohlenen Kleidern vor mich hinzuvegetieren? Wäre uns allen nicht geholfen, wenn ich mich der Polizei stellte?

Das glucksende Gurren der Tauben auf dem Fenstersims war die einzige Antwort, die ich auf meine Fragen bekam.

Paris, November 1941

Der Himmel war grau und verhangen, die Tage wurden immer kürzer. Es regnete viel, und bevor es richtig hell wurde, legte sich die Dunkelheit schon wieder über die Stadt. Ein langer Winter kündigte sich an. Nachts war es so kalt, dass ich mir die gesamte Coco-Chanel-Ausstattung überzog.

Ich hatte stark abgenommen, alles war zu groß geworden und rutschte mir über die Hüften. Über der Bluse und der Hose mit den weit geschnittenen Beinen trug ich das blaue Jerseykleid, darüber die hellgraue Strickjacke und den dunkelbraunen Faltenrock. Ich rollte mich zu einer Kugel zusammen und zog mir mit klappernden Zähnen die Decke über den Kopf. Morgens fühlte sich mein Gesicht taub an vor Kälte, und meine steifgefrorenen Glieder knackten beim Aufstehen.

Die sinkenden Temperaturen machten mir Angst. Wie sollte ich die langen Wintermonate hier oben überstehen? Ich dachte an die eisigen Nächte des vergangenen Jahres zurück, als wir so wenig Kohle hatten, dass wir nur noch die Küche heizen konnten. Aber in dieser Kammer gab es keinen Ofen und kein heißes Wasser. Wenn Christian keine andere Unterkunft für mich fand, würde ich hier jämmerlich erfrieren.

Ich zündete mir eine Zigarette an. Sofort belebte der Rauch meinen verfrorenen Körper. Ich hätte mir so gern die Haare gewaschen, ein Bad genommen, meine Lippen angemalt und mich schön gemacht für Christian, denn er wollte heute Mittag kommen. Aber das heiße Bad würde wohl noch lange ein Traum bleiben. Bei dem bloßen Gedanken, eine Flasche mit kaltem Wasser über meinen Kopf zu gießen und Knochenseife in mein Haar zu rubbeln, bekam ich Gänsehaut. Also ging ich nur schnell mit einem feuchten Lappen über mein Gesicht, zog einen Kamm durch die verfilzten Haare und band sie unter einem Tuch zusammen.

Der Wind rüttelte am Fenster, ein frostiger Luftzug drang durch die Ritzen. Schlotternd rieb ich meine Handflächen gegeneinander und wickelte die Strickjacke enger um meine Taille. Was hätte ich jetzt für meinen kratzenden Wollmantel mit den weißen Knöpfen gegeben, den ich früher nie gemocht hatte!

Ich dachte an andere Dinge, die ich gern wieder bei mir gehabt hätte. An mein wunderschönes Kleid von Jacques Fath, das Christian mir für unseren Abend im Palais Garnier hatte anfertigen lassen. Könnte ich doch noch einmal über den feinen Stoff streichen! Meine Gedanken wanderten zurück in die Oper, als ich wie eine Prinzessin auf einem der dunkelroten Sessel in der Loge seiner Eltern gethront hatte. Dann dachte ich an Mutters Wollmützen, in denen vielleicht noch der Duft ihres Haares hing, und an unser kupferfarbenes Röhrenradio, mit dem wir früher abends heimlich Jean Oberlé auf BBC gehört hatten.

In den ersten Wochen nach Mutters Tod wäre es mir unerträglich gewesen, diese vertrauten Sachen zu sehen. Sie hätten mich zu sehr an ihr tragisches Ende und den Verlust unseres Heims erinnert. Aber jetzt, nach all den langen Tagen und Nächten, in denen ich mich mehr tot als lebendig gefühlt hatte, verlangte eine leise Sehnsucht in mir nach Dingen aus meinem früheren, freien Leben. Ich wollte wieder etwas um mich haben, das mich mit Mutter verband. Also hatte ich Christian bei seinem jüngsten Besuch gefragt, ob er mir nicht ein paar Sachen aus unserer Wohnung holen könnte. Er war sofort einverstanden gewesen.

»Das Kleid hängt in meinem Zimmer im Schrank«, erklärte ich und drückte ihm den Hausschlüssel in die Hand. »Mutters Mützen liegen in der oberen rechten Schublade in der Kommode, gleich neben der Eingangstür. Vergiss auch den Schal nicht.« Bei der Vorstellung, bald persönliche Erinnerungsstücke von ihr und uns bei mir zu haben, sie riechen und fühlen zu können, kam beinahe so etwas wie Heiterkeit in mir auf.

»Sicherlich hat Jeanne gut auf unsere Wohnung aufgepasst und sich um Lily gekümmert«, plapperte ich weiter. »Sie war immer sehr zuverlässig.«

Ich bat ihn darum, die Fotos von meiner Mutter und mir aus ihrem Schlafzimmer mitzubringen. Besonders das Bild von meinem ersten Schultag lag mir am Herzen und natürlich das Foto vor der Synagoge, auf dem wir zusammen mit dem Rabbi zu sehen waren. Es war das letzte Bild, das mein Vater von uns gemacht hatte, und Mutter sah so glücklich darauf aus. Und Christian sollte doch bitte, wenn er schon da wäre, auch das kleine Bäumchen im Wohnzimmer gießen und Jeanne ganz herzlich von mir grüßen. Meine Wangen begannen zu glühen. Zum ersten Mal seit Wochen freute ich mich auf etwas.

Er strich mir über den Kopf. »Mach ich, mein Engel. Gleich morgen. Versprochen. Am Donnerstag bringe ich dir alles.« Er sah mich zärtlich an, und ich schmiegte mich an seinen Körper, der sich trotz seiner Größe schmächtig und knochig anfühlte.

Endlich war es so weit. Am vertrauten Rhythmus seines Hinkens erkannte ich Christian sofort. Aufgeregt sprang ich von der Matratze auf und legte mein Ohr an die Tür. Die Schritte wurden lauter, gleich würde er hier sein. Aber ich konnte Jean-Michel nicht hören. Normalerweise begleitete er Christian und schleppte die schweren Taschen, in denen mein Proviant versteckt war. Warum war er heute nicht dabei? Es war doch nichts passiert? Ich trat von der Tür zurück und wartete, dass Christian die Klinke herunterdrückte.

Er trat mit zusammengepressten Lippen ins Zimmer. Sein Gesicht war vom Treppensteigen leicht gerötet, aber ich merkte sofort, dass etwas nicht stimmte. Lautlos schloss er die Tür und ließ einen dunkelblauen Rucksack von seinem Rücken gleiten. Klappernd landete er auf dem Boden.

»Was ist los?«, flüsterte ich. »Wo ist Jean-Michel?« Mein Herz klopfte bis zum Hals.

Christian öffnete den Sack, packte drei Wasserflaschen aus und stellte sie mit fahrigen Bewegungen auf den Tisch. »Er macht noch ein paar Besorgungen und kommt später nach«, murmelte er.

Ich warf ihm einen bangen Blick zu.

Christian holte tief Luft und fuhr sich mit der Hand durch das Haar. »Ich … Ich war in der Rue du Temple.« Er trat auf mich zu, umfasste meine Handgelenke und schaute mir in die Augen. »Eure Wohnung …« Er ließ mich wieder los und biss sich auf die Lippen.

»Jetzt sag endlich, was los ist«, drängte ich. Schon sah ich in Gedanken eine eingetretene Wohnungstür, aufgerissene Schränke und zertrümmertes Geschirr auf dem Boden. »Unsere Sachen sind gestohlen worden, nicht wahr?«

Christian schüttelte den Kopf. »Jemand ist bei euch eingezogen.«

Es war, als zöge sich das Blut aus meinen Adern zurück. Mein Rückgrat versteifte sich, in meinem Brustkorb wurde es immer enger. »Was hast du da gesagt?«, fragte ich und wankte auf die Matratze zu.

Aber bevor ich zusammenbrechen konnte, packte mich Christian an den Schultern und schlang seine Arme um mich. »Es tut mir leid, mein Engel«, flüsterte er und drückte seine Lippen auf mein Haar.

Eine Weile standen wir reglos aneinandergeschmiegt. Christians Herzschlag im Ohr und meine Wange unter dem weichen Stoff seines Mantels vergraben, versuchte ich, die Neuigkeiten zu verarbeiten.

Irgendwann löste ich mich aus der Umarmung und strich mir ein paar Strähnen aus dem Gesicht, die sich unter dem Tuch gelöst hatten. »Und wer lebt jetzt bei uns?«

Es dauerte einen Moment, bis er antwortete. »Ein älteres Ehepaar.« Er zog seinen Mantel aus und legte ihn über den Stuhl. »Eure Concierge war nicht da. Also bin ich hochgegangen, um die Sachen zu holen. Aber der Schlüssel passte nicht mehr. Ich hatte noch nicht geläutet, da ging schon die Tür auf.« Er hielt inne und schaute mich an, als wollte er sich vergewissern, dass ich auch wirklich bereit war, den Rest der Geschichte zu hören.

Mit einem kurzen Nicken bedeutete ich ihm, fortzufahren.

»Eine Frau, Mitte sechzig. Französin. Vor ein paar Wochen sei sie mit ihrem Mann eingezogen, hat sie gesagt. Sie zahle Miete und habe einen rechtmäßigen Vertrag. Sie wüsste nicht, wer vorher da gewohnt habe, und das interessiere sie auch nicht weiter.« Christian lehnte sich gegen die Wand und verschränkte die Arme vor der Brust. »Als sie eingezogen sind, sei die Wohnung komplett leer gewesen, hat sie gesagt. Dann hat sie mich gebeten zu gehen.«

Ich sank auf die Matratze und zog fröstelnd die Decke über die Schultern. Eine Mütze, ein Schal und ein paar Fotos. Es war nicht viel gewesen, was ich aus meinem alten Leben hatte retten wollen. Aber selbst dieses letzte bisschen Heimat hatte man mir genommen.

Draußen wurde es dunkel.

Christian setzte sich neben mich, schob seinen Arm unter die Decke und suchte meine Hand. »Vergiss die Vergangenheit«, sagte er. »Lass uns nach vorne schauen.« Seine Stimme klang dünn, als könnte er nicht einmal sich selbst davon überzeugen.

Später liebten wir uns, ängstlich und bedrückt. Aber dieses Zimmer war kein guter Ort für die Liebe. Aus Sorge, man könne uns hören, hielt ich Christian den Mund zu und bewegte mich gehemmt.

»Nach vorne schauen«, wiederholte ich flüsternd, als wir danach eng ineinander verschlungen auf der schmalen, muffigen Matratze lagen. Seine Hand strich über meinen Rücken, und sein Herzschlag vibrierte durch meinen Körper. »Nach vorne schauen.«

***

Das Taxi verließ die Hauptstraße und bog in eine breite, von Zypressen gesäumte Allee ein. Kerzengerade wie Soldaten standen die schmalen Bäume nebeneinander. Ihre Kronen ragten in einen wolkenlosen Himmel. Béatrice saß angespannt auf der Rücksitzbank des Wagens und schaute aus dem Fenster. In langen, geraden Linien zogen sich die Reben bis zum Horizont. Nichts wurde dem Zufall überlassen. Schulterhohe, in den Boden eingeschlagene Holzpfosten, durch straffe Drahtseile miteinander verbunden, bestimmten Wachstum und Richtung der Weinstöcke. Auf dem kahlen Boden erstreckten sie sich in streng symmetrischer Ordnung kilometerweit über die Hügel.

Das Taxi steuerte auf einen sandsteinfarbenen Torbogen zu. *Château Bouclier* war in großen Lettern in den Stein gemeißelt. Grégoires Reich. Sie war angekommen. Das Herz pochte Béatrice bis zum Hals.

Das Taxi fuhr durch das geöffnete Tor und über einen Kiesweg zwischen Olivenbäumen hindurch auf einen weitläufigen Vorplatz, der von einer perfekt zurechtgestutzten Hecke umgeben war. Béatrice erblickte ein mittelgroßes, historisches Anwesen mit Herrenhaus und mehreren Nebenhäusern, alles aus hellem Sandstein. In der Mitte des Platzes stand ein alter Ahornbaum, dessen dichte, grüne Blätter aussahen wie gespreizte Hände, die sich gen Himmel streckten, um nach der Sonne zu greifen.

Der Fahrer lenkte das Auto um den Baum herum und hielt direkt vor der großen Marmortreppe des Haupthauses, deren Stufen nach oben hin immer schmaler wurden.

Béatrice blieb im Wagen sitzen und betrachtete das Haus, das genauso gepflegt aussah wie die Weinfelder. Es musste erst vor kurzem gestrichen worden sein. Der makellose Putz strahlte in der Nachmittagssonne, die roten Dachziegel glänzten. Das Eingangsportal und die Fensterläden waren ebenfalls rot gestrichen und verliehen dem Haus etwas Einladendes. Neben dem Portal standen dickbauchige Terrakottatöpfe mit Rosenstöcken. Am Rand einer Stufe saß eine Katze und leckte sich die Pfoten.

Für einen Augenblick empfand Béatrice so etwas wie Wehmut. Jahrelang hatte sie wie eine Besessene an ihrer Karriere im Ausland gearbeitet, das, was sie kannte, verachtet und nach der Fremde, dem Neuen und Ungewissen verlangt. Und jetzt, beim Anblick dieses freundlichen Sandsteinhauses im gleißenden Licht, irgendwo nordöstlich von Bordeaux, sehnte sie sich zurück nach den Gerüchen ihrer Heimat und dem Klang ihrer Sprache. Sie wollte alles in sich aufsaugen, festhalten. Hierbleiben.

»Na, möchten Sie denn nicht aussteigen?«, fragte der Taxifahrer und wandte sich zu ihr um.

Béatrice schaute ihn erschrocken an. Sie hatte ihn völlig vergessen. Ihr fiel auf, wie jung er war. Höchstens Anfang zwanzig. Sein rundes Gesicht wirkte weich und kindlich. »Ja, natürlich«, murmelte sie und öffnete ihre Tasche, um ihre Geldbörse herauszuholen.

»Macht genau neunzig Euro«, sagte er.

Béatrice gab ihm einen Hunderteuroschein und hob ablehnend die Hand, als er unbeholfen nach Wechselgeld suchte. »Der Rest ist für Sie.«

Sie nahm ihre Reisetasche, die neben ihr auf der Sitzbank lag, und stieg aus. Sobald sie die Tür hinter sich zugeworfen hatte, setzte sich das Taxi in Bewegung. Die Kieselsteine knirschten unter den Reifen, und schon verschwand das Auto durch den Torbogen. Béatrice blickte ihm hinterher, bis es nicht mehr zu sehen war. Dann drehte sie sich um und schaute zu den roten Läden empor. Beobachtete sie vielleicht jemand? Die Fenster im ersten Stock waren geöffnet, aber niemand war dahinter zu sehen. Die Luft stand still. Nichts rührte sich. Langsam stieg Béatrice die Stufen hinauf. Als sie an der Katze vorbeiging, sprang das Tier miauend zur Seite.

Béatrice stellte ihre Tasche ab und schlug den schmiedeeisernen Türklopfer gegen das Portal. Es dröhnte dumpf. Doch im Haus blieb es still.

Nach ein paar Sekunden schlug Béatrice erneut gegen die große Tür. Kurz darauf hörte sie Schritte. Eine dünne, ältere Frau in einem grauen Kittel öffnete ihr. Sie hatte die hellen Haare zu einem losen Pferdeschwanz zusammengebunden und hielt einen Kehrbesen in der Hand.

»Guten Tag«, sagte Béatrice und lächelte befangen. »Ich möchte zu Grégoire bitte.«

Die Frau, sichtlich verstimmt darüber, dass Béatrice sie bei der Arbeit unterbrochen hatte, schaute sie mit hochgezogenen Augenbrauen an. »Sie meinen Monsieur?« Sie sprach mit einem fremden, harten Akzent, den Béatrice nicht einordnen konnte.

Sie nickte. »Ja … Ist er hier?«

»Kommen Sie«, sagte die Frau und wich einen Schritt zur Seite.

Béatrice nahm ihre Tasche und betrat eine hohe Eingangshalle mit blankpoliertem Parkettboden. An der Decke hing ein wuchtiger Kronleuchter, dessen Lampen durch unzählige Ketten voller Kristalltropfen miteinander verbunden waren. Eine Holztreppe mit rundgedrechselten Geländerpfosten führte in den ersten Stock.

»Monsieur ist nicht hier«, sagte die Frau. »Er ist im Büro. Ich werde anrufen und Bescheid geben. Wie ist Ihr Name?«

»Sagen Sie, eine Freundin aus Amerika ist da.« Béatrice folgte der Frau durch die Eingangshalle in den Salon.

»Nehmen Sie Platz«, sagte die Frau. Dann verließ sie mit eiligen Schritten den Raum.

Béatrice sah sich um. Kostbare Gemälde, seidene Vorhänge und antike Möbel. Farben und Materialien waren mit Sorgfalt und Liebe zum Detail zusammengestellt, so dass trotz verschiedener Stilrichtungen alles miteinander harmonierte.

Durch die angelehnte Tür hörte Béatrice die Haushälterin sprechen. Wahrscheinlich telefonierte sie gerade mit Grégoire.

Béatrice betrachtete den offenen Kamin aus weißem Marmor, über dem ein wandhoher Spiegel mit geschwungenem Goldaufsatz glänzte. Ihr Blick glitt über die beiden Louis-XV-Kommoden zu den dunklen Ölporträts aus dem 18. Jahrhundert, auf denen ernste Männergesichter mit grauen Locken und lächelnde Damen in wallenden Kleidern abgebildet waren. Zögernd trat sie an einen antiken Spieltisch und strich mit der flachen Hand über die Schachbretteinlage.

Alles war sehr bourgeois, sehr traditionell. Hier lebte jemand, der offenbar nicht wollte, dass sich jemals etwas veränderte. Die Möbelstücke und die über zweihundertjährige Geschichte, die sie verkörperten, hatten etwas Erdrückendes. Mit einem Mal begann Béatrice, an ihrer überstürzten Reise zu zweifeln. Vielleicht war Grégoire gar nicht der intellektuelle, verliebte Abenteurer, für den sie ihn in Washington gehalten hatte. Was hatte sie glauben lassen, dass sie hier willkommen war?

Sie dachte an die bescheidene Welt zurück, in der sie aufgewachsen war. An die enge Zweizimmerwohnung in der Rue Dareau, mit Möbeln aus dem Gebrauchthandel und einem Kinderbett von Ikea, in dem sie die Beine hatte anwinkeln müssen, um ganz hineinzupassen. An die langweiligen Blumenposter an der Wand und den künstlichen Geruch der Plastikdecke auf dem Küchentisch.

Geräuschlos ging Béatrice über den schweren Teppich und setzte sich auf das mit Samt überzogene Sofa. Sie schaute aus dem

Fenster auf die Hügel, über die sich die Rebstöcke in geometrischen Linien zogen, als seien sie mit dem Lineal gesetzt worden. Kein Laut war zu hören, keine Landmaschine, keine Wasserleitung und kein Vogelgezwitscher. Auch die Haushälterin hatte aufgehört zu sprechen. Die Stille tat gut. Béatrice spürte, wie sich eine bleierne Müdigkeit auf sie legte. Sie lehnte sich zurück und schloss die Augen.

Irgendwann hörte sie, wie das Eingangsportal mit einem lauten Krachen ins Schloss fiel, und schrak hoch. Wie lange hatte sie hier gesessen? War sie etwa eingeschlafen? Béatrice warf einen Blick auf ihre Armbanduhr und merkte, dass sie sie noch nicht umgestellt hatte. Es dauerte einen Augenblick, bis sie die sechs Stunden Zeitverschiebung dazugerechnet hatte. Siebzehn Uhr. Sie strich sich die Haare aus dem Gesicht.

Da betrat Grégoire das Zimmer. Größer und schöner, als sie ihn in Erinnerung hatte. Anders. Das Gesicht war nicht mehr blass wie im vorfrühlingshaften Washington, sondern braungebrannt und kantig. Er hatte sich einen Dreitagebart stehenlassen, und seine Haare waren noch länger und berührten jetzt die Schultern. Er trug ein weißes Hemd, das er bis zu den Ellbogen hochgekrempelt hatte, und helle Jeans. Béatrice erkannte nur die braunen Schuhe wieder, die mit den abgestoßenen Spitzen. Der leichte Duft seines Aftershaves erfüllte sofort den Raum und raubte ihr beinahe den Verstand.

Als Grégoire sie sah, blieb er wie angewurzelt stehen.

Béatrice bebte vor Spannung, glaubte, ihre Beine nicht mehr zu spüren. In Washington ständig an ihn denken zu müssen, ohne zu wissen, wie es ihm ging und was er machte, war eine Höllenqual gewesen. Ihn vor sich zu sehen, nur ein paar Meter entfernt, und diesen Moment, nach dem sie sich so gesehnt hatte, zu erleben, war gewaltig. Sie hatte sich ihr Wiedersehen so oft ausgemalt. Jedes kleinste Detail. Ihr Herz verkrampfte sich vor lauter Glück, ihr ganzer Körper prickelte. Sie wagte nicht zu sprechen, wollte abwarten, wie er reagierte.

Aber Grégoire sagte nichts. Mit hängenden Armen stand er da und sah sie an.

Sie musste furchtbar aussehen, durchfuhr es Béatrice, mit dunklen Ringen unter den Augen und einem Gesicht, das genauso zerknittert war wie ihre Bluse.

»Béatrice«, sagte er endlich. »Was machst du hier?«

Mit einem Mal wurde sie ganz ruhig. Die fiebrige Nervosität, die sie die gesamte Reise über begleitet hatte, verschwand. Sie fühlte wieder festen Boden unter ihren Füßen. Ohne den Blick von ihm abzuwenden, erhob sie sich und trat auf ihn zu. Dicht vor ihm blieb sie stehen und sah ihn an. »Ich liebe dich … Und ich kann ohne dich nicht sein.« Ihre Stimme klang fest und sicher. Noch nie hatte sie mit größerer Überzeugung und Ernsthaftigkeit gesprochen.

Grégoire lächelte scheu, und seine grünen Augen begannen zu leuchten. Er beugte sich vor, umfasste ihren Kopf mit seinen großen, kräftigen Händen und zog sie an sich. »Jede verdammte Minute hier habe ich an dich gedacht und mich nach dir gesehnt«, flüsterte er und drückte sie fest an seine Brust. »Ich bin so froh, dass du gekommen bist.«

Sie klammerten sich aneinander. Glücklich. Verzweifelt. Dann küssten sie sich. Erst zögerlich und tastend, als hätten sie Angst, dem anderen zu nahezukommen. Dann wurden ihre Lippen gierig und verschmolzen miteinander. Es war Béatrice, als hätte sie ihr ganzes Leben nur auf diesen Augenblick gewartet. Auf diesen Kuss. Auf diesen Mann.

Grégoire löste sich als Erster aus ihrer Umarmung und zog sie mit sich aufs Sofa.

»Ich habe mich wie ein kleiner Junge benommen«, sagte er ohne ihre Hände loszulassen. »Dich kaum ausreden lassen … Ich war so verletzt.« Er führte ihre Finger zu seinem Mund und küsste sie. »Aber ich hatte viel Zeit zum Nachdenken. Wir werden einen Weg finden. Mit deinem Baby.« Dann zog er sie erneut an sich. »In mir steckt bestimmt ein guter Stiefvater.« Sein warmer Atem streifte ihr Ohr. »Wenn du nicht hierhergekommen wärst, wäre ich zu dir geflogen«, murmelte er in ihr Haar. »Spätestens nächste Woche. Länger hätte ich es nicht mehr ausgehalten.«

Béatrice schmiegte sich an ihn und sog den Duft seiner Haut ein. »Es gibt kein Baby mehr«, sagte sie. »Ich habe es verloren.«

Er rückte von ihr ab und schaute sie mit geweiteten Augen an. »Das tut mir leid.«

»Das braucht es nicht.« Béatrice schüttelte leicht den Kopf. »Es ist alles gut. Es ist besser so.«

»Hast du … Hast du es …« Er stockte.

»Nein«, sagte sie. »Es ist einfach passiert. Auf der Straße.« Mit knappen Sätzen erzählte sie ihm, was geschehen war. Erzählte von der Operation, von ihrer unglücklichen Beziehung mit Joaquín und dass sie viel zu lange damit gewartet hatte, diese zu beenden. »Erst, als ich dich getroffen habe, habe ich verstanden, dass ich ihn nie gewollt habe.«

Grégoire drückte ihre Hand.

Sie schwiegen.

Dann lächelte er und küsste sie auf die Stirn. »Wie lange kannst du bleiben?«, fragte er.

»Ein paar Tage vielleicht«, gab Béatrice vage zurück. Sie hatte ihr Leben nur bis zu dem erlösenden Moment des Wiedersehens mit Grégoire geplant, aber keine Sekunde weiter. Als sie an den unvermeidlichen Rückflug dachte, die Entfernung zwischen Washington und Bordeaux und die Probleme, die im Büro auf sie warteten, versteifte sie sich.

»Komm, ich zeig dir das Haus und das Weingut«, schlug Grégoire vor, stand auf und zog sie aus dem Salon. »Dann machen wir eine Weinprobe mit den feinsten Tropfen, die Château Bouclier je produziert hat. Der 1995er, zum Beispiel. Ein Spitzenjahrgang.«

»Vielleicht sollte ich mich erst mal duschen und umziehen«, wandte Béatrice ein, während sie hinter ihm herstolperte. »Ich sehe schlimm aus.«

»Das kannst du auch später noch.« Er drehte sich zu ihr um und küsste sie auf den Mund. »Davon abgesehen, bist du immer schön, mit und ohne Jetlag.«

Auf dem weitläufigen Flur begegneten sie der Haushälterin, die dabei war, den Boden zu wischen. »Béa, das ist Anna, die Seele des Hauses. Anna kommt aus Polen und arbeitet jetzt schon seit fast dreißig Jahren für uns.« Grégoire lächelte Anna an. »Warte, bis du heute Abend ihr *Boeuf bourgignon* isst«, sagte er zu Béatrice gewandt. »Ein Gedicht!« Schmatzend küsste er seine Fingerspitzen und zwinkerte Anna zu. »Wetten, der Braten schmort schon seit einer Stunde in deinem Eisentopf?«

Der Ansatz eines Lächelns huschte über Annas Gesicht.

»Ich wusste es.« Grégoire strahlte. »Alles, was ich kochen kann, habe ich übrigens von Anna gelernt.«

Die Frau nestelte verschämt an ihrem Kittel.

»Béa bleibt ein paar Tage bei uns«, fuhr Grégoire fort. »Wir essen heute Abend auf der Terrasse.«

Anna und Béatrice nickten sich kurz zu, dann senkte Anna den Kopf und wischte weiter.

11

Paris, Dezember 1941

Vor einigen Nächten hatten sich am Fensterbrett zwei schmale Eiszapfen gebildet. Sie waren immer größer geworden, und plötzlich waren sie so lang, dass sie fast den Fußboden berührten. Bei Kerzenschein sahen sie aus, als seien sie aus Kristall geschliffen. Als sie noch zart und klein waren, bewunderte ich sie – jetzt fürchtete ich mich vor ihnen.

Die Kälte war überall. Roh und brutal. Wie ein heimtückisches Virus hatte sie meinen Körper befallen, sich in meine Lungen gefressen, in meine Hände und in meine Gedanken. Meine Finger waren steifgefroren. Ich traute mich kaum, sie zu bewegen, aus Angst, sie könnten brechen. Ich hatte meinen Geruchssinn verloren, konnte nicht mehr schlafen, nicht mehr schreiben und nicht klar denken. Kälte war alles, was ich fühlte, alles, was mich umgab. Grausame, unerbittliche Kälte.

Einst hatte ich geglaubt, die Einsamkeit hier oben könnte mich *retten*. Aber ich hatte mich getäuscht. Die Einsamkeit und die Kälte hatten mich zerstört, ein Entkommen war unmöglich. Erst der Tod würde mich befreien.

Wer weiß, vielleicht hätten mich die Deutschen sofort erschossen, wenn ich ihnen in die Hände gefallen wäre, oder ich hätte die Arbeitslast in ihren Lagern nicht ertragen und wäre einfach tot umgefallen. Aber hier, in dieser Einzelzelle, bezahlte ich meine vermeintliche Sicherheit mit einem langsamen, quälenden Dahinsiechen. Wie ein Sack hatte sich die Kälte über mich gestülpt. Und jetzt wurde die Schnur Millimeter um Millimeter zugezogen.

Ich glaubte, verrückt zu werden. Verrückt vor Kälte. Schon lange konnte ich meine Füße nicht mehr bewegen. Ich wollte schreien. Nach Christian. Aber aus meinem Mund strömte nur lautloser Atem. Keiner konnte mich hören, und keiner würde mich hier herausholen. Sie hatten mich einfach vergessen. Ich schloss die Augen. Wie lange würde ich noch warten müssen, bis der Schmerz meine Sinne betäubte und sanfter Schlaf mich erlöste?

Am Fenster flimmerten Eisblumen. Die dicken, aufgeplusterten Blüten steckten an langen Stilen, die miteinander zu einem Geflecht aus Schatten und Licht verschlungen waren. Boten des Todes, in der Kälte gesät, in meinem Herzen zu giftigen Disteln herangewachsen. Die Eisblumen wogten hin und her, als tanzten sie einen langsamen Walzer. Mir wurde schwindelig. Ich stellte mir vor, auf ihren Blüten getragen und von ihren Blättern umschlungen zu werden. Sie würden mich wiegen, bis dieses verdammte Leben endlich ausklang und etwas anderes begann. Etwas, das nicht mehr kalt war und weh tat. Etwas, das mich wieder mit meiner Mutter vereinte.

»Judith«, hörte ich von irgendwoher eine Stimme. »Judith.«

Etwas Warmes. Etwas Warmes an meinen Füßen. Was war das? Woher kam das? Es tat fürchterlich weh, als zündete jemand meinen Körper mit einer brennenden Fackel an. Jetzt spürte ich die Wärme auch an meinem Rücken. Ich wollte schreien vor Schmerz. Ein Arm legte sich um mich. Eine Hand griff nach meinen Fingern und wickelte sie in etwas Warmes, Feuchtes.

»Judith, bitte sag etwas.« Wieder diese Stimme.

Sie hörte sich vertraut an. Ich versuchte, meine Lippen zu bewegen, wollte sprechen, aber ich konnte nicht.

»Mein Engel, ich bin bei dir.«

Mein Engel. Christian! Wieso war er plötzlich hier? Dann hörte ich ein Rascheln. Stimmen.

»Gib mir die andere Flasche. Schnell«, drängte jemand.

Ganz langsam kam das Gefühl zurück. Erst konnte ich nur den großen Zeh bewegen, dann den ganzen Fuß. Es tat höllisch weh. Wieder versuchte ich, etwas zu sagen, aber meine Lippen klebten zusammen. Ich schluckte. Mein Hals schmerzte. Etwas Warmes berührte meinen Mund. Wieder rief jemand meinen Namen. Ich bewegte meinen Kopf in die Richtung, aus der die Stimme kam. Dann öffnete ich die Augen und sah Christians Gesicht über mir. War er wirklich zurückgekommen? Oder phantasierte ich?

»Judith, o Gott … Ich hatte solche Angst.« Er drückte seine Lippen auf meine Stirn. Sie fühlten sich feucht an.

Ein Löffel berührte meine Lippen. »Iss das«, sagte er und legte seine Hand unter meinen Kopf. Gehorsam sperrte ich den Mund auf, und eine heiße Flüssigkeit lief über meine Zunge. Ich schluckte. Die Brühe rann durch meinen Hals, und meine Kehle begann, wie Feuer zu brennen. Ich hörte, wie Christian sagte, dass ich mehr von der Brühe essen sollte. Wieder öffnete ich die Lippen, und sofort schob er den Löffel in meinen Mund.

»Mein Engel, du wärst fast erfroren«, flüsterte er.

Ich spürte, wie die Brühe meinen Mund versengte. *Salz*, dachte ich. *Brennendes Salz.* Es regte meinen Speichel an. Bald kitzelten Fäden aus Spucke meine Wangen.

»Ich konnte nicht eher kommen. Es tut mir so leid.«

Warum entschuldigte er sich? Ich schluckte. Das Schlucken ging jetzt besser als beim ersten Mal.

»Ich glaube, mein Vater hat irgendeinen Verdacht geschöpft und lässt mich beobachten«, fuhr Christian fort.

Sein Vater. Die Avenue Victor Hugo. Mein Versteck. Die Gedanken klatschten auf mich ein wie Regentropfen. Der Traum vom Tanz mit den Eisblumen war vorbei, ich war wieder da. Mein Leben war doch nicht zu Ende. Ich musste husten.

»Ist alles in Ordnung?«, fragte Christian besorgt und tupfte meinen Mund ab.

Ich nickte. Dann schaute ich mich um. Meine Hände waren mit feuchten, warmen Tüchern umwickelt. Unter meinen Füßen lag eine heiße Aluminiumflasche. Eine Daunendecke war über mir ausgebreitet.

»Bitte verzeih mir«, flüsterte Christian.

Unter den Tüchern ballte ich meine Hände behutsam zu Fäusten und streckte sie wieder aus. Es funktionierte – die Finger bewegten sich, ohne zu brechen. Dann streifte ich die Tücher ab und betastete die Decke.

»Von jetzt an werde ich Jean-Michel zweimal am Tag mit heißen Flaschen und heißer Suppe zu dir schicken«, sagte Christian und legte seine Hände über meine. »Das darf nicht noch einmal passieren.«

Ich hörte, was er sagte, aber es fiel mir schwer, ihm zu folgen. Meine Gedanken waren noch bei meinen Händen, die wieder beweglich geworden waren.

»Und an den Tagen, an denen wir uns nicht sehen können, werde ich dir schreiben, was ich mache, und du lässt Jean-Michel wissen, was du brauchst. Ich werde dich nie wieder so lange alleine lassen.« Er drückte seinen Mund auf meine kalten Lippen. »Nie wieder.« Dann drehte er sich um. »Nicht wahr, Jean-Michel?«

Erst jetzt bemerkte ich die schattenhafte Gestalt, die hinter Christian auf dem Fußboden kniete und sich lautlos hin und her bewegte. Im Halbdunkel sortierte Jean-Michel Proviant und faltete dampfende Handtücher auseinander. Dann stand er auf und deckte den kleinen Tisch mit einer Kerze, Gläsern und Besteck ein.

»Ich habe eine Überraschung für dich, Judith«, verkündete Christian mit einem verheißungsvollen Grinsen und raunte Jean-Michel etwas zu. Der Fahrer öffnete eine Tasche, holte einen großen, viereckigen Kasten hervor und stellte ihn keuchend neben die Matratze auf den Fußboden.

»Voilà, unser tragbarer Röhrenempfänger«, verkündete Christian und klopfte stolz auf den Kasten. Ein Radio. Ein echtes Radio.

Ich musste lächeln. Selbst jetzt schaffte er es noch, mich zu verblüffen. »Die Batterien halten nicht sehr lange, aber für die Weihnachtsansprache von Général de Gaulle in der BBC nachher wird es reichen.«

»Weihnachts … ansprache?«, stotterte ich. Mein erstes Wort seit Tagen. In meinem Hals juckte es.

»Morgen ist Weihnachten.« Er wandte sich wieder an Jean-Michel. »Danke, Jean. Sie können jetzt gehen. Und ab sofort bringen Sie Judith bitte jeden Morgen und jeden Abend zwei heiße Bettflaschen und eine Kanne Tee. Die Kälte hier oben ist lebensgefährlich.«

»Zu Ihren Diensten, Monsieur«, antwortete Jean-Michel, ohne die Miene zu verziehen. Er wünschte uns eine gute Nacht und schlich aus dem Zimmer.

Langsam richtete ich mich auf, schlang die Decke um meine Schultern und beobachtete, wie Christian die Kerze anzündete und eine Flasche Wein aus seinem Rucksack nahm. Der Korken saß locker im Flaschenhals. Er musste den Wein bereits unten in der Wohnung geöffnet haben.

»Ich bin so froh, dass wir Jean-Michel haben«, meinte er und

366

schenkte Wein in die beiden Gläser, die der Fahrer auf den Tisch gestellt hatte. »Mein Vater stellt mir in letzter Zeit so viele Fragen. Was ich mache, wo ich hingehe, wo ich gewesen bin und so weiter. Früher hat es ihn nie gekümmert, was ich den Tag über treibe.« Er setzte sich wieder neben die Matratze auf den Boden und reichte mir ein Glas.

Als ich meine Hand danach ausstreckte, merkte ich, dass sie zitterte.

»Er scheint irgendetwas mitbekommen zu haben«, redete Christian weiter. »Vor zwei Tagen, als ich die Bettflaschen für dich kaufen gegangen bin, ist mir ein Mann gefolgt. Ich konnte ihn nicht gut erkennen, er trug seinen Hut tief ins Gesicht gezogen. Aber ich hatte die ganze Zeit ein ungutes Gefühl. Keine Ahnung, ob mein Vater etwas damit zu tun hat, doch das kommt mir alles sehr merkwürdig vor.«

Ich trank einen Schluck Wein. Sobald sich das schwere Getränk auf meine Zunge legte, wurde mir schlecht. Schnell stellte ich das Glas auf den Boden und schlug die Hand vor den Mund, um das Würgen zu unterdrücken.

»Ist dir nicht gut?«, fragte Christian. In seinen Augen las ich Scham und Besorgnis.

Die Übelkeit ließ bald wieder nach. »Die Kälte ist mir ein wenig auf den Magen geschlagen. Mach dir keine Sorgen«, sagte ich und versuchte, unbekümmert zu klingen. »Aber ich hätte gerne noch etwas von der heißen Brühe.« Ich wollte nicht, dass er sich schuldig fühlte, weil er mich allein gelassen hatte. Es war nicht anders möglich gewesen.

Sofort griff Christian nach der Blechterrine, die vor seinen Füßen stand, hob den Deckel ab und reichte sie mir. Der würzige Duft stieg mir in die Nase, und ich merkte, wie der Speichel wieder in meinem Mund zusammenlief. Gierig löffelte ich die Bouillon in mich hinein. Bald fühlte ich eine wohltuende Wärme von innen, und auch meine Hand hörte auf zu zittern.

»Das letzte Mal, dass ich dich so habe essen sehen, war im *Mille Couverts*. Weißt du noch?« Zärtlich zog Christian die Decke, die leicht verrutscht war, über meinen Schultern zurecht.

Ich sah kurz von der Schüssel auf. »Meine letzte Mahlzeit als freier Mensch«, flüsterte ich und widmete mich wieder der Bouillon.

»Du musst hier raus«, sagte Christian. »So geht es nicht weiter. Wir werden fliehen.«

Der Löffel glitt mir aus der Hand und fiel scheppernd in die Terrine.

»Pssst!«, zischte Christian und legte den Zeigefinger an seine Lippen.

»Fliehen?«, wiederholte ich.

»Ich kann nicht länger mit ansehen, wie du hier oben leidest. Wir müssen weg.« Er schob sich die Haare aus der Stirn und schaute mich leicht von der Seite an. »Und jetzt hält uns niemand mehr hier zurück.«

Unwillkürlich musste ich an meine Mutter denken, deren Knochen irgendwo in einem Massengrab verrotteten, wenn man sie nicht längst verbrannt hatte, und meine Augen füllten sich mit Tränen. Verlegen wischte ich mir über das Gesicht. »Das ist unmöglich«, sagte ich, während ich mir die gigantischen Herausforderungen vorstellte, die eine Flucht mit sich bringen würde. »In meinem Ausweis steht, dass ich Jüdin bin. Bei der ersten Kontrolle werden sie mich festnehmen.«

»Ich habe einen Bekannten, der mir einen Kontakt zu jemandem im Untergrund hergestellt hat. Morgen werde ich mich mit ihm treffen und ihn darum bitten, dir gefälschte Papiere zu beschaffen.«

Untergrund. Gefälschte Papiere. Seine Worte entzündeten sich in mir wie weißer Phosphor an der Luft. Ich schluckte. Es gab also wirklich einen Weg aus diesem Gefängnis der Einsamkeit? Ich nahm seine Hand und küsste sie. »Das würdest du tun?« Jetzt rannen mir die Tränen über die Wangen.

»Ich würde alles für dich tun, mein Herz«, flüsterte er. »Du bist hier nicht mehr sicher. Man hört schlimme Gerüchte darüber, was die Deutschen mit den Juden machen. Wir müssen so schnell wie möglich in die Schweiz.«

Meine Lippen bebten. »Wie lange, meinst du, wird das mit den Papieren dauern?«

Er trank einen Schluck von seinem Wein und wiegte den Kopf hin und her. »Keine Ahnung. Ein, zwei Monate vielleicht. Morgen werde ich mehr wissen.«

»Das wird bestimmt furchtbar teuer. Woher sollen wir das Geld dafür nehmen?«, fragte ich, obwohl ich die Antwort kannte. Es war mir unangenehm, mit ihm, der alles hatte, über Geld zu sprechen oder ihn gar darum zu bitten.

»Lass das mal meine Sorge sein«, sagte er, wie erwartet, und strich mit seinem Finger über meine Wange. »Du bist für mich das Wichtigste auf der ganzen Welt. Außerdem habe ich das Geld dafür schon längst beiseitegelegt.«

»Warum hast du mir nicht schon früher von diesem Plan erzählt?«, wollte ich wissen und rieb meine Hände aneinander.

»Ich wollte dir keine falschen Hoffnungen machen. Ich brauchte Zeit, alles zu durchdenken.« Er nahm die Blechterrine von meinem Schoß und stellte sie zurück auf den Boden. »Es hat mehrere Wochen gedauert, bis mein Bekannter mit dem richtigen Mann sprechen konnte. Wir mussten extrem vorsichtig sein. Niemand durfte erfahren, wer mein Vater ist.«

Ich schlotterte vor Aufregung. Christian zog mich an sich. »Im

Frühling werden wir am Genfer See sitzen, mein Engel. Versprochen.«

Ich atmete den Duft seines Körpers ein und fühlte mich geliebt
und beschützt, so wie immer, wenn er in meiner Nähe war.

»Bald ist das alles hier nur noch eine böse Erinnerung«, flüsterte er. In der Dunkelheit, mit meinem Gesicht dicht an seinem,
klangen seine Worte so einleuchtend und klar. Als hätten wir gerade beschlossen, am Wochenende einen Ausflug aufs Land zu
machen, und müssten nur noch entscheiden, ob wir in Honfleur
oder lieber in Deauville zu Mittag essen wollten.

Christian beugte sich zurück, schaltete das Radio ein und
drehte an dem großen, goldenen Knopf. »Komm, lass uns jetzt
BBC hören. De Gaulles Rede hat schon angefangen.«

Zuerst drang aus den Lautsprechern nur leises Rauschen und
Knacken. Christian drehte den Knopf weiter, und plötzlich hörte
das Rauschen auf. Ich hörte eine Männerstimme – sie sprach
französisch.

»Unsere Verbündeten, die Engländer und die Russen, haben
jetzt sehr mächtige Streitkräfte. Von denen, die die mit uns verbündeten Amerikaner aufstellen, ganz zu schweigen. Die Deutschen werden nicht mehr die Zeit haben, alle diese Streitkräfte
zu zerstören, weil jetzt in England, in Russland und in Amerika
unermessliche Mengen Flugzeuge, Panzer und Schiffe gebaut
werden«, erklärte die Stimme, und eine andächtige, beinahe festliche Atmosphäre verbreitete sich in meiner zugigen Dachkammer, die mich noch vor zwei Stunden fast in in den Tod befördert hätte.

Christian schaute mich an. Im sanften Schein der Kerze hatten
sich seine Pupillen zu großen, schwarzen Sonnen geweitet. »Ich
glaube an de Gaulle. Er ist dazu berufen, Frankreich zu retten«,
sagte er, und ein ehrfürchtiger Glanz lag in seinen Augen.

Ergriffen lauschten wir der Stimme aus London. In der eisigen Weihnachtsnacht 1941, in Christians Armen und den Bauch voller Bouillon, begann ich, wieder ein bisschen Mut zu schöpfen. Wir hatten einen Plan. Christian würde mich retten, und de Gaulle würde unser Land retten. Mein Blick fiel auf die Eiszapfen, die im Kerzenlicht bedrohlich leuchteten. Ich stand auf, wankte zum Fenster, und mit einer entschlossenen Handbewegung brach ich sie ab. »Liebe Kinder Frankreichs«, verkündete der General in diesem Moment über den Äther, »bald werdet ihr Besuch bekommen – der Sieg kommt euch besuchen. Oh, was werdet ihr staunen, wie schön er ist!«

***

Grégoire führte Béatrice aus dem Haus und die Marmortreppe hinunter. Über einen sauber geharkten Kiesweg gingen sie zwischen Obstbäumen und Rosensträuchern zu einem Gebäude mit breiten, in Holz gefassten Glastüren, das im selben Stil wie das Haupthaus gebaut war. *Salle de Dégustation* stand neben der rechten Tür, *Bureau* neben der linken.

Grégoire öffnete die Tür zum Büro. »Hier arbeite ich.«

Neugierig betrat Béatrice das Arbeitszimmer, von dem man einen grandiosen Blick über die Weinberge hatte.

Grégoire lehnte sich an einen weißen, modernen Schreibtisch, auf dem sich Ordner und lose Papiere stapelten. Unter geöffneten Briefen schauten die Ecken seines Laptops hervor. Er zeigte auf eine große, gerahmte Karte an der Wand. »Das ist unser Land. Fünf Hektar. Der dunkle Bereich auf der rechten Seite, da wachsen unsere besten Trauben.«

Béatrice betrachtete die Kreise, Linien und Parzellen auf der Karte. »Weshalb sind dort die besten?«

»Mehr Ton im Boden und eine optimale Sonneneinstrahlung«, erklärte Grégoire. »Es ist der Ton, der dem Wein seine besondere Kraft und Struktur verleiht.«

Béatrice nickte versonnen. Sie hatte immer noch Mühe, in Grégoire nicht mehr den Doktoranden aus dem Holocaust-Museum zu sehen, sondern den Geschäftsführer eines Weinguts im Pomerol.

Er schien ihre Gedanken erraten zu haben. »Keine Sorge, ich bin immer noch derselbe.« Er lachte.

»Weißt du eigentlich, dass Julia gestorben ist?«, fragte Béatrice plötzlich. Sie wollte Grégoire endlich von dem Briefumschlag erzählen, den sie unter Jacobinas Sofa gefunden hatte.

Grégoire nickte düster. »Ja. Jemand aus dem Museum hat mir eine kurze Nachricht auf der Mailbox hinterlassen. Aber ich habe es einfach noch nicht geschafft, zurückzurufen.« Er verschränkte die Arme. »In der Zeit, in der ich weg war, ist hier einiges passiert. Ich bin immer noch dabei, die wichtigsten Sachen aufzuarbeiten.«

»Hat dich denn hier niemand vertreten?«, fragte Béatrice.

»Doch, aber vor zwei Monaten hat Jean einfach gekündigt. Wahrscheinlich hat er irgendwo ein besseres Angebot bekommen. Ich habe noch keinen Ersatz für ihn gefunden.« Er seufzte, und eine Sorgenfalte erschien zwischen seinen Augenbrauen. »Davon abgesehen, steckt auch unsere Region in einer richtigen Krise. Weine aus Kalifornien, Australien und Chile überfluten den Markt. Eine regelrechte Weinschwemme. Das ist zwar nichts Neues, aber dieses Jahr hat sich die Lage zugespitzt. Der Laden stand Kopf, als ich zurückkam.« Er fuhr sich durchs Haar und steckte eine Strähne hinter die Ohren. »Unsere Flasche kostet achtzig Euro. Die Weine aus Chile und Australien sind billiger und trotzdem sehr gut. Wir müssen umdenken. Neue Märkte auftun, eine bessere Marketingstrategie entwickeln.«

»Das bedeutet also keine Ausflüge mehr nach Washington?«, fragte Béatrice augenzwinkernd. Sie entschied sich, das Thema Briefumschlag auf später zu verschieben.

Grégoire kam zu ihr und legte seinen Arm um ihre Taille. »Keine Sorge. Wir sind zwar nicht Château Petrus, aber Bouclier gehört nach wie vor zu den Spitzenweinen der Region. Langfristig mache ich mir keine großen Sorgen.« Er nahm sie wieder an der Hand. »Genug vom Business-Alltag. Jetzt musst du endlich unseren Wein probieren.«

Sie traten hinaus ins Freie und durch die andere Glastür in einen Raum mit dunklem Kachelboden. Es war kühl. Rechts und links an den Wänden lagerten unzählige Weinflaschen in Holzregalen, die sich bis zur Decke streckten. In der Mitte befand sich eine große, hufeisenförmige Bar, über der ein leuchtend roter Kristallleuchter schwebte.

Béatrice rieb sich fröstelnd die Arme und setzte sich auf einen der Barhocker mit weißer Rückenlehne.

Grégoire ging hinter die Theke und holte eine wollene Stola hervor und reichte sie ihr. »Leg dir die um«, sagte er. »Wir müssen die Temperaturen niedrig halten, damit der Wein keinen Schaden nimmt.«

Dankbar wickelte Béatrice sich in die Stola und beobachtete, wie Grégoire mehrere Flaschen aus dem Regal zog und eine nach der anderen entkorkte. Hinter der Bar war eine Glaswand, die den Blick auf ein schwach erleuchtetes Gewölbe voller Eichenfässer freigab.

»Das ist unser Showroom«, erklärte Grégoire und roch an einem der Korken. »Hier organisieren wir Weinproben und manchmal auch Abendessen für besondere Kunden.«

Er nahm ein paar Gläser aus dem Schrank, hielt sie prüfend gegen das Licht und polierte sie mit einem Leintuch noch einmal nach. Dann schenkte er ein, schwenkte das Glas und reichte es ihr. »Neunzig Prozent Merlot, neun Prozent Cabernet Sauvignon und ein Prozent Cabernet Franc. Merlot kommt mit den kühlen Böden des Pomerol besser zurecht als Cabernet.«

Béatrice steckte ihre Nase in das Glas. »Blaubeere und … Hm, vielleicht Pflaume?«, sagte sie und musste sich zurückhalten, nicht gleich alles auszutrinken.

»Und ein Hauch gerösteter Nüsse«, fügte Grégoire lachend hinzu.

Dann tranken sie.

Lange saßen sie so beisammen. Probierten Weine, verglichen Aromen und Geschmäcker, tauschten liebevolle Blicke aus und waren glücklich.

Béatrice war in einem Rausch. Müdigkeit, Jetlag, Lebenskrise – alles war wie weggeweht. Zwar hatte ihr Gewissen sie daran erinnert, dass sie Jacobina anrufen musste. Doch dann schob Béatrice den Gedanken wieder fort. Nicht heute, nicht jetzt. Sie befand sich in einer schillernden Luftblase, ohne Schwerkraft, ohne Zeitgefühl. Fasziniert beobachtete sie die Bewegungen von Grégoires Händen und hörte wie gebannt zu, wenn er von dem kiesigen Tonboden seines *Terroirs* sprach, von der eisenhaltigen Erde und den Reben, die darauf wuchsen.

Paris, Dezember 1943

Als letztes Jahr der Frühling endlich dagewesen war, waren auch die Tauben wieder auf meine Fensterbank geflogen. In ihrem Gurren hatte ich eine Botschaft der Hoffnung gehört. Ich glaubte, sie seien gekommen, um Abschied von mir zu nehmen. Doch meine neuen Papiere waren noch nicht fertig, und wir mussten die Flucht verschieben. Erst später begriffen wir, dass sich der Mann, der Christian versichert hatte, er könne mir eine neue *Carte d'Identité* besorgen, mit dem Geld einfach aus dem Staub gemacht hatte.

Viele Sonnen und Monde später kam ein weiterer grausiger Winter. Den Russen brachte er einen großen Sieg mit der Vernichtung der sechsten deutschen Armee in Stalingrad. Mir brachte er nur die Kälte.

Es folgten ein stürmischer Frühling und ein heißer Sommer. Aber wir saßen immer noch nicht am Genfer See. Der Plan mit den Papieren würde wohl ein irrwitziger Traum bleiben. Der zweite Mann, dem Christian sich anvertraute, wurde kurz vor der Geldübergabe von den Deutschen erschossen. Der Dritte fand durch irgendeinen dummen Zufall heraus, wer Christians Vater war – danach wollte er nichts mehr mit uns zu schaffen haben. Wahrscheinlich hatte er geglaubt, Christian würde ihn verraten.

An der Farbe des kleinen Stücks Himmel, das ich durch den handbreiten Spalt zwischen den Vorhängen sehen konnte, erkannte ich den Wechsel der Jahreszeiten. Sie kamen und gingen – nur ich blieb. Der vierte gottlose Winter unter deutscher Besatzung.

Seit Ende des Sommers wohnten Wehrmachtsoffiziere in dem Gebäude auf der gegenüberliegenden Straßenseite. Nachts hörte ich sie, wenn sie betrunken und johlend nach Hause torkelten. Aus Angst, sie könnten durch Zufall meinen Kopf am Fenster sehen, öffnete ich den Vorhang auch nachts nur noch selten und auch dann niemals ganz.

Die Enge hier oben war wie ein Grab.

Damals, als ich gerade erst untergetaucht war, hatte ich gedacht, es sei unmöglich, sich länger als ein paar Wochen auf sechs Quadratmetern aufzuhalten. Ich hatte gedacht, es wäre eher möglich, zu Fuß nach Russland zu marschieren oder in einem winzigen Boot über den Atlantik zu rudern. Und plötzlich waren zweieinhalb Jahre vergangen. *Zweieinhalb Jahre.* In meiner Erinnerung war nur ein dichter Nebel aus leeren Tagen und kalten, schlaflosen Nächten zurückgeblieben. Hätte ich mich nicht geweigert, die Tage mit Strichen an der Wand zu zählen, wären dort jetzt mehr als 900 Striche zu sehen.

Draußen ging das Leben weiter. In den Zeitungen, die Christian brachte, las ich, dass der extrem antisemitisch gesinnte Louis Darquier de Pellepoix Generalkommissar für Judenfragen geworden war. Seither mussten die Juden, die noch frei herumliefen, einen gelben Stern auf ihrer Brust tragen. Auch der Krieg war nähergerückt. Die Alliierten attackierten die Renault-Werke in Bologne-Billancourt – ein Jahr später fielen ihre Bomben erneut über unsere Vororte. Durch den Spalt zwischen meinen Vorhängen sah ich am Horizont die Flammen züngeln.

Christian blieb zuversichtlich. »Hab noch ein wenig Geduld«, sagte er immer, »wir dürfen nicht aufgeben.« Er sagte es auch jetzt noch mit einer kindlichen, geradezu absurden Ernsthaftigkeit.

Glaubte er wahrhaftig daran, er könnte sein Versprechen irgendwann einlösen? Glaubte er wirklich noch an einen Sieg? Das Hakenkreuz flatterte stolz über Frankreich, und letztes Jahr hatten die Deutschen zusammen mit den Italienern auch den freien Süden unseres Landes besetzt. Damit war die Aussicht auf Flucht in unerreichbare Ferne gerückt.

Christian sah das anders. »Du würdest unser schönes Paris

nicht wiedererkennen«, erzählte er neulich. »Die Deutschen haben die Stadt aufgegeben. Museen sind leergeräumt, Wohnhäuser heruntergekommen, die Parks verwahrlost. Überall stehen hässliche Bunker, und das halbe Metro-System ist tot.« Die Deutschen würden sich auch schon lange nicht mehr so arrogant und siegessicher benehmen, wie sie es noch vor zwei Jahren getan hatten, schilderte er. Jetzt hingen sie oft betrunken in großen Gruppen herum, spielten mit gezückten Waffen und beschimpften die Pariser.

Für Christian hatte sich nach der Schlacht von Stalingrad das Blatt gewendet. Er redete von der Landung der Alliierten in Nordafrika, von Vorstößen französischer Truppen in Italien und von der Befreiung Korsikas durch lokale Widerstandsgruppen. Er glaubte fest an den baldigen Untergang des Deutschen Reichs. Aber Russland und Nordafrika waren weit weg, wandte ich ein. Und Korsika war nicht Paris. Für mich hatte sich nichts verändert.

Trotz der Schwierigkeiten knüpfte Christian im Untergrund immer wieder neue Kontakte und engagierte sich zusammen mit Jean-Michel aktiv im Widerstand. Er war wie ein Besessener, der die Wirklichkeit nicht mehr wahrnahm. Wenn er bei mir war, schaffte er es manchmal, mich mit seiner Energie anzustecken. Aber wenn ich dann wieder tagelang alleine hier saß, kamen mir seine Ideen wie Seifenblasen vor – groß, schillernd und voller Luft.

Ich schnitt mir die Haare ab. So wie Mutter damals, als Vater sich von ihr getrennt hatte. Sie hatte es getan, weil das Leben, das sie mit ihm geführt hatte, zu Ende war. Ich tat es, um ihr ein Zeichen der Erinnerung zu setzen, denn es gab kein Grab, auf das ich Blumen legen konnte. Erst jetzt, nachdem ich selbst mein Leben verloren hatte, konnte ich ihren Verlust verstehen. Konnte ich sie verstehen.

Den Haaren trauerte ich nicht nach. Meine einst goldbraunen Locken waren in meinem Versteck stumpf und spröde geworden. Aber um mein Leben trauerte ich jede Sekunde.

»Es ist so weit, mein Engel«, flüsterte Christian, noch bevor er die Tür hinter sich zugezogen hatte. Sein Mantel war nur halb zugeknöpft, und der Schal baumelte lose um seinen Hals. Er atmete laut und schnell, sein Gesicht war weiß wie ein Laken. Noch nie hatte ich ihn so aufgewühlt gesehen.

»Was ist so weit?«, fragte ich mit ängstlicher Stimme und wickelte mir die Decke enger um die Schultern. Es war etwas passiert. Bestimmt hatte mich jemand hier oben gehört.

»Deine Papiere sind fertig.«

»Meine Papiere?«, wiederholte ich ungläubig.

Er kniete sich vor mir auf die Matratze und nahm meine Hände. Seine Augen glühten. »Ich fahre jetzt los, um den Ausweis abzuholen. Übergabe ist in einem kleinen Café an der Place de l'Étoile.«

Ich riss die Augen auf. »Wirklich?« In meinem Kopf begann sich alles zu drehen, als die Neuigkeit langsam in mich einsickerte.

»Alles ist vorbereitet«, raunte Christian. »Sobald ich deinen neuen Ausweis habe, komme ich zurück, und es geht los. Jean-Michel belädt gerade das Automobil. Wir werden so wenig wie möglich mitnehmen. Decken, etwas Kleidung und Proviant.«

Ich schluckte. Mein Herz raste. »Es ist also wirklich so weit«, flüsterte ich und fuhr mir durch das kurze Haar, das in filzigen Strähnen an meinem Kopf klebte. Dann sprang ich auf. »Du …« Schluchzend fiel ich ihm um den Hals. »Mein Liebster … Du hast es wirklich geschafft. Ich kann dir gar nicht sagen, wie glücklich ich bin.«

Er schlang seine Arme um mich und küsste mein Haar. »Es wird alles gut, mein Engel. Ich habe es immer gewusst.« Dann nahm er mein Gesicht in seine Hände und schaute mir tief in die Augen. »Sobald wir in der Schweiz sind, werden wir heiraten.«

Heiße Tränen liefen mir über die Wangen. »Ich liebe dich«, flüsterte ich überwältigt. »Ich liebe dich so sehr.«

Er trat einen Schritt zurück und knüpfte mit flinken Fingern seinen Mantel zu. »Ich gehe jetzt los. Wir dürfen keine Zeit verlieren«, wisperte er. »Zieh dich warm an, iss etwas und halte dich bereit.«

»Ja, natürlich.« Ich nickte und versuchte, mich zusammenzureißen.

Er ging zur Tür. Bevor er sie öffnete, drehte er sich noch einmal um. »Ich liebe dich auch.« Dann war er verschwunden.

Ich ging im Zimmer auf und ab und biss mir auf die Lippen. Der Moment der Flucht. Er war da. Über zweieinhalb Jahre hatte ich mich auf diesen Tag vorbereitet, ihn verflucht, verwünscht und herbeigesehnt. Mehr als 900 unsichtbare Striche lang hatte ich in Elend und Einsamkeit auf diesen Moment hingelebt. Jetzt war das Warten vorbei. Ich hatte es geschafft.

Ich zwang mich, praktisch zu denken. Anziehen, essen, keine Zeit verlieren, hatte Christian gesagt. In spätestens einer Stunde würde er zurück sein. Ich blickte mich um und zerrte die Tasche mit Kleidungsstücken unter dem Tisch hervor. Drei Lagen brauchte ich in dieser Kälte mindestens. Über dem Wollhemd und der Strumpfhose von Christians Mutter, die ich im Winter immer anhatte, trug ich einen Pyjama. Ich holte die schwarze Hose aus der Tasche. Dann eine Seidenbluse und den weißen Wollpullover. Zuletzt die elegante, graue Schafswolljacke. Während ich mir eine Schicht nach der anderen überstreifte, flüsterte ich seine Anweisungen vor mich hin: »Anziehen. Essen. Keine Zeit verlieren.« Immer wieder, als könnte ich mit diesen Worten die fiebrige Aufregung, die mit panischen Schlägen durch meinen Körper peitschte, bändigen.

Ich setzte mich an den Tisch und schlang hastig einen Kanten Brot hinunter. Er war so hart und trocken, dass mir der Bissen im Hals stecken blieb. Ich hustete, würgte und rang um Luft. Erst mit ein paar Schlucken Wasser rutschte der Brocken in den Magen. Erleichtert lehnte ich mich zurück und strich mir die Schweißperlen von der Stirn. Ich musste Ruhe bewahren.

Plötzlich hörte ich Schritte. Sie klangen anders als Christians Hinken. Anders als das vorsichtige Tapsen und Innehalten, das ich von Jean-Michel kannte. Sie waren laut und schwer, wie die Schritte eines Soldaten, dessen Füße in dicken Stiefeln steckten.

Ich zitterte. Mein Puls raste. Meine Handflächen wurden feucht. Von unbändiger Angst getrieben, riss ich das Fenster auf und versuchte, mich durch die enge Öffnung zu zwängen.

Da hörte ich, wie hinter mir die Tür aufgerissen wurde. »Stopp!«, rief eine Stimme scharf, und schon packten mich zwei Hände an den Hüften, zogen mich zurück und stießen mich zu Boden. »Aufstehen!«

Zitternd gehorchte ich. Dann drehte ich mich um.

Ein Baum von einem Mann stand vor mir. Er hatte ein vornehmes, hageres Gesicht mit dünnen Augenbrauen und hohen Wangenknochen. Sein graues Haar war leicht schräg über die Stirn gekämmt, so dass es die lichten Stellen verdeckte. Der Mann presste die Lippen zu schmalen Strichen zusammen. In seinem langen, dunklen Mantel mit dem graumelierten Pelzkragen sah er aus wie ein Minister oder ein Botschafter. Es war mir, als hätte ich ihn schon einmal gesehen.

Ich war wie betäubt. Der Mann machte einen Schritt auf mich zu, unwillkürlich lehnte ich mich zurück. Mein Körper versteifte sich, ich krallte meine Hände in den Stoff meiner Hose.

»Jetzt habe ich dich endlich, du Judenflittchen«, raunte er und verschränkte die Arme vor der Brust. Seine Stimme klang nicht so tief, wie ich es von einem Mann dieser Größe erwartet hätte. »Wie lange geht das schon hier oben?«, fragte er mit blitzenden Augen.

Ich biss mir auf die Lippen.

»Los! Red schon!«

»Ein paar Monate«, flüsterte ich und senkte den Blick.

»Sieh mich gefälligst an, wenn du mit mir sprichst!« Seine Worte knallten wie Kanonenschüsse.

Mit bebenden Lippen schaute ich in sein Gesicht, und plötzlich wusste ich, wer vor mir stand.

»Verführst meinen Sohn und lebst hier oben wie die Made im Speck«, sagte er und spuckte auf den Boden. »Mit Hinkebein kann man's ja machen, hast du dir wohl gedacht, was?« Seine schwarzen, stechenden Augen schweiften durch das Zimmer. Dann musterte er mich von oben bis unten. »Was sehe ich denn da?« In seiner Stimme schwang ein drohender Unterton mit. »Das Früchtchen hat tatsächlich seine eigene Mutter bestohlen. Ungeheuerlich! Zieh auf der Stelle die Sachen aus, die dir nicht gehören.« Er beugte sich vor und starrte mich hasserfüllt an. »Na, wird's bald?«,

Mir stockte der Atem. Ich presste schützend die Arme vor die Brust.

»Zieh das Zeug meiner Frau aus, habe ich gesagt.«

Langsam wickelte ich mich aus der Jacke und zog den Pullover über den Kopf. »Bitte, Monsieur, ich … Ich habe nichts anderes«, flehte ich.

Er stieß ein hohes, boshaftes Lachen aus, dann spürte ich seinen schweren Stiefel in meinem Bauch. Ein stechender Schmerz jagte durch meinen Körper, winselnd krümmte ich mich zusammen und fiel zu Boden. Er trat ein zweites Mal zu. Der Schmerz war entsetzlich.

»Anständige Leute bestehlen, das könnt ihr am besten, ihr Scheißjuden.«

Mit zusammengebissenen Zähnen lag ich zu seinen Füßen. Mein Kopf dröhnte. Da packte er mich am Arm und riss mich hoch. Mit der anderen Hand hielt er meinen Nacken fest und spuckte mir ins Gesicht. Ich kniff die Lippen zusammen.

Sein Gesicht lief blutrot an. »Hast meine Familie belogen und betrogen! Und lässt dich hier oben auf meine Kosten durchfüttern. Aber wenigstens ist mein Sohn doch noch zur Vernunft gekommen.« Schmatzend ging er mit der Zunge durch seinen Mund, dann spuckte er noch einmal. »Der Hosenscheißer ist zu mir gekommen und hat mir alles gebeichtet.« Sein Atem roch nach einem süßen Likör. »Hinkebein hat dich verraten, verstehst du? Verraten.« Er lachte.

Die Worte bohrten sich in mein Herz, während seine Spucke über meinen Mund und meine Wangen lief.

»Bitte, Monsieur«, japste ich, »lassen Sie mich gehen.«

»Halt dein Maul, Hure«, keuchte er und riss mir die Bluse vom Leib. Ich spürte seine Finger auf meinem Oberkörper, hörte das Reißen des Stoffs, dann das Klirren der Knöpfe auf dem Boden. »Nein«, schrie ich. »Bitte nicht.«

Er lachte wieder. »Keine Angst, Knochengerüst. Für so einen Dreck wie dich bin ich mir viel zu schade. Hose aus! Die gehört auch meiner Frau.«

Er hielt mich immer noch am Nacken, und ich streifte mit zitternden Händen die schwarze Hose ab. Als ich schlotternd im Pyjama vor ihm stand, grinste er zufrieden.

»So, du Miststück. Jetzt gehen wir runter, und dann rufe ich die Polizei.« Er holte aus und schlug mir mit der flachen Hand ins Gesicht. Blut schoss mir aus der Nase. Er schubste mich zur Tür, und ich taumelte benommen nach vorne.

»Das Spiel ist aus, du Schlampe.«

***

Nach der Weinprobe schlenderten sie zurück zum Haupthaus, verschwanden in Grégoires Wohnbereich im ersten Stock und liebten sich. Noch lange, nachdem sie das Verlangen, endlich wieder eins miteinander zu werden, gestillt hatten, lagen sie eng umschlungen im Bett und lauschten den Geräuschen des Hauses. Die Holzdecke ächzte, die Vorhänge raschelten leise am geöffneten Fenster, und unten sprach Anna mit einem Mann, der mehrmals hustete.

Béatrice nahm das Leben um sich herum nur gedämpft wahr. Sie hatte die Augen geschlossen, genoss die Berührung mit Grégoires warmem, pulsierendem Körper und döste zufrieden vor sich hin.

»Mein Vater ist unten«, sagte Grégoire, während er ihre Schulter streichelte. »Er wird gleich mit uns essen.«

Béatrice öffnete die Augen und streckte sich träge. »Dann muss ich mich jetzt ganz schnell waschen und umziehen.« Sie gähnte, kletterte aus dem Bett und ging ins Badezimmer. Als sie unter der Dusche stand und warmes Wasser über ihren Körper rieselte, fühlte sie sich trotz des Jetlags wieder frisch. Sie trocknete sich ab, nahm das schwarze Kleid aus ihrer Reisetasche und schlüpfte hinein. Sie wollte gut aussehen, wenn sie Grégoires Vater gegenübertrat.

Sie öffnete ihre Handtasche und suchte nach ihrem Lippenstift, der wie immer nicht aufzufinden war, wenn sie ihn brauchte. Nacheinander zog sie Portemonnaie, Telefon, Bordkarten und Halsbonbons hervor. Dann hielt sie ein Blatt Papier in der Hand. Sie faltete es auseinander. Der Nachruf auf Julia. Sie hatte ihn gestern in die Tasche gesteckt und völlig vergessen, ihn zu lesen.

»Grégoire, schau mal. Das hat mir jemand im Museum gegeben.« Erneut betrachtete sie Julias Gesicht, das trotz ihres hohen Alters immer noch sehr schön und eben war.

Grégoire schaute ihr kurz über die Schulter. »Oh«, sagte er, »lies vor.« Er wandte sich ab, und Béatrice hörte, wie er eine Schublade aufzog.

»Julia Rosencrantz«, las sie laut. »Eine mutige Frau ...«

Sie las, wie unabkömmlich Julias persönlicher Einsatz in den vergangenen fünfzehn Jahren für das Museum und die jüdische Gemeinde gewesen war und dass der Suchdienst dank ihr mehrere Familien, die durch den Holocaust getrennt worden waren, wieder hatte zusammenführen können. Als Béatrice beim letzten Absatz angekommen war, hielt sie inne und erstarrte. »Das darf nicht wahr sein«, rief sie. Ihr Puls beschleunigte sich, ihre Handflächen wurden feucht.

»Was ist los?«, fragte Grégoire.

Mit geöffnetem Mund drehte sich Béatrice zu ihm.

Grégoire saß auf dem Bettrand und war dabei, seine Schuhe zuzubinden.

Dann las sie die ergreifenden Sätze noch einmal laut und langsam vor: »Julia wurde 1921 in Paris als Judith Goldemberg geboren.«

»Wie bitte?«, unterbrach Grégoire sie. »Das ist nicht dein Ernst.« Er hatte sich aufgerichtet und starrte sie mit aufgerissenen Augen an.

»Ich fasse es nicht.« Ihre Hände zitterten.

»Lies weiter!«, forderte Grégoire sie auf.

Béatrice schluckte. Dann schaute sie wieder auf den Zettel. »Am siebzehnten Dezember 1943 wurde die damals Zweiundzwanzigjährige, die an der Sorbonne Literatur studierte, über das Durchgangslager Drancy nach Auschwitz deportiert. 1945, nach ihrer Befreiung, wanderte Julia in die USA aus und nahm einen anderen Namen an. 1955 heiratete sie den Architekten Moses Rosencrantz, der vor siebzehn Jahren verstarb. Das Ehepaar hatte keine Kinder.«

Béatrice ließ das Blatt sinken und blickte wieder zu Grégoire.

»Das gibt es doch nicht«, flüsterte er, sichtlich ergriffen, und schüttelte den Kopf.

Béatrice ließ die Schultern hängen. Welche gnadenlose, bittere Ironie des Schicksals – es war schwer zu begreifen. Nicht George Dreyfus, sondern das Rote Kreuz in Baltimore hatte sich geirrt. Der Punkt, der die Holocaust-Überlebenden kennzeichnen sollte, war hinter den falschen Namen gesetzt worden – hatte einer Familie Hoffnung gegeben und sie Jacobina und ihr genommen.

Béatrice setzte sich neben Grégoire auf das Bett und starrte wieder auf Julias Foto. »Und ich habe mit ihr gesprochen. Durch sie habe ich dich kennengelernt.«

»Unglaublich«, murmelte er.

Béatrice schloss die Augen und lehnte sich kraftlos an Grégoire. Er legte seinen Arm um sie und drückte sie an sich. Lange verharrten sie so. Béatrice versuchte, sich jede Einzelheit von Julia ins Gedächtnis zu rufen. Versuchte, sich an jedes Wort zu erinnern, das sie gesagt hatte. Sie stellte sich vor, wie es gewesen wäre, wenn sie damals das Foto aus dem französischen Nationalarchiv ein paar Sekunden früher aus ihrer Tasche gezogen und es ihr gezeigt hätte. Das Foto der jungen Judith.

»Ich suche diese Frau«, hätte sie gesagt. »Das bin ich«, hätte Julia womöglich geantwortet, kreidebleich und mit zitternden Händen. Béatrice stellte sich vor, wie es gewesen wäre, wenn Jacobina und Julia sich kennengelernt hätten. Überlegte, was sie einander anvertraut und wie sie sich an ihren Vater erinnert hätten. Ob eine Begegnung mit der ungleichen Schwester Julias Tod hinausgezögert hätte?

Sie stellte sich vor, wie es gewesen wäre …

Der Tisch war festlich gedeckt, mit schwerem Silberbesteck, Kerzenleuchtern und steifen, weißen Servietten, die wie Spitzhüte auf den riesigen Platztellern thronten. Anna lief hektisch zwischen Küche und Esszimmer hin und her und schaffte die letzten fehlenden Utensilien herbei: einen Korb mit frisch geschnittenem Brot, Buttermesser und ein Salzfässchen, aus dem ein silberner Löffel ragte. Es sei zu kalt, um auf der Terrasse zu essen, meinte sie entschuldigend, als Grégoire und Béatrice das Zimmer betraten. Deshalb habe sie sich erlaubt, hier einzudecken.

Am Fenster, den Rücken ihnen zugewandt, stand ein älterer Herr auf einen Stock gestützt und schaute über die Weinberge. Er hatte dichtes, weißes Haar und trug ein Jackett aus dunklem Samt.

»Bonsoir, Papa«, sagte Grégoire und ging auf seinen Vater zu.

Der Herr drehte sich um und lächelte. Er war etwas kleiner als Grégoire, mit freundlichen braunen Augen und Grübchen auf den Wangen. Seine Haare waren zu einem sorgfältigen Seitenscheitel gekämmt. Béatrice stellte erstaunt fest, dass die beiden sich überhaupt nicht ähnlich sahen.

»Da bist du ja endlich, mein Junge«, sagte der Vater mit einer tiefen, tragenden Stimme. »Ich habe mehrmals versucht, dich anzurufen.«

»Ich … Ich habe heute überraschend Besuch bekommen«, erwiderte Grégoire förmlich. »Ich möchte dir Béatrice vorstellen. Meine Freundin. Aus Washington.« Bei dem Wort »Freundin« zögerte er kurz und warf einen unschlüssigen Blick auf Béatrice. Aber sie bestätigte ihm mit einem Strahlen, dass er das richtige Wort gewählt hatte.

Sie ging auf Grégoires Vater zu und streckte ihm die Hand entgegen. »Es freut mich, Sie kennenzulernen, Monsieur.«

Der alte Herr nahm ihre Hand und lächelte sie milde an. »Nennen Sie mich Christian.«

Blitzschnell zog Béatrice ihre Hand zurück. Sämtliche Farbe wich aus ihrem Gesicht. Verwirrt trat sie einen Schritt zurück und starrte den Mann entgeistert an.

»Was ist los?«, fragte Grégoire besorgt.

»Christian …«, flüsterte Béatrice mit rasendem Herzschlag und schluckte. »Sie sind Christian!« Der Gedanke war überwältigend.

»Was hast du?«, fragte Grégoire erneut und berührte ihre Schulter. »Ist dir nicht gut?«

Sie antwortete nicht. Stattdessen griff sie mit zitternden Fingern in ihre Umhängetasche, nahm den Umschlag mit den großen, geschwungenen Buchstaben heraus und reichte ihn Grégoires Vater. »Sie haben diesen Brief geschrieben, nicht wahr?«

Der Alte runzelte die Stirn und nahm den Brief entgegen. Sobald er die Handschrift erkannte, begann er heftig zu atmen. »Wo haben Sie das her?«, fragte er in einem schneidenden Ton. In seinen Augen lag plötzlich etwas Wildes, Kämpferisches.

»Ich habe … durch Zufall …«, stammelte Béatrice. Wo sollte sie beginnen? Seine funkelnden Augen verunsicherten sie.

»Wie zum Teufel sind Sie an diesen Brief gekommen?«, rief er, ohne ihre Antwort abzuwarten. Seine Stimme war laut und herrisch.

Grégoires Augen schossen zwischen den beiden hin und her. »Was ist das für ein Brief?«, fragte er. »Den hast du mir gar nicht gezeigt.«

»Ich … Es hat sich einfach noch nicht ergeben«, seufzte sie. »Es ist so viel anderes passiert. Die Reise, du und ich, der Nachruf.«

Währenddessen humpelte Christian, auf seinen Stock gestützt, zu einem der beiden Louis-Philippe-Sessel vor dem Kamin und ließ sich stöhnend hineinfallen. Mit einer ausholenden Bewegung warf er den Stock beiseite.

Anna eilte sofort herbei und reichte ihm ein Glas Wasser. »Beruhigen Sie sich doch, Monsieur«, sagte sie und hob den Stock wieder auf.

»Jacobina, eine Bekannte von mir«, begann Béatrice zögernd, »sie ist Judiths Halbschwester.«

Als Christian den Namen Judith hörte, fuhr er zusammen.

»Aber was hat dieser Brief mit Judith zu tun?«, fragte Grégoire.

Béatrice atmete tief durch. »Lass mich von vorne anfangen«, sagte sie, zu Grégoire gewandt. Dann setzte sie sich Christian gegenüber und schlug die Beine übereinander. »Ihr Leben lang wussten die beiden nichts voneinander. Ihr Vater hat Jacobina erst kurz vor seinem Tod von Judith erzählt. Sie musste ihm versprechen, Judith zu finden. Aber Jacobina hat die Suche jahrzehntelang aufgeschoben. Erst jetzt war sie dazu bereit, ihr Versprechen einzulösen.«

Christian saß zusammengesunken auf seinem Sessel und rührte sich nicht. Mit glasigen Augen blickte er in den kalten Kamin.

»Ich wollte Jacobina bei der Suche helfen und habe dadurch im Holocaust-Museum Ihren Sohn kennengelernt«, erzählte Béatrice, durch sein Schweigen dazu ermutigt, weiterzusprechen.

»Was wir allerdings erst eben durch Zufall herausgefunden haben, ist …«, sie hielt kurz inne, ihren Blick fest auf Christians Gesicht gerichtet, »dass Judith eine Kollegin von Grégoire war.«

»Was reden Sie da?«, rief Christian aufgebracht, fasste an seinen Hemdkragen und zerrte daran herum, als bekäme er nicht genügend Luft. »Judith ist tot, verflucht nochmal. Tot.«

»Ja«, sagte Béatrice, »aber sie ist nicht in Auschwitz gestorben. Nach ihrer Befreiung wanderte sie in die USA aus und lebte in Washington.« Sie war sich der erdbebenartigen Wirkung, die ihre Worte auf den alten Mann haben mussten, voll bewusst. »Judith ist letzte Woche verstorben«, fügte sie beinahe flüsternd hinzu. »Sie war fünfundachtzig.«

Christians Gesicht wurde weiß wie ein Laken. Er starrte sie mit geöffnetem Mund an. In seinen Augen lag eine beängstigende Mischung aus Ablehnung, Zweifel und blankem Entsetzen.

»Was sagen Sie da?«, presste er hervor. »Sie hat die ganze Zeit gelebt?«

Béatrice nickte kaum merklich.

Anna kam mit einem Tablett herein. Sie stellte drei Gläser und eine Flasche Weißwein in einem silbernen Kühler auf den niedrigen Glastisch, der vor dem Kamin stand, und schenkte wortlos ein. Als sie die angespannte Stimmung wahrnahm, verließ sie schnell wieder das Zimmer.

Christian saß wie versteinert und blickte ins Leere. »Die ganze Zeit«, wisperte er, »die ganzen beschissenen langen Jahre habe ich geglaubt, sie sei tot.«

»Papa«, sagte Grégoire, stellte sich hinter den Sessel und legte die Hände auf die Schultern seines Vaters. »Was hattest du mit ihr zu tun?«

Sein Vater reagierte nicht.

Béatrice wagte kaum zu atmen. Der alte, gebrochene Mann tat ihr unendlich leid.

»Erzählen Sie weiter, Béatrice«, bat Christian plötzlich.

Béatrice fuhr sich verlegen durchs Haar. Sie hatte Angst, ihn noch mehr aufzuregen. »Jacobina besitzt eine Kiste mit alten Dokumenten, die ihr Vater ihr hinterlassen hat«, sagte sie dann. »Darin lag Ihr Brief. Aber den Umschlag mit Ihrem Namen habe ich erst gestern gefunden.« Sie schaute zu Grégoire. »Ich bin sofort ins Museum gefahren, um ihn dir zu zeigen. Da erfuhr ich von deiner Abreise. Und von Julias, ich meine Judiths Tod.«

Béatrice zog das Bild von Judith aus ihrer Tasche und legte es auf den Tisch. »Vor ein paar Wochen hat mir das Nationalarchiv dieses Bild geschickt.«

Als Christian das junge, ovale Gesicht mit den frischen Wangen erblickte, schrie er auf wie ein angeschossenes Tier. Tränen traten ihm in die Augen.

Grégoire kniete sich neben seinen Vater auf den Boden. »Was ist damals passiert, Papa?«

»Judith. Sie …« Christian brach ab, senkte den Blick und weinte leise vor sich hin.

Béatrice fühlte sich unwohl beim Anblick dieses gebrochenen Mannes. Sie wollte nicht dabei zusehen, wie seine innersten Gefühle, die er vor mehr als einem halben Jahrhundert in den Tiefen seines Herzens versenkt hatte, plötzlich zurück an die Oberfläche schwappten und sein geordnetes Leben explodieren ließen. Sie stand auf und ging ans Fenster. Draußen war es fast dunkel. Eine Laterne tauchte den Garten hinter der Terrasse in ein unwirkliches Licht. Lange hörte sie nur Christians einsames, unterdrücktes Schluchzen.

»Erzähl uns, was damals passiert ist, Papa«, bat Grégoire nach einer Weile. »Bitte.«

Béatrice drehte sich zu den beiden um und sah, wie Grégoire seinem Vater ein Taschentuch reichte. Christian nahm es entgegen, schnäuzte sich und verstaute es in seinem Jackett. Dann blickte er seinen Sohn aus müden, geschwollenen Augen an.

»Judith …«, seufzte er und richtete seinen Blick wieder auf den Kamin. »Das ist eine lange Geschichte. Ich hätte für sie mein Leben gegeben … alles.« Er atmete tief durch und stützte die Stirn auf seine Hand. Wieder sagte er lange nichts, als seien die Erinnerungen zu qualvoll, um sie auszusprechen. Schließlich hob er den Kopf. »Sechzig Jahre habe ich versucht, Judith zu vergessen. Aber es ist mir nicht gelungen. Ihr Gesicht. Ihr Lächeln. Ihre Stimme. Das ist alles so lebendig in mir, als hätte ich sie gestern noch gesehen.« Er schürzte die Lippen. »Nie habe ich jemanden so geliebt wie sie.«

Grégoire legte seine Hand auf den Arm seines Vaters.

»Und jetzt erfahre ich, dass sie die ganze Zeit gelebt hat.« Er schüttelte den Kopf. »Dass das alles hier umsonst war.« Wieder musste er weinen.

Béatrice schaute betreten zu Boden. Solch eine starke Reaktion hatte sie nicht erwartet. Irgendwann hörte sie, wie Christian sich erneut schnäuzte.

»Wir haben uns in der Sorbonne kennengelernt«, begann er schließlich. »1940, kurz nachdem die Deutschen Paris besetzt hatten.« Seine Stimme klang heiser. Er räusperte sich, griff nach einem der Weingläser, die noch unberührt auf dem Tisch standen, und trank. Der Wein schien ihn wiederzubeleben. Er nahm einen weiteren Schluck und straffte seinen Rücken. »Überall hingen die Hakenkreuze«, fuhr er fort. »Die Wehrmacht marschierte siegesgewiss durch die Straßen, besetzte Wohnungen, Cafés und Restaurants. Das Hôtel de Crillon wurde ihr Hauptquartier. Für unsere Familie ging damals das Leben weiter wie immer. Mein

Vater war ein angesehener Bankdirektor und machte seine Geschäfte. Auf dem Schwarzmarkt bekamen wir alles, was wir brauchten. Meine Eltern gaben Champagner-Empfänge und die Nazi-Bonzen gingen bei uns ein und aus. Wie eng mein Vater mit den Deutschen zusammenarbeitete, verstand ich erst viel später.« Er kratzte sich am Ohr. »Und ich – ich war verliebt. Bis über beide Ohren. In die schöne, kluge Judith, die in der Bibliothek die Bücher austeilte.«

Béatrice stand regungslos am Fenster und hörte wie gebannt zu.

»Aber Judith war Jüdin, und für sie änderte sich alles. Als die Razzien häufiger wurden und die Nazis auch Frauen und Kinder deportierten, habe ich Judith da versteckt, wo man sie am wenigsten vermutete.« Er nahm die Flasche aus dem Kühler und schenkte sich nach. »In der winzigen Dachkammer bei uns zu Hause, im sechsten Stock. Judith und ich wollten zusammen fliehen, doch erst Ende 1943 kam ich endlich an eine gefälschte *Carte d'Identité* für sie. Aber …« Christian machte eine Pause und senkte den Blick. Er schluckte hart.

»Was geschah dann?«, fragte Grégoire, der sich auf den anderen Sessel gesetzt hatte.

Gedankenverloren drehte Christian das Weinglas in seiner Hand hin und her. »Dann ist das passiert, wovor ich mich am meisten gefürchtet hatte.« Er seufzte, stellte das Glas zurück auf den Tisch. »Am Tag unserer geplanten Flucht stieg ich mittags hoch in ihr Versteck und teilte ihr mit, dass ich jetzt die Papiere abholen ginge und wir danach sofort aufbrechen würden. Als ich später zurückkam, war Judith spurlos verschwunden. Ohne eine Nachricht zu hinterlassen. Ohne irgendetwas mitzunehmen. Auf dem Tisch lag noch ihr aufgeschlagenes Tagebuch. Es sah aus, als sei sie nur kurz aus dem Zimmer gegangen. Aber sie war wie vom Erdboden verschluckt. Ich habe fast den Verstand verloren. Wusste nicht, wo ich sie suchen sollte. Ich rannte zu meinem Chauffeur, der das Auto für unsere Flucht vorbereiten sollte. Aber der war ebenfalls weg. Stundenlang irrte ich weinend durch die Straßen. Ohne Ziel. Ohne einen klaren Gedanken fassen zu können. Am nächsten Tag bekam ich hohes Fieber. Wochenlang ging ich jeden Tag in die Dachkammer, um zu sehen, ob Judith nicht vielleicht zurückgekehrt war. Dann saß ich da oben in dieser winzigen Stube, wühlte in ihren Sachen herum, weinte und wusste, dass etwas in mir aufgehört hatte zu leben.«

Etwas Mattes und Resigniertes lag auf seinem Gesicht. Mit dem Ärmel seines Jacketts wischte er sich über den Mund. »In ihrem Portemonnaie steckte ein Zettel mit der Adresse ihres Vaters, der in Rumänien lebte. Sie hat fast nie über ihren Vater gesprochen. Ich hatte keine Ahnung, ob sie überhaupt Kontakt zu ihm hatte. In meiner grenzenlosen Verzweiflung schrieb ich den Brief. Den Brief, den Sie mir eben gezeigt haben.« Er blickte zu Béatrice hinüber. »Ich wusste nicht, was ich sonst hätte tun sollen. Durch einen Freund ließ ich den Brief aus Frankreich schmuggeln, sonst wäre er den Deutschen in die Hände gefallen. Die Post unterlag einer strengen Zensur. Wirklich ein Wunder, dass er tatsächlich in Rumänien angekommen ist. Eine Antwort habe ich natürlich nie erhalten.« Christian faltete seine Hände und legte sie in seinen Schoß. »Erst viel später erfuhr ich, dass mein Vater hinter Judiths Verschwinden steckte. Dieser Hund! Er musste Verdacht geschöpft haben. Dann hat er meinen Fahrer wahrscheinlich so lange bedroht, bis der ihm gesagt hat, wo Judith versteckt war. Anders kann ich es mir nicht erklären. Ein kurzer Anruf meines Vaters bei der Polizei, und Judith wurde deportiert.«

»Wie hast du das herausbekommen?«, fragte Grégoire und machte Béatrice ein Zeichen, sich zu ihm zu setzen, was sie sofort tat.

Christian lachte bitter auf. »Mein Vater hat es irgendwann selbst zugegeben. Ich werde diesen Moment nie vergessen. Es war ein Sonntag im Juni 1944. Meine Eltern saßen beim Mittagessen. Ich hatte mich verspätet. Sobald ich das Zimmer betrat, legte Vater den Löffel nieder und holte seine goldene Taschenuhr hervor. ›Fünf Minuten Verspätung, Sohn‹, verkündete er und hielt mir die Uhr entgegen. ›Hast wohl wieder oben im sechsten Stock gehockt und deiner jüdischen Hure nachgetrauert.‹ Mir stockte der Atem. Er wusste über Judith und die Dachkammer Bescheid!«

Béatrice lauschte ergriffen. Ihre Hand suchte nach Grégoires und drückte sie.

»Vater klappte grinsend die Uhr wieder zu und steckte sie in seine Westentasche zurück«, fuhr Christian fort zu erzählen. »Dann aß er seine Suppe weiter. Mir schwante Fürchterliches. Ich trat an den Tisch, nahm meinen ganzen Mut zusammen und fragte ihn, wo sie war. ›Da, wo sie hingehört‹, gab er mit eisiger Stimme zurück, ohne mich dabei anzusehen. ›In einem Lager im Deutschen Reich, wo Zucht und Ordnung herrschen.‹ Er streute sich eine Prise Salz in seine Suppe. ›Die wirst du nicht mehr wiedersehen. Das verspreche ich dir.‹« Christian starrte auf die halbvolle Weinflasche vor ihm auf dem Tisch. »Mir wurde übel. Die Beine sackten unter mir weg. Ich knallte auf den Boden, genau vor Vaters Füße. Er aß seelenruhig weiter und sagte keinen Ton. Noch heute sehe ich seine geraden Beine vor mir, die blankpolierten, schwarzen Schuhe und höre das Geklapper seines Bestecks. Mutter rannte zum Telefon und rief unseren Hausarzt an. Irgendwann kam er und spritzte mir ein Beruhigungsmittel.«

Christian lehnte sich zurück. Er war bleich und wirkte mitgenommen. »Damals schwor ich mir, mit meinem Vater nie wieder ein Wort zu reden«, sagte er dann. »Und diesen Schwur habe ich auch nie gebrochen. Nach dem Krieg habe ich mit meiner Familie komplett gebrochen, Paris verlassen und bin nach Bordeaux gezogen.«

»Wie ist Ihre Mutter damit umgegangen?«, fragte Béatrice und schmiegte sich eng an Grégoire.

»Meine Mutter …«, Christian stieß ein abfälliges Zischen aus. »Sie war viel zu schwach, um sich gegen meinen Über-Vater zu wehren. Er hatte das Geld und das Sagen, und sie durfte sich alles kaufen, wonach ihr der Sinn stand. Sie hat immer zu ihm gehalten. Aus Loyalität oder aus Angst. Im Grunde tat sie mir leid.«

»Ihr Vater hat nie versucht, sich mit Ihnen zu versöhnen?«

Christian zog die Augenbrauen hoch. »Nein, das hätte er niemals getan. Nein, er glaubte sich immer im Recht. Meine Mutter starb sehr früh. Sogar auf ihrer Beerdigung ist er keinen Schritt auf mich zugegangen. Aber als er schließlich selbst irgendwann das Zeitliche segnete, hat er mir sein ganzes Vermögen vermacht. Vielleicht war das als kleine posthume Wiedergutmachung gedacht oder so. Die alten Möbel, die nebenan im Salon stehen, die hat er mir auch überlassen. Ich habe es nie übers Herz gebracht, sie zu verkaufen. Meine Mutter hat sie ausgesucht und hing sehr an diesem Kram. Aber sein Geld, das wollte ich nicht anrühren. Als Bankdirektor hat mein Vater jüdische Konten einfrieren lassen und Familien in den Ruin gestürzt. Ich habe mein gesamtes Erbe an verschiedene Holocaust-Stiftungen verteilt, für Forschungsprojekte und Gedenkstätten. Château Bouclier ist mein eigenes Werk. Ich habe es in jahrelanger Arbeit mühsam aufgebaut. Der Wein hat mich zwar nicht reich gemacht, aber es hat uns nie an etwas gefehlt.«

»Haben Sie jemals versucht, Judith zu finden?«, fragte Béatrice. Christian nickte eifrig. »Natürlich. Ich habe alles versucht. Gleich nach der *Libération* ging ich fast täglich ins Hotel Lutétia, das nach Kriegsende dazu verpflichtet wurde, zurückkehrende KZ-Überlebende zu registrieren und zu versorgen. Mit einem Bild von Judith lief ich dort herum, fragte nach ihr und versuchte, sie unter diesen ausgelaugten, traumatisierten Gestalten zu erkennen. Stundenlang saß ich auf einem der schweren Ledersessel in der Lobby und hielt nach ihr Ausschau. Aber«, er stockte. Seine Augen wurden erneut feucht, seine Lippen bebten. »Judith kam nicht. Irgendwann wurde mir nahegelegt, die Suche aufzugeben.« Er seufzte tief und rieb sich über die Nase. »Hätte ich das bloß nie getan. Dann hätte ich sie wiedergefunden. Und mein Leben hätte wieder einen Sinn gehabt.«

Béatrice schluckte. Und Grégoire hatte monatelang neben Judith gesessen, ohne die geringste Ahnung zu haben, wer sie war. Welch eine grausame Ironie des Schicksals!

Anna kam mit einer dampfenden Schüssel herein. »Darf ich jetzt anrichten?«, fragte sie.

»Aber ja doch.« Christian hatte sich offenbar wieder gefasst. Er nickte und griff nach seinem Stock. »Die jungen Leute hier sind bestimmt hungrig. Lasst uns essen, bevor es kalt wird.«

Grégoire reichte seinem Vater die Hand und half ihm hoch. An seinem Arm hinkte Christian über den feingewebten Teppich zum Esstisch und nahm am Kopfende Platz, von wo aus er die ganze Terrasse und den Garten überblicken konnte. Wie benommen folgte Béatrice Vater und Sohn. Christian entfaltete seine Serviette und breitete sie über den Schoß. Sofort schenkte ihm Anna Rotwein aus einer Glaskaraffe ein. Béatrice und Grégoire setzten sich links und rechts von ihm an den Tisch und sahen dabei zu, wie Anna auch ihre Gläser füllte.

Grégoire lehnte sich über den Tisch und schnupperte an der großen, heißen Terrine. Genüsslich fuhr er sich mit der Zunge über die Lippen. »Anna, das riecht phantastisch. Lasst uns sofort anfangen.«

Er tauchte die Kelle in das duftende Rindfleisch und schöpfte eine große Portion auf Béatrice' Teller. Anna ging zurück in die Küche. Kurz darauf erschien sie mit einer Schale Reis und reichte sie wortlos herum.

Grégoire hielt sein Glas hoch. »Auf die Wahrheit. Und gegen das Vergessen«, sagte er feierlich, lächelte Béatrice an und trank einen Schluck.

Christian erwiderte den Toast zwar nicht, aber sein Gesicht wirkte entspannter.

Béatrice' Magen war wie zugeschnürt. Doch sie wollte ihre Gastgeber und Anna nicht beleidigen. Also nahm sie ihre Gabel und probierte das Fleisch. Es zerging auf der Zunge wie Butter. Eine Weile aßen sie schweigend, man hörte nur das Klappern des Bestecks auf den Tellern.

Nachdem Béatrice ein paar Bissen hinuntergewürgt hatte, blickte sie hoch und bemerkte, dass Christian ebenfalls keinen Appetit zu haben schien.

Geistesabwesend stocherte er auf seinem Teller herum, schob den Reis von einer Seite zur anderen. Er führte die Gabel nur selten zum Mund und kaute langsam und bedächtig.

»Grégoire«, sagte er plötzlich. »Es fällt mir schwer, mir vorzustellen, dass du mit Judith zusammengearbeitet hast. Hat sie nicht nach mir gefragt? Ich meine, bei deinem Namen muss sie doch hellhörig geworden sein.«

Grégoire legte sein Besteck nieder und tupfte seinen Mund mit der Serviette ab. »Sie kannte meinen Nachnamen gar nicht. Jeder hat sich immer nur mit Vornamen angesprochen. Judith kam nur ein-, zweimal pro Woche für ein paar Stunden vorbei und war auch nicht in unseren E-Mail-Verteilern.«

Christian wirkte enttäuscht. Er nahm eine Streichholzschachtel, die auf dem Tisch lag, zog sie auf und schloss sie wieder. »Erzähl mir von ihr«, sagte er. »Wie war sie?«

»Sie war …« Grégoire runzelte die Stirn und dachte nach. »Sie war in jeder Hinsicht anders. Außergewöhnlich.« Er betrachtete das traurige Gesicht seines Vaters im flackernden Schein der Kerzen. »Immer elegant. Gepflegt. Sehr hilfsbereit. Und bescheiden. Aber auch streng und genau. Sie duldete keine Nachlässigkeit. Die Besucher haben sie geliebt, von den Kollegen wurde sie verehrt. Sie hatte so eine friedliche Ausstrahlung. Natürlich hatte sich ihre traumatische Vergangenheit herumgesprochen. Jeder von uns wusste, dass sie Auschwitz überlebt hatte, aber sie selbst wollte nie darüber reden. Das Museum sucht immer Überlebende, die den Besuchern etwas über ihre furchtbare Zeit im Lager erzählen. Es gibt zwei ältere Herren, die machen das zweimal im Monat. Zwei Polen, die nach dem Krieg in die USA ausgewandert sind. Judith hat das strikt abgelehnt. Sie hat im Museum jahrelang vielen Familien bei der Suche nach Angehörigen geholfen. Aber über ihr eigenes Leben wollte sie nicht sprechen. Wir haben das natürlich respektiert, obwohl wir gern mehr über sie erfahren hätten.«

»Ich habe sie zweimal getroffen«, warf Béatrice ein. »Ich hätte nie gedacht, dass sie Französin war. Sie sprach Englisch ohne den geringsten Akzent. Und sie hatte diese unglaublich blauen Augen.«

Christians Mund verzog sich zu einem schmerzlichen Lächeln. »Ja«, sagte er, mehr zu sich selbst als zu Béatrice, »ihre Augen sind wie zwei Sterne.«

»Warum hast du uns nie von Judith erzählt?«, fragte Grégoire und nahm sich noch einen Löffel Reis.

Christians Lächeln erstarb, sein Oberkörper sackte leicht zusammen. »Weil … Es wäre nicht fair gewesen, deiner Mutter gegenüber.«

»Wie meinst du das?«, fragte Grégoire.

Christian starrte auf seinen Teller. »Na gut«, seufzte er. »Jetzt habe ich dir den ersten Teil der Geschichte erzählt. Also sollst du auch den Rest erfahren. Nach Judiths Verschwinden war ich jahrelang nur ein Schatten meiner selbst. Ich lebte vor mich hin, funktionierte, arbeitete. Aber hier drinnen …«, mit seiner knöchernen Hand klopfte er auf sein Herz, »war alles tot. Nachts kamen die Bilder. Wieder und wieder. Sie verfolgten und quälten mich. Nicht nur die Erinnerungen an Judith und wie sie in der Dachkammer auf der alten Matratze saß und auf mich wartete. Sondern auch die Bilder von Auschwitz und meine grauenvollen Phantasien darüber, was man ihr dort angetan hatte. Nach und nach kam immer mehr über die Konzentrationslager an die Öffentlichkeit. Berichte von Überlebenden. Zahlen. Fotos. Es war schwer, das alles zu verarbeiten mit dem Wissen, dass die Nazis meine Judith in einem dieser Vernichtungslager auf bestialische Weise umgebracht hatten.« Er hielt inne, trank einen Schluck Wein und lehnte sich zurück. Sein Gesicht war plötzlich fahl, die Augen blickten stumpf vor sich hin. »Dann kamen die Selbstanschuldigungen. Ich fühlte mich verantwortlich für ihren Tod. Ständig spielte ich die gleichen Gedanken durch: Hätte ich sie bloß nicht bei uns versteckt, dann hätte mein Vater sie nicht gefunden. Hätte ich sie nur dazu überredet, früher mit mir zu fliehen, dann hätte ich sie retten können. Wäre ich nicht so dumm gewesen, meinen Fahrer in meine Pläne einzuweihen, dann hätte er uns nicht verraten können. Ich begann zu trinken, litt unter Schlaflosigkeit, hatte Depressionen. Die Last ihres Todes war dabei, mich zu zerstören. Irgendwann, da war ich schon Anfang vierzig, ging ich endlich zu einem Therapeuten. Es war das erste Mal, dass ich mit jemandem über meine Belastungen und inneren Kämpfe reden konnte. Das tat zwar gut, aber es konnte meine Situation nicht wirklich verbessern. Mit viel Geduld und langen Gesprächen schaffte es der Psychologe schließlich, mich davon zu überzeugen, dass ich keine Schuld an Judiths Tod hatte. Irgendwann sagte er, ich müsse mich jetzt endlich von dem alten Ballast befreien und versuchen, mir ein eigenes, neues Leben aufzubauen. In meinem Kopf wusste ich, dass er recht hatte. Aber mein Herz war nicht frei. Und dann, dann traf ich deine Mutter. Sie war sehr viel jünger als ich und hatte den Krieg nur als Kleinkind auf dem Land erlebt. Sie war das blühende Leben, schön, und sie himmelte mich an. Ich wollte mich endlich wieder verlieben. Eine Familie gründen. Wir heirateten und kurz darauf, 1962, wurdest du geboren.«

Christian nahm Grégoires Hand und drückte sie. »Als ich dich zum ersten Mal sah, kam mein Gefühl zurück. Die Liebe, die ich für dich empfand, war wie ein Wunder. Deine Geburt befreite mich von meinen zerstörerischen Kräften. Ich hörte schlagartig auf zu trinken. Ich wollte für dich da sein, erleben, wie aus dem schreienden Winzling ein Mensch wurde. Wie oft habe ich an deinem Bett gesessen und dich beobachtet, während du schliefst, oder dich getröstet, wenn du geweint hast.« Er lächelte melancholisch, so als trauerte er Grégoires ersten Kinderjahren nach. Dann wurde er wieder ernst. »Als du in mein Leben kamst, wurde deine Mutter für mich unwichtig. Ich nahm sie überhaupt nicht mehr wahr. Erst merkte ich das selbst überhaupt nicht. Es gab so viel zu tun. Unser Wein wurde besser, wir erweiterten die Produktion, bekamen Preise. Aber deine Mutter war unglücklich. Ich habe ihr nie das gegeben, was sie am meisten gebraucht hätte: aufrichtige, tiefe Liebe. Mein Herz gehörte Judith – und dir.

Ich wurde immer ungeduldiger mit ihr, wir stritten uns ständig, ich begann wieder zu trinken. Arbeitete viel. Eine Zeitlang versuchte sie, erneut schwanger zu werden. Wahrscheinlich hegte sie insgeheim die Hoffnung, ein weiteres Kind könnte unsere Ehe retten. Aber es klappte einfach nicht. Irgendwann wurde sie doch wieder schwanger. Nach wenigen Wochen verlor sie das Kind. Von da an lebten wir nur noch aneinander vorbei. Ich nahm keine Rücksicht auf ihre Gefühle. Ich war viel geschäftlich unterwegs. Hatte Affären. Es war vorbei.« Er knüllte seine Serviette zusammen und warf sie neben seinen halbvollen Teller. »Wir trennten uns Anfang der Siebziger. Du bist hier bei mir geblieben. Und irgendwann hat sie Henri kennengelernt. Ich hoffe, dass sie mit ihm glücklich geworden ist.«

Béatrice schaute verstohlen zu Grégoire hinüber, der starr und ausdruckslos auf seinem Stuhl saß.

»Du hast recht«, flüsterte Grégoire. »Es wäre nicht fair gewesen, uns das zu erzählen.«

Béatrice presste ihre Lippen aufeinander. Wie gern hätte sie Grégoire jetzt in den Arm genommen, ihm etwas Tröstendes gesagt. Doch in der Gegenwart seines Vaters fühlte sie sich befangen.

»Das musste ich auch gar nicht«, gab Christian zurück. »Sie hat es gespürt. Jahrelang habe ich uns beiden etwas vorgemacht. Es war gut, dass sie gegangen ist.« Plötzlich erhob er sich und humpelte zu einer antiken Konsole aus Kirschbaumholz, die neben der Tür zur Küche stand. Er zog eine Schublade heraus und kramte ein Buch hervor. Zärtlich strich er mit der flachen Hand darüber. Dann kam er wankend an den Tisch zurück und setzte sich. Er legte es neben Grégoires Teller. »Hier«, sagte er. »Judiths Tagebuch. Das Einzige, was ich von ihr habe.«

Béatrice beäugte den dicken, in Leder gebundenen Band, um den eine braune Kordel geschlungen war.

Christian drehte den Kopf zur Tür und rief nach Anna. Die Polin eilte umgehend ins Zimmer und räumte das Geschirr ab.

»Vielleicht ist es besser so«, meinte Christian, wie in einem Selbstgespräch, und ließ seinen Blick über den nächtlichen Garten schweifen. »Ich hätte es nicht ertragen, sie neben einem anderen Mann zu sehen.« Er schluckte. Dann wandte er sich wieder an Grégoire und Béatrice. »Ich glaube, für heute haben wir genug geredet.« Er erhob sich. »Ich werde mich jetzt zurückziehen.«

Grégoire blieb sitzen und nickte stumm.

12

An Bord der Sea Breeze, August 1948

Das Schiffshorn tönte, die Motoren fingen an zu stampfen, und dann setzte sich der Dampfer in Bewegung. Ich stand am Heck des riesigen Passagierschiffs, einsam und verloren zwischen Hunderten von Reisenden, und blickte auf den Hafen zurück. Erst wurden die Menschen kleiner, dann die Schiffe. Bald schrumpften auch die Häuser und die Hügel, die den Hafen säumten. Schließlich konnte ich nur noch ein paar winzige schwarze Flecken am Horizont ausmachen.

Schweigend nahm ich Abschied von Europa, von seinen Trümmern, seinen Greueltaten und seiner Armut. Lebend, schwor ich mir, würde mich dieser Kontinent nicht mehr wiedersehen.

Meine Hände umklammerten die Reling, die Sonne brannte mir auf den Kopf. Ich trug das altmodische, blaue Kleid mit dem eingerissenen Saum, das ich vor mehreren Monaten bei der Kleidervergabe einer jüdischen Hilfsorganisation ergattert hatte. Wem es wohl vorher gehört hatte? Der Stoff flatterte um meine Knie, und die salzige Luft wehte mir die Haare ins Gesicht.

Endlich! Ich war auf dem Weg in das ferne, unbekannte Amerika, wo ich die Chance bekam, mich neu zu erfinden. In weniger als zwei Wochen würde ich New York erreichen. Dort standen keine Häuser, in denen einmal Menschen gewohnt hatten, die ich kannte. Es gab keine Straßencafés, in denen Christian und ich händehaltend gesessen hatten, die Köpfe voller Pläne. Und kein Fenster, aus dem sich meine Mutter gestürzt hatte.

Vielleicht würde es mir in Amerika auch gelingen, mich von den Träumen zu befreien. Abend für Abend, sobald ich eingeschlafen war, streckten sie ihre Klauen nach mir aus und holten mich in das Elend des Lagers zurück, das ich so dringend hinter mir lassen wollte. Dann hockte ich wieder in einer Baracke, inmitten ausgemergelter Gestalten, die Haare voller Läuse, und wartete auf den Tod.

Früher war ich Französin gewesen und hatte eine Heimat mit einer festen Adresse gehabt. Jetzt war ich eine Vertriebene. Eine *Displaced Person* oder DP, wie die Besatzungsmächte uns Überlebende nannten.

Am Tag meiner Befreiung aus Auschwitz hatte ich geglaubt, der Horror sei endlich vorbei. Wie hatte ich mich getäuscht! Wieder kam ich in ein Lager, nur hieß es jetzt nicht mehr KZ, sondern *DP-Camp*. Wieder wurde ich eingesperrt und lebte hinter Stacheldrahtzäunen, Seite an Seite mit denen, die zuvor meine Wächter und Peiniger gewesen waren. Damals war ich kurz davor gewesen, die Hoffnung aufzugeben und mein Leben selbst zu beenden. Aber mein Überlebenswille war stärker. Ich hatte Auschwitz überstanden. Ich würde auch jetzt nicht klein beigeben, hatte ich mir wieder und wieder gesagt.

Irgendwann verbesserten sich unsere Bedingungen. Man verlegte uns in gesonderte Lager, und wir bekamen Hilfe aus Amerika.

Schon damals war mir klar, dass ich nicht nach Frankreich zurückkehren konnte. Franzosen waren schuld am Tod meiner Mutter, Franzosen hatten mich den Nazis übergeben. Nie wieder würde ein französisches Wort über meine Lippen kommen. Auch das schwor ich mir.

Europa lag in Schutt und Asche. Es gab kein Zurück. Auch nicht zu Christian. Nicht, weil ich an ihm und seinen Gefühlen jemals gezweifelt hatte. Keine Sekunde hatte ich seinem verhassten Vater geglaubt. Christian hätte mich ihm niemals ausgeliefert. Trotzdem wusste ich, dass ich nicht zu ihm zurückfinden würde. Es war zu viel passiert, was uns trennte. Ich hatte nichts mehr mit dem jungen, fröhlichen Mädchen gemeinsam, das in der Bibliothek Bücher verteilt hatte. Die Frau, zu der ich geworden war, konnte keinen Mann heiraten, dessen Vater dazu beigetragen hatte, das jüdische Volk zu vernichten – egal, wie Christian zu ihm stand. Ich würde Christian immer lieben. Aber lieben hieß auch loslassen. Ich musste mit der Vergangenheit brechen, um wieder leben zu lernen.

In Amerika würde es einen Platz für mich geben, dessen war ich mir sicher. Ich stellte mir die Kunst und Kultur in New York vor, die weiten Prärien im Westen, die Tiefen der Canyons und die Wassermassen der Niagarafälle. Amerika war reich, modern und voller Perspektiven. Ein Land, wo Demokratie herrschte und wo harte Arbeit mit Erfolg und Wohlstand belohnt wurde.

Man hatte mir bereits eine Stelle als Zimmermädchen in einem kleinen Hotel in Manhattan zugesagt. Abends wollte ich Englisch lernen, am Wochenende die Stadt erkunden. Ich würde zu einer richtigen Amerikanerin werden, Kaugummi kauen, *Lucky Strike* rauchen und Instant-Kaffee trinken.

Plötzlich merkte ich, dass ich lächelte. Das erste Lächeln in langer Zeit. Ich drängte mich an den Menschen und ihren Koffern vorbei, hörte sie in fremden Sprachen reden und lachen. Sie waren Vertriebene, wie ich, die irgendwo in diesem gigantischen Land einen Neubeginn wagen wollten.

Ich schritt über die frisch gescheuerten Holzplanken bis zum Bug des Schiffes und schaute über das Meer, dorthin, wo bald meine neue Heimat auftauchen würde. Über mir kreischten die Möwen. Der Wind zerrte an meinem Kleid. Ich hatte wieder Zuversicht. Judith Goldemberg gab es nicht mehr. Aber ich lebte. Mehr durfte ich nicht verlangen.

***

»Jahrelang habe ich geglaubt, ihn zu kennen, diesen verschrobenen Einzelgänger. Hielt ihn für arrogant und engstirnig.« Grégoire lag mit aufgeknöpftem Hemd auf dem Bett, die Arme unter dem Kopf verschränkt, und schaute zur Decke. »Oft habe ich mit meiner Mutter sympathisiert. Habe gedacht, dass keine Frau es mit so einem Mann auf die Dauer aushalten würde. Und dann kommst du, ziehst ein altes Foto aus deiner Tasche, und mein Vater breitet seine Seele vor uns aus.«

Béatrice stand im Nachthemd ans Fenster gelehnt und schaute zu Grégoire herüber. Es war spät geworden. Kurz vor Mitternacht. Aber trotz ihrer langen Reise spürte sie nicht die geringste Müdigkeit. Jetzt, da Christians tragische Geschichte wie ein ausgerollter Teppich vor ihr lag, war es unmöglich, an Schlaf auch nur zu denken. Ständig stellte sie sich das junge Paar im besetzten Paris vor. Malte sich Judiths Dasein in der engen Dachkammer aus und sah Christian vor sich, wie er verzweifelt durch die Straßen irrte, nachdem Judith verschwunden war.

»Seit sechzig Jahren schleppt er diese Geschichte mit sich herum«, fuhr Grégoire fort und richtete sich auf. »Stell dir das mal vor. Sechzig Jahre! Wie sich so ein Leben wohl anfühlt, wenn man seiner Frau jeden Tag etwas vorlügt und seinem Sohn eine heile Welt vorspielt.« Er stand auf und ging im Zimmer auf und ab.

»Was hätte er denn machen sollen?«, fragte Béatrice.

»Er hätte meine Mutter nicht heiraten dürfen.«

»Ich glaube, du bist zu streng mit ihm«, erwiderte sie und ging über den knarzenden Parkettboden auf ihn zu. »Es war Krieg. Die Welt war im Ausnahmezustand. Sein Vater hat ihn verraten. Und dann ist er vor seiner Vergangenheit nach Bordeaux geflohen und hat alles verdrängt. Deine Mutter war für ihn eine Rettung. Sie hat ihn ins Leben zurückgeholt.«

»Nein. Sie hat ihn geliebt. Und er hat sie nur benutzt«, widersprach Grégoire scharf und stolperte über seine Schuhe, die vor dem Bett lagen. Laut fluchend gab er ihnen einen Tritt.

Béatrice berührte sanft seinen Rücken. »Sicherlich hat er selbst lange geglaubt, er könnte mit deiner Mutter ein neues Leben anfangen.«

Grégoire zog sie an sich und schlang seine Arme um sie. »Ich weiß«, murmelte er. »Es ist nur … Es ist alles so überraschend.«

Béatrice drückte ihren Kopf an seine nackte Brust und fühlte sein Herz in ihrem Ohr pochen. Sie schloss die Augen. Lange verharrten sie so.

»Kannst du dir vorstellen …«, fragte Grégoire in die Stille hinein. »Kannst du dir vorstellen, hier mit mir zu leben? Für immer?«

Sie löste sich aus der Umarmung und blinzelte. »Hier bei euch?«

»Natürlich nicht mit meinem Vater. Er möchte schon lange zurück in die Stadt ziehen. Das Laufen und Treppensteigen hier ist nichts mehr für ihn. Wir haben in Bordeaux eine kleine Wohnung.«

»Und wo soll ich hier einen Job finden?«

»Als PR-Managerin von Château Bouclier gibt es mehr als genug Arbeit für dich«, sagte Grégoire mit einer geradezu überwältigenden Überzeugung. »Wir brauchen dringend eine neue Marketingstrategie. In drei Monaten organisiere ich ein paar exklusive Weinproben in Asien. Hongkong. Tokio. Shanghai. Da kommst du natürlich mit.«

Es klang alles so einfach.

»Und Jacobina?«, stotterte Béatrice überrumpelt. »Ich kann sie doch nicht in Washington alleine lassen. Nach allem, was passiert ist.«

»Das sollst du auch nicht. Ich habe eine Idee.« Er setzte sich wieder auf das Bett. »Sie ist doch in Montreal aufgewachsen, nicht wahr?«, fragte er. Ein schelmisches Lächeln umspielte seine Lippen.

Béatrice nickte. Ein Faden, der sich vom Saum ihres Nachthemds gelöst hatte, kitzelte ihr Bein.

»Dann spricht sie also Französisch.«

»Du meinst …?«

»Ja. Nach ihrer Chemo holen wir sie hierher. Sie kann in einem unserer Gästehäuser wohnen. So wie ich meinen Vater einschätze, würde er alles tun, um jemandem aus Judiths Familie zu helfen. Anna würde sich gut um sie kümmern. Und wenn ihr langweilig ist, kann sie deine Mutter in Paris besuchen.«

Das Wort *Wir*, das bei ihm so selbstverständlich klang, fühlte sich in Béatrice' Kopf und auf ihrer Zunge noch ungewohnt und fremd an, wie ihre ersten unbeholfenen Schritte als Kind auf dem Eis. Aber die Angst war weg. Die Angst, wieder auszurutschen und einzubrechen. Jetzt sah Béatrice eine neue, wunderbare Zukunft. Eine Zukunft mit Grégoire.

Sie schaute ihn an, wollte sich diesen besonderen Moment für immer in ihr Gedächtnis einbrennen: Grégoire auf dem zerwühlten Bett. Das warme Licht seiner Augen. Der schön gezeichnete Mund.

Sie versenkten ihre Blicke ineinander. Alles um sie herum stand still.

»Ja …«, sagte sie mit leiser Stimme. »Ich möchte mit dir leben.«

Sie lächelten sich an. Es war ein inniges, liebevolles Lächeln zweier Menschen, die etwas so Tiefes verband, dass es mit Worten nicht zu erklären war.

Dann legte sich Béatrice zu ihm, winkelte die Beine an und wickelte die Kordel von dem Lederband, den Christian ihnen gegeben hatte. Sie schlug das Buch auf ihren Knien auf. Gemeinsam begannen sie zu lesen: *Ich stand auf einer der mittleren Sprossen der wackeligen Bibliotheksleiter, als ich den Zettel entdeckte. Er war aus ungewöhnlich festem, himmelblauem Papier, und mehrmals zusammengefaltet …*

DANKSAGUNG

Mein inniger Dank an alle, die mich zum Schreiben ermutigt und dabei unterstützt haben. Ganz besonders:

Jackie Löwensohn, Großcousine meines Mannes Pascal. Jahrelang hat sie nach ihrer Halbschwester Melanie Levensohn gesucht und mich zu diesem Buch inspiriert.

Nina George, die mir gesagt hat, was das Wichtigste beim Schreiben ist: Anfangen!

Hans-Peter Roentgen, der mir erklärt hat, was ein Plot ist.

Andrea Weil, Autorin, Lektorin bei den »Textehexen« und meine erste Leserin. Danke für das hervorragende Lektorat!

Vanessa Gutenkunst, meine wunderbare Agentin von Copywrite. Welch ein Glück für mich, mit ihr arbeiten zu dürfen!

Silke Reutler, meine großartige Lektorin bei den S. Fischer Verlagen. Mit Geduld und viel Fingerspitzengefühl hat sie mein Manuskript in ein Buch verwandelt.

Daniel Speck
Bella Germania
Roman
Band 29597

2014: Die Münchner Modedesignerin Julia ist kurz vor dem ganz großen Durchbruch. Als plötzlich ein Mann vor ihr steht, der behauptet, er sei ihr Großvater, gerät ihre Welt aus den Fugen. 1954: Der junge Vincent fährt von München über den Brenner nach Mailand, um dort für seine Firma zu arbeiten. Er verfällt dem Charme Italiens, und er begegnet Giulietta. Es ist Liebe auf den ersten Blick. Doch sie ist einem anderen versprochen. Eine tragische Liebe nimmt ihren Lauf, die auch Jahrzehnte später noch das Leben von Julia völlig verändern.

»Daniel Speck nimmt uns mit auf eine lange Reise durch Italien und Deutschland. Und nach wenigen Seiten will man nicht mehr aussteigen.«
Jan Weiler

Das gesamte Programm gibt es unter
www.fischerverlage.de

Peter Prange
Unsere wunderbaren Jahre
Ein deutsches Märchen
Roman
950 Seiten. Gebunden

Wie wir wurden, was wir sind: der große Deutschlandroman aus der Zeit, als die D-Mark unsere Währung war. Sie sind jung, sie haben große Träume, und sie fangen alle neu an: am Tag der Währungsreform 1948, jeder mit 40 DM. Was werden sechs junge Leute daraus machen? Vom Schuhverkäufer zum Unternehmer, von der Fabrikantentochter zur rebellischen Studentin – sie alle gehen ihre ganz eigenen Wege. Ihre Schicksale sind gleichzeitig dramatische Familiengeschichte und episches Zeitporträt von 1948 bis 2001. Es ist der Roman der Bundesrepublik. Es ist unsere Geschichte.

Das gesamte Programm gibt es unter
www.fischerverlage.de

Lori Nelson Spielman
Nur einen Horizont entfernt
Aus dem Amerikanischen von Andrea Fischer
Band 03296

Mit zittrigen Fingern öffnet die TV-Moderatorin Hannah Farr einen Brief. Der Absender ist eine ehemalige Schulfreundin, die sie jahrelang gemobbt hat. Die Frau bittet sie nun um Vergebung. Dem Brief beigelegt sind zwei kleine runde Steine und eine Anleitung. Einen Stein soll sie als Zeichen dafür zurücksenden, dass sie ihrer früheren Klassenkameradin vergibt. Den anderen soll sie an jemanden schicken, den sie selbst um Verzeihung bitten möchte. Hannah weiß sofort, wer das sein könnte: ihre Mutter. Aber soll sie wirklich zurück zu den schmerzhaften Ereignissen von damals?

Von der Autorin der Bestseller ›Morgen kommt ein neuer Himmel‹ sowie ›Und nebenan warten die Sterne‹

Das gesamte Programm gibt es unter
www.fischerverlage.de

Cecilia Lyra
Schwestern für einen Sommer
Roman

Der Tod ihrer Großmutter trifft die Halbschwestern Cassie und Julie hart. Denn die Sommer, die sie als Mädchen in dem alten Strandhaus in den Hamptons verbracht haben, war für sie immer die schönste Zeit des Jahres. Dort fühlten sie sich frei und einander nahe zugleich. Wie eine Familie. Und doch haben sie nun seit fast fünfzehn Jahren nicht mehr miteinander gesprochen. Zu groß ist Cassies Schmerz, zu schwer lastet ein erdrückendes Geheimnis auf Julie. Nun bringt die beiden das Testament ihrer Großmutter wieder zusammen – für einen letzten Sommer in dem Haus am Meer. Aber können Cassie und Julie die Ereignisse von damals vergessen?

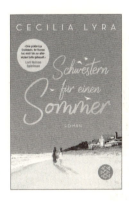

Aus dem Englischen
von Heidi Lichtblau
608 Seiten, broschiert

Weitere Informationen finden Sie auf
www.fischerverlage.de

AZ 596-29662/1

Gayle Forman
Manchmal mußt du einfach leben
Roman

Maribeth hat Abstriche gemacht, hat Kompromisse geschlossen, versucht, ihren eigenen Ansprüchen zu genügen, alles so gut wie möglich zu machen – für die Kinder, die Ehe, den Job. Aber dabei bleibt vieles auf der Strecke, auch das Gefühl für sich selbst.
Erst als ihr Körper ein Ultimatum stellt und sie weiß, dass sie so nicht weitermachen kann, ist sie bereit, sich eine Chance zu geben und ein großes Wagnis einzugehen.
Ein Roman, der große Fragen stellt und uns mitnimmt bis dorthin, wo sich Liebe und Leben treffen.
Ein Buch, das ehrlicher, aufwühlender und lebensbejahender nicht sein könnte.

Aus dem Amerikanischen von
Stefanie Schäfer
368 Seiten, broschiert

Weitere Informationen finden Sie auf
www.fischerverlage.de

AZ 596-03660/1